# Stan Stork

◆

「パブリックスクール －ツバメと監督生たち－」

# パブリックスクール
## ―ツバメと監督生たち―

樋口美沙緒

キャラ文庫

この作品はフィクションです。
実在の人物・団体・事件などにはいっさい関係ありません。

# 目次

## パブリックスクール―ツバメと監督生たち―

口絵・本文イラスト／ｙｏｃｏ

# 一

九月。夏が終わり、秋が始まるその月、イギリスのリーストン・スクールでは新入生が迎えられ、入寮式が執り行われようとしていた。

ウェリントン寮の監督生《プリフェクト》特別室で、七年生になったばかりの監督生、桂人《けいと》・ヴァンフィールは前髪をそっと撫《な》でつけて身だしなみをチェックしていた。

特別室の壁には姿見が一つかかっている。以前なら誰に見られるかも分からないこの場所で、到底鏡など覗《のぞ》けなかった桂人だが、今では気にせず使うようになっていた。

鏡に映っているのは細身の、東洋風の青年。長い睫毛《まつげ》も、髪も瞳も真っ黒で、ツバメの羽根のようだと言われたことがある。後ろ姿を確かめるために鏡の前で回ると、リーストンの制服である燕尾服《えんびふく》風のテールが、くるりと踊るのが見えた。

襟《えり》には監督生を示す金のバッジ、胸ポケットには黄色い薔薇《ばら》。

鏡に向かって微笑《ほほえ》む。以前は作り笑いだったが、最近は微笑も自然になった。

（身だしなみ、よし）

桂人は心の中でそう唱える。監督生になって三度目、そして最後の入寮式。

もういい加減慣れてもいいはずだが、それでもやはり緊張はする。

ぬかりなく、準備はできているだろうか？

自分の胸に問いかけた桂人は、この特別室にだけ置かれている生徒たちの名簿を思い浮かべる。昨夜までに何度も読み込み、暗記したことをつぶさに胸に浮かべるのだ。それは五年生で監督生に選ばれてからずっと欠かしたことがない、桂人の習慣になっている。

（今年の入寮生は十八人。ヒース、ブラウン、ムーア……名前は覚えてる。一人、アジア圏から来た子がいる。気を配ってあげないと……とはいってもお父様がオールド・リーストン、プレップ・スクールでの友人も多かったから、きっと馴染《なじ》めるはず。……名簿チェックも、うん。よし）

新寮生の顔写真を一つ一つ瞼《まぶた》の裏に思い描きながら、自分自身に言い聞かせるように思う。桂人は監督生になってからというもの、寮生の名前と顔をしっかり覚えるよう努めてきた。それが自分にできる最大の努力だと知っているからだ。

（僕の準備はとりあえずよし。なら次は——）

そう考えていると、部屋の扉が開いて「ケイト！」と明るい声がした。

桂人はぱっと振り向き、入室してきた大柄な生徒に向かって両手を広げた。途端にぎゅう、とハグされて、思わず満面の笑みを浮かべてしまう。

「おはよう、アルビー。久しぶりだね」

桂人と同じように監督生のバッジを襟につけ——けれど胸ポケットに挿《さ》している薔薇は赤、

なによりも色付きのベストを着た青年——アルバート・ストークは、大きな犬のように桂人の体を抱きしめていた。

「十日ぶりだよ、会いたかった」

まるで、子どもが親に言うような可愛《かわい》い声で甘えられると、桂人はますます目尻を下げて、アルバートのきれいに整えられた金髪を、よしよしと撫でてしまった。

ブロンドに薄青の瞳、整った容貌のアルバートは、寮代表《ヘッドボーイ》。このウェリントン寮に君臨する王に違いないのに、桂人に対してはいつも素直な愛情を見せてくるのだ。

それは去年の晩秋、とある事件を経たあとからの変化だった。桂人の世界にはそのときから、新しい風が吹き込んできた。その風の一つがアルバート・ストーク。

それまではうわべだけの付き合い、同じ寮の監督生という共通点しかなかったアルバートと、桂人はある事件をきっかけに仲良くなった。今やすっかり打ち解けて、つい先日までの夏休みの間も、桂人はストーク家に招待されるほどになっていた。

そして懐いてくれるアルバートのことは、実の弟のように愛《いと》おしく思っている。

とはいえ、桂人の世界に吹き込んだ最も大きな風はアルバートではなく。

「アルビー、いつまでケイトに抱きついてるんだ」

舌打ち混じりに入室してきた、美貌の生徒スタン・ストークだ——。

襟には監督生のバッジ、胸に黄色の薔薇こそ挿してはいるものの、スタンはシャツのボタンを二つはずしている。栄えあるリーストンの制服を着崩すなど普通ならありえないことだが、スタンがそうしても下品にならないのが不思議だ。そればかりか、襟元から覗く鍛えられた胸筋と首筋が、いかにも男らしい色香を放っていて美しい。

スタンはアルバートの二卵性双生児の兄だ。同じような髪の色だが、二人は瞳の色が少し違う。アルバートは薄青だが、スタンは南海の外洋のように深い碧眼《へきがん》で、その容姿は端麗、妖艶《ようえん》という言葉だけでは足りないほどに華やかで色っぽく、人目を惹《ひ》く美しさだった。

その抜きん出たルックスにくわえて、スタンは勉強をしても、スポーツをやっても楽器を弾いても一流という、豊かな才能の持ち主でもある。もっとも、本人はあまりその能力を積極的に使わない。去年の秋まで、スタンはいわゆる「不良生徒」だったのだ。

しかし今は少し違っている。生活面にややだらしないところはあるが、基本的には監督生としての仕事をきっちりとこなしているし、なにより「男娼《だんしょう》」というあだ名が定着していたほど入れ食い状態だった一年前と違って、スタンはもう不特定多数の生徒と情交しなくなった。今は、ただ一人とだけ逢瀬《おうせ》を重ねている。

その相手が桂人だった。桂人とスタンは紆余曲折《うよきょくせつ》を経て、去年のクリスマスのころ恋人になり、この九月に交際十ヶ月めを迎えようとしていた。

同じ監督生、そして男同士。

親しい人たちわずか数人を除いて、周囲には秘めた恋ではあるものの、交際はそれなりに順調。桂人はそう思っているが、スタンに確認したことはない。なにしろ二人とも、日々監督生業務に追われる身なので束《つか》の間《ま》の逢瀬以外は仕事と勉強で多忙なのだった。

「いいじゃないか、ほんのちょっとハグしたくらいで目くじらたてて。悔しいなら、スタンもケイトにハグすれば」

アルバートは桂人から離れながら言ったが、スタンは数秒沈黙し、気まずそうに桂人を見ただけだった。

そのうえ、「俺はいい」などと言うと、ぷい、とそっぽを向いてしまった。双子のやりとりを眺めながら、桂人はアルバートが言っても、スタンは無視している。

意地っ張りめ、とアルバートが言っても、スタンは無視している。

（……スタン。もうちょっと素直になってくれたらいいのに）

と、思ったりする。

スタンと桂人は恋人同士。それはアルバートも知っている。

スタンと桂人の逢瀬は消灯後と決まっているが、そのときのスタンはとても情熱的に桂人を抱いてくれる。

なのになぜだか、昼日中の監督生業務中、それも弟の眼の前となると頑《かたく》なに桂人と距離をとるのだった。それでいてアルバートが桂人に抱きついていれば、「ケイトから離れろ」とちくちくと言ったりはする。

素直じゃないと言うのは簡単だが、スタンの性格や感情はもっと複雑なものなので、桂人も時折扱いに困ったり、恋人としてどう振る舞えばいいのか悩むことがある。

（スタンのこと、僕はまだあまり理解できてないのかもな……）

そう思うことも、多々ある。

六月に卒業していった前年度の寮代表、ニール・メンベラーズはスタンについて、「恥ずかしいんだろうね。頭の堅い親が、子どもの前でいちゃつくのを嫌がるようなものさ」と、冗談めかして言っていた。今のところ、桂人とスタンの関係を知っているのは、メンベラーズとアルバートだけだ。

とはいえ桂人自身も、生い立ちのせいで大袈裟《おおげさ》な愛情表現が苦手なのもあるし、スタンも複雑な家庭環境を背景にしているから、そんなものかな……とは思っている。同性同士のカップルが受け入れられているイギリスにあっても、パブリックスクールの中は特殊な世界であり、生徒たちに根付くホモ・フォビアはまだ強固で、男同士で正々堂々と付き合えない、というのもある。

けれど、アルバートの眼しかない場所でくらい、素直に愛情を示してくれたら……と思うこともあるのだ。一方で、こういう場面になっても桂人のほうからハグすることもできないのだから、どっちもどっちだと分かっている。

交際は上手《うま》くいっている――けれど、桂人もスタンも素直に愛情表現をしているかと言えば難しい。

(もっと分かりたい)

という欲求は常にあって、それが満たされないことが不安を呼ぶ。

(でもまだ僕たちは、十七歳、十八歳の年だ。理解し合えるのは、これからだよね)

——十ヶ月付き合っているのに？

ふとそんな疑問が頭をかすめたが、桂人はとりあえず、今は眼の前の入寮式だと気持ちを切り替えた。

「ケイト、実はそのう、新寮生の名簿をまだ覚えてなくて」

アルバートが気まずげに言うのに、桂人はにっこりとした。

「大丈夫。頭にたたき込んでおいたから、アルビーは心配しないで。スタンも覚えておいてくれただろ？」

いつも桂人と同じように寮生の情報を知り尽くしているスタンなので心配はしていなかったが、一応確認する。スタンは長椅子にどさりと腰を下ろしながら、

「ああ。入ってる。なにかあったらフォローする」

と、素っ気ないが頼もしい言葉を返してくれた。アルバートは目許《めもと》を緩めて、ありがとう、と囁《ささや》いた。

「スタン、入寮式のときはシャツのボタンを上まで留めてね」

桂人が言うと「分かってるって」とスタンはうるさそうだ。恋人同士になっても、桂人のお小言を聞くとスタンは不機嫌そうな態度をとる。長年「不良生徒」を演じていたので、身に染みついた習慣のようなもので、このあたりの関係は変わらない。

そのとき桂人はアルバートが、寮代表用の立派な椅子を一瞥《いちべつ》したまま、緊張して立ち尽くしていることに気がついた。

肘掛けのついた立派な椅子は、代々この寮に君臨する王にのみ許された玉座。

代表一日目のアルバートは、初めてこの椅子に座ることになる。しかしその薄青の瞳にはまだ、ためらいのようなものが見え隠れしていた。

「……アルビー。そこはきみの席だよ。さあ、座って」

桂人は優しく促した。

去年までは、ニール・メンベラーズが常に座していた場所。

メンベラーズから色付きのベストを譲られ、今日この日からウェリントンの新たな王となったアルバートは――しかし桂人に瞳だけで「僕が座ってもいいの？」と訴えてくる。

不安そうな彼の腕を、桂人は優しく撫でた。

「きみが座らなきゃ。僕も腰掛けられない。不届き者のスタンは、代表が座る前にもう座ってるけどね」

軽口を交えて言うと、スタンがむっとしたように顔をあげた。

「アルビー。ケイトの言うとおりだ。さっさと座れ、それでこれからやって来る監督生たちを迎えてやれ。そうすれば、これから来る新人どもも安心するさ。自分たちのボスが誰だか分かるからな」

サルだってそういう社会だろ、とスタンは皮肉げに付け足す。

素直な励まし方ではないが、慣れているアルバートは勇気づけられたのか「そうだね」と頷《うなず》いて、肘掛け椅子に腰を下ろした。

座った途端に、素直な寮代表は自信を取り戻したらしい。ニッコリと笑った。褒めてほしそうに桂人を振り返る。桂人は、「素敵だよ、アルバート」と微笑んだ。

スタンは舌打ちし、「椅子に座ったくらいで素敵ってなんだ？」と呟《つぶや》いたが、桂人は聞かずにスタンの向かいに座った。

双子と仲良くなってから十ヶ月、日中一緒にいると、大抵はこの調子だ。桂人に甘えるアルバートと、甘やかす桂人。それに一人悪態をつきながらも、時折弟を後押しするスタン。この関係性を、桂人はそれなりに居心地よく感じていた。双子と一緒にいられる『居場所』は、桂人にとって大事なものの一つになっている。

ちょうどそのタイミングで、特別室の扉が開いた。

「遅れてすみません、アルバート」

入ってきたのは六年生にあがった監督生の三人。そして今年から監督生に選ばれた、五年生の三人だ。桂人は小さく息を吸い込み、気持ちを彼らに向けた。穏やかな微笑みをたたえながら、瞳だけでアルバートを促す。アルバートは太陽のように明るく笑って、それから言った。

「おはよう、みんな。今日は力を貸してくれ。伝統あるパブリックスクールの精神は、ワン・フォー・オール、オール・フォー・ワン。みんなの力さえあれば、ウェリントンを治めていけると信じているよ」

リーストン・スクールは一四〇〇年代に創立された、歴史ある全寮制男子高校である。

下は十三歳から上は十八歳までの子どもたちが通っているが、王侯貴族が代々通ってきたこともあり、生徒のほとんどは貴族出身という特殊な環境だ。入学の年を三年生、最終学年を七年生と呼んでおり、千人以上の男子が在籍している。

寮は十一棟。各棟およそ百人弱の生徒たちが暮らしていて、リーストンの生活の基盤は寮そのものにある。

各寮には五年生から七年生まで、三人ずつの九名で構成される「監督生」という特別な役割がある。朝の点呼や就寝の監督をはじめ、寮行事を取り仕切ったりなど、細かく寮を運営する役員のようなもので、選ばれることは大変な名誉でもある。

歴史ある名門校、リーストンで監督生を務めたとなれば、オールド・リーストンは自慢として語り継ぐ。そしてその監督生のトップ、寮の王として頂かれるのが「寮代表」だった。

燕尾服風の制服の、上着の下のベスト。

普通の生徒たちは無地で色味も均一だが、寮代表だけは目立つ色や模様つきのベストを着用できる。色付きのベストを着るのは、この学園の中でわずか十一人にしか与えられぬ特権なのだ。

高い爵位や、歴史、名家の名前を背景に背負った生徒たちは、将来のためにその色付きベストを着用する座を争う。社会に出たとき、リーストンで寮代表を務めたとなれば、周りの見る眼が変わる。雑に言えば、「箔《はく》が付く」という感じだ。それゆえに去年、桂人は六年生の監督生として、次期寮代表の座を巡るトラブルに巻き込まれた。

もっともそのトラブルの内容はちょっと特殊で、現寮代表であるアルバートを、誰かが追い落とそうとしたわけではない。スタンも桂人も、寮代表になるつもりは毛頭なかったからだ。平たく言えば双子の兄弟ゲンカと、前寮代表メンベラーズの画策に、桂人が知らず知らずのうちに駒として使われた、というのが正しいかもしれない。

とはいえ、桂人自身はそのことを不快にも不満にも思っていない。なにもかもあってよかったこと。なべて世はこともなし。

終わった今では、メンベラーズの計画に自分を使ってもらえたことに、感謝すらしている。なぜなら桂人の人生は、それまでと大きく様変わりして、少なくとも以前よりはずっと幸せになったし、生きやすくなれた。信頼できる友人たちを得られたこと、監督生としての仕事に積極的になれるようになったこと。

そしてなにより、スタンという恋人ができたこと。

愛し愛される相手がいる。

一年前までの桂人は、自分には誰も愛せないと思っていた。この国に自分の居場所はなく、卒業後は出奔した父のいるだろう日本へ、一人ぼっちで行くつもりだった。だが今は違う。スタンのそばやアルバートの傍ら。

今の桂人は大切なもの、愛するものがたくさんあると感じられるようになったし、スタンのそばやアルバートの傍ら。ウェリントンの寮の中にも、自分の居場所を感じられるようになったのだから。

入寮式のあと、礼拝堂を立ち去る生徒たちを見送りながら、新寮生の顔をチェックしていた桂人は、すぐ後ろから視線を感じて振り向いた。

見ると、五年生で今年から監督生になった一人、デービスが桂人をじっと見ている。

（エイリー・デービス……男爵家の子。成績はAからAプラス、得意科目は物理学……）

寮生のプロフィールならすぐに思い出せる桂人は、デービスの情報をさっと頭の中に引き出しながら「なに、デービス？」と優しく訊《き》いた。以前なら、寮生に見られていればなにか意地の悪いことをされないかと萎縮したが、桂人はもう、そんなふうに怯《おび》えなくなっている。

「あのー、六年生のジョーンズに聞いたんだけど……」

デービスはのんびりした性格らしく、体は華奢《きゃしゃ》な桂人よりよほど大きいが、口調はまだ子どもっぽく洗練されていない雰囲気がある。簡単に印象を言えば、「ぬぼーっとしている」。

「ヴァンフィールが、毎日三十分談話室で勉強をみてくれてるって。僕、今年から演劇史をとるつもりなんだけど、みてもらえたりする？」

「演劇史は得意なわけじゃないけど……。手伝うことはできると思うよ。でもデービスは物理や化学が得意だろう。どうして急にソフト・サブジェクトを？」

桂人は不思議に思って首を傾げた。

「本当は前から興味があったんだけど、受験に不利だから、とってなかった。でも去年、ソフト・サブジェクトでオックスブリッジに進んだ人もいたし……」

　去年度の進路先一覧と、彼らの成績表が桂人の頭の中にするすると浮かんでくる。そういえば何人かそういう人もいたなと思い出し、桂人は微笑んだ。

「いいよ、好きな勉強ははかどるだろうし。でも、先にチューターと相談してみて。僕ができるのはテキストの読み方のアドバイスくらいだし、それでよければ来てくれたらいい」

　そう言うと、デービスは嬉《うれ》しそうに眼を細めた。

「ヴァンフィールが親切でよかった、なんでアジアンが監督生なんだろうって思ってたけど、よく分かったよ」

　なんでアジアンが監督生。

　言われた言葉があまりにストレートだったので、（どうやらこの子、嘘《うそ》がつけないぞ）と内心苦笑していたら、六年の監督生であるウォレスが「おい、デービス」と剣呑《けんのん》な声を出した。

「今のは失礼だろ、ヴァンフィールが優しいからってつけあがるなよ」

　言われたデービスは慌てたように、そんなつもりはなかった、ごめんなさいと謝ってくれ、桂人はいいんだよと笑ったし、突っかかっているウォレスのことも宥《なだ》めたが、

（去年はきみも同じこと言ってたよ――ウォレス）

　とは、言わなかった。

　監督生に選ばれたばかりのころは仕事もいい加減で、桂人に対しては侮蔑《ぶべつ》まじりの態度だった現六年生の監督生三人も、今ではすっかり桂人を尊重し、頼ってくれるようになった。

父親が日本人なため、桂人はアジア人と言われがちだ。一年前までは、ウォレスも桂人のことを「なぜアジア人の監督生が？」と陰口を叩《たた》いていた。だが今では、桂人がアジアンと呼ばれると率先して叱《しか》ってくれる。

ウォレスのような生徒が桂人を慕ってくれるようになったのは桂人の振る舞いもあるだろう。桂人は一年ほど前から、平日は毎日、成績に伸び悩む生徒たちの学習相談に乗るようになり、そこには高い家格の生徒たちも出入りしている。おかげで親しい相手が増えた。そしてなにより……。

「ケイト、さっきの挨拶、おかしなところはなかったかな」

入寮式を終えて、寮監《ハウスマスター》となにやら話していた寮代表、アルバートが、監督生の輪の中に戻ってくるやいなや、桂人にそう訊いてくる。

薄青の瞳が少し心配そうに揺れている。可愛い犬を見たような気持ちになりながら、桂人は「立派だったよ」と素直な感想を言った。

実際、アルバートのスピーチは前年の代表だったメンベラーズのような、権威や知性に満ち満ちたものではなかったが、明るく朗らかで、この先の生活が楽しいものになると希望が持てるような、親しみあるものだった。

親元を離れて寮に入り、これからどうなるだろうと不安と緊張を抱えているだろう新寮生たちは、寛容そうで、飾り気のない寮代表を見てほっとしただろうと、桂人は思う。

そしてその親しみやすさ、善良さが、アルバートのなによりもの強みだ。言葉少なくそれらの感想を伝えると、アルバートは人目も憚《はばか》らずに嬉しそうにしている。たぶんアルバートのこの反応があるから、ウォレスまで桂人に懐いているのだと思う。

「……ヴァンフィールって教師に向いてそうだね」

そのとき、ぼうっとやりとりを見ていたデービスが、なぜか急にそんなことを言うので桂人は眼《め》を丸くした。

「え？　どうして？」

「だって的確に褒めてくれるし、頭ごなしにしないし、先生《サー》みたい」

あまりに突然でびっくりしたが、そういえばデービスの両親は教育者だったなと桂人は思いだした。特別室に置かれた名簿の情報が確かなら、父親も母親も、大学で研究をしながら教鞭《きょうべん》をとっているはずだ。

お前、知ったようなこと言うなよ、とウォレスがまたデービスに突っかかるが、デービスはマイペースな性格のようで気にしていない。そのうちにアルバートが口を挟み、「ケイトはたしかに褒め上手だね」などと言うものだから場はますます賑《にぎ》やかになる。

（……将来なんてまだ先だと思ってるけど、いつかは大学に入って、社会に出る。そのときは、今いるこの居場所は失うんだ）

愛すべきウェリントン寮の、監督生という立場は、残り一年弱の『居場所』だ。これから先どんなふうに自分が生きていくのかは、桂人にはまだ茫洋《ぼうよう》としていて想像すらできなかった。

先の見えない将来のことより、さしあたって気になるのはこの騒ぎにけっして入ってこない一人のことだ。

監督生の一団の端っこで、スタンはじっと黙っている。ようやく舌打ちをこらえている、という表情をしている。

（スタン……今夜荒れそうだなあ……）

などと思いながら、桂人もわずかに、ため息をついていた。


桂人の心配をよそに、入寮式が終わってからも、監督生の仕事は山のようにあった。

その日の夕方、寮監が入寮前に行った新寮生との面談のメモが大量に特別室へ届き、桂人はスタンと二人でファイリングしながら一つ一つ生徒たちの問題を確かめていった。

明日からは授業が始まってしまうので、作業をしてしまうなら今しかない。

「ロニー・スコット」

スタンが名前を読み上げ、

「お父様が銀行家……お母様がご病気で入退院を繰り返してる。実家との連絡を密にとれるように措置《そち》しようか。特別休暇も出せるよう寮監と校長に相談を」

「そうだな。今現在も入院中なら本人も不安だろうから、メイトロンに時折話を聞くよう伝えておこう」

桂人が生徒の抱える問題をチェックし、そのうえで、桂人とスタン、二人で対策をたてる。

こうしたやりとりは前年度、二人の交際が始まり、アルバートを次期代表にと互いの気持ちが合致してからは何度も行ってきたことだった。

以前は桂人とスタンの間でまとめた意見をアルバートに伝え、それからメンベラーズのもとへ持っていったが、今は代表がアルバートなので、まとめたものをアルバートに伝えて、実際に寮監や校長へ伝える仕事はアルバートにお願いするという形になる。

監督生特別室は、監督生だけが使える部屋で、ゆったりとした長椅子が数脚置かれ、チェスやトランプなどのちょっとした遊び道具の他に、軽い酒まで置いてある空間だ。

上に立つものは義務を課せられるが、そのぶん特権も得られるという貴族的な考えが、この部屋一つをとっても感じられる造りになっている。

今、特別室には桂人とスタンの二人しかおらず、他の監督生はそれぞれべつの仕事をしている。

アルバートは代表の他に、寮のクリケットチームや聖歌隊にも所属しているので、とかく忙しい。

新しい寮生十八名のチェックが終わると、在寮生のうち、夏休みに環境や状況に大きな変化のあった生徒、専門の課題科目を大きく変えた生徒など、在寮生をピンポイントでチェックしていく。監督生として、寮生に規律正しい生活を送らせることだけではなく、不調や変調を抱えている場合は上手くサポートすることも仕事のうちだった。

こういう作業では、相手の立場に立てる想像力や、より合理的な判断ができる頭の良さが求められるけれど、その点でいえばスタンはとても頼りになるので、桂人はスタンが同じ監督生でよかったと、何度思ったかしれない。

桂人は生徒たちの学習相談を受けているから、よく「親切」と言われるが、桂人からしたらスタンは自分より余程親切に見えるし、優しさの塊でできているような男に見えることがある。

「エイリー・デービスが演劇史をとるって？」

あらかたのチェックが終わったころ、既に始めてから二時間近くが経《た》っていた。もうすぐ夕食の時間だ。

夕食当番――生徒たちが全員食事をとっているか見回る当番は六年生と五年生の二人だが、監督生としてあまり大幅な遅刻は避けたいので、桂人は手早く資料を片付けながら「そうだね」と肯定した。今日の入寮式のあと、本人から直接聞いたことだ。

耳ざといスタンのことだから、会話を聞いてはいるだろうと思っていたが、なにか思うところがあるのかと、桂人は気になった。

「なにか心配？」

「あそこのご両親を知ってる。どちらかというとお堅い人たちだ」

「たしかご両親とも、大学教員だよね」

そうだな、とスタンが頷く。

「デービスは物理と化学がAプラス。成績はかなりいい。だが、八つ上の兄貴は大学を中途退学して役者になった。今度の科目変えに、ご両親が口出ししてくるかもしれない」

「そうだったの？　……お兄さんはオールド・リーストン？」

　スタンはため息をつき、シャツのボタンを二つ外しながら首肯した。

「演劇史に興味があるだけなら……オックスブリッジに行くまで勉強は我慢したほうがいいと俺は思う。ご両親といらぬいざこざは避けたいだろうし……まあ本人の自由だが。デービスはこれまでの成績がいいから、チューターは見逃すかもしれない。デービスは性格的にも、あまり気を回すほうじゃない。一度は誰かが厳しく言わないと、親とのことは考えないかもしれないな……」

　スタンは眉根を寄せている。言いにくそうにしている、と桂人は思う。スタンは本当は、他人の選択にあれこれ指図するのは嫌いなはずなのだ。

けれど一方で、生徒が家族と揉《も》めることに同情的で、そうならないでいてほしい――と、願っているように桂人には見える。

　それはたぶんスタンが、あまり幸福な生い立ちではないからでもある。

「僕から話してみようか」

　どうせ、学習相談に乗る約束をしたのだからそのとき少し時間を割けばいいと桂人は思った。

だが桂人がそう提案すると、スタンはしばらく考えてから「いや、いい」と断った。

「俺が訊いたほうがいい。俺はたぶんきつい言い方をするだろうし、本人も悩むかもしれない。そのときは、お前が寄り添ってやってくれ。ご両親とのことを考えたうえで、それでも演劇史を選択するのなら、それはそれで構わないと思うしな」

桂人は分かったと頷きながらも、スタンは相変わらずだなあと感じた。

（相変わらず、優しい……）

桂人からすると、スタンはいつも損な役ばかり引き受けているように見える。

とはいえ、これが一番いい、「最終学年の監督生たち」のあり方なのだ。少なくとも自分たちの場合は。

それが理解できるぶん、桂人もでしゃばって「今日は僕が厳しい役目を負う」と言えない。

大体、アジア人で外見も強そうには見えない桂人がなにか厳しいことを言っても、あまり生徒への効き目はない。スタンの苦言のほうが、ずっと効果がある。

（……スタンの優しさは、いつも分かりにくいんだよな）

分かりにくいから、優しいと思われにくい。いつも他人と距離がある。そのことが、時々桂人は自分のことのように淋《さび》しくなる。

一年前の秋、不良生徒を演じていたスタンは桂人に協力的ではなかった。それは弟のアルバートを傷つけないためにそうしていたのだ。

十四歳でストーク家当主だった母親を亡くした二人のうち、爵位を継いだのはアルバートだった。だがそれは、スタンが母親の遺書を書き換えるという罪の上に成り立っていた。

その真実を知っているのは桂人だけだが、不出来な弟と優秀な兄を比べて、周りのものはスタンが遺書を書き換えたのではないか……と疑っていた。

彼らが十四歳のころ、当のアルバートを含め、周りの大人たちや学校の生徒たちも、爵位を継ぐのはスタンであるべきだと考えていた。スタンのほうが、何倍も優秀だったからだ。

伯爵位の家の中でも、ストーク家は英国に君臨する名貴族、グラームズ家と肩を並べるほどの家で、歴史も古く、王族に連なる一族である。事業に成功している貴族でもあり、世界的に大規模な企業を有してもいる。

その家の当主ならば当然、パブリックスクールで寮代表にならねばならない。そういう圧力が、どうしても周囲からかかってしまう。

スタンは自分の罪を償うために、あえて不良を演じて、アルバートを代表に推していた。自分の人生を犠牲にして、アルバートに花を持たせるよう、常に先回りして動いていたのだ。

そしてその現実に耐えかねたアルバートは視野狭窄《きょうさく》に陥り、都合の悪いことは見ないように振る舞って、双子の関係は共依存のようになっていた。

前代表のメンベラーズは双子のねじれた糸を断ち切るために、桂人に白羽の矢を立てて、スタンとアルバートの間に無理やり割り込ませた。

一方で桂人も、両親からの愛情を十分に得られず、養父との関係は微妙で、とても他人の面倒などみられる状態ではなかった。

それなのに双子の間に入れられて、皮肉屋で意地の悪いスタンと、頑なで不躾《ぶしつけ》なアルバートに傷つけられたが、気がつけば桂人はスタンを愛していたし、アルバートのことも好きになっていた。アルバートは自分の弱さを認め、スタンとの共依存から抜け出すと、素直に桂人を頼ってくるようになった。

スタンも監督生として協力してくれるようになったが、生徒のフォローに回るとき、厳しいことや耳に痛いことを言うのはスタン。そのあと、落ち込む寮生を優しく受け止めるのが桂人という役回りになってしまっている。

お前とアルビーは愛されていたほうがいい、というのがスタンの主張で、それはたしかにバランスだけ見ればそうだろうし、合理的に考えればそうだろう、と桂人も思う。

スタンは美しく完璧なので、その彼が優しく親切、という立ち位置をとるとアルバートの長所が霞《かす》んでしまう。寮代表には求心力が必要なのだ。脇を固める監督生が抜きん出てしまうと、寮内は不安定になってしまう。そして寮の政治ができないとなれば、アルバートはストーク家の当主としての才覚すら、疑われてしまう。それは双子にとっても好ましくない事態ではある。

前年度までは、メンベラーズ一人の圧倒的な政治力で寮が回っていたが、アルバートは策略で人を動かすタイプではない。

——愛されることで務まる代表もある。

以前メンベラーズは桂人にそういう指針を教えてくれた。そしてそれを支えるために、桂人とスタンが必要なのだと。

アルバートは常に明るく公正、そして善良。それでもストーク家の当主であり、なにより代表だから、つまらない相談を持ちかけるのは誰もが遠慮する。

だがその点、アルバートに付き従う桂人はアジア人風で、無害で、親切で優しい。なにかあればまずは桂人に相談すれば、聞いてもらえるだろうと寮生は思う。

一方で、柔和な二人だけが最終学年の監督生では、親しみはあっても能力面や寮対抗の様々な催しで勝てるのかと不安が募る。そんなとき、完璧に有能だが、冷淡な態度のスタン・ストークというカードが心強くなるのだった。

スタンの監視と冷徹さ、桂人の親しみやすさ、そしてアルバートの善良さを、ウェリントンを支える軸にしようと、桂人とスタンはかなり前に話し合って決めていた。

（でも……自分だけ汚れ役ばかり。スタンは……辛《つら》くないんだろうか）

なんとなくいつも、みんなから怖がられ、一人ぼっちにならないかと桂人は不安に思うことがある。スタンの居場所はどこにあるのだろうと――。

だが最後のファイルを閉じた途端に、スタンはぐっと桂人に距離を縮めてきた。

「俺をかわいそうに思うなら、今夜も部屋に来てくれるか？」

甘やかな声音。南海のような深い青の瞳は、いつもは泰然としているのに、こんなときだけ遠慮がちに揺らめく。桂人は安堵《あんど》し、そして嬉しくなって微笑んだ。

「消灯したらね、スタン」

いつも少しだけ距離のあるスタンが、近づく瞬間は桂人にはたまらない喜びだ。

スタンの大きな手が、するりと桂人の手を握りしめ、離れていく。立ち上がりしな、耳元で「待ってる」と囁かれるとドキドキした。

今だって二人きり。キスくらいできるのに、スタンは仕事中はけっして手を出してこない。息を吹きかけられて熱くなった耳元を押さえながら、桂人は先に出ていくスタンの背中を見送った。

小さく、ため息が出る。

(べつに特別室でなにかしたいわけじゃないけど)

それこそこの部屋は、監督生なら誰でも入ってこられるのだから、桂人とスタンがいちゃつく場所ではない。だがそれでも、消灯をすぎて桂人がスタンの部屋に行かない限り、絶対に手を出さないスタンに、不平や不満はないものの、疑問はあるのだ——。

(だってスタンって……昔、男娼なんて陰口を言われてたころは、学内のあちこちでいろんな人とキスしたり、抱き合ってたのに……)

今となっては、それらはスタンのボランティアだった、ということが分かっているし、桂人との交際は本気だから不用意なことをしないだけ、と言われてしまえば納得もするのだけれど。けれど時々、桂人は思ってしまう。

(良い形での交際関係……できてるとは思う。ただ、いつまでこうして……一緒にいられるんだろう。スタンは僕とこの先どんなふうに、付き合っていきたいのかな)

それが分からないし、見えないなと感じることがある。

卒業後や社会に出てからの自分たちが、あまりはっきりと想像できない。

かといって自分たちは男女でもないし、年も若い。性急に将来のことを決めたいかというとそうでもない。それにスタンとの交際に、それほど大きな不満や不安があるというわけでもないのだ。

（時々、引っかかるだけっていうか）

――恥ずかしいんだろうね。頭の堅い親が、子どもの前でいちゃつくのを嫌がるようなものさ。

いつだったか茶化すようにスタンについてそう言ったメンベラーズが、後から小声で付け加えた一言を、桂人は折に触れて思い出す。

……あるいは。

と、メンベラーズは小さな声で続けたのだ。

……あるいは、まだスタンには準備ができていないのかも。一人の人間への愛を、信じきるだけの準備が。彼はまだ、自分に向き合えていない。今のまま愛しても、満ち足りるという確信すら、ないのかも――。

（愛を信じきる準備……満ち足りるという確信……自分に、向き合えてない？）

どういう意味だろう？

考え始めると胸の中に不安が兆す。

「いけない、夕食に行かなきゃな」

桂人は気持ちを切り替えるように独りごちると、慌てて立ち上がった。

「……スタン、んっ、ま、待って」

監督生が手鈴を鳴らして寮生たちを部屋へ追い込み、一斉消灯してから三十分後――。

桂人は自室と同じ階にある、隣の部屋へ、そっと足音を忍ばせて訪れていた。

監督生の部屋は寮の最上階に集まっており、他の生徒の居室と比べてかなり広い。これもいわゆるノブレス・オブリージュなのである。義務のかわりに、特権を負う。パブリックスクールには随所にその精神が表れていて、一番奥の角部屋は寮代表の部屋になっており、鍵もかかれば風呂もあり、そもそも二部屋ある。

桂人とスタンの部屋は、その手前に位置していた。

そして消灯後、桂人が寝間着姿で扉をノックし、するりと中に体を滑り込ませると、その途端に待ち構えていたスタンに捕まり、扉に押しつけられるようにしてキスされていた。

「スタン……、ここでしたら、廊下に聞こえる」

もう何度も肌を重ね合わせているから、スタンが待てない状態なのが分かる。ぐっと押しつけられたスタンの股間《こかん》は硬く膨《ふく》らんでいて、それが寝間着ごしに桂人のへそに当たると、中に挿入される感覚が思い起こされて背筋にぞくぞくしたものが駆けた。

口を開けると舌を差し込まれて口の中を舐《な》められる。分厚いスタンの舌で喉の奥ぎりぎりを擦《こす》られると、ますます体が震える。

「誰もいないさ、もう待てない……昼はずっと我慢してた」

唇を離したスタンが、桂人の目許や頬に口づけしながら言う。上気した顔をあげて、自分に覆い被《かぶ》さるように立っているスタンを見上げれば、スタンはその瞳にぎらぎらと欲望を映しているし、少しだけ不機嫌そうでもある。

「朝からデービスだのウォレスだのがお前の取り合いをするし、アルビーは隙あらばお前に触ってる。やっとメンベラーズが卒業して、邪魔者が消えたと思ったのに……」

忌々《いまいま》しげに舌打ちするスタンに、桂人は申し訳ないが少しだけ嬉しくなる。

（嫉妬《しっと》、してくれてたんだ……）

付き合いはじめてから十ヶ月、スタンはよくこういう小さなジェラシーを口にする。だがそれは二人きりの、消灯後の逢瀬のときだけで、普段はおくびにも出さない。

スタンは以前「不良生徒」だの「男娼」だのと言われていた奔放なイメージとは正反対に、実際は自制心の固まりで、相当に自戒的な性格なのだ。

だからこそ、夜になって聞くスタンの本音は桂人にとって甘美だ。愛されているのだ、という気持ちが心を満たしていく。他人への愛にすがらない。愛されることをよりどころにしない、と決めているけれど、それでも恋人からの愛情は嬉しい。

「僕が他の人と話すの、不満……？」

意地の悪い質問かもしれないけれど、そっと訊くと、スタンは唇を尖《とが》らせて少し考えた。

「……ケイトが付き合ってるのは俺だ、と言いたくはなる。でも、お前が誰にでも優しいところが……好きだから、複雑だ」

ため息混じりに言うスタンが、日中の、隙がないほど有能なスタンとは違って可愛く見えて、桂人は思わず微笑んだ。と、スタンが「余裕そうだが」と言いながら、自分の股間をさらに強く、桂人の腹へと押し当ててきた。

「あ……」

寝間着ごしでも大きく膨らんだスタンの硬い性器がこすりつけられて、桂人はびくりとした。

「これからお前の中にこれを入れるんだぞ……分かってるのかな、ケイトは……」

耳元で色っぽく囁かれると、体が期待で震えてしまう。

(僕が……十ヶ月でこんなに、はしたなくなるなんて)

昔はセックスが恐ろしかったのに、今ではスタンとの情交がたまらなく好きだ。

へそに当たるスタンの性器の先端は、わずかに湿っていて、自分の体に興奮してくれている。入りたいと思ってくれている。

そう感じると、桂人は体の芯から溶けていくような甘い心地になった。

スタンに愛されていることが嬉しいのだ。とてつもなく嬉しい。その喜びだけで、体がほぐれてしまうくらいだ。

「あ……っ、あ、ん」

寝間着の中に滑り込んできた手で尻を揉まれ、乳首をつままれる。乳首はこりこりと捏《こ》ねられただけで膨らみ、その快感は腹の奥へびりびりと届いた。

スタンは下着一枚に薄いガウンを羽織っただけの姿で、バランスよく鍛えられた体の輪郭が、窓辺から忍び込む月明かりに浮かび上がっている。ガウンのポケットから首尾良くローションを取り出したスタンは、そのぬめりを使って桂人の後ろへ指を二本挿入してきた。

「……ほぐれてる。最後にしたのは三日前だから、もしかして自分でほぐしてきたか？」

訊《たず》ねられて、桂人は顔をまっ赤にした。羞恥《しゅうち》で、後ろがきゅうっと締まる。下着ごと寝間着の下をずり下ろされて、丸い臀部《でんぶ》を剝き出しにされる。

「……ん、今日は、夜の当番が……な、なかったから」

恥ずかしい。けれど嘘をつけなくて、そんなことを白状した。付き合って十ヶ月、毎日は無理でも三日おき、二日おきには体をつなげているから、スタンは桂人の感じる場所を知り尽くしていて、中で指を折り曲げて敏感な場所をとんとん、と叩いた。そうされると腹の中に甘く切ない愉悦が広がり、桂人の性器は今にも射精しそうになる。

内ももを震わせながら、桂人は思わず「ああ……っ」と大きな声を出し、慌てて口をつぐんだ。扉一枚隔てたところは廊下なのだと思うと、怖くて後ろがきゅうっと締まった。

「かわいいな、ケイト……いつ、どこでほぐしたんだ？」

「……ん、んん、お風呂で……急いで」

寮の風呂は共同だ。寮代表以外はみんな同じ浴室を使う。

浴場にはカーテンで区切られただけの小さな浴槽がずらりと並び、決められた時間にみんなが急いで入っていく。監督生の桂人は一番最後の時間に使えるし、多少はゆっくり入っていても咎《とが》められない。今日の当番はウォレスだったので、最後のチェックはしておくから、先にあがっていいよと声かけもできた。

なので桂人はこっそり持ち込んだローションで声を殺して後ろを柔らかくしておいた。ローションは、前にスタンから分けてもらったものだ。そのときも、「朝当番がある前の夜とかに、ほぐせて……おけたら」と恥を忍んでお願いしたのだけれど——。

「共同のあの風呂で？　カーテン一枚払ったら、他の男がいる場所で、尻に指を入れて弄《いじ》ったのか？　しかもウォレスが、耳をそばだててお前の声を聞いていたかもしれないよな？」

「あう……っ、んっ」

意地悪を言われながら感じる場所をぎゅうっと押されて、桂人は思わず喘《あえ》いだ。

「尻でこんなに感じるのに、大勢男がいる場所でアナニーしていたなんて……」

「ほ、ほぐしてただけだ……」

喘ぎながら言ったが、スタンは指を引き抜いて桂人の尻を持ち上げると、立ったまま己の性器を挿入した。

「あっ、んんうーっ」

不安定な姿勢なので体重がかかって、一気に奥までスタンの性器が入ってくる。へそのあたりまで、狂おしいほどの圧迫感がある。桂人は慌てて口を押さえたが、太ももの付け根を支えられてゆさゆさと揺すられると、何度も快感の波にさらわれた。

（あっ、だめ、だめ、いく……っ）

たった数回中を擦られただけで、桂人は勢いよく吐精していた。

（あっ、あっ、あー……っ）

口元をぎゅうぎゅうと押さえ込んでなんとか声は出さずにいられたが、扉に凭《もた》れた背中が激しく震えて、古い建て付けが軋《きし》む。桂人の精液は、スタンの割れた腹筋をびっしょりと濡《ぬ》らしている……。

「あ、あ、ごめ……」

恥ずかしくて見ていられないけれど、スタンは「いっぱい出たな」と囁いて、腹についた桂人の精液を撫で回した。スタンの腹の割れ目に、自分の精液が広がっている。

「い、いや……」

羞恥でいっぱいになり、とても見ていられなくて目をつむる。けれど体を揺すられると、また呆気《あっけ》なく快楽に意識をさらわれて、桂人は全身をびくびくと揺らした。

「声を我慢できてえらいよ、ケイト」

こめかみにキスを落としながら、スタンが桂人の片足を持ち上げ、下着と寝間着のパンツを脱がせた。片足にだけ、衣服が引っかかっている状態だ。素足になった片足を持ち上げられると、スタンの反り返った性器が、後ろからゆっくりと出ていく。

「んっ、ん、ん、ん」

(あ、だめだ、だめ)

イったばかりなのに、と思うが、止める間もなく引き抜かれた性器が、一気に中へ突き入れられた。肌と肌のぶつかる卑猥《ひわい》な音が、静かな部屋に響き渡る。そこから激しい抽送《ちゅうそう》が始まって、扉の軋む音よりも、桂人の蕩《とろ》けた後孔にスタンのものが出入りするいやらしい音のほうが強くなっていく。

「あ、あ、ああっ、あ、だめえ……っ」

愉悦で下半身が溶けていき、乳首は寝間着にこすれるだけで感じている。桂人はたまらなくなってスタンの首に腕を投げかけてしがみついた。

「だめっ、だめ、あっ、ああ、ああー……っ」

気持ち良さに甲高い声が出てしまう。

「……ケイト、かわいい」

生理的な涙が溢《あふ》れ、尻が勝手に上下に揺れて、足からは力が脱けてしまう。体が下にずり下がると、スタンの性器は桂人の奥の行き止まりまで到達して、そこをドン、と叩かれる。

「あっ、あっ、あああー……っ」

もう声を我慢することも忘れて、桂人は泣きながら達していた。

さっき出したから、今度の量は少なかったけれど、中がぎゅうっと締まり、スタンの性器を引き絞ってしまう。

「……くっ」

スタンは呻《うめ》きながら、咄嗟《とっさ》に中から性器を引き抜いた。中出しをしないためだろうが、そのため剝き出しになった桂人の尻にスタンの精がかかり、その生ぬるい感触に桂人は「あ、あ、あ……」と感じ入ってしまう。スタンの精液が体にかけられている、と思うと、なぜか例えようのない甘美な喜びが、胸に湧いてしまって、そんな自分が恥ずかしい。

羞恥と悦楽に喘ぎながら、桂人はその場にへなへなと座り込んでいた。

扉の前からスタンのベッドへと移動したあと、今度はゆっくりと味わうように抱かれた。

抱かれている間、スタンの巧みな動きにいつも蕩かされて前後不覚になってしまう桂人だが、一番嬉しいのは日中は聞けない「かわいい」だとか「俺のケイト」というような睦《むつ》み言をたくさん囁いてもらえることだった。

（それでも、愛してるって言ってくれることはないんだけど……）

結ばれた最初の夜以外で、桂人がスタンから「愛してる」と言われたことはない。

軽々しく告白ができないのはスタンの性格からくるもので、それが分かっているだけに桂人も「愛してると言って」とせがんだことはないけれど、桂人だけが「愛してる」と呟いて、それに「ああ」としか返ってこないときはほんの少し胸が痛む。

（……でも、スタンにそういう愛情表現は無理だしな）

セックスが終わったあと、桂人はくったりとスタンのベッドに横になったまま思っていた。

監督生の居室は広いが、風呂は寮代表の部屋にしかついていないので、情事が終わったあとはスタンがいつもこっそり、湯を持ってきてくれることになっていた。

桂人は大抵力尽きてベッドに寝転んでいる。今日もそうだ。ぼんやりと待っているうちに戻ってきたスタンが柔らかなタオルで体を拭いてくれ、着替えさせてくれるのだった。

こういう夜には必ず、魔法瓶にナイトハーブティーを用意してくれているのもスタンで、桂人は体を清めてもらい、着替えたあとはスタンの胸に背を預ける形で座り、ゆっくりとお茶を飲んで眠気を待つ。愛しているという言葉はなくとも、スタンの仕草やしてくれることすべてに、愛情がこもっている。だから平気なのだろうなと桂人は思う。

桂人が眠るまでの時間は、スタンと私的な話ができる大切なひとときで、桂人はセックス以上にこの時間が好きだった。

「アルバートのスピーチ、上手にできてたね。スタンは褒めてあげた？」

青白い月明かりが窓辺に差す中、香りのいいお茶を飲みながらそんな話をする。

夏休みの間、ストーク家に遊びに行っていた桂人はアルバートが毎日のように入寮式のスピーチの練習をしていたのを知っているし、なるべくそれに付き合っていた。スタンは付き合ったり付き合わなかったりだったが、もともと二人は仲の良い双子だ。アルバートはスタンに褒められたら嬉しいだろう……と桂人は思っていた。

けれど、スタンは桂人の髪に鼻先を埋めながら「んー、うん、どうだったかな……」と、とぼけた返事だった。

「なにも言ってあげてないの？」

「べつに俺からはいいんじゃないか。あいつはケイトにさえ褒めてもらえたら満足する」

ほんのわずかに僻《ひが》みが入ったような声音が返ってくる。スタンは桂人の頭に顎を乗せた。

「いつもぶんぶん尻尾《しっぽ》を振って、お前に懐いてる。大体夏休みだって、釣りだなんだってお前を連れ回してたじゃないか。スピーチの内容も、俺が一応聞こうかって言ったらなんて言った

と思う？　『ケイトに聞いてもらったからいい』だとさ。まったく、かわいくなったもんだよ」

スタンはふてくされたような態度だ。

「スタンに甘えないようにしてるだけだよ。アルビーは、スタンが大好きなんだから……」

思わず言うと、「はいはい。お前もアルビーが大好きだものな」といじけた声を出して、スタンは桂人の上から退《ど》き、両手を頭の後ろで組んでベッドのヘッドボードに凭れた。桂人は内心でため息をついた。

双子の共依存が終わり——スタンは桂人の恋人に、アルバートは桂人の親友になった。

二人は以前よりずっと明るくなったし、自然と笑えるようにもなった。

けれど、これまでがべったりとした関係だった反動か、今は互いにほんの少しだけ仲が悪い。好きだけれど、時々邪魔。

そんな感じに見える。もっともメンベラーズに言わせれば、兄弟なんてそんなもの、だと言う。

（まあ……めちゃくちゃに仲が悪いわけじゃないけど。前より距離があるってだけで）

それはそれで健全なのかな、と思うのだが、桂人は一人っ子だしもともとの家族関係が良好ではないだけに、よく分からないというのが本音だ。

かといって双子の問題を桂人がどうこうできるわけではないので、これ以上この話題はやめるかと、ハーブティーを飲みながら思う。それからふと、思い出した。

「そういえば、メンベラーズから手紙をもらったよ。スタンのところには来た？」

訊くと、窓から差し込む青白い光の中で、スタンが嫌そうに顔をしかめるのが見えた。

「来てない。……ケイトにだけよこすとはな。あいつ、俺への当てつけだ」

スタンが舌打ちしたので、桂人はサイドテーブルにカップを置いて振り返った。

「違うよ、スタンとアルバートも誘って、ケンブリッジに遊びに来ない？　っていう内容だ。今度オープンモーニングがあるから」

前年度寮代表のメンベラーズは、卒業後、リーストンの生徒の半分以上が進学するケンブリッジ大学へ進んでいた。

オープンモーニングは十月、ケンブリッジに出願を考えている生徒に向けて開かれる大学開放日だ。様々な催し物がなされ、大学の中を見学できたり、学生や教員に話を聞くこともできる。メンベラーズに会いたいし、なによりこれから大学進学を控えている桂人にとっては魅力的な誘いだったけれど、スタンにとってはそうでもないようで「オープンモーニングねえ」と眉をひそめている。

「いい機会じゃないかな。大学見学なら寮監も外出を許可してくれるし、メンベラーズも口添えしてくれる。ケンブリッジはアルバートの第一希望校だし……」

身を乗り出して言うと、スタンはしばらく考えた末に「まあそうだな」と呟いた。スタンはなんだかんだ言いつつも、アルバートのことはやはり可愛いらしく、弟のためなら……という気持ちが働いたのだろう。

「でも、俺とお前にはあまり関係ないんじゃないか。アルビーは俺とは同じ大学に行きたくないそうだから。それこそ、オックスフォードのオープンモーニングに行かなくていいのか？」

俺はたぶんオックスフォードになるし、お前もそうだろ、と言いながらスタンは桂人の腰を引き寄せる。桂人は自然、スタンの胸に頭を乗せる形になりながら、「じゃあ来月、スタンはオックスフォードに出願することに決めたの？」と訊ねた。

オックスブリッジは他の大学と違って、願書の提出が早いうえにどちらか一方の大学にしか申し込めない。アルバートがケンブリッジで、同じ学校はいやだと言うならスタンは自動的にオックスフォードに進学することになる。

「そうなるかな……お前もそうするだろ？」

「たぶん……」

付き合い始めたときにそういう約束をしたので、桂人もそのつもりではあった。そのときは、一緒にオックスフォードに進学が決まったら同居しよう……などと夢のように話し合ったのだ。とはいえ、先行きを思うと少し不安になり、ため息が出た。

「不安か？　お前の成績なら入れると思うけどな」

「……大学はなんとかなるだろうけど、その先の仕事について考えたら、僕はなにがしたいのか分からないから、どうしようかと」

桂人は去年の今ごろまでは、リーストンを卒業したら日本に行くつもりだった。なにかあてがあるわけではなかったが、この国に居場所がないと感じていたからだ。簡単に言えば逃げ出すつもりで、日本でなにかできる仕事を見つけ、自分で稼いだ金で学費にあてるなり、奨学金制度を使うなりして、一人で生きていこうと漠然と考えていた。

けれどスタンを愛し、彼と恋人になった今は、その考えはすっかり消えている。場所を変えたくらいでは孤独は消えないと理解したのもあるし、イギリスにも自分の居場所を作れると気づいたからでもある。そしてとりあえず今は、行ける大学へ進もうとしか考えていない。

(どこでどう、自分の居場所を得られるかなんて、自分次第だろうしな……)

桂人の養父は変わった人で、学問になんの価値も感じていない。それでも、桂人が行きたいと言えば二言三言文句を言っても最終的には学費を出してくれるだろう。

養父のことを、桂人は嫌悪してもいるのだが、好きにさせてくれるという点ではありがたいと思っている。そして母は、桂人の進路などこれっぽっちも気にしていないので、どうせなにを言っても「ああ、そう」で終わるだろう。息子の将来よりも、自分の新しい服のことで頭がいっぱいなのだ。

両親のことは考えるだけで胸が重たくなるものの、友人と恋人、尊敬できてなんでも相談できる先輩など、人間関係が豊かな今では、それほど悩まなくなっていた。

「仕事なんて、どうにでもなるさ。大学卒業までに考えればいい。デービスが言ってたように、教師なんかたしかに向いてるかもな」

スタンは言ったが、なぜかそのあとに悔しそうに舌を打った。

「くそ、あいつケイトと親しいわけでもないくせに、訳知り顔に……」

ぶつぶつ呟いているスタンに、桂人は苦笑した。けれどすぐにスタンは気を取り直し、今すぐ決めなくても、大学にいる間に考えればいいさ、と言って桂人のこめかみにキスをした。

「俺たちが一緒にいられれば、なんでもいい。そこさえ変わらなければ、それなりにずっと幸せだ」

それなりに幸せ。

なんとなくその言葉に引っかかったが、桂人は深くは考えなかった。

「スタンは、家の会社に入るの？」

自分のことよりスタンのことに興味があるから、話を変えた。

ストーク家はストーク・グループという企業を経営している。英国の都市開発に始まり、全世界で不動産業やホテル経営などを展開しており、貴族の中には没落して赤貧に喘ぐ家も多い中、もっとも成功している名家の一つに数えられる。

「どうだろう……、まあ、そうだな。そうなると思う。本家には俺とアルビーしかいないし、手伝いは必要だろ」

ぼやけた言い方ではあるが、スタンはおそらくそうするつもりだろうと桂人は思った。大学が離れるくらいは大した問題ではないが、巨大企業の中に入って、あの善良なアルバートが孤軍奮闘するのは辛そうだし、スタンはそれを放っておけそうにない。

（監督生の仕事も楽々こなせるんだから、スタンはきっと、会社に入っても有能なんだろうな）

深く考えなくてもそういう未来が見える。桂人は二人が恋人になった最初の夜に、スタンが言ってくれたことを思い出していた。

——二人ともオックスフォードに受かったら、一緒に暮らさないか？

一緒に暮らすのは一生の話だと、あのときスタンは言ってくれた。

（今でもスタンは……僕と暮らしてくれるつもりがあるんだよね……？）

一緒にいられたらいい、とついさっき言われたばかりだ。きっとそのはずだと胸の奥で思う。

それでもどうしてか、桂人は未来を思うと妙な胸騒ぎと不安を覚えてしまう。

（本当にそれでいいのかな）

今思い描いている未来にはなにかが足りておらず、幸福ではないような予感が、なぜか桂人の中にある。だが考えてみてもその予感にはなんの根拠もないのだ。

（やめよう、変なこと考えるのは）

桂人は内心でそう思った。

スタンとの関係でなにか不満があるわけでもないのに、どうして自分が不安を感じているのか桂人にはよく分からなかった。日中は素っ気ないから？　だとしても、夜になれば激しく求められるのだし、ちゃんとヤキモチも焼いてくれる。

自分勝手な不安で、スタンの愛を疑うのは違う気もして、結局桂人は別のことを訊いた。

「スタンは、夢とかやりたいことないの？」

それはなにげない問いかけだった。進路の分かれ道を目前にしている年齢なら、誰しもが訊くような他愛ない会話の一つだ。

スタンは片手で桂人の髪を撫で、指に絡めながら「やりたいことね」と呟いた。

「子どものころは、あったような、なかったような。ヴァイオリンは好きだった……」

でも、家を継ぐつもりだったし、母が……と、スタンは言いかけて、口をつぐんだ。

母、という単語に桂人の胸がどきんと鼓動をたてる。一瞬だけ、緊張した。けれどスタンはちょっと顔をしかめると、すぐに笑った。

「いや、やっぱりないな。俺の夢はとりあえず明日もケイトとセックスすること」

冗談めかして額にキスしてくるスタンに、なにそれ、と笑いながらも桂人は心臓が、どきどきと不安に逸《はや》るのを感じていた。

――本当に？　スタン。

今、なにを言いかけて、やめたの。きみのお母さんがなに？

そう問いたかったが、口に出せない。母親の話題はスタンにとってタブーで、そのことを持ち出した瞬間から、桂人とスタンの間に流れている優しい空気が冷えてしまう。

それが桂人には、いまだに怖いのだ。

寝ようか、とスタンが言って二人一緒にベッドの中へ潜り込む。ぴったりと寄り添い合って眠る今このひとときは、なににも代えがたい幸福で、桂人はそれを壊す勇気が持てずにいた。


けれどその晩、桂人は誰かが泣いているのを聞いて眼を覚ました。

サイドテーブルの上に載った時計は、午前四時。あたりはまだ真っ暗な闇に閉ざされており、すぐ隣から呻き声が聞こえてきた。

（……スタン）

桂人は上半身を起こした。抱きしめられて眠ったはずが、今、スタンは桂人に背中を向けて背を丸め、悪夢にうなされていた。顔を覗き込むと、闇の中でもスタンが顔をしかめて苦しそうにしていることが分かった。そっと肩に手をかけると、その体は汗で湿っている。

（まただ。また、うなされてる）

こんな夜は初めてではないから、桂人はもう驚きはしなかった。ただ苦しそうな横顔がかわいそうで、どうしていいか分からないまま覗き込んでいる。

呻いていたスタンの唇から、そのとき言葉が漏れた。

「……やめて、ママ」

途端に桂人は、頭を重たいもので叩かれたようなショックを感じた。

これ以上スタンを狂おしい夢の中に置いておきたくなくて、肩を大きく揺さぶる。

「スタン、スタン！」

夢の向こう側でスタンを苦しめているだろう、母親の手から彼を奪うような気持ちで桂人はスタンに呼びかけた。

スタンは飛び起きて、左胸に手を当てた。そうして、真っ青な顔で桂人を振り返る。青い瞳には恐怖が宿っている――桂人は胸が締めつけられるように痛んだ。そっとスタンの肩を撫でる。

「大丈夫？　うなされてた」

「……、……あ、……ああ、平気だ」

スタンは桂人の手を払うようにしてベッドから出ると、テーブルに置いてある水差しから水を飲んだ。

「悪い夢……？」

ママ、と言っていたね。

その言葉はなんとか飲み込む。

けれどどれだけ飲み込んでも、どんな内容の夢だったかは想像にたやすかった。スタンは十三歳から十四歳のおよそ一年の間、実の母親に性的虐待を受けていたのだ。彼の母親は双子の片割れ、アルバートのことはネグレクトし、スタンのことは夜な夜なベッドに呼んでいた。

そうして最期には、自殺という形で亡くなった。最悪な親だと、口にはしないが桂人は思っている。

アルバートは母親への悲しみをほとんど見せないかわりに、桂人に懐いている感じがある。大きな犬のようにすぐに桂人にくっついてくるのは、母親に愛されなかった孤独があるせいだと、桂人はよく分かっていた。

アルバートは愛されたがりで、淋しがりだ。

ただ幸いなことに、彼は根っこが善良で、基本的に鈍いから、桂人が惜しみなく愛情を注いであげれば十分立ち直ってゆける。そうでなくとも、クリケットチームや聖歌隊、寮生たちやストーク家の親戚たちなど、アルバートは所属している場所が多く、社会とのつながりが深い し、そのぶん期待もされている。アルバートには居場所がたくさんあるのだ。

たぶん世の中には、所属する場所が多いほど安定し、期待されるほど幸福を感じられる人種がいて、アルバートはまさにそのタイプだと思う。

だが、スタンは違う――。

同じ双子でも、スタンは悲しいほどにアルバートと違っている。

スタンは常に人と距離をとっていて、少し離れた場所にいる。アルバートの兄。ウェリントンの監督生。そして桂人の恋人だが、それ以外に、スタンが持っているつながりがあるかと考えると、桂人にはないように見える。桂人だって似たようなものだが、桂人は数少ないつながりに愛情を感じていて、それらを愛する自分自身を居場所にしているから、あまり揺れない。

長年自分を苦しめてきた母親との対峙《たいじ》も、もはや乗り越えている。

けれどスタンは、普段は母親のことなどもう気にもしていない、どうだっていいと嘯《うそぶ》くが、一緒に眠る日、この十ヶ月でも何度となく夜中にうなされていた。

(お母さんのこと呼んでたの、言ったほうがいい?)

言えば、なにか話してくれるのだろうか。

そう思うが、そこまでは立ち入りすぎている気もする。ただ不安で鼓動が速くなり、桂人はきゅっと息を飲み込んだ。助けになりたいのになれないことが、ひどくもどかしく感じる。

「……なんの夢だったか、覚えてない。ああ、夏休みにアルビーが釣ってきた魚を料理したことあったろ、あれかもしれない。泥みたいな味で、クソ不味《まず》かったからな――」

青い顔で、覇気《はき》のない声でわざと皮肉げにごまかすスタンに、桂人はなにをどう言っていいか分からなくなった。そばにいって抱きしめようかと腰を浮かしたら、スタンは最近ではほとんど吸わなくなっていたシガーを取り出して、火をつける。

闇夜に白い煙を吐き出し、スタンはなんでもなさそうに言った。

「もう四時だ。あと一時間でお前は起きる時間だろ。部屋に戻っておいたほうがいい」

桂人は今日、起床の当番だった。たしかに監督生のなかでも、起床当番は一番に早起きしなければならないし、一緒に組んでいるもう一人が桂人の部屋を訪ねてきたときに、いなかったら怪しまれてしまう。

実際桂人は朝が早い当番の日は、五時前にスタンの部屋を立ち去るようにしていた。

(でも、今言われると……なんだか)

これ以上入ってくるなと、拒絶されているように感じる。かといって、ここでケンカを始めるような理由もない。しばらく黙りこみ、それから桂人は「そうだね」と微笑んだ。

「そうするよ、スタン、汗冷えしないようにしてね」

スリッパに足を突っ込んで、スタンの部屋を出る。見送るスタンは窓辺でシガーを吸いながら、微笑んでいたけれど。

扉が閉まる瞬間、その瞳には影が差した。

(……スタンはまだ、救われていない)

廊下に出て、桂人はそう思う。

(スタンはまだ今も、出会ったころと同じように苦しんでいるんだ……)

それを知りながらなにもできない無力感が、胸に広がる。

スタンと一緒にいて、ちゃんと愛して愛されていて、なにも問題なんてないと分かりながら時折不安になる理由を、桂人は本当はよく分かっているのだ。

——一緒にいられれば、なんでもいい。そこさえ変わらなければ、それなりにずっと幸せだ。

眠る前、スタンの言っていた言葉を思い出す。

(僕といても……スタンには、それなりの幸せでしかないんだよね?)

喉の奥につかえた言葉はそれだった。それなりの幸せは、本当の幸せだろうか?

(どうしたらスタンは……救われるんだろう。僕には、なにができるんだ)

答えの出ない堂々巡りの思考だった。十ヶ月問い続けても、分からないままだ。

桂人はため息をつき、とりあえずあと少し休もうと、自分の部屋の扉を開けた。

# 二

入寮式から一週間が経つその日の朝、桂人《けいと》は朝食当番に立った監督生《プリフェクト》の二人、ウォレスとデービスの様子を見にいった。

朝食当番は、生徒たちが全員朝食にやって来たかをチェックするだけの単純な仕事だが、一人一人の顔を見て健康状態に問題がないかや、精神的に落ち込んでいないかなど、見た目から判断する役割もあると桂人は考えていた。

寮生全員におはようと声をかけて、返事が返ってくるか。いつもと反応が違わないか。咳《せき》をしたり、顔色の悪い生徒はいないか。などなど、早朝は気が緩んでいる生徒が多いので分かりやすいのだ。

もっともそれらはマニュアルに書かれていることではなく、桂人が個人的に気をつけていることだが、監督生を一年もやれば自然と身につく視点でもある。

様子を見にいくと、まだ早い時間なので人もまばらな食堂の入り口で、ウォレスがデービスを叱っていた。

「おいデービス、今の三年生はハリスじゃない、ハリソンだ」

「ええ……？　じゃあハリスが来たときにハリソンにチェックを入れるよ」

監督生になりたてのデービスが無頓着に言うと、ウォレスが「それじゃだめだ」と注意している。

「一人一人違う人格の持ち主なんだぞ。チェックリストごときと思わずに、ちゃんと顔を見て名前を一致させろ。特別室に置いてある名簿には眼を通してるんだろうな？」

聞いていた桂人は思わずくすくすと笑いながら、「おはよう」と二人に声をかけた。振り向いた監督生二人が、おはよう、と返してくれる。桂人はウォレスを見つめて、眼を細めた。

「なに？　ヴァンフィール」

「ううん、きみは成長したなと思って」

言うと、ウォレスは顔を赤らめて「ディールとディトルを間違ってたことなら反省してるよ」とデービスには聞こえないようにか、小声で言った。桂人は噴き出しそうになるのをこらえた。

去年監督生になったばかりのころ、ウォレスは桂人が名前違いを指摘するとデービスと同じ反応をした。もっとも、ウォレスとの信頼関係ができてからそのことをもう一度注意すると、とても反省してくれた。

……ヴァンフィールがどうして監督生になったのか分からない、なんて言ったりしてごめん。

そんなふうに謝ってもくれた。初めのころ、ウォレスはそういった意図の言葉をよくアルバートや同学年の監督生に愚痴っていたのだ。けれど今はまるで違う態度になった。

「みんなの様子に変わりはない？」

そう訊くと、ウォレスは顔を曇らせながらすぐ回答する。

「新寮生のトンプソンが心配だよ。寝不足なのかいつも覇気がない。プレップスクールのときの彼の様子を教えてほしいと、アルバートから寮監に頼める？」

桂人が質問したことだけでなく、的確な情報収集の方法まで考えているから、つい感心してしまう。

「トンプソンと同室の子たちは？」

「ジョンソン、ローリー、ワトソン……みんな良い子たちだ。様子を聞きに今夜談話室に行こうと思うけど……五年生にさせたほうがいいかな？」

ウォレスは真剣に桂人の意見を訊いてくれている。桂人の答えが最適解だと考えているのが伝わってくる。桂人は少し考え、「いや、ウォレス、きみが一人で行ってみて」と伝えた。

五年生の新しい監督生では情報を取りこぼすだろうし、七年生の自分が行っては警戒させる。ウォレスは背も高く貴族然としているが、もともと軽い性格だった。監督生の仕事の責任に目覚めた今では、その軽さは柔らかさに変わっている。たぶんちょうど良く、新寮生から話が聞き出せるだろうと桂人は考えた。

「きみなら大丈夫だと思う。アルバートには伝えておくから、なにか分かったら教えてくれ」

ウォレスは桂人の言葉を聞くと、嬉しそうに頷いた。その瞳には、仕事を任された喜びが映っていて桂人は微笑ましくもなった。

（すごく成長してる。来年度の布石も打ちやすそうだ……）

今度はデービスのほうへ眼を向けると、デービスはデービスでため息をついていた。なんだか浮かない顔をしているなと、桂人は気がついた。

「……やあデービス、昨日談話室にこなかったね。演劇史の勉強は順調なの？」

そっと隣に回って訊くと、デービスは気まずそうに桂人を見た。

新学年が始まってから最初の数日は、デービスは桂人が夜、夕食のあとで開いている学習相談に来ていたのだが、ここ二日は来ていなかった。

「……それがスタン・ストークに、家族にはちゃんと伝えてるのかって言われて」

と、デービスは小さな声で言った。うつむいたデービスを見てなにかを察したのか、ウォレスがデービスの持っていた名簿を取り上げて、二人で話してくるようにと目配せしてくれた。

（ウォレス、頼もしいな）

すっかり監督生らしくなっているウォレスの姿に、嬉しくなる。が、とりあえず今は眼の前のデービスだ。

桂人は食堂の隅にデービスを連れていきながら、どうやらスタンがかなり厳しく言ったらしい、と考えた。

「ご家族に、科目の変更は話してなかったんだね？」

怖がらせないようにそっと訊ねると、デービスは暗い顔をした。

「両親に言ったら反対されるから。スタンは、演劇家になりたいわけじゃないなら、今までどおりのサブジェクトで試験を受けるべきだって。もしこれで受験に失敗したらご両親は悲しむって言われて……そこまで覚悟してるのかって訊かれたけど、答えられなかった」

「……そう。じゃあこの二日、悩んでたの?」

スタンがデービスに忠告することは知っていたので、知らないふりをするのは気が咎めたが、桂人の役目はデービスの気持ちに寄り添うことだ。あえて断定的なことは言わずに訊ねる。

「うん。単純に興味があるだけなのか、大学でも研究したいことなのか……将来を考えたらスタンの言うとおりだけど、リーストンの先生の演劇史を受けられるのは今だけだし……」

それはそうだろうなあと思う。

やるべきことと、好きなことが必ずしも同じなわけではない。二年待って勉強しろと言われても、たった十五歳にとって、二年はあまりに遠く感じるものだろう。

うーん……、と桂人は唇に指をあてて、しばらく考えた。

「オックスブリッジに進むことを念頭に置くなら……スタンの言うことは一理あるね」

用心深く前置きしつつ、桂人は付け足した。

「でも今、演劇史を勉強したい気持ちもあるんだね。どちらも大切なことなら、受験用の科目を四科目用意して、すべてでAプラスをとれれば、ご両親に安心してもらいながら、演劇史を続けられるかも……もちろん、決めるのはきみだし、僕の個人的な気持ちだけど……」

伝えると、デービスはハッとした顔になった。

「そうか、四科目でプラスをとればいいんだね」

それは口で言うほどたやすいことではないが、デービスは物理、化学などを始めとした理数系分野にめっぽう強いので、そこだけで固めればできないことはなさそうだった。事実彼は、三年生から連続でキングスカラーをとっている。桂人もそれを知っていて口にしたのだが、本人は希望が見えたように眼を輝かせている。

「チューターと相談してみるよ」

「そうだね。自分にとって大切なことがなにか、順番をつけてみるといいかも」

そうする、とデービスは言いながらウォレスの隣に戻っていく。

あの様子なら、家族の反対を押し切ってまで演劇がやりたい、などとは言わなそうだと桂人は思った。趣味の範囲の勉強なら、今後おおごとになって家族と揉める、なんてこともないだろう。

デービスの顔からは曇りが晴れて、ウォレスもそれを見ると小さく微笑んでいる。

下の世代を見つめながら、桂人も気がかりが一つなくなりホッとするとともに、あえて厳しい立場をとってくれたスタンに、心の中で感謝した。


電話が入っているから部屋に来るように、と寮監に呼ばれたのは、その日の昼のことだった。

また養父からだろうか？　だとしたらいやだな――。

時々養父が電話をかけてくるから、身構えながら電話に出た桂人だったが、受話器から聞こえてきたのは想像とは違う、柔らかな声だった。

『やあ、ヴァンフィール。元気にしてる？』

それは今年の六月、晴れやかにリーストンを卒業していった前寮代表《ヘッドボーイ》、ニール・メンベラーズの声だったのだ。

「メンベラーズ！」

思わず、驚きの声をあげてしまった。部屋に寮監がいなくてよかった、と思いながら、桂人は慌てて口をつぐんだ。

そんな桂人の驚きを感じ取ったのか、メンベラーズは受話器の向こうでくすくすと悪戯《いたずら》っぽい笑い声をこぼしていた。しばらく会っていないメンベラーズの優しげな面立ちと、淡く輝く琥珀色《こはくいろ》の瞳が鮮やかに脳裏に蘇《よみがえ》り、声が聞けた嬉しさに、胸が弾むような心地になる。夏休みの間、何度も会っていたのにもう懐かしい。

「どうしたんです？　お電話なんて……」

嬉しさが隠せずに、うきうきした声で訊いてしまう。

『手紙が着いたころかと思ってね。オープンモーニングがあるって送ったろ。寮監は許可してくれたかい？』

「ええ、それはもちろん。僕らの他にも参加する学生はいるでしょうし」

とはいえ大学のオープンデーは七月にも二回あったので、七年生の多くはそこで志望校を固めているはずで、今度のオープンモーニングに参加を考えているのはそう多くはないだろうと思われた。

けれどアルバートの気持ちを高めるためにも、三人で行こうか、という話にはなっていた。アルバートのＡＳレベルの結果はぎりぎり合格圏内という感じで、寮代表としての一年が始まったばかりの今は気も張っている。少しでも息抜きになればいいし、ケンブリッジ大学という目標に向かう力になれば……と、桂人は思っている。

当日はメンベラーズが個人的に案内してくれるとも聞いていた。キャンパス内は既に七月、かなりの時間をかけて歩いたので、それよりもピンポイントに催しを楽しみたい。メンベラーズに会えることも嬉しい。

「二週目の金曜日でしたよね？」

念のために確認すると、ちょっと待ってね、とメンベラーズが手帳を繰っているらしい音がした。ほんのわずかな時間、通話の声が途切れると、ふとどこからかヴァイオリンの音が聞こえてくる。

音のするほうを見ると、寮監の部屋の窓が換気のためかうっすらと開いている。

寮のどこかで誰かがヴァイオリンを弾いているのだ――旋律は、『亡き王女のためのパヴァーヌ』。抑制の利いた美しい調べは、スタンの音だった。

（……スタンのお母さんが、好きだった曲）

以前、そんなことを聞いたことがある。付き合いはじめてしばらくの間、スタンはこの曲を弾かなくなっていたが、最近はまたたびたび弾いている。そのことが、桂人の心を不安に曇らせてもいる。

（また、お母さんの夢を見たんだろうか……）

つい先日うなされていたスタンのことが、脳裏に蘇ってくる。

『ああ、そうだね。二週目の金曜日で合ってる』

受話器の向こうでメンベラーズが言うと、ヴァイオリンの音はかき消えた。それでも一度覚えた不安は、頭の隅にこびりついたように消えない。桂人は不意に、メンベラーズにスタンのことを相談したくなったけれども、すんでのところで冷静になり、抑え込んだ。

（なんて訊くんだ。……Sex abuse のトラウマから、スタンをどうやって救えばいいって？　そんなこと、僕が言うべきじゃない……）

メンベラーズは双子の幼なじみで、スタンとアルバートにとっては実の兄のような存在だ。彼らの母親がどんな虐待を子どもたちに強いていたかも知っている。

それでも、スタン本人が口にしない限り、桂人から相談するのはやはりお節介な気がした。

『寮内はうまく回ってる？　アルバートはなんとかやってるかな』

メンベラーズは桂人の沈黙を気にしたふうもなく、続ける。桂人は慌てて、気持ちを切り替えた。

「アルバートなら、緊張はしていますが……」

初日、寮代表の椅子に座ることすらためらっていたアルバートを思い出しながら言う。

「自然体でいれば大丈夫と伝えてありますし、実際みんなから慕われてます。細かいことは僕とスタンでフォローしてます。それに、ウォレスや六年生の子たちが頼れるようになってきました」

そう伝えると、ウォレスはモデリングが得意だからね、とメンベラーズが言い、桂人はその視点がなかったのでハッとした。

（ウォレスの成長はモデリングなのか……なら、七年生となるべく組ませてもいいかもしれない。……メンベラーズはやっぱり、見てるところが違う）

改めて、メンベラーズの洞察力は別格だと感心した。彼と話していると、もっとメンベラーズの考えを聞きたいという気持ちにさせられる。

なんにせよ、下の学年が育ってくれるのは助かることだ。来年度の憂いが晴れるし、監督生最終学年の仕事など、ほとんど次の世代へのバトンタッチだと桂人は思っていた。

『入寮から一週間が経ったなら、そろそろ寮代表会議があるころだね。きみとスタンがついていれば大丈夫だろうけど、他の寮代表はアルバートほど善良とはいかないだろうから、支えてあげて』

言われて、桂人は「実はこのあとあるんです」と伝えた。

寮代表会議は、十一ある寮の代表が集まる会議で、定例会議が月に三度ある。七年生の監督生は同席できることになっているが、基本的に代表以外には発言権がない。どんなものだか想像がつかないが、メンベラーズが言うように、他寮の代表はアルバートのように、擦れていないお坊ちゃんというよりは、メンベラーズに似て頭のきれる生徒が多いだろう。

『それと……もうアルバートから聞いてるかもしれないけど、ブルーネル寮の寮代表が急遽《きゅうきょ》変わった。特例でね……、少し厄介なタイプだから気をつけて』

メンベラーズは常になく、どこか含みのある口調だ。桂人はまだ寮代表が変わったとは聞いていなかったので、眼をしばたたいた。

（こんな時期に代表が変更……？　そんなこと、あるんだろうか）

聞いたことがない事例だ。驚いていたが、メンベラーズはそれ以上は話さず、また連絡するよと断って電話を切った。

受話器を置くと、窓の向こうからはもう、『亡き王女のためのパヴァーヌ』は聞こえなくなっていた。

寮代表会議は、午後の授業の前に行われることになっていた。メンベラーズとの通話を終えた桂人が寮の玄関口へ行くと、既にアルバートとスタンが待っていた。

「ごめん、電話があって遅れた」

メンベラーズから、と言うとスタンがいやな顔をするだろうなと思い、言わないでおいた。

アルバートは明らかに緊張した面持ちで、少し青ざめている。

「ケイト、僕の服装、おかしなところある？」

これから行く代表会議が不安なのだなと知れて、桂人はぐるりとアルバートの周りを一周し、

「大丈夫。今日も完璧だよ、アルビー」

と、優しく声をかけた。スタンは少し呆《あき》れた顔で肩を竦《すく》めている。

「代表会議なんて、集まってるのはどうせ狐《きつね》かコウモリだ。言うことに困ったら意味ありげに微笑んで黙ってりゃいいんだよ」

スタンは適当なことを言っているが、たしかにそう言う気持ちも分かるな、と桂人は思った。寮代表とその取り巻きなど、アルバートのように根っから善人のタイプよりは、狐のように悪知恵が働くか、コウモリのように日和見主義か……といったところだろう。どちらも勝手なイメージだが、そういうタイプの前なら、スタンが言うように沈黙はなによりも雄弁になる。三人そろって歩き出しながら、アルバートはしかし、兄の言葉に不服を申し立てる。

「意味ありげに微笑んでおいて、意見を求められたらどうするのさ?」

「肩を竦めて一言、『That's not bad』もしくは『Very interesting』、それで万事片付くだろ」

極めてシニカルな、英国的な物言いをスタンは教示する。アルバートは顔をしかめて「それはVery interestingだね」と言い返した。

寮代表会議は広い構内の、古い礼拝堂の横に建てられた赤煉瓦《れんが》の瀟洒《しょうしゃ》な建物で行われるようだった。蔓草《つるくさ》がつたう壁と、壮観なファサードの造りが、歩く先に見えてくる。

あの建物の中に各寮の代表が集まっていると思うと、桂人も緊張で胃が痛む気がした。同じリーストンの生徒とはいえ、他寮の生徒と関わることは授業以外ではほとんどない。

(うまくやれるかな……)

正直言って、不安は桂人にもある。

基本的に寮が違えば国が違うくらいに、普段、他の寮は遠い存在だ。ただでさえアジア人に見られやすい自分は、どういう扱いを受けるか分からない。

とはいえまずはアルバートの補佐が第一だと思い直し、桂人は今を逃したら確認できないだろうと、気になっていることを訊いた。

「アルバート、ブルーネル寮の代表が急遽変わったって聞いたけど……本当？」

スタンは初耳らしく眉根を寄せているが、アルバートは「ああ……さっき寮監から聞いたよ。ケイトも聞いたんだね」とため息をついた。実際にはメンベラーズから聞いたのだが、話すとややこしくなるので今はやめておくことにした。

「理由はなにか聞いてる？」

「はっきりしたことは。ただ、本来の寮代表は退学したって話だ」

「退学？」

予想外の言葉に驚くと、スタンが「ブルーネルの代表……ベセル家の長男だったな」と呟く。どうやら貴族の一人らしい。言いにくそうに、アルバートが言葉を接《つ》ぐ。

「……あまり信じたくないけど、夏休み中にロンドンで暴力沙汰《ざた》を起こして……警察のお世話になったとか」

まさか、と桂人は思ったが、スタンは「あってもおかしくないな」と応じた。

「素行不良だったの？　寮代表に選ばれるくらいなのに」

「普段は猫を被ってたが、裏では血の気の多いタイプだった。かっとなったら手がつけられない……そういうやつっているだろ？　貴族のお坊ちゃんにもあることさ」

桂人の疑問に、スタンが肩を竦める。

「そのとき、同じ七年生の監督生二人も一緒にいたとかで――特例で、ブルーネル寮の代表は、通常とは違う選出になったと聞いてる」

どういう意味だろう？　桂人は不思議に思ったが、アルバートもそこまでは知らないらしい。

やがて赤煉瓦の建物は眼の前に迫り、ウェリントン寮の代表はそれどころではなくなったようだ。ごくりと息を呑《の》んで、眼の前の建物を眺めている。

「行くぞ、アルビー。大丈夫、お前が手詰まりになったら、俺たち兵隊がなんとでもする」

緊張している弟の背中を、スタンはぽんと叩いた。アルバートは頷き、一歩を踏み出す。怯えて小さくなっていないかと心配した桂人の気持ちを裏切り、腹をくくったらしいアルバートの歩き方は悠然としており、緊張など微塵《みじん》も見えない。

（さすが、貴族）

内心そう思った。生まれ落ちたその日から叩き込まれるノブレス・オブリージュの精神。貴族のプライドは、アルバートの中にも確実に根付いているらしい。

どんなときでも取り乱した様子を見せず、寛容に振る舞う様。

青ざめていた顔はいつの間にか落ち着きを取り戻している。

ホワイエから階段をあがり、大きな扉を開けて入った部屋には、十一脚の代表用の肘掛け椅子が用意されている。

何人かの生徒が既に到着していて、色付きのベストを着た学生たちが、肘掛け椅子に優美に腰掛け、それぞれすぐ後ろに二人の生徒を従えている。

そしてたった今入ってきたばかりのアルバートと、スタン、そして桂人を品定めするようにじっと見つめた。

「やあ、お待ちかね。ストーク家当主。ウェリントンの王よ」

一番奥の椅子に座っていた生徒が微笑みながらそう言った。ベストの色で、桂人はペンブルックの寮代表だと気がついた。指し示された奥の椅子に、アルバートは「ご丁寧に」と言いながら腰掛ける。

室内には一種異様な雰囲気が漂っている。桂人がさっと一瞥して数えた限り、この場には代表十人がそろっている。

どうやら、ブルーネル寮以外の寮代表とその「おとも」は既に着いている。肘掛け椅子に座った代表たちは長い足を組み、それぞれに視線を交差させている。互いに探り合うかのような、眼差し《まなざ》し。眼には見えないひりついた空気が、部屋いっぱいに流れているのを感じた。

そのとき、アルバートの向かいに座ったチョーサー寮の代表が、ふと眼を細めて嗤《わら》った。

「ウェリントンの兵隊にアジア人がいるとは聞いていたが、本当だったんだな」

明らかに侮蔑を含んだ口調で、彼は桂人を見た。桂人はハッとして、なにか発言すべきか、アルバートの言葉を待つべきか、数秒悩んだ。アルバートがこの差別的な態度に、上手く対応できるかが不安だ。

(下手を打てば、今後ずっと見下される……)

かといって桂人がしゃしゃり出れば、それはそれでアルバートの矜持《きょうじ》に関わる。どうするのが正解か迷い、緊張が高まっていたところでアルバートが口を開いた。

「……ヴァンフィールのことなら、彼はとても優秀でね。助けられているよ。メンベラーズが懐に入れるようにして育てたんだ。ウェリントン寮の眼と言ってもいい。常に素晴らしい洞察に満ちていて……そうだな、僕の向かいに座ったチョーサーの王の人間性も、ヴァンフィールなら一瞬で掴《つか》んでることだろうね」

桂人の心配は杞憂《きゆう》だった。アルバートはにっこりと微笑み、そう言ってのけた。

「それとも今のは、アリストクラシーにおける悪しき慣習についての、模擬的な一幕だったのかな?」

肩を竦めて、気の利いた皮肉まで言い放つ。

桂人は驚いて、素早くスタンを見た。スタンも少し意外だったのか、ほんの一瞬だけ眼を瞠《みは》り桂人と視線を合わせた。室内には、アルバートの皮肉に静かに笑う声が響き、チョーサーの代表は悔しそうに黙り込んだ。この舌戦で勝利したのはアルバートだ。

(アルバート……成長してるんだ)

思いがけずに感嘆する。去年の秋頃、水辺で泣いていた頼りない青年が、今では悪意ある言葉に知恵で対抗している。

その姿に胸が熱くなっていると、部屋の扉が開いた。

「やあ諸君、お待たせしたね」

明るい声とともに入ってきた青年は、色付きのベストを着ている。彼は「おとも」を一人も連れず――たった一人だった。

室内の生徒たちが、一瞬でその人物に視線を向ける。

桂人も同じだったが、それよりも、視界の端に映ったスタンの表情が気になった。彼を見たスタンは、明らかにぎょっとしているように見えた。

「ブルーネル寮の寮代表を急遽承った、アーサー・ウェストだ。本来の寮代表が『しくじって』さ。俺は六年生だけど、七年生の監督生二人も下手を打ったから選ばれた。寮にとっては恥だけど、隠しておいても意味がないから白状する。そういうわけで今日から世話になるよ」

アーサー・ウェストと名乗った青年は、面白がるように笑って言うと、空いた席にどさっと腰を下ろした。上背があり、銀髪に近い淡い髪色、彩度の高い緑の瞳。制服はきれいに着こなしているが、長い足をすぐに眼の前のテーブルに乗せ、「おっと失礼」と言って下げる様はまさに生意気そのもの。

入ってきて早々、自寮の不祥事を口にするところも、「寮代表らしからぬ」大胆さだった。寮同士は常にライバル関係にあり、相手の粗探しをしているから、普通は他寮の代表に自寮の過失を伝えたりはしないのだ。

しかしアーサーは、それを逆手にとったらしい。おかげで場にいた代表たちはすっかりその空気に飲まれている。

（そのうえこの子は、六年生？）

桂人はその点にも驚いた。代表に選ばれるくらいだから賢く、家柄もいいのだろうが、それにしても七年生ではなく六年生だというのは想像していなかった。

けれど同時に納得もする。寮代表が退学――アルバートの言っていた不祥事が本当なら、ほとんど放校扱いだろう――した矢先に、これほど自由に、生意気に振る舞える精神力は一種の才能だろうからだ。

事実、寮代表と七年生の監督生が三十人も集まり、ただでさえぴりぴりした空気の部屋の中、一人だけ年下なのにも拘《かか》わらず、アーサーの緑の瞳はきらきらと楽しそうに輝いていた。それは今にも笑いながら走り出しそうな陽気さすら宿している。

（ものすごい精神力……）

並々ならぬメンタルの強靭《きょうじん》さが、ただこの一瞬からもうかがい知れる。

「アーサー・ウェスト……まさか代表がきみなんて、ブルーネルの悲劇はまだ始まったばかりのようだね、心が痛む」

ペンブルックの代表がイヤミたらしく言ったが、アーサーには効いていない。彼はニッコリと笑い、「お気遣いどーも」とラフに片付けてしまった。どうにも、言い回しがところどころ少年ぽい。

「ひどい不祥事だったそうだね、来年ブルーネル寮に入る三年生は気の毒に」

「あなたがたはそのころ卒業していらっしゃらないし、お気になさらず」

チョーサーの寮代表がなんとか鼻っ柱を折ってやろうとイヤミを重ねたが、アーサーはそれにも生意気に返す。

上級生たちは面白くなさそうにアーサーを睨《にら》んでいるが、人の善いアルバートはアーサーと眼が合うと優しく微笑んだ。アーサーもにこりとしたが、その視線はすぐに桂人に、そしてスタンへと向けられた。

アーサーはスタンに首を傾げてみせ、スタンは眼を逸《そ》らしている。妙な空気だと桂人は気づく。

（……スタン？　もしかして、知り合い？）

ストーク家の双子は家柄のいい貴族出身だし、アーサーもそうだろうから、社交界で既知の仲、ということは十分にありえた。が、ひとまずは会議だ——。ペンブルックの代表が一つ咳払いをし、

「今月の会議を回すのはペンブルックの役目だ。全員そろったところで議題について話し合いたい」

と伝えた。どうやら会議の進行は交代制らしい。

今日の議題は顔合わせと、それから十月にあるチャリティイベントについてだった。毎年行われる大がかりなチャリティで、学校が開放され、保護者もやって来る。

この特別なチャリティは十月と五月に開催され、寄付金額を寮ごとに競う。が、十一もの寮

が一斉にやるのは大変なので、半分ずつ参加する。そして年間で、小さなチャリティも含めてどの寮が一番寄付金を集めたか、六月に集計して結果が発表されるのである。

十月と五月、どちらに参加するかは毎年交互になるよう定められており、桂人の属すウェリントンは去年十月に参加したので今年は五月開催だった。今年十月開催に参加する寮は、それぞれ構内の施設を巡ってクジを引いていった。

やることがないその間、桂人はぼんやりと去年のイベントのことを思い出したりしていたが、ふと頰に視線を感じて振り向いた。

ブルーネル寮も五月参加だ。同じように暇らしいアーサー・ウェストが、じっと桂人を見ている。眼が合うと、彼は桂人に向かって手を振ってきた。

（え？　なに？）

フランクな態度にも、この場に似合わぬ仕草にも驚きつつ、無視するのも悪い気がしてにっこりと微笑むと、アーサーは今度は桂人を手招きした。

（……来いって言ってる？　なぜ？）

数秒ためらい、とりあえず用件だけでも聞くか、と動いたとき、隣のスタンが桂人の腕をぐっと摑んで引き留めた。びっくりしてスタンを見ると、スタンは嫌悪を露《あら》わにした顔で、虚空を見つめたまま桂人にだけ聞こえる声で言った。

「行かなくていい。どうせろくでもない話だ」

断定的な口調に、なぜそう思うのかと問おうとしたとき、クジ引きが終わった。リーズ教会を引き当てたクライスツ寮の代表が、喜びを隠しきれずにいる。

では閉会、と司会役の代表が言い、最初の代表会議はお開きとなった。


「やあ、スタン・ストーク。久しぶりに会うのに無視はないだろ?」

会議が終わり、赤煉瓦の建物を出て寮に戻る途中、桂人は後ろから呼びかけてくる声を聞いて足を止めた。隣を歩いていたスタンとアルバートも、歩みを止めて振り返る。

一人で来ていたアーサー・ウェストが、にこにこと笑いながら近づいてくるところだった。アルバートはちらりとスタンを見、それから「ウェスト」と声をかけた。その瞳からは、会議の最中の威厳は消えて、かわりに不安そうな色が移ろっていた。

「クライトン家のパーティ以来だ。兄に用かな」

「やーあ、アルビー。きみとはパーティ以来だけど、そちらのお兄さまとは三年ぶりなんだ。ちゃんと話したいんだよね、退いてくれる?」

アルバートは上級生だというのに、アーサーはまったく物怖《ものお》じしなかった。

アルバートのことを、無関心に押しのける。鼻持ちならない態度だが、アルバートは怒っておらず、ただ心配そうな顔をしていた。桂人はなんだか嫌な予感がして、スタンを見上げた。

スタンはというと無表情だったが、その青い瞳には冷たいものがこもっており、アーサーの傍若無人な振る舞いに怒りを感じているようだ。

「俺からは話なんてないんだが」

「バカ言わないでくれよ、三年前のメニューインで勝ち逃げしといて尻尾巻いたやつが。あのあと俺はコンクールで優勝して、今やプロデビューした演奏家だ。スタンお前、なんでヴァイオリンをやめたままなんだ？　もうそろそろ再開できるだろ」

明るい口調から一転、アーサーは大股にスタンに近づいてくると、胸元に指を突きつけて責め立てた。

（……ヴァイオリン？　コンクール……？）

桂人は耳に入ってきた情報が整理できずに戸惑う。不愉快そうにむっつりと口を引き結び、黙っているスタンを庇《かば》うように、アルバートがアーサーとスタンの間に入って弁解した。

「ウェスト——、違うんだ。うちが三年前、母を亡くして大変だったのは知ってるだろ？　スタンは家のためにしばらく、ヴァイオリンを休んでくれたんだ」

アーサーはアルバートの眼の前で指を一本たてると、チッチッチッ、と舌を鳴らしながら牽《けん》制《せい》した。

「一流の音楽家はそんなことで楽器をやめたりしないんだよ、アルビーお坊ちゃん」

スタンはおかしそうに肩を竦め「お前の言うとおりだよ、アーサー」と言った。

「一流の音楽家じゃない、二流だったからやめたんだ。お前は一流だったようでよかったな」

スタンの皮肉に、アーサーはムッと眉根を寄せた。それから舌打ちすると、勢いよく桂人を振り向いた。視線が合い、ドキリとする。瞬間、スタンがハッとしたように眼を瞠った。

「え……？」

桂人は手首を掴まれて、ぐい、と引っ張られていた。顎に長い指が添えられる。そうして頬に口づけが落ちてきた。

「アーサー・ウェスト！」

叫んだのはアルバートのほうだった。スタンは呆然《ぼうぜん》としているし、桂人もなにが起きたのか分からない。アーサーは体を翻《ひるがえ》すと、いつの間にか桂人の肩を抱いて立っていた。

「きみがヴァイオリンをやめたままなのは納得できない。次のメニューインに出て入賞しろ。頷くまで、このきれいなツバメちゃんを口説くけど？」

（ええ？）

きれいなツバメちゃん、とは桂人のことだろうか。なぜこんな展開になるのか分からず、驚いてアーサーを見ると、アーサーはにやりと笑って「知ってるんだよ」と囁いた。

「この子がお前のグリーンスリーヴスだって。賭《か》けようじゃないか、逢《あ》い引きする権利をさ」

なにを勝手なことを、と思っている間に、アーサーはどんどん話を進めてしまう。なにがなにやら分からずスタンを見ると、スタンはその眼に激しい怒りを滲《にじ》ませていた。桂人の二の腕をぐっと掴むと、スタンは「ばかばかしい、ほざいてろ」と吐き出して桂人を引っ張った。引っ張られた桂人はわけも分からないまま、連れて行かれる。アーサーは背後で「俺が本気だって分かってるだろ」と声をあげていた。

「音楽のためなら手段は選ばない。それが俺だ、臆病者のスタン・ストーク！」

桂人はひたすら混乱していた。アルバートが慌てて追いかけてきて、「大丈夫?」と訊いてくれ、「平気だけど……」と頷きながらも、なぜか気になってもう一度振り返る。

道の真ん中に突っ立ったまま、アーサーはこちらを見ていた。

眼が合うと、彼は瞳を細めた。緑の瞳には、強く、意志の光のようなものがある……。

そのとき桂人はふと、顎に触れてきたアーサーの指の感触を思い出していた。

アーサーの、優美な見た目に反して、硬かった指先。

それは何度も弦を押さえた指。ヴァイオリニストの指先だった。

# 三

——アーサー・ウェストが何者で、なにが目的で、スタンとどういう関係なのか。

少なくとも双子は知っていて、なにやらスタンと因縁があるのはたしかだった。

(口説くってなに？　僕とスタンが恋人だって知ってるって……どうしてだ？)

混乱し、桂人《けいと》はスタンに真実を教えてもらいたかったが、それはできなかった。

寮代表会議《ヘッドボーイ》のあと、ウェリントン寮に着くやいなやスタンは桂人の腕を放してさっさと自室にこもってしまい、話をしに行っても「昔同じ教師にヴァイオリンを習ってた。今はもう関係ない、あいつが勝手に騒いでるだけだ」と言うだけだった。

「僕を口説くなんて言ってたんだし、もうちょっと詳しく教えてほしい」

と迫っても、スタンは不機嫌そうに舌打ちして、

「お前あいつに口説かれるつもりか？　その気があるのか」

などと怒って話し合いにならない。桂人に口説かれるつもりがないことは、スタンにだって分かるはず。あまりに馬鹿げた言いがかりだと、桂人も腹が立った。

スタンは明らかにイライラしていて、「アーサーのことは忘れろ、寮代表会議に出なければ

会わなくてすむ。俺がアルビーに言っといてやる」と話を終わらせてしまい、以降桂人の言葉に耳を貸さない。あいつの話はしたくない、の一点張りだった。

(知りたいのはアーサーのことじゃない。スタンのことなのに。なんで分からないかな……)

メニューインで入賞しろと言われていた。あれは一体なんなのか、と思う。

アルバートに確かめてみても、彼は彼で歯切れが悪く「ウェストは昔からヴァイオリンでは……スタンのライバルっていうか」と呟《つぶや》いたきり、なにか考え込むように黙ってしまい、あまり参考にならなかった。アルバートの様子を見ていると、なぜか落ち込んでもいる。

(寮代表会議に出ないなんてわけにもいかないし。なんで話してくれないのかな)

双子はそれぞれ、なにを隠しているのだろう。

桂人は鬱々《うつうつ》と不満を溜《た》めていた。アーサーとの事件があってから三日、スタンと桂人は消灯時間を過ぎても逢《あ》い引きしていなかった。スタンは当番にはきちんと出てきていたし、仕事のことでは桂人とも会話する。だがじっと見つめても、「部屋に来い」とは言われなかった。

これまでも、桂人が早朝の当番が続いているとか、二人とも忙しい日が続くと、しばらく呼ばれない日は何度かあった。だから気にすることではないと思いながら、桂人は自分の中にもやもやと渦巻く不安を拭《ぬぐ》いきれなかった。

(……僕にウェストのことを詮索されたくないから、スタンは呼ばない？　このまま……ずっとこの状態が続いたら、僕らどうなるんだろう……)

ふと、「自然消滅」という熟語が浮かび、まさか、と頭を振る。

桂人の不安を煽《あお》ったのはそれだけではなく、スタンの弾くヴァイオリンの音が、アーサーと話した日からぴたりと聞こえなくなったのもある。以前は聞こえると不安になったのに、今では逆だった。

そして夜、消灯前のわずかな時間にスタンとアルバートが言い争っているのが、部屋の壁越しにうっすらと聞こえてくるようになった。

もう僕は大丈夫だから、ヴァイオリンを再開したら、とアルバートが言い、今さらやる意味なんてない、とスタンが反発する。二人は就寝のベルが鳴るまで言い合っていて、それは三日間毎夜に及んだ。

（どういうこと？　アルビーはスタンにヴァイオリンを弾いてほしくて、スタンはそれを拒んでる？）

スタンにとって、ヴァイオリンがそれほど大きなものだと想像したことのなかった桂人は、困惑していた。

その日、夕食が終わって、自由時間に六年生の談話室にいた桂人は、知らず知らずため息をついていた。

「ケイト、大丈夫？　今日は疲れてるみたい」

心配そうに顔を覗《のぞ》き込んできたのは五年生のセシル・イングラムだ。

小柄で内気な性格の彼は、去年までアルバートのファグだったが、今は違う。アルバートがファグを使うのをやめたからだ。ちなみにファグとは、パブリックスクールに古くからある慣習で、上級生を世話する下級生のことだが、現在ではほとんど使う生徒はいない。いじめや差別に繋《つな》がるからだ。

桂人は去年、とある上級生の悪ふざけからセシルを助けた経緯があり、以来セシルに懐かれているし、桂人自身もセシルをかわいく思っていた。

夕食後、桂人が談話室で自然と開くようになった——大々的に開催しているわけではなく、困っている生徒たちが桂人のもとへ来るようになり、相談に乗っていたらそれが日課になっただけだが——学習相談のようなものにも、セシルはほぼ毎日やって来る。

勉強をみてもらうというよりも、かわいい顔で、

「ケイトとお話ししたいんだ」

とニコニコ言う。そうされると桂人もつい頭を撫《な》でたくなってしまうような、セシルは素直な生徒だった。

今日、桂人のところへ来ていたのはセシルを合わせて五年生が二人と、四年生が一人、六年生が一人だった。

「ああ……、ごめん、セシル。もしかして話を聞けてなかった？」

桂人はつい、スタンのことを考えて物思いにふけっていたので、慌ててセシルを振り返った。セシルは苦手なラテン語のテキストを広げていたが、「ううん、そうじゃなくて」と言った。

「スタンとアルバートも最近顔を合わせるたびにツンツンしてるから、ケンカしてるのかなって。それでケイトが困ってないか心配してたんだ」

セシルは他の下級生と比べて、双子との親交が深い。家がらみで幼いころから知っているという。だから気になっているのだろう。

「それって、他の生徒から見てもそう見える？」

声を潜めて訊《き》く。幸い、集まっている他の生徒は課題をやるのに集中していて、セシルと桂人の会話を聞いていなかった。

「見えないと思うよ。僕は小さいころから二人と一緒だし、昔はよくお家《うち》にも行ってたから、なんとなくそう思ったの。ストーク家は、二人のお母さまが亡くなるまではホームパーティもしょっちゅうあったんだ」

メンベラーズも双子の幼なじみだが、セシルもアルバートのファグに指名されただけあって、幼なじみと言っていい関係のようだ。

桂人はふと、セシルならなにか知っているかもしれないと思った。

「セシルきみ……、アーサー・ウェストって知ってる？　ブルーネル寮にいる生徒なんだけど」

訊くと、セシルはぱちぱちと眼をしばたたき、それから、「あっ」と思い出したように小さな声で叫んだ。

「知ってるよ、スタンのヴァイオリンの弟弟子だ。十四歳まで、スタンと一緒によくコンクールに出てたんだよ。いつもスタンに負けて泣いてた」

僕、コンクールを見に行ったことがあるから知ってる、とセシルは付け足した。

「スタンはアーサーを可愛《かわい》がってたんだけど……ストークのお家が大変なことになったから、ヴァイオリンをやめちゃったんだ。たくさん賞ももらってたし、天才だって言われてたからみんな引き留めたんだけどね。そういえば僕が入学したばかりのころ、アーサーがブルーネル寮からウェリントンまでやって来て、スタン・ストークを出せって怒ってたこと、あるよ」

そんなことが？　と、桂人はびっくりして眼《め》を見開いた。

普通、他寮の生徒がここまで押しかけてくることは珍しい。こっそり行き来する場合はあるが、そういうときは大抵他寮で悪いことをやっているのだ。だから他寮を訪ねる行為はあまり推奨されておらず、アーサーの行動はかなり目立っただろう。セシルが入ってきたばかりといえば、桂人は五年生になりたてのころだ。

（ということは、スタンがヴァイオリンをやめて一年弱のころ……僕は監督生《プリフェクト》になったばかりで、まだ周りのことまで眼に入れる余裕がなかったな）

「僕は怖かったから、ぶるぶる震えてたんだけど……結局メンベラーズが出て行って、アーサーを説得して帰してたな……」

桂人はそうなんだ……、と相槌《あいづち》を打ちながら、どうやらスタンとセシルにとっては、アーサー・ウェストは子ども時代、パブリックスクールに入学する以前の関係やイメージのままで止まっているらしい、と感じた。

パブリックスクールでは慣例的にファーストネームではなく、ファミリーネームで互いを呼び合うのが普通だ。

双子のスタンとアルバートはどちらもストークなので例外的にみんなファーストネーム呼びをしている。だが普通は親しくなっても、姓を呼ぶ。

セシルとアルバートは、親しみをこめたいからという理由で桂人を名前で呼ぶし、スタンに至っては親しくなる以前からヴァンフィール呼びをやめていた。

（……まあスタンはきっと、僕が養父に……レイプされたことを知ったからやめたんだと思うけど）

きちんと訊いたことはないが、タイミング的にはそうなのだろうと桂人は感じている。そしてそんな些細《ささい》なことを思うたびに感じる。

（スタンの優しさ。スタンの愛は分かりにくくて……でも、誠実で、繊細だ）

スタンの心は不思議だと、桂人は十ヶ月交際をしていても思う。

彼は心の機微すべてを明かさないから、なにを考えているかよく分からないときがある。だが名前の呼び方一つとっても、スタンはけっして雑ではない。そのスタンが、アーサーのことを名前のままで呼んでいる。アルバートは慣習に倣《なら》い、ウェストとファミリーネームで呼ぶのに。

（スタンにとってアーサー・ウェストは……親しい人だったんじゃないかな）

そしてアーサーとスタンの間に存在するヴァイオリンについて、桂人はもしかして大きく誤解をしていたのかもしれない、とこのごろ思うようになっていた。

「……僕は、スタンは小さいころから習い事をたくさんしていたって聞いてて……ヴァイオリンもその一つなんだと思ってた。でもそうじゃなくて、彼はかなり真剣にヴァイオリンをやってたのかな……?」

小声でそっと、セシルに訊いてみる。

アーサーは、スタンに「メニューインに出ろ」と言っていた。勘違いではないなら、世界でも有数のヴァイオリン国際コンクールのことだろう。

そんなコンクールに出られるのは、よくは知らないが相当な弾き手だったと予想される。

うーん、とセシルはかわいく首を傾《かし》げて「真剣だったかどうかはよく知らないけど」と付け足した。

「スタンは三歳からヴァイオリンを始めて……僕が知ってる限り、神童って呼ばれてたよ。十六歳までにはプロになるって言われてた。ただ……僕がスタンに、CDが出たら買うねって言ったときには、スタンはおかしそうに笑って、『家を継ぐからプロにはならないよ』って言ってた。それって、スタンが十二歳くらいのときのことだけど」

お家を継いでもCDくらい出せるでしょ、って言ったらスタンに小突かれた、と、セシルは古い記憶を掘り起こしているらしく、考えながら言っている。

「でも、お家を継いだのはアルバートだもんね。ならスタンはまた、ヴァイオリンをやればいいのに。三年もブランクがあったら、もうプロになれないのかな?」

小さいころは、とセシルは呟いた。

「スタンは音楽院に行くんだと思ってた。だって僕、音楽なんて興味ないけど……スタンのヴァイオリンはすごく優しくて、気持ち良くて……聴いてるとうっとりしたから」

両親に連れられて、ストーク家のお屋敷に行くとスタンがいて、必ずヴァイオリンを弾いてくれたとセシルは教えてくれた。昼のお茶会でも夜会でも、たびたびスタンのコンサートがあり、それは小さなセシルにとっても一緒に訪れた両親にとっても楽しい時間だったという。

コンサートが終わり、大人たちが談話を始めると幼い子どもたちがピアノの前に集まって、自分の知っている童謡や、流行の曲を弾いてほしいと頼む。すると、スタンはいつまでもいつまでもその願いを聞いて弾き続けてくれた。大人たちの社交の傍らで、子どもたちはスタンのヴァイオリンに合わせて踊ったり跳ねたりしていたし、その中にはアーサー・ウェストもいたはずだと、セシルは言った。

「でも、僕にとってはスタンとヴァイオリンはいい思い出だけど、スタンには違ったのかも。あんなに楽しそうに弾いてたのに、三年経《た》っても再開しないんだものね」

と、セシルは独り言のように付け加えた。

桂人には、その答えは分からない。スタンがなにを思い、考えているのか、話してもらえていないのだから。

（スタンの気持ちはいつも……近くにあるようで遠い。分かるようで分からない）

恋人になる前も、なってからも、桂人は本当の意味でスタンを理解しているかというと時々自信がなくなる。つかみどころがなく、危うく、実態がなく……まるで月の影のようなスタン。そこにあるのは優しさや繊細さだと信じているから、桂人はスタンを愛しているけれど、どうしてこんな気持ちになるのだろう、と思うと、それはスタンが心の弱いところを簡単に人に見せないからではないか、と思う。

（……それがスタンの優しさ、なのかもしれないけど）

「なんだよ、スタン・ストークの話か？」

そのときおとなしくテキストを読んでいると思っていた六年生、ゴドウィン・オースティンが忌々《いまいま》しそうに口を挟んできた。

大柄で、どちらかというと素行不良の生徒に入るゴドウィンは、しかし去年以降なぜか桂人の学習相談にたびたびやって来るようになった。

桂人は思い出してゴドウィンのノートを覗きこみ、

「よくとれてる。前も言ったけど、ドイツ史はきみのほうが上だよ、教えられることがない」と伝えるが、ゴドウィンは舌打ちして「そんなこと訊きに来てるんじゃない」と唇を尖《とが》らせた。

「この前の返事、どうなったんだよ」

こっそり訊《たず》ねられて、桂人はため息をついた。桂人はゴドウィンに気に入られていて、何度か呼び出しを受けて告白めいたものを受けている。とはいえ、その言句は「好きかもしれない」とか「抱きたいかもしれない」という曖昧なものなので、桂人は毎度突っぱねている。

先日は、「一度だけ抱かせてほしい」だった。

「あんなものに返事はしないよ」

ぴしゃりと言い放つと、ゴドウィンは鼻白んだように眼を丸くし、それから拗《す》ねたようにそっぽを向いた。

（普通に愛の告白をしてくれるんならまだしも……まあ、オースティン家の嫡男だから難しいんだろうけど）

と思いながら、一方でそれでもまだ、ゴドウィンのほうがスタンより分かりやすくて、こちらも態度が決めやすい……と桂人は思うのだった。

もしも単に監督生としてなら、桂人はスタンの相談に乗って進路のことを訊くだろうし、本人の希望を最優先する。デービスが両親から望まれていることと、本人の希望が違っていても、そのどちらをもとれる折　束《せっちゅう》案を考えたように、スタンとも良い道を一緒に考えるだろう。

スタンの希望はもともとオックスフォードで、音楽の道ではない。それを思うと、桂人はスタンに音楽をやれと迫るアルバートやアーサーに、苦言を呈すべきかもしれない。

だが桂人には思い出すことがある。十日ほど前の入寮式の夜、やりたいことはないのかと話したときにスタンはふと呟いていたのだ。

――ヴァイオリンは好きだった……でも、家を継ぐつもりだったし、母が……。

（母が……。あの続きの言葉は、なんだったんだろう）

真夜中、いまだに母親の夢を見てうなされているスタン。アルバートのために会社に入ることになるだろうと、素っ気なく言っていたスタン。

幼いころ母親のために犠牲になり続け、母親が亡くなってからはアルバートのために犠牲になっていたスタン——。

（それなりの幸せ……生きていくためには、それだけで十分なのかもしれないけど）

今スタンが思い描いている未来の先に、救いや完全な幸せはないのかもしれないと、ふと思って思ってしまう。

（メンベラーズに訊けば、あるいはなにか答えが見つかる……？　でもそれは、スタンが望んでいないことかもしれない）

ちくちくと胸が痛む。恋人として、スタンを愛する一人としてどうあるべきか。

スタンがどうなったら幸せで、自分はスタンがどうしてくれたら嬉《うれ》しいのか。

この先の将来、スタンのそばに桂人の居場所があってほしいと思うけれど、それは叶《かな》うことなのか。そのために自分は、どうあればいいのか——。

（……分かってるつもりだったのに、アーサー・ウェストが現われて、揺らいでしまった）

たった一人の人間で揺らぐということは、そもそもそれほど盤石ではなかったのだと思い知らされて、桂人はまた思い悩んでしまう。一息に、今のままでいい。スタンと自分はオックスフォード大学に進んで、一緒に暮らせばすべて幸せだ。と、言い切れればいいのに、そうできない自分がいた。

どちらにしろ、四日後の金曜日、桂人はスタンとアルバートとケンブリッジ大学に行く予定だったが、それはきちんと叶うのだろうかと不安だった。

（人のことで悩んでる場合じゃないな。自分の進路のことだって考えなきゃいけないのに）

思い悩んでいたものの、スタンのことだから自分の行く末は自分で見極めるだろう、と桂人は信じることにした。恋人として溝ができている状況は不安だったが、それはアーサーによってかき乱されてから四日が過ぎた日の夜、あっさりと解消された。

「消灯したら部屋に来るだろ？」

いつものように学習相談を終えて部屋に戻ると、廊下でスタンが待ち構えていて、そう言われたからだ。普段と変わらない誘い文句だった。

桂人はびっくりしたし、緊張もした。

嬉しいような、一方で不安なような気持ちのまま、もちろん、と答え、

（……抱かれるのかな。急に別れ話なんてされたら？　まさか……そんなんじゃないはず）

とひとしきり悩んだあとに結局、その日も風呂場で念入りに準備した。もしこれでセックスがなく、なにか重たい話をして終わりだったら、自分はバカみたいだなと思ったりもした。

消灯後、スタンの部屋を訪れると、しかしそれも杞憂《きゆう》だったと分かった。

入室して直後、ベッドに押し倒されてキスをし、今までと同じように情熱的に、少し意地悪く責め立てられて抱かれた。終わったあとは、やっぱりいつもどおりナイトハーブティーが用意されていた。

（……スタンが三日間、僕を呼ばなかったのは、特別な理由じゃなかったのかな？）

アルバートとケンカもしていたようだし、気ぜわしかっただけだろうか。なんで呼ばなかったの、と訊いてもいいのかもしれないが、上手《うま》い訊き方が分からない。責めるようになりたくなくて悩んでいたが、スタンに背後から抱きかかえられて、髪を優しくブラシで梳《す》いてもらっているうちに、なんだかどうでもいいことのように思えてきた。

「……アルビーとは仲直りしたの？　ケンカ、してたよね」

このくらいは訊いてもいいはずだと思い、そっと訊ねるとスタンは一瞬ブラシを止めたが、すぐにため息をついて、「大袈裟《おおげさ》なんだ、あいつは」と呟いた。

「俺はオックスフォードに進んで、適当に就職するって言ってるのに……アーサーに感化されて、もう一度ヴァイオリンをやれとか言って。三年以上……ヘタすりゃ四年もまともに弾いてないんだぞ、そう簡単に戻れるか。大体、俺がいつ、ヴァイオリニストになりたいなんて言ったんだか……」

お前は気にしてくれるなよ、とスタンはうんざりした声音で続ける。桂人はしばらく黙っていたが、「セシルに」と、付け足した。

「きみがすごく……ヴァイオリンが上手で、コンクールにもよく出てたって聞いた。知らなかったから驚いたよ。……演奏家を目指していたわけではないの？」

「お前まで言うのか？　やめてくれ。いろいろ習わされてた中で一番得意だっただけだ」

深く息を吐き出しながら、スタンはブラシを置くとヘッドボードに凭《もた》れた。

「三歳から十四歳の——母親が死ぬまでは続けてたんだ。その年齢なら、なにをどう弾いたって練習したぶんだけ伸びる盛りだ。単純に好きではあったし、楽しい以外に感情もなかった。師事してた先生が出たら、と言ったら素直にコンクールにも出た。でも、べつにプロを目指してたわけじゃない。当時は、家を継ぐつもりだってあったし……」

アーサーは俺の弟弟子で、とスタンは教えてくれた。教えてくれたことにびっくりして、桂人はスタンを振り向いた。

（……話してくれる気、あったんだ）

そのことには少し、ホッとする。

「最初は別の先生に師事してたんだけどな。ずば抜けて上手かったから、俺と当たらないコンクールじゃ優勝して……俺が出ると負ける。相性が悪かったんだよ。それで十歳のときに俺の先生のとこにやって来た。出会った当初から勝手にライバル視されて……でも、年下だし素直な性格だったし、そもそもお互い子どもだろ。コンクールがないときには仲良くしてたから……なにも言わずに俺がヴァイオリンをやめたことを、根に持ったままなんだ。それだけだ」

メニューイン国際コンクールでどっちが勝つか賭けて、スタンが勝った。アーサーとの交流は、運悪くそれが最後になったから恨まれてる、とスタンは話した。

「コンクールの直後に母が死んだんだ。……本当に最悪のタイミングで死んでくれたよ」

面倒くさい、とスタンはため息をついた。

桂人は説明を受けて初めて知ったが、英国の偉大なるヴァイオリニスト、ユーディ・メニューインが創立したユーディ・メニューイン国際コンクールは、世界中で最も権威あるヴァイオリンコンクールの一つらしい。

二十一歳までしか出場権がなく、若手ヴァイオリニストの多くが出場を夢見るものなのだそうだ。スタンはそのジュニア部門で優勝して、それがヴァイオリン人生の最後の功績になったという。

「といってもコンクールなんて、なんでも出ればいいってわけじゃない。その弾き手に合うコンクールとか、コンクール向きの弾き方とかもあるしな。ミスがなく、譜面どおり弾ければ表彰されるってこともある。俺はたまたま十四歳のとき優勝したけど、それきりだ」

それじゃ無意味だ、とスタンは肩を竦《すく》めた。

「アーサーも自分で言ってたろ、あいつはもう演奏家としての人生をスタートさせてる。俺の腕はなまった。完全に勝負はついてるんだよ。それを今さら……メニューインに出る意味なんてないさ」

べつに誰もが、夢を持って生きてるわけでもないだろとスタンは囁《ささや》き、桂人もそれはそうだな、とは思う。

(僕だって……夢があるわけじゃない)

これから先、大学に進んで勉強しながら、やりたいことを探せたらいい。そのくらいの気持ちだ。教師が向いてると言われたりもしたが、それが夢というわけでもない。

もしやりたいことが見つからなくても、仕事に就いたら懸命にやるだろうし、なにも人生は仕事だけがすべてではない――。

（……ただ、僕らみたいな人間が、仕事さえ楽しめなかったら……あとは趣味を見つける以外、なにがあるんだろうとは思うけれど）

桂人はしばらくの間、じっと考えてしまった。

付き合う前、スタンは血を吐くような声音で桂人に言ったことがある。

……俺は一生、女は抱けない。

その言葉は真実だったと思う。スタンは女性と結婚し、子どもを持ち、家庭を作っていく人生は選べないだろう。そしてそれは桂人も同じだった。

幼いころ、母親に産まなければよかったと何度も言われてきた。母を許しているし、愛していたこともある。今だって、愛がまったくないわけではない。

けれど普段考えないだけで、同じくらい怒りだって抱えているし、女性への恐怖は強く、家庭を持ちたいと思えるほどの気持ちはなかった。それは一生変わらないだろう、と予感している。大人の女性と近しい関係を築く自信がないし、スタン以外を恋愛相手として愛することも、できそうにないと感じている。

家庭を持つことだけが人生のすべてではない。桂人はスタンさえ受け入れてくれるならずっと一緒にいたい。スタンを愛する気持ちが、桂人にとって変わらぬ居場所になっている。

だから本当は、付き合い始めたときに交わした約束を、一番叶えたいのも桂人だ。

一緒に生きて、暮らして。ロンドンでフラットを借りて、時々花を飾るような、そんなささやかな生活をスタンとしたい。

けれどともに愛し合い、暮らしていくにしても、二人だけで世界は完結できない。

(……世界はすぐそばにある。どんなときも、世界は僕に関わってくるんだから)

生きていて幸福を感じたり、人生を豊かに思うためには、互いに見つめ合うだけではないべつのなにかが必要だと思う。ただ、それが仕事なのか、趣味なのか、もっとべつのものかはまだわずか十七歳の桂人には分からなかった。

手の中に包んだカップからは、かぐわしいカモミールの香りが漂っている。

(まだ、十七歳。僕もスタンも、急ぐことはないはず)

そう気持ちを切り替えて、心を安らげるその香りを鼻腔《びこう》いっぱいに吸い込んでから、桂人は言った。

「わかった。スタンが、納得してヴァイオリンをやめてて、オックスフォードに進むのなら……僕はそれを一番に応援するよ」

桂人の言葉を聞いたスタンは、いくぶんホッとしたように頬を緩めた。

「ありがとう。……じゃあもう、アーサー・ウェストに会っても口をきくなよ」

頬に小さくキスしながら、ちらりと独占欲を見せてくる。桂人はくすくす笑いながら、「時と場合によるけど」と答えた。

「時と場合によるな」

「だって相手は寮代表《ヘッドボーイ》だよ？　でも大丈夫、口説かれたりはしないよ」

アーサーの言葉だって、おそらくはただの悪ふざけだろうが、一応安心させるためにそう言ってから、桂人はスタンの頬にキスを送り返した。


メンベラーズと約束していた九月二週目の金曜日がやってきた。

この日はオックスフォードでもオープンモーニングが開かれるというので、七年生の生徒の何人かが寮から許可を得て、出かけていく。

といっても団体で行くわけではなく、多くは少人数で連れ立っていくことになっていた。

寮監《ハウスマスター》のコリンズからは「オックスフォードに行かなくていいのかね」とも訊かれたが——直近の面談で、桂人はおそらくオックスフォードに出願すると伝えていた——そちらには、夏休み中のオープンデーに参加したことがあったのでケンブリッジも見てみたいと言えば納得してくれた。

桂人とスタンにしてみれば、今日はアルバートの付き添い程度の気持ちだった。

リーストンからケンブリッジへは、電車をいくつか乗り継いで二時間ほどの距離がある。朝早い電車は思ったよりも混んでいて、若い三人は席に座るのを遠慮した。

ヴォクソールへ一時間弱、ヴォクソールからキングスクロス、キングスクロスからケンブリッジへ。

今日の三人は、リーストンの制服姿というわけにもいかず、それぞれ私服だ。

桂人とアルバートは品の良い秋物の薄手のコートを羽織っていたが、スタンはラフなブルゾンを着ていた。そういうカジュアルな服装でも、スタンは下品にはならず、育ちの良さが滲《にじ》みでるので、まるでモデルだ。違うタイプの美形であるアルバートと並んで立っているところなど、一流ブランドの広告かなにかのようだった。

イギリスの有名なファンタジー小説で、世界中に名前を知られているキングスクロス駅はガラスの天井からコンコースへ光が降り注ぐ、見た目にも華やかな駅舎だ。

そこへ着くと、普段学校に引きこもっている桂人は思わず胸が弾んだが、移動の間中、なにか考え事をしているのかアルバートは黙り込んでいるし、スタンもそんな弟を放っているので、楽しくおしゃべり、という雰囲気ではない。

（アルバート……本命の大学見学だし、緊張してるのかな？）

とも思ったが、どうやらそういうわけでもなさそうだった。

緊張しているときのアルバートはもっと素直に桂人に話しかけてくる。

（となると……兄弟ゲンカ、まだ完全には終わってなかったのか）

ここ最近ではアルバートとスタンが言い争っている様子もなかったから、ケンカは終わったと思っていた。

ベッドの中で、改めてオックスフォードに行くつもりだと告げられた翌朝、桂人は一応アルバートに声をかけてもいた。スタンの進路のこと、聞いたよ、と。

「スタンにはなにを言っても無駄だね、頭でっかちだから。別の方法を考える」

そのときのアルバートはそうこぼしていたが、それきりなにか動く様子もなかったので、ヴァイオリンを再開するように、という説得は諦めたのだろうかと思っていた。だがむっつりと口を閉ざしたままのアルバートの様子を見ると、まだ納得していないのかもしれない。

（困ったなあ、せっかく三人で出かけているのに……）

できれば仲良くしたいと思う。とはいえ、どちらが悪いわけでもないケンカの仲裁もできずに、桂人も黙り込むしかない。

（スタンとアルビー……似てないようでいて、互いに対しては結構過保護だものな）

これが相手のためだ、と決めたら、本人がどう言おうが退《ひ》かないのがスタンとアルバートの共通点だろう。一体アルバートが、ここまで強くスタンの進路に口出しするのはなぜなのか……と桂人はもやもやしていたが、その困惑は、ケンブリッジ駅から大学へ向かう道中で晴れていった。

秋晴れの空の下、ケンブリッジの街並みは活気に満ちていた。学生や住人、観光客などで通りは賑《にぎ》わい、様々な商店が建ち並んでいて、どの店も客が入っている。

目抜き通りを進んでいくと、途中でひょいと学舎が現われた。

リーストンと違って、町と大学がまぜこぜになっているかのような風景が面白く、実に伸びやかでもある。目当ての学舎に向かって進んでいくと、角にあるチョップハウスの前で手を振る人物がいた。

「メンベラーズ！」

常になく弾んだ声を出してしまった自覚はある。

けれど胸が躍ったのはどうしようもなかった。琥珀色《こはくいろ》の優しい瞳。すらりとした美しい体つきは相変わらずだが、リーストンにいたときよりはラフな服装に、彼が大学生だと思い知る。

メンベラーズは桂人に向かって腕を広げると、親愛をこめてハグしてくれた。

「お招きありがとう、久しぶりですね」

「ああ、ほんと。恋しかったよ、僕のツバメ」

追いついてきたスタンが舌打ちし、「夏休み中もうちに押しかけてきてただろうが」と、メンベラーズに腐《くさ》したが、それは七月のことなので桂人からしたら久しぶりだった。

親子関係が良好ではなく、アルバートにも甘えるというよりは甘えられている。恋人のスタンとは対等な関係だとは思うが、完全に甘えられるわけではないのが桂人の性分なので、年上で、精神的にずっと大人びていて、自分の弱さをさらけ出して甘えてもいい関係にある唯一の相手、メンベラーズは、常に恋しい相手だった。恋愛感情とはまたべつに、親に甘えられずに育った桂人の幼い部分が、いつでもメンベラーズに会いたいと感じている。

(こんな子どもみたいなこと言えないけど)

と、桂人は思っているが、メンベラーズは分かってくれているのか、桂人の頭を優しく撫でて「二ヶ月会ってなかったなんて耐えられないよね」とチークキスをした。

一方で双子には素っ気なく、それぞれの肩をぽんと叩《たた》くだけだ。

「とりあえず案内するよ」

「あからさまに態度を変えるなよ」

「きみらは図体がでかくて、かわいくないからなあ……」

スタンが呆《あき》れたように文句を言ったが、メンベラーズは本音らしきものをこぼす。アルバートは大して気にしておらず、「どこから案内してくれるの？」と訊いていて、桂人は緊張がほぐれてくすくすと笑っていた。

チョップハウスから学舎のあるほうへ歩いて行くと、賑やかな街並みから一転、荘厳な建物が眼の前に広がる。白亜のゴシック様式の建物。美しく広い芝生はどこまでも広がっていて、緑の湖面のようだ。

「チャペルにはあとで行こう、特別な催しがある」

言いながら、メンベラーズはどんどんと進んでいく。今日は他にも、あちこちから大学見学に来ている学生が多く見られた。

カレッジの一角に大勢の学生たちが集まっていて、学生や教授が入場トークのスピーチをしている。ケンブリッジで学べること、その生活などについて。ウィットに富んだスピーチは面白く、聴衆からは笑いや拍手が起きている。

学舎の中で学生が簡易面談を受けつけている、入学相談が受けられるので活用するように、という案内もあった。

「アルバート、行ってくる？」

電車の中ではむっつりと黙り込んでいたアルバートだったが、さすがに入場トークを聞いて少し和んだ様子ではあった。アルバートはそうだね……としばらく考えて、

「行ってきていい？　中世史がうまくいってないし、面接のことでも相談したい」

といって学舎に入って行った。

待っている間、大学内を案内しようかとメンベラーズは申し出てくれたが、七月にも一緒に歩いていたのでそれはやめて、ケム川でボートを見ることにした。

川辺へ行くと二つの競艇ボートが行きすぎていくのが見えた。といっても正式な競技日ではなく、練習風景のようだ。川幅は狭いため、いつボートが転覆するかとひやひやする。

数人で漕《こ》ぐボートが行きすぎると、学生たちが漕いでいるボートが何艘《なんそう》か、川に浮かんでゆらゆらと下っていく。その牧歌的な風景を、アーチ状の古い橋の上から眺めた。

「六月にはリーストンでもボートレースがあるだろう。きみらも乗るだろ？」

「僕は役に立たないから。アルビーとスタンは乗るよね」

「頭に花冠を乗せてか？　お前のほうが似合うだろ」

「残念ながら、戦力的にスタンとアルビーは借り出されるだろうな」

メンベラーズはおかしそうに軽口を叩いている。

と、ボートに乗っていた女性の帽子が風に飛んで、芝生のほうへ落ちるのが見えた。スタンは素早く橋から駆け下りていき、帽子を手に取ると、持ち主に向かって合図している。ボートはゆらゆらと岸辺に近づいていき、スタンもそちらへ駆け寄っていった。

美しい芝生と川、英国の風景にスタンはしっくりと溶け込んで、一枚の絵のようだ。

「……憎まれ口ばかり叩くけど、ああいうことが咄嗟《とっさ》にできるのは紳士教育が骨の髄までしみこんでる証拠だろうね」

　思わずその光景に見とれていると、メンベラーズがそっと言った。

　桂人は顔をあげ、微笑《ほほえ》んだ。そうですね、と同意する。スタンは真面目になってからも、口は不良生徒のころのまま、悪態が多い。もうそれは、彼に染みついているものらしい。

　だが同時に他人への親切を惜しまないし、感情を抑制するのに長《た》けていて、それらはいかにも貴族階級の紳士らしく、スタンの中に存在している。

「……メンベラーズ。スタンとアルバートのこと、どう思いました？」

　そっと訊くと、メンベラーズは「口をきいてないね。ケンカしてるのかな？」となんでもなさそうに言う。ほんの少し一緒にいるだけでも分かったか、とメンベラーズの洞察に舌を巻いた。

「やっぱりそう見えます？」

「まあこの十ヶ月、あの二人は基本的には険悪だけどね。今までがべったりだったから、反動でしょ。でもアルビーは反感を長続きさせられない性質だ。ここに来てちょっと浮かれてるようなのに、スタンになにも話しかけないのは成長なのか怒りなのか……」

　どっちもだろうけど、とメンベラーズは肩を竦めた。

「兄離れが進んでるってことだろうから、良いことじゃないかな」

「それもあるでしょうけど……、最近は進路のことで揉《も》めてたみたいで。てっきりケンカは終わったと思ってたんですけど、アルビーは納得してないみたいです」

ふうん、とメンベラーズは首を傾げ、しばらくなにか考えるような顔をした。

午前の光が、ケム川の川面に反射してきらめいている。スタンが、ボートから手を伸ばした女性に帽子を渡そうとしているが、なかなか届かないで苦戦している。

「他人の進路もいいけど、きみは決めたの。ヴァンフィール」

「……僕は、オックスに行こうかと」

「スタンが行くから？　男のために進路を決めるなんてもったいない、きみの人生じゃないか。ここへ来る選択肢はないの？」

ケンブリッジへ？　と、桂人が眼をしばたたくと、メンベラーズは橋に凭れて「スタンだって、オックスフォードへ行くかどうか」と言った。

「まあそれはどっちでもいいけど——きみの将来を、きみには自信を持って選んでほしいな」

桂人はその言葉には、上手く答えられなかった。

(自信を持って選ぶって、どういう感じだろう)

桂人の中には明確に、どんな仕事をして生きていくかという答えはなかった。漠然と、普通になんらかの企業で働くと思っていた。働きたい場所がある、というわけではない。多くの人にとっての一般的な道しか想定していなかったのだ。

メンベラーズは法律を勉強している。彼の父親は弁護士だから、その影響かもしれないが、メンベラーズには似合う道だと思う。いずれバリスターなりソリシターなりに進むのだろう。

ふと去年、学習相談で教えていた七年生のことを思い出す。

アトリーやバート。彼らはそれぞれ、名門とは言えないが自分に合った場所へと進学していった。今でも時々手紙をくれたり、休みのときには会ったりする。特に親しかったアトリーなどは、週末にリーストンの近くまで会いに来てくれることもある。

「スタンやアルバートのことより、ひとまず自分のことを考えないとね」

（オックスフォードに進むことさえ決まってたらなにも考えなくていい気がしてたけど……メンベラーズはそう思わないんだ）

川縁では、ようやくスタンが女性に帽子を渡せたらしい。ボートを漕いでいた男性と、受け取った女性とスタン、三人が笑い合っている。

――男のために進路を決めるなんてもったいない、きみの人生じゃないか。

不意に、先ほど聞いたメンベラーズの言葉が蘇《よみがえ》る。

そうだ。それはそのとおりだと思うのと同時に、去年のクリスマス休暇、初めて愛を交わした夜にスタンが桂人に言った言葉が蘇ってくる。

スタンは一生一緒に暮らそうと言ってくれた。あれきり、そのことは話さないからあの約束が今でも生きているのかは分からない。けれどデルフィニウムを桂人の花だと囁き、花屋に並んだら買ってくるよとも話した。幸せになろう、二人ならできると信じたいと。

五歳まで――まだ幸福だったかもしれない桂人の世界を彩るように、そのスタンの言葉は桂人の胸の中にしみこんで、優しい記憶になっている。

（五歳までは、パパがいた……あのころの幸福に、戻れそうな気がした）

頭の隅に、幼いころに自分と母親を捨てて日本に行ってしまった父親のことがよぎった。男と逃げたと聞いたけれど、本当かどうかは分からない。父が今どこでなにをしているのか、桂人はまったく知らないのだ。

(ママも……パパと一緒になったとき、一生一緒にいられるって信じてたかな)

感情的で身勝手な自分の母を思い浮かべる。けれど愚かなぶん、若いころには父に本心から恋をしていたし、夢も見ていたはず。だから、母は父と一生一緒にいられると信じて結婚し、桂人を産んだのだろう、と思う。それでもその夢想は呆気《あっけ》なく崩れ、母は身を持ち崩した。

笑顔でボートに手を振り、こちらへ戻ってくるスタンの姿は、絵のように美しい。

(……一生一緒にいたい。でも、スタンにとっては、僕と暮らしていくことは……それなりの幸せでしかない)

桂人といても、スタンは夢を見てうなされて、贖罪《しょくざい》のためにヴァイオリンを弾く。自分のためではなく、アルバートのために働くだろうことを、それとなく話している。

それはスタンの幸福なのだろうかと、桂人は思う。そしてそうだと知りながらスタンのそばにいることが、桂人にとっても本当に幸福なのだろうか?

ふと、去年チャリティイベントで演じた『幸福な王子』のことが頭をかすめた。

動けない王子の像が、ツバメに頼んで幸福を運ぶ話。だが結末は悲惨で、ツバメは寒さで凍え死に、王子はその悲しみに心臓が割れてしまう。

(王子は、このまま引き留めていたらツバメが死んでしまうと知っていても……自分のそばに、

ツバメをいさせたろうか）

桂人はぼんやりと、そんなことを思った。

「我がカレッジが誇るオルガンは今修復中でね。かわりに画期的な催しがある」

アルバートがようやく個人相談から帰ってきたあと、ちょうど午前中大トリとなるイベントが始まる前だったようで、メンベラーズは先に立ってチャペルへと案内してくれた。

一四〇〇年代に建造されたチャペルはゴシック建築の世界的代表建築の一つと言っても差し支えなく、ファサードを守る二つの尖塔《せんとう》が優美だ。内部のヴォールトは複雑で緻密《ちみつ》。荘厳さでもって人々の信仰心に訴えかけてくる。その広い空間には、多くの人が詰めかけて座っていた。

物々しい金管がずらりと並ぶパイプオルガンはたしかに修復中らしく、前面に鉄筋が渡してある。しかしその前部分に、小規模ながらも、十分な楽器を取りそろえた管弦楽団が待機していた。

メンベラーズに誘われるまま、桂人、アルバート、スタン、メンベラーズの順でベンチに詰める。たまたま最前列の席が空いていたのでそこに座ったが、スタンは一瞬嫌そうな顔をしていた。

桂人は壮麗なチャペルの内観と、賑わしい人々、管弦楽団の豪華さに眼を奪われていた。だが、ふと横を向くとアルバートが、硬い表情をしていることに気がついた。

（アルビー……、相談はためになったって話してたけど……なにかあったのかな）

アルバートは周りの様子など眼に入らないように、じっと視線を足元に向けている。なにかがおかしい、様子が変だ、と思っていたところで、指揮者らしき学生が聴衆に向かって礼をした。わっと拍手が起こり、桂人はそちらへ視線を向けた。

「ようこそ皆さん。今日はオープンモーニングですから、来年カレッジへ来てくれる人も多いでしょう。もしかしたら潜り込んだ不届き者もいるかもしれないが——その場合は覚悟して我がカレッジに出願を。見逃します」

指揮者のジョークに、場内からくすくすと笑いがこぼれる。集まっているのはほぼ受験生のようだが、ところどころに、引率なのか教師のような人もいる。

「さて、毎週のようにここで披露されている美しいオルガンコンサートは本日叶いません。整備が終わったらぜひまた聴きにきて。土曜の夜に聖歌とともにご披露します。門限に間に合わなくても責任はとれませんが……」

指揮者は会場を見渡し、それから「今日は管弦楽をお楽しみいただきます」と続けた。

「この会場に、私たちと一緒に演奏されたい方はいませんか？　もちろん音をはずしても大丈夫。私たちでカバーします」

ピアノ、ヴィオラ、チェロ、ヴァイオリン——どれでもお好きなものを、と指揮者が言い、会場にいた一人の少女が手をあげた。

「ピアノを」

と彼女が言うと、拍手が湧き、指揮者は嬉しそうに手招いた。勇気あるレディに賞賛を！と声が舞う。はにかみながら前に出て行った少女に譜面が渡され、ピアニストが場所を譲る。指揮者が他には？　と声をかける。

飛び入りで参加して、弾きこなせるものなのだろうか、と桂人はピアノに座った少女を見ていた。だが、問題ないのかもしれない。もともとそこに座っていた演奏者が譜面を説明しているし、聞いている彼女の顔は明るいから、きっとかなりの腕前なのだろう。

「スタン」

そのとき、アルバートが小さな声で言った。なにか決意を秘めたような、低い声音だった。

「今、言っておくよ。僕はきみがもしストーク・グループに入社しようとしたら……僕の権限で絶対に入らせないから」

桂人は、息を止めた。心臓が、どくんと大きく鼓動を打つ。スタンが眼を瞠《みは》ってアルバートを見る。奥に座っていた桂人には、それがよく見えた。青い瞳には困惑が浮かび、次には激しい怒りが浮かんでくる。

「なんだって？　アルビー。なんて言った？」

「誰かに尽くすことで不安を晴らすのは勝手だ。でも、その相手にもう僕を選ばないでほしいと言った」

平板とも思える、アルバートの言葉。スタンの顔が一瞬青ざめ、それから、怒りのためか上気していく――。

その瞬間だった。メンベラーズがスタンの手首をとり、高く持ち上げたのだ。

「ヴァイオリンを！」

爽《さわ》やかな声が会場に響き、指揮者が嬉しそうにスタンを見る。スタンは信じられないものを見るような眼でメンベラーズを振り向いた。

「俺はやらない……」

なにか言いかけたスタンだったが、湧き上がった拍手でその声は消された。最前列だったせいで、指揮者がわざわざ迎えに来てしまう。

スタンは舌打ちし、立ち上がった。だがその顔は怒りを孕《はら》んでいる。

チャペルに集まっている人々は背が高く、図抜けてルックスのいい青年が第一ヴァイオリンのリーダーから、楽器を受け取ったのを見て沸き上がっている。スタンはちらりとも笑わず、その青い瞳には困惑と怒りが行き交い、今にも爆発しそうに見えて、桂人はハラハラした。

「メンベラーズ……、どうしてスタンを」

小さな声で苦情を言ったが、元寮代表はおかしそうに微笑んでいるだけだ。アルバートはアルバートで、怒ったような顔で前方のスタンを睨《にら》み付けているし、譜面を受け取ったスタンはリーダーの女性がなにか説明しかけたのを遮ったようにも見えた。

「トマス、彼はスランプ中でね。お手柔らかに。恥をかかせないであげて」

メンベラーズが指揮者にわざわざそんな声をかけたので、スタンは眉根を寄せ、軽蔑《けいべつ》を含んだ眼でメンベラーズを見た。トマスと呼ばれた指揮者は、訳知り顔で頷《うなず》き「なるほど。我らが楽団がなんとでもするさ」と請け合った。

「音をはずしても、途中演奏を忘れても大丈夫」

そんな言葉までかけている。スタンは明らかに気分を害していて、苛立《いらだ》っていて、その言葉に返事すらしていない。

「まずは指をならすために『愛の喜び』でも？」

指揮者が盛んに話しかける。ヴァイオリンを手にしたスタンは、それを無視するかのように音を発した。調律だろう――と、その場にいた誰もが思い、桂人ですら、スタンはきっとこの調律で気持ちを落ち着けて指揮者と話すはずだと思い込んだ、そのときだった。

突然スタンは演奏を始めた。たった一人。

礼拝堂に響き渡る高い音、左手の動きが眼で追えないほど素早く力強い旋律。激しく叩きつけるような曲だった。

「嘘《うそ》だろ……」

桂人のすぐ後ろに座っていた誰かが呟いた。

「パガニーニの超絶技巧だ」

スタンは顔をしかめ、素早く指を動かしている。たった一つのヴァイオリンの音が三つにも四つにも、あるいはオーケストラすべての音にすら聞こえる。ものすごい早弾き。技巧。怒濤《どとう》のような激しさ。

置いてけぼりをくらった楽団はその旋律に飲まれて固まり、指揮者は途中でハッとして譜面をめくった。だがそこにその曲はなかったらしい、困惑したようにスタンを見る。

その間にも曲は進む。一体どうやってその音が出ているのか分からない、激しく、扇情的な演奏が続く。

スタンの額には汗が滲み、彼は歯を食いしばっている。

桂人は息ができなくなった。スタンのヴァイオリンは何度か聴いていた。『亡き王女のためのパヴァーヌ』、フォーレの『パヴァーヌ』だけだったが。

けれどそのヴァイオリンはいつも静かで、抑制されていて、もっとずっと穏やかだった。だが今のスタンのヴァイオリンは違う。

怒りをそのままぶつけるような、体ごと音楽に傾けるような弾き方。

聴くものの心をこじ開けて、圧倒するパワー。

正直魅入られた。

桂人ははっきりと、心が震えるのを感じた。心臓を摑《つか》まれたように、スタンのつま弾く音から意識が離せない。

会場全体が張り詰め、緊張に満ちている。誰もが眼を見開き、耳を澄ましてその音を追いかけている。ヴォールトに反響する超絶技巧。巨大な建物すら、音に飲まれて揺れている。スタンの左手は弦の上を素早く動き、それは端から端へとうごめいて、最後の一音を終えた。

数拍の沈黙。

次の瞬間、割れんばかりの拍手とともに集まっていた聴衆がたまらずというように立ち上がった。桂人も立ち上がったが、スタンは聴衆を見ていなかった。青ざめた顔で、息を乱している。

「素晴らしい……、なんて技術だ。次はなんの曲を……」

指揮者が喘《あえ》ぐように言ったが、スタンはもともとの持ち主にヴァイオリンを返すと、その場を立ち去る。惜しむような声があがったが、長い足でチャペルを出て行ってしまう。桂人はハッと我に返り、焦ってそれを追いかけた。

「スタン、待って。どうしたの？」

チャペルを出て、大股で歩いて行くスタンに走って追いつく。桂人は困惑しながらスタンの腕を取った。途端に振り返ったスタンは、桂人ではなくその後ろから悠々と歩いてくるメンベラーズへ噛《か》みつくように怒鳴った。

「なんのつもりだったんだ？」

「なにが？　気持ちよさそうに弾いてたじゃないか。久しぶりにスタンの本気を見たよ」

メンベラーズはニコニコと笑っているが、スタンは今にも摑みかかりそうだった。

「アルビーに入れ知恵して俺を怒らせ、あんなことをさせたのはお前だろ！」

「メンベラーズは関係ない、会社に入るなというのは僕が考えた」

メンベラーズの後ろからやって来たアルバートが、スタンに訴える。

「兄さん、あなたはもう一度挑戦すべきだ」

普段は言わない「兄さん」という言葉で、アルバートが言う。スタンは息を呑《の》んで、弟を見つめている……。

「スタン。スタンだね」

そのとき、チャペルから出てきた影があった。七十路を越えるだろう紳士だ。人の好《よ》さそうな、小柄な人で、たくわえた白い髭《ひげ》をきれいに撫でつけ、洒落《しゃれ》たチェックの上着を羽織っていた。片手に杖《つえ》をつき、少し足を引きずっている。

その紳士を見た途端、スタンの顔からは怒りが消え――かわりに強い困惑と動揺が浮かび上がった。

「スキナー先生」

スタンは呟き、スキナーと呼ばれた紳士は嬉しそうにスタンの前に立った。皺《しわ》のある手で、彼はスタンの頬に手をあてた。

「ああ……スタン、ヴァイオリンを続けていたんだね。素晴らしい演奏だった。情熱的で、きみの魅力がよく出ていた」

スタンは苦しそうに眼をすがめている。青い瞳が辛《つら》そうに揺らいでいる。

「……いいえ、三年以上、まともに弾いてません。あれは……音も飛んでいました。身勝手な……あんなもの、演奏ではありません」

小さな声で呻《うめ》くように言い、スタンは「失礼します」とその場を辞そうとした。だが、「先生、スタンはまたコンクールを目指しますよ！」と誰かが言い、駆け寄ってくる。

振り向いた桂人は眼を瞠った。そこにいたのはアーサー・ウェスト。ブルーネル寮の寮代表だったのだ。

軽快な足取りで走ってきた彼は、スキナーの背に手を当てて支えるように立ち、

「つきましては先生、スタンに最適なヴァイオリン教師を、リーストンに紹介してもらえませんか。ご老体の先生にはもう、スタンの相手はきついでしょうし」

と言った。スタンは一瞬呆気にとられたようだが、すぐにアーサーを睨み付けた。

「どういうつもりだ？　なんでお前がここにいる。先生に対してなんだその態度は」

「将来入るかもしれない大学を見に来ただけさ。ついでだから先生もご一緒した。おかしくないだろ？　先生はここの卒業生なんだし。それに本当のことしか言ってない」

桂人は聞きながら、おそらくこのスキナーという紳士が、スタンとアーサー二人のヴァイオリンの先生なのだろうとだけ分かる。

「家の事情は聞いているよ。大変だっただろうね……。だが、そろそろ自分のために弾いてもいいころだ。まだ十分取り返しがつく」

スキナーは優しく、辛抱強く、スタンに語りかけている。その静かな声音の底に、スタンを想《おも》う親愛が流れている。桂人はそう感じた。

「きみの演奏に、今日聴いた人々も心動かされていた」

聴く喜びのなんたることか……、と、スキナーは静かに感動を伝えた。

「神さまがくださった才能だ。なによりもきみのために、もう一度音楽の道を進んではどうかね」

スタンは数秒黙っていたが、その青い瞳はおののいたように揺らぎ、スキナーの眼をまともに見られないようだった。

「……あんな、子どものような演奏」

かすれた声でスタンが呟いたとき、スキナーはスタンの腕をぐっと掴んでその言葉を遮った。

「きみの魂の音だ。たとえ、子どものようでも。いや、子どものようだからこそ。きみの魂の揺らぎは、きみの最大の魅力だよ、スタン……」

スタンは顎を震わせると、ほとんど聞こえない声で「先生、すみません。失礼します」とまた呟き、スキナーの手を外した。それからはもう見向きもせず、背を向けて歩き出してしまう。

また逃げるの？　とアーサーが言ったが、スタンは聞こうとしなかった。

メンベラーズはため息をつき「意地っ張りだなあ」と肩を竦めている。

桂人はアルバートへ振り向いた。アルバートは動こうとしておらず、チャペルに戻る気配すら見せている。

「ア、アルビー。スタンを、追いかけないの？」

桂人が訊くと、アルバートはしばらく黙っていたが、やがて言った。

「ケイト。僕はもう、スタンを追いかけないんだ。未来のどこかで僕らの道が交わることはあっても——今はそのときじゃない。だから僕は、ここに残るよ。午後も見て回りたいものがあるしね」

桂人は驚き、言葉をなくした。

これは本当に、スタンにいつもくっついていたアルバートだろうか？　そう思ったが、彼の瞳には強い意志のようなものがこめられている。

ケイトはどうする？　とは、アルバートは訊かない。

もう腹を決めているのだと、桂人は感じた。

数秒迷い、それから桂人は、メンベラーズとスキナーに挨拶をした。ごめんなさい、失礼しますと言って、一人走ってスタンを追いかけたのだった。

# 四

「スタン、待って。スタン！」

桂人《けいと》は呼びかけたが、スタンはもうかなり前を歩いていた。

足の長さがまるで違うから、大股で速歩きされると、走ってもすぐには追いつけなかった。走ってその背中を追いかけながら、桂人はついさっき起こったことがなんだったのか、理解しようとしていた。

スタンの演奏。そのあと出会った、スタンの昔の師、スキナー。そしてなぜかこの場にいたアーサー。スタンを拒絶したアルバートの気持ち。

そして今スタンは、どういう気持ちでいるのだろう？

怒りに満ちているのか、それとも困惑と後悔を抱えているのか、桂人には想像がつかない。どちらにしても、今日のこの展開はスタンが望んでいたことではない、ということしか分からなかった。

「スタン、ま、待って……」

ようやく追いついたときは、もう駅だった。桂人は走ってきたので汗だくで、ぜいぜいと息を乱していた。

「……ケイト」

スタンはハッとしたように振り向き、驚いたように桂人を見ている。どうやらここに来るまで、スタンは桂人のことを思い出す余裕がなかった様子だった。

（スタン……相当動揺してる）

桂人は額の汗を拭いながら、スタンを見つめた。歩いていただけのスタンの額にも、じわりと汗が滲んで見える。スタンは気まずそうに桂人を見やり、けれど言い訳も思いつかないのか口をつぐんでいた。いつものスタンなら、気づかずに悪かったとか、走らせてすまなかったとか、なにかしら言ってくれそうなのに、それすらない。

明らかに動揺し、困惑し、スタンは取り乱しているように見えた。だがそれが一体なんのせいなのかは、桂人には分からない。

「一体どうしたの？　急に、飛び出ていくように……」

喘ぐように訊くと、スタンは眼を伏せて「なんでもない、ただ」と呟いた。

「ヴァイオリンの弓が、手のひらに吸い付いてきて……」

そこまで言ったあと、スタンは顔を歪《ゆが》めて黙り込み、同時に人気《ひとけ》のないホームに、電車が入ってくる。スタンはもう、なにも言わずに乗り込んでしまった。急いでこの場所を離れたそうだった。

「……アルバートはまだ大学を見て回るって」

「そうか」

スタンの声は小さく、平板ですらある。

車内は空いている。スタンが腰を下ろしたシートの隣に詰めると、桂人は「スタン」と呼びかけた。声には、無意識のうちに少し責めるような色が混ざっていた。

「なにがあったか……話してくれないの?」

たぶん自分も動揺しているのだと、桂人は感じた。きっとそれはスタンがいつになく感情的に見えるからで、理由さえ分かれば落ち着ける。だから話してほしくて、身を乗り出して訊く。

スタンは窓辺に頬杖をつき、窓の外へ視線を向けたままだ。桂人の問いに、「なにがって?」と嘯《うそぶ》いている。

「全部見てただろう。話すことなんてない」

「……そうだけど、分からないよ。どうしてこれほどスタンが……動揺してるのか」

ヴァイオリンを弾いたから? それとも、アルバートに会社に入れないと言われたから?

べつに、とスタンは言ったが、その声は小さくて電車が発車する音にかき消された。景色がゆっくりと加速して、窓の向こうを流れていく。

「アルバートが変なことを言うから、腹が立っただけだ。……どうせメンベラーズが言わせたんだろ。それで俺を怒らせて、舞台に立たせて——あの指揮者が、まるで子どもに言うように『愛の喜び』だの言うから、苛立ったんだよ。でもそれだって、あいつらに乗せられたみたいでむかついて……。そうだろう、昔の恩師までわざわざ用意しやがって」

「……メンベラーズが、アーサーとスキナー先生を呼んだと思ってるの？」

「それくらい、あいつなら平気でする」

スタンは吐き出すように言った。

メンベラーズなら、たしかにそうかもしれない……と桂人は思ったが、同時に混乱もした。メンベラーズは策士ではあるが、冷酷な感情ゆえの行動はとらない人だ。

合理的な思いやり。メンベラーズの行為には、大抵そんなものが潜んでいる。

（もしメンベラーズが手を回して仕組んだことだとしたら、それは、なんのため？　それは……）

答えはたった一つしかなく、そしてその結論から導きだされる真実も、たった一つだった。

「スタン……きみにとって、ヴァイオリンがあんなに……重要なものだったなんて、僕は知らなかった」

思わず言葉をこぼす。途端に、スタンが怖い顔つきになって桂人を見た。

睨み付けられたが、桂人は「だってそうでしょう」と喘いだ。

「メンベラーズが無意味にこんなことするはずない。……それにアルビーだって、言われたらなんでもそのとおりに言う人形じゃない。会社にきみを入れないと言ったのは……なにか覚悟があるからだよ」

なにか覚悟が。そういえばスタンとのケンカについて訊ねたとき、アルバートは「別の方法を考える」と言っていた。それが今日のことなのかもしれない。

桂人はアルバートが、スタンをもう追いかけない、と言っていた横顔を思い出す。幼い子どもが必死になって自立しようとしている。そんなふうに見えた。薄青の瞳には強い意志が浮かんでいた。あの色を、桂人は以前も見たことがある。

それは去年の秋、スタンとアルバートが大ゲンカをしたあと、アルバートが単身、桂人の実家を訪ねてきたときのことだ。

そのとき桂人は初めてまともに、ゆっくりと、アルバートと話した。一緒に釣りをしながら、彼が涙ながらに語る懺悔《ざんげ》を聞いた。アルバートの体を抱きしめてあやしたあと、大きな魚が竿《さお》にかかって、大笑いした。それからなにげなく、ありがとう、と呟いたとき、アルバートはあの眼をしていた。助かった、と独りごちながら——アルバートはたぶん、スタンと向き合うことを決意していたはずだ。

桂人はあのとき、一人の人間が変わり、強くなろうと立ち上がる瞬間を見たのだ。

「きみの身近な人たちが、こんなにきみへ音楽を取り戻そうとしてるなら……僕が思ってた以上に、きみにとってヴァイオリンは大切なものなんだろう？　だったら、もう一度考え直してみても……」

なにが正解か分からないまま、感じたことを言う。その瞬間、桂人の言葉を遮り、スタンが声を荒らげた。

「お前は俺の考えを優先すると言わなかったかっ？」

桂人はびくりと体を震わせて、振り向いたスタンと眼を合わせた。

「オックスフォードに進んで適当に就職するって言ったろ、お前もそれに賛同するって！　べつにヴァイオリニストなんて目指してなかった！　それに俺が音楽の道へ行けば……行けば──お前と一緒にいられなくなると知ってて言うのか⁉」

強く言われて、ひるむ。スタンの青い瞳が怒りと悲しみに燃えているように見える。

（一緒にいられなくなる……？　どうして）

桂人はその言葉に震えた。スタンは自分の言葉に舌打ちし、ああくそ、と呟きながらうなだれた。

「こんなくだらないことで言い争いたくない……俺はお前を……怒鳴りつけたりしたくない」

忘れてくれ、仲良くしよう、と続けられて桂人は分かった、と言いそうになり──けれど、声が出てこなかった。

自分の父親は舞台俳優で、養父は芸術愛好家だ。だが、桂人自身には芸術への深い興味関心はなくて、そういうものを追いかける人々のことはあまりよく理解していなかった。

だが今日、スタンの演奏を聴いたとき、自分とは違う世界、違う場所に、スタンの魂があるのだと悟った。それは論理的な思考の末の、結論とはまったく違っている。ただ強烈に感じた。あまりにもはっきりと分かった。桂人の魂が理解して震えたからだ。

スタンの魂は、ヴァイオリンを弾くときこそ解放される。桂人はそう感じた。

（僕が知る限り、スタンはいつも、誰かのために弾いてた。スタンがスタンのために、スタンの気持ちのためだけに弾いた音を、僕は初めて聴いたんだ……）

心を摑まれ、揺さぶられ、引きずり込まれるあの瞬間の高揚が心の中に不意に蘇る。

スキナーの言っていた言葉が、脳裏を駆け巡った。

(……あれは魂の音)

「きみの魂が、音楽を必要としている」

気がつけば桂人は膝の上で拳《こぶし》を握りしめて、言っていた。心臓が強く痛んだ。

「音楽は、きみの魂を必要としている。きみはヴァイオリンを弾くべきだと思う。スタン」

眼の前で、スタンの顔が歪むのを見た。スタンの気持ちを尊重すると言った、約束を破ってごめんなさいと、桂人は胸の内で思った。けれど嘘をついてスタンの機嫌をとるよりも、自分が感じた真実を伝えたかった。

「それはお前との未来を蹴ってでも、ヴァイオリンを弾けって意味か?」

そうではない、と桂人は思った。自分だって一緒にいたい。けれどそのために、音楽をやめてほしいとは言えない。

(どうして、ヴァイオリンを選んでも一緒にいようとは……思ってくれないの?)

スタンがそう思ってくれないことのほうが、ずっと桂人にとっては苦しく、悲しく思えた。どちらか一つしか道がないとは思えない。互いに努力すればどんな道でも一緒にいられるはずなのに、スタンはそれを考えてくれないのかと思うと、ひどくみじめな気持ちだった。

自分の存在はなにかと天秤《てんびん》にかけられて、捨てるかどうかを考えるようなものなのかと——桂人はショックを受ける。

「俺はもう弾かない。弾きたくないんだ」

スタンが、苦々しい声で反論する。

「でも、きみは今までも『亡き王女のためのパヴァーヌ』を弾いてた。……他にもきっと、本当は毎日、きみはどこかで練習してたはずだよ」

これまでは気づかなかっただけで、そのはずだと桂人は今さらのように確信する。そうでなければいくら幼いころコンクールで賞をとり、天才だの神童だのと呼ばれたスタンでも、今日聞いた恐ろしく難解な曲を弾きこなせるわけがない。音が飛んだと本人は言っていたが、そんなことは気にもならなかった。ものすごい熱量の演奏だった。

「……母親のためだ」

スタンは呟く。

「もう二度と、自分のためには弾かない。賞賛の拍手も要らない。そう決めていた」

「今日の演奏は……それじゃあ、自分のためだったんだね？」

怒りを叩きつけるかのような、激情的なあの演奏は――誰のためでもない、スタンのためのものだったのだと今の言葉で確信した。

だがそう言った瞬間、スタンは顔をあげた。南海の水面のように深い青の瞳にほんの一瞬、絶望と後悔が差し込んだのを桂人は感じた。

（スタン……？　怯《おび》えてるの？　なにに？）

「オックスフォードに進んで、適当に働いて……それでいいだろう？　それのなにがいけない？」

アルバートも今はああ言ってるが、そのうち考えなおす、とスタンは喘ぐように言う。桂人の胸は締めつけられるように痛んだ。でも、と、桂人は呟いた。頭の隅に、以前聞いたスタンの言葉が蘇ってくる。

「……それは、『それなりの幸せ』であって、それ以上じゃない。……そうだろ」

スタンは呆気にとられたように桂人を見つめ、それから顔をしかめるとあっという間に椅子から立ち上がってしまった。

「スタン⁉」

思わず声をあげ、腰を浮かせる。振り返ったスタンは、はっきりと怒っていた。眉をつり上げて、桂人を睨み付けている。それから居丈高に、いかにも貴族らしく眼を細めると、「ステイ」と桂人に命令した。

「母親みたいに、俺の生き方に注文をつけるのはやめてくれ。今回限りなら忘れるけどな……今は一緒にいたくない」

きっぱりと言い切ると、スタンは隣の車両へ移っていく。車両間をつなぐ扉が閉じると、その姿はもう見えなくなった。

——今は一緒にいたくない。

冷たい言葉に、頭を殴られたような衝撃を受け、桂人はその場に力なく座り込んでしまった。

（怒らせた……、踏み込みすぎた。触れてはいけない場所に、触れてしまったんだ）

後悔が押し寄せてくる。だが同時に、こうも思った。

（なら……嘘をつくべきだった？　適当に進学して、就職すればいい。そう言ったほうがよかった？）

分からない。恋人としては、そのほうが正しかったのかもしれない。だが……。

――きみの魂の音だ。

力強く断じていた、スキナーの声が脳裏に浮かんでは、消える。

たとえ、子どものようでも。いや、子どものようだからこそ。きみの魂の揺らぎは、きみの最大の魅力だよ――。

あの紳士の言葉に、スタンがなにを感じたかは分からない。だが桂人は咄嗟に思ったのだ。

母親に蹂躙《じゅうりん》され、傷つけられたスタンの、十四歳の心。

その心が、ヴァイオリンの音となり、スタンの内側から発露されたのではないかと。

恋人の桂人や、たった一人の家族であるアルバートにさえ弱いところや、負の感情を見せないスタンの魂が、あの瞬間だけ剝《む》き出しになったのを感じた。

そしてそのことがいつか、スタンを救ってくれる。少なくとも、母親の夢でうなされない未来が、あるかもしれない。

他人の幸福を断じることなど傲慢《ごうまん》だと分かりながらなお、思う。

（僕とでは、それなりの幸せにしかならない……でも、もしもヴァイオリンに向き合えば）

スタンは、もっと完全な幸福を感じられるのではないだろうか？

（音楽が、ヴァイオリンが、本当の本当はスタンの居場所なのだとしたら……）

それはスキナーが言ったように、桂人もまたスタンの演奏を、魂の音だと感じてしまったからだった。一度感じたそのことは、あまりにも強く激しく、桂人の心に食い込んでいた。

結局、朝に三人一緒に連れ立っていった桂人とスタンとアルバートは、寮に帰ってくるときはバラバラ、という形になった。

翌日は土曜日で授業は休み、寮の当番も夜からしかなく、桂人は朝、部屋を訪ねてみたがスタンは部屋にいなかった。勉強でもしようかと思ったが手に着かず、誰もいない監督生《プリフェクト》特別室で寮監が今週面談した新寮生のメモを整理しながら、それを読み込んでいた。

とはいえいつもほど、するすると頭に入ってこない。

桂人はため息をついて、長椅子に凭れた。

（このままた、スタンと距離が開いたらどうしよう……）

スタンの人生の問題の前に、自分との恋愛なんて些細なことだと分かっているけれど、桂人にとってはそれは大きなことだった。

スタンを愛している。本当は穏やかに愛し合っていたいし、卒業してからも恋人でいたい。オックスフォードに一緒に進学して、同棲《どうせい》するほうが桂人個人にとったらずっとずっと幸せだ。

でもそれではダメなのだろうという不安が、胸の中に渦巻いていた。

(スタンのことを考えてばかり。情けない……。スタンとの未来がなくなっても、僕は僕の生活があるじゃないか。……男のために決めるなんて、ってメンベラーズにも言われたのに)

自己嫌悪に陥りながら書棚にファイルを戻したところで、桂人はふと眼についたファイルを引き出した。

七年生のファイルだ。寮生の基本的なプロフィールや生い立ち、三年生のころから定期的に行われてきた寮監との面談記録、チューターからの報告、学校の成績、ときにはメイトロンからの報告までがぎっしりと詰まっている。桂人はこれらすべてをほとんど暗記していたが、特別気にかけなくていいと判断したことは、詳細を省いて覚えていた。

少し緊張しながら、スタン・ストークのページを開く。高い家柄、十四歳で母を亡くしたことや、三年生のころはキングスカラーに選ばれたことなど、知っている情報を飛ばして、追いたいことだけを探す。

(……リーストンに入学した初年度、スタンは外部からヴァイオリンの特別講師を招くことを許されてる。……ジョン・スキナー氏。スタンが師事していた先生だ)

それは母親が亡くなる直前まで続いており、三年生と四年生の春までの間、スタンはコンクールで優勝し、時には楽団に呼ばれて演奏をしたりもしていた。実際には十三歳のころ既に、演奏家としての道を歩き出していたのだと知る。

(知らなかった。ううん、情報としては知ってたけど、僕が関わるようになったころにはスタ

ンはヴァイオリンをやめてたから、気に留めてなかった）

寮監との面談メモを読んで、気に留めなかった理由がさらに分かった。寮監はスタンがヴァイオリンをやめてから、定期的に再開を勧めている旨を記載していた。本人にその意志はない、とも書かれている。味気ないメモから、桂人はこれを不要な情報と処理したのだろう。

（僕はスタンにとって……ヴァイオリンはとっくに過去のものだと思い込んでた。……でも本当はどうなんだろう――？）

ファイルを閉じて書棚に戻す。ため息をつきながらもう一度長椅子に座ったときだった。

「ケイト！　ここにいた」

不意に特別室のドアが開いて飛び込んできた影があり、桂人はハッと顔をあげた。嬉々《きき》とした声でやって来て、桂人の隣に腰を下ろしたのはアルバートだった。

「アルビー……」

「探してたんだよ、昨日僕は帰りが遅くて話せなかったから。あのあと、大学のクリケットチームに混ぜてもらったんだ。すごく楽しい時間だった」

「そう、よかったね」

アルバートも落ち込んでいるのでは……、と桂人は思っていたのだが、そんな様子でもなかった。アルバートはケンブリッジでいい時間を過ごしたらしい。尻尾《しっぽ》を振る大型犬のような様子に思わず微笑みながらも、今回は、ただよしよしと撫でるわけにもいかなかった。

「……」

なんと言ったものか考えながら、じっとアルバートを見つめていると、その顔からはだんだん笑みが消えていく。アルバートは耳を垂らした犬のような顔でしゅんとし、「ごめんなさい」と呟いた。

「きみにスタンを押しつける形になって。……あのあと、スタンはどうしてた？」

兄に関心がないわけではなく、昔のように見たいものしか見ないようにしているわけでもなさそうで、桂人はホッとした。アルバートは昨日自分がしたことで、スタンを傷つけ、桂人を巻き込んだことを理解してはいるようだ。

「かなり動揺してたよ。僕がヴァイオリンを再開してはどうかと話したら怒らせて……以降口をきいてもらえてない」

「それは……ごめん」

「初めから、あの場所でスタンにヴァイオリンを弾かせるつもりだったの？」

思わず、桂人は下からアルバートの顔を覗き込んでいた。

「スキナー氏も、きみが呼んでたの？」

アルバートはしばらく黙り、それから「僕の発案というよりは、メンベラーズの発案だったけど、同意したのは僕だ」と白状した。

「まさか、ブルーネル寮の寮代表がアーサー・ウェストだったのは……」

「それは偶然だよ、本当に。僕やメンベラーズが他寮のことを操作したりはできない」

アルバートは慌てて潔白を主張し、たしかにそのとおりかと、桂人も少し落ち着くために胸を撫でた。

「……ケイト、実を言うとね。社交界のパーティでこれまで何度か、僕はスキナー先生と顔を合わせることがあったんだ。当主になってから、うちのパーティには呼んだことはなかったけど……。僕は……彼とスタンを会わせないようにしてた。だってもしまたスタンがヴァイオリンを始めたら、きっと僕はひとりぼっちになると思って」

桂人は息を呑んで、アルバートを見つめた。爵位を継いでから、アルバートは数々の社交場に出なければならなかった。スキナーがいる会場には、スタンをついてこさせなかったと、アルバートは言った。けれどスキナーは会うたびにスタンの様子を訊いてきたし、ヴァイオリンを続けているか気にしていたらしい。

「長い間、僕はそれを煩《わずら》わしく感じてた。僕からスタンを奪おうとするジジイめ、って思ってたよ。アーサー・ウェストに対しても同じさ。スタンに近づけないようにしてた。ひどいだろ。ヴァイオリンの引力が、スタンを引き寄せて連れていってしまいそうで怖かった。……きみがスタンと仲良くなりはじめたときも、僕はきみにひどいことをしたろ？　あんな感じだよ」

苦しそうに言うアルバートに、桂人は去年の秋、ハーフターム休暇までのアルバートが桂人に対してひどく侮蔑的だったことを思い出す。今になったら、子どもが親をとられそうになって、精一杯突っ張っていただけだ、と理解できるが、当時は傷つけられた。あのころのアルバートはスタンに依存していて、スタンもアルバートに依存していて、それでいて互いをずるいと憎みあってもいた。愛と憎悪が複雑に絡み合い、双子はがんじがらめになっていた。

「きみと仲良くなったあと、僕は変われたろ？　ちゃんと眼を開いて、スタンから自立しようと頑張った。そうしたら急に世界は優しく思えて……僕はママに愛されなかったし、スタンも愛されてなかった。でも、これから先には愛する人も、愛してくれる人もいるはずだって信じられた。なによりきみがいてくれた。……僕の弱いところを、きみは愛してくれてるだろ？」

「……アルビー」

桂人は膝の上で握りしめられたアルバートの手を、そっと撫でた。その大きな手は震えていて、アルバートの瞳は、今にも泣き出しそうだ。心の奥にある自分の感情を、素直に伝えるのがどれほど恐ろしいことか、桂人は身をもって知っている。

大丈夫、ちゃんときみが好きだよと伝えて勇気づけるために、アルバートの手を握る。

「そうなってから初めて、スキナー先生に会ったとき……彼に対する気持ちが今までとまるで変わってたんだ。ものすごくショックだった。……先生に、『スタンはヴァイオリンをもう弾かないのだろうか』って訊かれて……それは今まで何度も訊かれてたことなのに、やっと気づいたんだ。ママが死んでからずっと、僕はスタンからヴァイオリンを取り上げてたんだって」

スタンにもう一度、音楽を返さなければ。アルバートはスキナーとの再会からずっとそれを悩み、メンベラーズに相談していた。

メンベラーズはオープンモーニングでの音楽イベントを思いつき、そこにスタンとスキナーを呼ぼうという話になったという。指揮者に話を通しておく、スタンにヴァイオリンを弾かせよう、と言われて、アルバートは悩んだ末にその話に乗ったという。

「ウェストも来てるとは思ってなかったけど、たぶんメンベラーズが呼んだんだね。スキナー先生はスタンがいるなんて知らなかったみたいだから、ウェストが上手くやったんだ」

（ブルーネル寮の代表がアーサー・ウェストになったあたりから、メンベラーズは考えていたかもしれないな）

彼の手腕を知っている桂人は、ついそう思う。

「きみが、スタンを会社に入れないって言ったのは？　あれも、メンベラーズの指示？」

訊くと、提案は受けたけど、とアルバートは口ごもった。

「僕も、そうしなきゃって思った。……スタンがヴァイオリンに戻りやすいように、僕のことをもう考えないように。早く言わなきゃってずっと思ってたんだ。でも踏ん切りがつかなくて、つい演奏の直前になってしまって」

（……いくつかは仕組まれたことで、いくつかは偶然だった。でも、結果的にはそれがスタンの怒りを引き出して……あの演奏になったんだ）

とりあえず疑問に思っていたことが大体分かって、桂人は息をついた。だが、なにも解決してはいないとも思う。

「けどね、アルビー。スタンのヴァイオリンは素晴らしいけど……スタンが本当の本当に、ただオックスフォードへ進学して、きみの会社で働きたいんだとしたら？　スタンが本当にヴァイオリンをもう、やりたくないんだとしたら？」

桂人は自分でも、ヴァイオリンを再開してはどうかとスタンに勧めたけれど、あえてそれとは逆のことも考えてしまう。

芸術の道は険しく困難で、本人がやり通す意志がなかったらきっと難しい。

「……それは僕だって何度も考えたんだよ、ケイト」

アルバートは、苦しそうに吐露した。

「僕は思ったんだよ。このまま大学に行って会社に入って、業績が上がれば……僕はそのぶん幸福になれる。それが喜びだって。僕は今の場所で幸せになれるんだ。でも、スタンは家のことも、会社のことも僕よりずっと上手くやれるだろうけど……幸福なんだろうかって」

スタンは自分のこと、許せるのかって――、と、アルバートはかすれた声で呟いた。

「僕は誰のためでもなくて、スタンに、スタンのために生きてほしい」

「……もしも、スタンがきみのために生きることが、幸福だと言ったら？　それでも音楽家の道を選んでほしいと思ってる？」

「ケイト――それでも僕は十四歳のとき、スタンが……メニューインのジュニア部門で優勝するところを見てるんだ」

アルバートの声は震えていた。彼の薄青の瞳は涙ぐみ、下睫毛《したまつげ》に一粒、涙がかかっていた。

「素人の僕ですら分かったよ。魂を揺さぶられる素晴らしい演奏だった。トロフィーも、金の盾も、仰々しいコンクールの名前も全部、関係ないんだ。僕が覚えてるのはスタンが本物だったことだけ。そしてママが死ぬまで……スタンはママにひどいことをされている間も、ずっとヴァイオリンをやめなかった。その中で優勝した。スタンの魂を救えるのはヴァイオリンだったんだ。僕はそのことを知ってたのにやめさせたんだ……！」

　たまらなくなったように、アルバートは顔を覆って咽《むせ》んだ。天使の翼を折るような行為だ、と彼は喘ぐ。

　レッスンに行かないで。一人にしないで。と、十四歳のアルバートはスタンに頼んだという。ヴァイオリンの練習は過酷で、始めると何時間も帰ってこない。たった一度アルバートがそう請うただけで、スタンは一切の練習をやめてしまった。

「スタンの優しさにつけ込んで、僕はそれを……見ないことにしてた」

　桂人は罪悪感に咽ぶアルバートの背を、ただ優しくさすることしかできない。心臓が、緊張でどくどくと音をたてている。

「……ケイト、きみだって昨日、チャペルでのスタンの演奏を見たとき……どう思った？　あれは、捨てさせていいものだと思った？」

　顔をあげたアルバートが、涙を拭う。桂人はどう答えていいか分からず、数秒黙り込んでしまう。

「あの演奏を聴いて、スタンからヴァイオリンを遠ざけたままでいいと、本当に思う？　それがいいことだと思える？　僕は……スタンに成功してほしいわけでも、有名になってほしいわけでも、コンクールで優勝してほしいわけでもないんだ。……ただ、僕は幼いころから知ってる。スタンの魂は音楽にあるんだ。僕は無粋な人間だけど、スタンが兄だから知ってる。芸術は……神さまが選んだ人間にだけ、念入りに与えられてるって」

音楽は天上と地上を結ぶはしごで、音楽家ははしごを渡せる天使だとしたら。

と、アルバートは呟いた。

「スタンの翼を折ったのは僕だ。返してあげなきゃ。スタンの魂は、地上にはないんだから」

アルバートの言葉の意味を、桂人は心で理解している自分に気がついた。頭では、反論はいくつも浮かんだ。十四歳のスタンだったら、ヴァイオリンを取り戻したかったかもしれない。でも今のスタンは拒絶しているだとか、違う未来を思い描いていたのに、外野が急にうるさく言い始めたら煩わしいはずだとか、他人に幸福を決められるなんて誰だっていやだろうとか。

だがそのすべての正論が、ただ一度聴いただけのスタンの本気の演奏の記憶に、いやおうなく覆されてしまう。

彼はヴァイオリンを弾くために生まれてきたのだと、そう思ってしまう。

そしてそんな人間から、楽器を取り上げることは罪深く、あってはならないような錯覚にすら陥る……。

（心が、スタンからヴァイオリンを切り離すことは罪だと感じてる――）

だがそれが真実かどうかを、桂人は知ることができなかった。なるべく冷静に、今事実として口にできることだけを、言葉にする。

「アルビー、スタンのことは置いておいて。きみは後悔しなくていいと思う。……きみがスタンからヴァイオリンを取り上げたんじゃなくて……スタンはきみのほうを、ヴァイオリンよりずっと愛してただけじゃないかな。……僕はそう思う」

なにから言えばいいのか分からない。だが今、桂人に言えるのはこれくらいだった。スタンのことは、いくらここで桂人とアルバートが論じ合っても憶測でしかなく、決めつけることはできないのだ。

ただアルバートの罪悪感は減らしてあげたかった。

けれど自分の慰めが、アルバートの苦しみをそれほどには救えないだろうことも、桂人には分かっていた。

(スタンの苦しみはスタンのもの。アルバートの苦しみはアルバートのもの……スタンがヴァイオリンをやめたのは、アルバートへの愛情だったとしても……やめさせたと感じるアルビーの罪悪感を……消すことはできない)

過去は変えられないのだから、現在を生き、未来を見つけるしかない。アルバートの行動は、アルバートなりに考えている現在の最善なのだろうが、スタンにとってはどうか分からない。

大きな背中を撫でながら、これからどうしたらいいのかを桂人は考えたが、答えはついに見つからなかった。

しばらくするとアルバートは落ち着いたらしく、クリケットの練習に出ていった。

(こういうところが、アルビーの強さなんだろうな)

悲しみや苦しみを、アルバートは長く引きずらない性質だ。彼の根っこはとても健やかで、自分が持っているたくさんの居場所の中で、とても健全に幸福を感じられる素直さがある。

（スタンは違う……スタンは、監督生として役に立っても、アルバートのためになにかして喜ばれても、恋人の……僕と一緒にいても、どうしても幸福にならない部分が心の中にある）

桂人がウェリントンの寮生のために、「僕でよければ」という気持ちで接すること、尽くすことや、スタンという恋人を愛する気持ちそのものに居場所を見つけているのとは違って、スタンは大事な人への愛情を居場所にしても、どこか根付かずふわふわとして見える。

（スタンの心の中に、誰も入っていけない場所があるんだ……）

入っていけるのは音楽だけ。そう感じるから、アルバートはスタンにヴァイオリンを取り戻させたいのだと桂人は理解していた。

桂人はもやもやと思案しながら、一人リーストンの広大な構内をぼんやりと歩いていた。歩いていれば考えもまとまるかもしれない……と思う。九月中旬の木々はまだ青々としており、そよ吹く風は冷たくもなく熱くもなく、ちょうどよかった。

しかし考えはまとまらなかった。自分のことではなく、相手の問題なのだからいくら考えたところで意味などないのだと気がつく。

推測と憶測を繰り返すだけ。行動したほうが早い、と思った。

（うじうじ悩んでても仕方ない。本人と話す以外意味なんてないんじゃないか？）

しばらくぐるぐると思考を巡らせていた桂人だが、スタンを探そう。そしてきちんと対話しようと気持ちを切り替えた。

対話に意味があるのかもよく分からない。静観し、放っておくことが正しい気もする。でも、話し合いを持ったあとに決めてもいい。

桂人はスタンを探したが、広い構内をぐるぐる回ってもスタンを見つけることはできなかった。結局寮に戻ったが、寮内にもスタンの姿はなく、夜になってもスタンの部屋には灯《あか》り一つつかない。

(スタン……部屋にいないみたい。どこにいるんだろう?)

今日は休みなのでほとんどの当番がないとはいえ、最近はおとなしく寮にいたスタンがいないので、桂人は少し焦った。

消灯をすぎても、スタンは寮内にいない様子で、桂人は寝間着の上にガウンを着ただけで自室の窓辺に座り、物思いに沈んでいた。もしかして、スタンは自分から逃げているのだろうか、などという被害妄想すら浮かんでくる。

(なに考えてるんだ、憶測や推測で考えても仕方ないからスタンと話がしたいのに、こんなことまで妄想してたら意味がない……)

薄い窓ガラスに額を押しつけて、ため息をつく。夜空には、秋の星がまたたいている。ぼんやりとしているうちに、自分の心がほんのわずかに見えてくる。

(……僕は、スタンの気持ちを話してもらえないことが、本当は一番ショックなのかも)

恋人なのに――スタンがなぜ、ヴァイオリンを拒むのかが分からない。自分のためには弾かないと決めている理由が分からない。それが淋《さび》しい。力になれるならなりたいし、なれなくても、悩んでいることを話してほしいと思ってしまう。

――母親みたいに、俺の生き方に注文をつけるのはやめてくれ。

昨日言われた言葉が、思い出すたびに桂人の胸をえぐっていく。「母親」はスタンが最も忌み嫌っている存在のはずだ。本人は、母のことなど思い出しもしない、興味も関心もないと言うがそんなはずはないと桂人は思っている。

（死んでくれて嬉しかったと……言っていた）

そんなふうに思ってしまったから、懺悔のように『亡き王女のためのパヴァーヌ』を弾いていると、以前言っていたのだ。桂人はスタンに、「母親」と並べられたことが、単純にショックだった。

（もう、嫌われたかもしれない）

そう思う。不安で心が揺らいだが、桂人はその考えを振り払おうとした。そのとき、隣室の窓辺に小さく灯りが点《っ》いたのを桂人は見た。

思わず立ち上がり、そろそろと足音を忍ばせて廊下に出ると、スタンの部屋の前に立つ。小さくノックし、「スタン……？」と声をかけた。返事はなく、桂人はしばらくの間どうしたものか思案してその場に突っ立っていた。

（ちゃんと仲直りしたい）

けれど結局その気持ちが強くて、桂人はそっと扉に手をかけて、中を覗き見た。

「スタン……」

窓辺にスタンが座り、なにかを飲んでいる。なんだろうと眼をこらして、桂人はハッとした。それはエールの瓶だったのだ。

「お酒飲んでるの？」

急いで中に入り、扉を閉めてから言うとスタンは顔をあげてニヤニヤと笑った。

「愛《いと》しのケイトじゃないか。仲直りに来てくれたのか？」

瓶をぐいとあおってから、スタンは立ち上がる。少しふらついた足取りで近づいてくると、ほとんど凭れ掛かるようにして桂人に抱きついてきた。長身で体格もいいスタンの体重を受け止めきれずに、桂人はよろめいてベッドに倒れ込んだ。スタンも一緒に倒れてきて、そのまま組み敷かれてキスされる。

口づけられると、鼻の先にアルコールの匂いがむっと漂い、桂人は慌ててスタンの胸に手を当てて押しのけた。手のひらに、スタンのしなやかな胸筋の感触が伝わってくる。

「酔っ払ってるの？　もしかして外で飲んでた？　今日一日きみを探してたのに」

イギリスでは十八歳から飲酒が可能だが、保護者が同伴していればパブなどで十六歳から酒が飲める。もちろんパブリックスクール内での飲酒はリーストンでは禁止だけれど、最終学年は外出が認められており、外出先での飲酒は厳密には禁じられていない。とはいえ、「節度を守って」「紳士的に」飲むことが条件だ。

スタンの様子は、「節度を守って」とは言いがたい。

「俺を探してたってなんでだ？　ああ、昨日の言い争いを気にしてたのか」

スタンはおかしそうに笑って言う。はだけた白いシャツと、スラックスだけの姿。もとが美貌で色っぽいため、酔っ払って話す姿は息を呑むほどの妖艶《ようえん》さだ。

「あんなことはもう忘れよう。俺はケイトとケンカしたくないし、お前は俺がケチな会社で働こうが、街角でヴァイオリンを弾いていようが、構わず愛してくれるだろ？」

「……もちろん。それはそうだけど、でも」

「じゃあ、この話はおしまいだ。俺はヴァイオリンを弾く気はない。アルビーがなにを言ってるのかは知らないが、一年もすれば眼を覚ますさ」

一度押しのけたスタンの体が、また覆い被《かぶ》さってくる。こめかみにキスをされ、体を優しくまさぐられて、桂人は肩を震わせた。

たしかに、スタンが言うとおりかもしれないと、ふと思う。自分はスタンがどんな進路を選んでも変わらず彼を愛せる。ヴァイオリンを弾いても弾かなくても、スタンへの愛情は変わらないのだから、桂人はこの問題に関係ない。スタンが望むようにしたらいいと思う。

今は罪悪感に囚《とら》われ、スタンにヴァイオリンを弾かせなければと考えているアルバートも、いずれは考えを変えるかもしれない……。

（でも……）

そのとき、頭の奥から声がした。

（ここで受け入れても、スタンが僕に本当の気持ちを話してくれないのは、変わらない……）

スタンが救われないことも、この先ずっと「それなりの幸せ」でしかないことも、変わらない。

監督生の仕事のように、合理的に淡々と人生を進めて、時には悪役を買って損をして、それでもいいと冷めた顔をして生きるスタンを、ずっと見つめているだけになる。そうして真夜中、スタンは母親の夢にうなされる……。その夢についても、桂人はスタンから弱音一つ聞き出すことができないのだ。

スタンが、母とのことに向き合わないから。

一緒にいられれば、それなりに幸せかもしれなくても、そこには常に不安がつきまとうことになる。

一度力が脱《ぬ》けていた手に、再度力をこめて桂人はぐっとスタンの胸を押しのけた。

「……スタン。愛してるから話してほしい。どうしてヴァイオリンを弾けないの？」

弾いたっていいじゃないかと、桂人は言った。

オックスフォードに進んでも、どこかの企業に就職しても、べつにヴァイオリンを弾くことはできる。お金があるのなら、専門の教師に師事できるし、趣味で続けても仕事にするにしても、スタンの立場ならどうとでもなるはずで、アルバートがそうしてほしいと言うのなら一度受け入れることだって一つの手だと思われた。スタンなら、ヴァイオリンを練習したところでAレベル試験はいい成績をとれる。もし今年受験しなくたって、ギャップイヤーを挟んで好きな大学へ行くことも可能だろう。選択の幅はいくらだってある。

（逆にいくらでも選択肢があるのに、やらないって言うのなら……それは、スタンにとってヴ

ァイオリンだけが特別だって言ってるのと同じだ)

ふと、そう思う。

桂人はベッドの上に体を起こしてスタンと向き合った。スタンはしばらく黙っていたけれど、やがて酔いが冷めたような顔になり、つまらなそうに窓辺の椅子へ戻ってしまった。

「もう弾かないって決めてる。そう言ったろ? またこの話をしてなんの意味がある。アルビーがどう言おうが俺は聞くつもりはない」

「だから、それはどうしてなの? 教えてくれないと、アルバートを説得もできない。アルビーは全部話してくれた——きみからヴァイオリンを奪ってしまった償いがしたいって、泣いてたんだ」

「ははあ、泣かれたからアルビーに譲ってあげなさいってことか? さすが優しいな、ケイトママは」

嫌みたらしく言い、スタンは小机からシガーの箱を取る。桂人はまた「ママ」扱いされて、胸が痛むのを感じた。

「恋人なのに……話してもらえないの?」

「恋人でも、お前は俺じゃない。……お前には分からないし、分かってほしくもない!」

瞬間、スタンはこれ以上我慢ができなくなったように強く言った。

「大体ヴァイオリンなんて弾いてたら、お前とは一緒にいられなくなる、どうせそうだ、いつかお前は俺を捨てる」

「……捨てるって、なに？　どうして、そうなるの？」

桂人は呆気にとられ、それから急に眼の前がぐらぐらと崩れていくような気がした。心臓が鼓動を速く打ち、額にじわっと汗が滲む。信じていたものに、突然ひびが入れられた気がした。

（どうして、そんなことを言うの？）

スタンの気持ちが分からなくなり、声がしゃがれる。

「付き合い始めたとき、一生一緒にいようって……スタンが言ってくれただろ？」

訊く声が震える。スタンは舌打ちし、シガーを一本くわえると火をつける。

「あんなもの……十七かそこらで交わした口約束で……一生愛し合えるわけない。お前がいつまでも覚えてるなんて、俺は思ってないし……」

紫煙を吐き出しながら、スタンは呻《うめ》くように呟いた。言ったあとで、スタンは言いすぎたと思ったのか、ハッと口をつぐんだ。だが、言葉を撤回することはなく、桂人から眼を逸らす。その態度に、スタンの本音は今の言葉にあるのかと、胸が撃ち抜かれたような気がして桂人は震えた。

「……きみは、ずっとそう思ってたの？　僕は……きみさえ、僕を愛してくれるなら、一生、きみを愛せるし……愛するつもりで」

「――そうじゃなくて。そうじゃない、ただ、ヴァイオリンを弾いてる俺なんて面倒なものより、オックスフォードに進んで適当に暮らしてる俺のほうがよっぽど……よっぽどお前にとってはマシだろう⁉」

桂人は混乱して、スタンを見つめた。スタンはくそ、と呟いて髪の毛をくしゃくしゃと掻《か》いている。

「ぼ、僕と一緒にいるためには、大事なものを諦めなきゃいけないってこと？」

分からない。どうしてどちらかしか選べないのだろう。スタンがどうあっても、桂人はスタンを愛せる。ついさっきスタンがそう言ったばかりなのに、同じ口で一生愛し合えるわけがないと言う。桂人は自分の気持ちを信じてもらえないようで、情けなく、じわじわと眼に涙が浮かんできた。

スタンは決まり悪そうにイライラと足を踏みならし、「そうじゃない、そうじゃ……」と、うわごとのように言う。

「……ケイトに俺の気持ちは分からない。俺がどれだけ無理をして、お前と一緒にいるか」

苦しそうに呟かれた言葉に、けれどそれは裏を返せば、無理をしなければ一緒にいられないという意味にもとれた。

「分からないよ、だって僕は……きみといたら幸せで……『それなりの幸せ』じゃないから！」

気がつくと感情的になっていた。一生愛し合えるわけがない。スタンがそう思っていたことが、倒れそうになるほど悲しい。

無理をしなければ一緒にいられない。そう考えられていることが辛い。ヴァイオリンを弾いて、それでも桂人と一緒にいたいと思ってもらえないことが、とてつもなくみじめだ。

どっと涙が溢《あふ》れて、桂人は耐えきれずに立ち上がると部屋を出た。スタンは「ケイト」と小さく呼びはしたけれど、立ち上がって追いかけてはこなかった。

# 五

狭いカウンシルフラット。小さなシャワー室の前で、佇《たたず》んでいる七歳の自分が見える。母が自殺をはかったあの日の自分だ。

その扉を開けたら、愛を失う――。

ざあざあと水音が聞こえてくるシャワー室の扉へ、手をかけた自分に桂人《けいと》はそう呼びかけて泣いていた。

……違う、もう分かったじゃないか。愛は失われなかったし、自分は今もママを愛していて……愛されたかった。

そして愛されることは無理でも、他の誰かを愛することはできるって……。

眼を覚ますと、桂人は自室の床の上で寝ていた。

昨日スタンの部屋から戻ってきた桂人は、椅子に顔を伏すようにして泣いていて、そのまま泣き疲れて寝てしまったのだ。薄い寝間着とガウンだけのうえに、変な体勢だったので眼《め》が覚めた瞬間から全身が冷えて硬くなっており、関節が痛んだ。

「……う」

体を起こすと、骨が軋《きし》む。桂人はため息をついて、部屋の鏡の前に立った。日の出前で、部屋の中は薄暗い。だが鏡に映る自分の顔はぼんやりと見えた。眼の腫《は》れはひいていたが、顔は青ざめ、頬には粗い絨毯《じゅうたん》の痕《あと》がついている。ひどい顔だ。水差しから洗面器へ水を入れ、顔を洗う。指がかじかむほど冷たい水だった。部屋の中も凍《い》てついたように寒い。

「……はあ」

息をこぼしながら窓をあけると、冷たい空気が肺に満ちた。

早朝の霧がたちこめているせいで、日は出ていないのにあたりはほの明るい。寮生たちはまだみんな眠っているのだろう。耳を澄ましても物音一つしない。隣室の窓辺を見やったが、スタンの影も見えなかった。

——大体ヴァイオリンなんて弾いてたら、お前とは一緒にいられなくなる、どうせそうだ、いつかお前は俺を捨てる。

——十七かそこらで交わした口約束で……一生愛し合えるわけない。

——ケイトに俺の気持ちは分からない。俺がどれだけ無理をして、お前と一緒にいるか……。

言われた言葉が蘇《よみがえ》り、耳の奥で反響する。

スタンのあの台詞《せりふ》は売り言葉に買い言葉という感じではなかった。今までずっと感じていたけれど、言わないように我慢していたことが不意にこぼれ落ちたように聞こえた。

（スタンは十ヶ月ずっと、いつか別れると思いながら僕と一緒にいたってこと……？）

付き合い始めてからこれまで、三日に一度は密《ひそ》やかに逢瀬《おうせ》を重ねた。

長期休暇になればストーク家に招待されて、日中はアルバートと遊んだりしても、夜はスタンと二人で過ごしてきた。お互いに、穏やかに愛情を育んできたと思っていたのは自分だけだったのか。スタンは「無理をして」桂人に合わせていただけなのか？

考えるほどに胸が痛み、じわじわと失望が湧いてくる。同時に、このままだったら本当に近いうちに、自分たちは別れることになるのではないか、という恐怖が迫《せ》り上がる。

（いやだ。別れたくない……）

どうしたら、スタンを失わないですむのだろう？

自分になにか、落ち度があったのだろうか？　アルバートと仲良くしすぎた？　ヴァイオリンのことを二度と言わなければ、別れずにすむのだろうか？

（……でも、それは正しいことなんだろうか）

「考えても分かるわけない、か」

ぽつりと呟《つぶや》いて、桂人は窓を閉めた。

あくる月曜日からは、また、忙しい日常が戻ってきた。

次の寮代表会議は水曜日の午後に設定されており、桂人は少し緊張気味に、それまでの二日間を過ごした。

（たぶんそこでまた、アーサー・ウェストと会うだろうな。彼がスタンに絡んでくることは大いにありうる……）

そんなふうに思っていたからだ。とはいえ、前回会ったときに桂人自身、アーサーから「口説く」などと言われたわけだが、実際にはこれまでなんの接触もなかった。だからあれはおそらく、ただのはったりだったのだろう。

（……ただ、解せないんだよな。なんでウェストは、僕とスタンの関係を知ってたんだろう）

グリーンスリーヴスというのは、たぶん遠回しに「恋人」とか「愛人」という意味で使われた言葉だ。俗語というには馴染《なじ》みがないが、グリーンスリーヴスというイギリスの民謡のいわれを知っていれば想像がつく。

相談したくても、桂人とスタンは仕事のことしか話さない状態が続いていた。つい先日の夜に言い争ったことについて、なんの弁解もしてこないスタンを見ていると、時折無性に悲しみがこみあげてくる。

（たった一言、なにがあっても別れないでくれって……そう言ってくれたら、スタンがどうあっても、僕は変わらないのに）

もしも桂人への愛情がまだあるのなら、いつかスタンのほうが桂人への気持ちがなくなって別れることになるにしても、今はそんなふうに言ってほしかった。

けれどそのまま、気持ちを伝える勇気がない。

自分だけが、スタンと別れたくないと思っているのだろうか？　そう考えると虚しく、悲しくて、眠れない夜が続いた。消灯後に、ドアをノックしてスタンが来てくれないだろうか……と、願ってしまう自分がいて、小さな物音一つにさえ過敏に反応してしまう。

そんな自分が滑稽で、みじめだった。愛に振り回されていて、みっともないとも思う。

アルバートとスタンも口をきいていない様子で、二人は互いに眼すら合わせなかった。

そんな中、桂人は東洋学の教師のところへ頼まれていたレポートを持って行ったときに、人《ひと》気《け》のない川辺でアルバートとアーサーが二人きり、なにやら話し込んでいるのを見かけた。

(あの二人……もしかしてスタンのこと話してるのかな)

ふと思ったが、寮代表《ヘッドボーイ》同士がたまたま構内で会って、話をする姿というのは珍しいものではない。去年もメンベラーズがそうしているところを何度となく見た。色付きベストを着た彼らが並べば目立つので、どんなにひっそりと話していてもつい眼がゆく。

(ウェストは先週、アルバートのこと、相手にしてない感じだった。……スタンのことじゃないかもしれない)

そんなふうに考えながら、声をかけるわけにもいかないので行き過ぎた。妙な話だが、寮代表同士で話しているところに、単なる監督生《プリフェクト》である自分が割り込むのはマナー違反なのだ。不文律として、そういう雰囲気が学校内には自然とある。

そのうち、ついにスタンともアルバートともまともに話し合えないまま、水曜日の午後を迎えた。九月も三週目で、オックスブリッジに願書を出すならもうあと一ヶ月も猶予がない時期でもある。

昼食をとったあとに寮の外に出ると、アルバートとスタンが待っていたが、二人は会話していない様子だった。険悪とまではいかないが、双子の間にはよそよそしい空気が漂っていて、そのことが桂人にとっても気鬱《きうつ》で、ため息がこぼれる。少しでも空気をよくしたくて「遅れてごめん」と明るい声をかけたら、すぐにスタンが、じろりと桂人を睨《ね》めつけた。

「アルビー、ケイトは留守番させろ。アーサーがまた変なちょっかいを出す」

スタンは桂人ではなく、アルバートにそう言った。桂人はびっくりして、勝手に決めないでほしい、と口を挟もうとした。だがその隙もなく、アルバートが答える。

「いいや、連れてくよ。決めるのは僕だ、スタン」

「ケイトがアーサーに手を出されていいのか？」

「ケイトは子どもじゃない。スタンに口出ししてもらわなくて結構」

双子が自分のことで言い合いになっている。桂人は困り、どう口を挟んだものか分からずにまごついたが、結局スタンが折れ、大きく舌打ちしただけで先に歩き出したので、そのままアルバートと二人並んで寮代表会議に向かうことになった。

「子どもみたいだな、スタンのやつ」

「アルビー、あまりケンカしないで……」

忌々《いまいま》しげに言うアルバートに、桂人は小さな声でお願いした。二人には、あまり長い間仲違《なかたが》いしていてほしくないのが本音だった。寮運営における面でも、二人が要だというのがあるし、それ以上に桂人は双子のことをどちらもそれぞれに愛しているから、雰囲気が悪いのは単純に悲しい。

(でも、僕もスタンとケンカしてる状態だし、人のこと言えないな)

三人とも黙り込んだまま、赤煉瓦《れんが》の建物に向かう。桂人とアルバートは並んでいて、スタンは少し離れてついてくる形だ。

向かっている途中で、アルバートが桂人にだけ聞こえるように言った。

「スタンはなにを言っても聞かないから、ウェストの話に乗ろうと思ってる」

「それって……なんの話?」

不安になって桂人が訊《き》き返しても、アルバートは詳しくは話してくれず、意志を込めた眼で
「会議で分かるよ」とだけ言った。

(ウェストの話に乗るって……? どういうこと?)

問い直す前にもう赤煉瓦の建物に到着してしまった。会議室に入ると、ほとんどの寮代表が集まっている。今日はブルーネル寮のアーサーも既に来ていて、桂人を見るとニッコリして手を振ってきた。スタンはそれを認めるとあからさまにムッと眉をひそめている。アーサーは今日も「おとも」を連れておらず、一人だ。

(ブルーネル寮の七年生、二人は監督生として残ってるはずだけど。ずっと連れてこないつもりかな?)

桂人は疑問に思ったが、必ずしも連れてこなければならないわけではないので、それ以上勘ぐるのはやめた。

「さて、十月のチャリティイベントについては先日決めた。現在はラグビーシーズンで、このトーナメントには今のところ不備はないが……十二月にはクリスマスコンサートがある。こちらは全寮が集まるイベントだ、例年の催しどおりでもいいが、目新しいこともやりたい。なにか案はあるかな」

今日も取り仕切っているのはペンブルックの代表、ウィロビーだった。しばらくの間、各寮から意見が出た。

クリスマスコンサートは生徒の保護者をはじめ、近隣の住人にも学校が開放される日で、ゲストを呼んだりもできる大がかりなイベントだった。伝統的に各寮の聖歌隊が歌を披露するのがメインだが、前座に楽団が組まれたりすることもある。チャリティも同時に行われるが、チャリティイベントとしては十月に大きなものがあるし、そもそもリーストンでは小規模なチャリティコンサートが、ほぼ毎週のようにリーズ教会で行われる。聖歌隊が中心の日もあれば、楽器演奏が中心の日もある。そのため、クリスマスコンサートの一番の目的は父兄を楽しませることだった。

去年のウェリントン寮は、十月に大規模なチャリティがあったため、クリスマスコンサートは無難に済ませたことを覚えている。つまり、聖歌隊の出演のみで、前座などの演奏を担当しなかった。今年もそうなるのだろうか？　とアルバートを見たとき、

「ウィロビー、ちょっといいかな」

場を回しているペンブルックの寮代表に、アーサーが口を挟んだ。

「十月のチャリティイベントから来年の六月まで、大がかりなものも含めてチャリティやコンサートは毎月ある。そこで、俺とスタン・ストークのヴァイオリンコンペをやりたい」

アーサーの言葉に、桂人の背筋には緊張が走り、隣に立つスタンが眼を剝《む》いたのが分かる。

しかし誰かがなにか言う前にアーサーは「これを見てくれ」と言って、用意していた資料を代表たちに配った。

アルバートが受け取ったそれを背後から覗《のぞ》きこむと、半期ごとにあるチャリティイベントでの勝敗に関する、ここ五年間の資料だった。

「この五年、ウェリントンとブルーネルは寄付金額で常に首位争いをしてる。頂上決戦というわけじゃないけど、せっかく三年前のメニューイン優勝者と、去年のメニューイン優勝者がいるんだ。一騎打ちのコンペティションはいい宣伝になるし、一番を決めるチャンスでもある」

「……面白い案だが、これは半期ごとのチャリティイベントで集めた寄付金額しか反映されていない。総額で言えばペンブルックが首位に立った年もあるぞ」

ウィロビーはじろりとアーサーを睨《にら》みつけて言った。他寮の代表たちも気を悪くしたように顔をしかめていた。一方で、巻き込まれている形のウェリントン寮の代表、アルバートは静かで、表情を変えていない。

桂人は素直なアルバートが、感情を表に出さないことに違和感を覚えた。

(アルバート……この話、事前にアーサーから聞いてた?)

ふと、川辺で二人が話し込んでいた姿が脳裏に浮かんだ。アーサーのほうは軽薄そうに肩を竦《すく》めて、ペンブルックの代表の言葉を認めている。

「もちろんさ、ウィロビー。俺が言いたいのはそういうことじゃない。これは単に、俺とスタンがコンペをやる、大義名分だよ。聴衆は理由を求めるだろうからね。ここからが本題だ」

「おい」

そのとき、黙っていたスタンが我慢ならなくなったように声をあげた。

「俺の意志を無視して、勝手に話を進めるな。俺はお前とのコンペなんてやらない」

「スタンはああ言ってるけど、とりあえず俺の話を進めさせてもらうよ。ああ、スタン、ここは寮代表会議だ。発言できるのは領地を持つ主《あるじ》のみ。雑兵《ぞうひょう》は黙っててくれ」

アーサーがニヤニヤしながらはねのけ、スタンは舌打ちしながら黙った。実際、この会議で発言が許されているのは各寮の代表だけなのだ。

「今から配るのは、俺が考えたコンペティションのスケジュールと、それから俺、アーサー・ウェストのヴァイオリニストとしての華々しい経歴だ」

別紙が配られ、アルバートが手にしたものを見せてもらう。

十月から六月まで、スタンはリーストンで対外向けに行われる、ほぼすべてのチャリティコンサートに出演するばかりか、いくつかのオーケストラへの出演、そして四月にはユーディ・メニューイン国際コンクールへの出場という膨大《ぼうだい》なスケジュールが組まれていた。曲数も多く、どの出演でも最低三曲が用意されている。しかしアーサーは、リーストンでのチャリティに、スタンの半分も出演しない日程になっていた。

「どういうことだ、出演にばらつきがある」

「俺の経歴を見てよ。スタンが出演してるすべてのものを、俺は既に過去こなしてる」

「だがこれでどうやってコンペティションになる？」

「リーストンでのチャリティの総額を競う。外部出演は、既にリーストンの校長あてにスタンが受けてるオファーだよ。ものすごい数のオファーが来てて、校長も驚いてたよ。俺がその中からいくつかいいものをピックアップしてあげたんだ」

感謝してほしいな、とアーサーは肩を竦めた。

代表たちがどういうことだ、と眼を合わせたそのとき、ずっと黙っていたアルバートが口を開いた。

「……この前、ケンブリッジ大学のオープンモーニングで、スタンが飛び入りでヴァイオリンを弾いたんだ。それが広まったらしい。つい先日、僕は直接校長から聞いた。動画撮影がオーケーの場だったから、動画サイトに演奏風景がアップロードされてる」

それでオファーが来た、とアルバートは言い、桂人は知らなかったので眼を瞠《みは》った。スタンもそうなのだろう。顔をしかめている。

「驚くことじゃないさ、スタンは十四歳までに既に演奏活動をしてた。クラシック界では顔が知られてる。活動を再開したのだと思った楽団がオファーを出してきたんだよ」

アーサーはたいしたことではないように言うが、オーケストラとの演奏は、実質プロとしての活動に踏み切る行為だ。スタンは苦虫を噛《か》みつぶしたような顔をしている。

寮代表会議の面々は、スタンの動画がアップロードされ、世の中に出回っていることについて、誰も深く言及しないでいる。桂人は違和感を覚えたが、たぶん校長から知らされていて、代表たちはみんな既に知っているのだろう、と思った。

ケンブリッジ大学での動画なら、スタンは私服姿であってリーストンの制服ではない。もし制服姿だったら、伝統あるリーストンの象徴を汚したとバッシングを受けていた可能性は大いにあったけれど、そうではないので誰も話題にしなかったのかもしれない。

「俺は演奏会がいくつも入ってるからね。もちろんそこで、リーストンのチャリティで、未来あるヴァイオリニストと競ってると宣伝する。スタンにも公平に、宣伝の機会を与える意味で外部出演を入れたってわけ。で、四月のメニューインがコンペの大目玉だ」

ペンブルックの代表、ウィロビーが、眼を細めてアーサーを見る。

「もしもメニューインで、スタンが入賞したら——ウェスト家は、去年ブルーネル寮に入れた寄付金額をそっくりウェリントンに入れる」

そう言って、アーサーは上着の内ポケットから小さな紙切れを出した。それは小切手だった。ぎくりとするほど莫大《ばくだい》な金額が書かれており、ウェスト家のサインも入っていた。

「……なるほど。メニューインで入賞さえすれば、それまでいくら集めていようと、ウェリントンの勝率がぐっとあがる計算か。だが、我々他の寮にはうまみがない話だ」

ペンブルックの代表が嫌みたらしく言うと、そうでもない、とアーサーは肩を竦めた。

「スタンが入賞したら、俺個人のヴァイオリンで集めた寄付金は、九つの寮に分配する。もしスタンが入賞しなかったら、スタンの集めた寄付金は、九つの寮に分配だ。きみらは傍観してるだけで金が入ってくる」

集まっていた寮代表たちが、顔を見合わせる。

「……ブルーネル寮が最下位になる可能性も出るが？」

「三年ブランクのあるアマチュアヴァイオリン弾きに、プロの俺が負けるとは思ってない」

アーサーは居丈高に笑うと「ああそれから、俺の取り分だけど」と続けた。

「十月の二週目にあるチャリティコンサートで集める額が、俺のほうが上なら、ブルーネル寮にケイト・ヴァンフィールを貸してもらう。貸し出し期間はスタンの一回の集金額が、勝ったときの俺の額を上回るまで。いなくなった監督生の穴を埋める人材がほしくてね」

微笑《ほほえ》みながら出された提案に、桂人は驚いて息を止めたが、それはスタンも同じだったらしい。一度は黙ったものの、もはやこらえきれなくなった、というように「アーサー・ウェスト」と低い声を出した。

「なぜ関係のないヴァンフィールを巻き込むんだ？　大体、他寮の生徒を自分の寮に入れろだと？　頭がおかしい」

「そりゃあ普通なら忌避することだけど、見てのとおり、ブルーネルは七年生の監督生が実質『おやすみ』状態だ。猫の手も借りたい。校長にも許可は得てる。ヴァンフィールの優秀さは知ってるし、俺が言えば寮生も納得する。……まああとは、きみが負けなきゃいいだけの話じゃない？」

おどけて肩を竦めているアーサーが、困惑している桂人へ視線を合わせるとぱちんと片目をつむって合図してきた。呆気《あっけ》にとられながらも、桂人はアーサーの意図を想像した。

（スタンにヴァイオリンを弾かせる。……最終的にはメニューインへ……。アーサーの目的は僕じゃない）

桂人とスタンの仲を知っているから、アーサーは桂人をだしにしているのだろう。いわば、発奮のための材料だ。

ちょうどよく、監督生が足りていないという事情もある。だが、いくら足りていないからといって、他寮の生徒を借りるなどという発想は普通ではなかった。本来なら、自寮から優秀な人間を探して穴埋めするほうが、寮運営をするには健全で盤石なはずなのだ。

（私情で僕を寮に入れる気？　……そんなことして、ブルーネル寮は大丈夫なのか？）

つい、寮代表としてのアーサーの手腕が不安になるが、他の代表たちは、ブルーネルとウェリントンが沈め合ったところで痛くもかゆくもないらしく、だんまりを決め込んでいる。

「ばかげてる、俺は弾かないし、ケイトも貸さない。こんな計画常軌を逸してる」

スタンはそう言ったが、その瞬間、ずっと黙っていたアルバートが片手をあげてスタンを黙らせた。

「……いいだろう、ウェスト。この挑戦、ウェリントンは謹んでお受けする」

他寮の代表たちが、顔を見合わせて驚く。だが一番驚いているのはスタンで、「正気か？」と呟いている。

「きみのプランに従おう。ついでに、もしもスタンがきみに勝てず、メニューインでの入賞を逃した場合――ストーク家から、各寮すべてに寄付金を払おう。きみが用意した小切手と同額のね」

その場の代表たちがざわめき、ある者は喜色を浮かべた。三年のブランクがあるスタン・ストークが勝てるはずがないと思っているのだ。となれば、彼らはなにもせずとも、莫大な寄付金額を手にできる。それだけではない、ペンブルックの代表はチョーサーの代表と眼を合わせて、いかにも軽蔑《けいべつ》するようにアーサーとアルバートを見た。

(……ウェリントンとブルーネルが下手を打って自滅すると思ってる)

桂人には、ここに集まっている他の代表たちがなにを考えているかなんとなく分かった。二つの寮を、同じ泥船に乗せれば楽だ、と考えているのだろうことは聞かなくとも分かる。

そしてこの会議の直前、アルバートが「ウェストの話に乗る」と言っていたのはこのことだったのか、と思う。そうでなければ、真面目なアルバートが一瞬で、大胆な方向へ舵《かじ》を切るのは不可能なはず。

「アルバート!」

スタンがたまらなくなったように声を荒らげた。

「気が狂ったかっ⁉　こんなわけの分からない計画に乗るなんて――」

「いいや、スタン。僕はきみが勝てると信じているから乗ってるんだ。ウェリントンはスタン・ストークを勝たせるためにどんな努力も惜しまない」

「俺は三年弾いてない、コンクールなんて出るつもりない、それにそんな大金を賭けるなんてどうかしてる」

「挑戦状を叩《たた》きつけられて、受けないのは主義に反する。金については、家の当主は僕だ。家の金の使い道をとやかく言われる筋合いはない」

アーサーは双子の言い争いを、ニヤニヤと見守っている。

「だからって……自分の寮の人間を、ケイト・ヴァンフィールを他寮へ貸し出す気か？」

「きみが勝てばいい話だ。それに、もしそうでなくとも、我がウェリントンの監督生はみんな優秀だ。しばらくなら、ヴァンフィールがいなくても耐えられる。一方のブルーネルは現在お困りの様子だろう。我が寮きっての有能な監督生の手伝いを、施しとして貸してやるくらいの温情はかけてやってもいい」

普段のアルバートなら、こんな言い回しを絶対にしない。だがこの場では、いかにも独裁的で、決断力があり、一つの寮の上に君臨する王として振る舞うのは必要なことだった。

他寮の代表たちは、アジア人風の監督生一人がどうなろうが興味がないらしい。もうあまり関心がなさそうな顔だ。

スタンはここでアルバートを言い負かすことは無理だと悟ったらしく、口をつぐんだ。ただその顔は、今にも爆発しそうなほど怒りに満ちていた。

「品位の問題はあるが、学校の宣伝にはなる。寄付金が集まれば、世のためにもなる。校長が許可を出しているというなら、我々に反駁《はんばく》の余地はないな」

他寮にとっては、どう転んでもうまみのある話だ。ウィロビーが言うと、他の代表も同意した。対立構造としては、スタン対多勢になってしまっている。

スタンは組んだ腕の上でイライラと指を動かしていたが、不意に桂人を見た。

「ヴァンフィール、お前も『賭け金』の一つになってるんだぞ。この話、お前が嫌だと言えば反故《ほご》になる」

強い口調で言われた。桂人はぎくりとして、スタンを見つめた。

――僕が、嫌だとさえ言えば。

スタンの青い眼が、桂人に否を唱えろと促している。嫌だと言え、そうでなければ許さないと。

額に冷たい汗が浮かび、心臓が、どくどくと嫌な音をたてた。部屋中の視線が、桂人に集まっている。おそらく他寮の代表たちは、雑兵中の雑兵にすぎない桂人がなにをどう拒んでも、アーサーはその対抗策を考えているはずで――たとえば他の条件を提示するとか――桂人の発言にそれほどの効力はない、と思っているはずだった。

桂人がこの場でイエスと言うことの本当の意味を知っているのは、アーサーとアルバート、そしてスタンだけだろうと思う。

なぜならスタンにとって、桂人は恋人で、恋人の桂人がスタンの意向よりもアーサーの意見をとることの効果は大きい。

（ここでアーサーの言うとおりにしようと言ったら……スタンは僕と、本当に別れてしまうか

もしれない）

嫌われてしまうかもしれない。一生の約束なんてできるわけがないと言っていたスタンだ。関係は呆気なく終わるかもしれない。

消灯後、二人きりで甘い時間を過ごした記憶が、胸の中に蘇《よみがえ》ってくる。心も体も満たされて、孤独が消える時間だった。だがそれよりも強く鮮明に、桂人の心を揺さぶる光景がある。

ケンブリッジの美しいチャペルで、スタンが激情を叩きつけるようにしてヴァイオリンを弾いていた姿だった。

本物の芸術の前に、心は脆《もろ》く膝を折る。

ヴァイオリンを、スタンから遠ざけることはたぶん、正しくない。桂人の心、魂が、そう叫んでいる。

桂人はぎゅっと拳《こぶし》を握りしめ、そして言っていた。

「……アーサー・ウェストの提案を、僕は謹んでお受けします」

「お前たちが二人して、アーサーと共謀するとはな。思い知ったよ、家族も愛もなにもないってことを」

寮代表会議を終えてウェリントン寮へ戻る道々、途中までスタンは無言だった。

けれど三人きりになり、もう誰にも声が聞こえない場所にやってくると不意に桂人とアルバートを睨み付けて、そう唾棄した。

桂人は全身が強ばり、緊張と恐怖でいっぱいになった。ヴァイオリンを弾く気はないと何度も聞いていながら、最終的なトリガーをひいたのは自分だ、というのが分かっていた。だが仕掛けた側のアルバートのほうは、桂人と違って落ち着き払っていた。

「勝てる勝負だから受けたんだ。スタンが本気を出せば、十分渡り合える。それに、僕は昨日校長から呼び出しを受けて、きみあてに届いた演奏会のオファーを全部見たよ。校長は困惑していた。あの中から、大きすぎず、けれどスタンにとっていい経験になるものだけを選んでくれたアーサーを、僕は敵だとは思っていない」

「それはお前が俺にヴァイオリンをやらせたいからだろうが！」

スタンは叫び、地団駄を踏んだ。

「俺の考えはまるきり無視か？　何度も言ってるよな、もう弾くつもりはないって。なのに聴衆の前に引きずり出して、恥をかかせるつもりか！」

「去年のチャリティでも弾いてたのに、いまさら嫌がる理由が分からない」

「あんなものは譜面通りに弾いただけだ、コンクールの入賞を狙える出来じゃない」

「譜面通りに弾くのが苦にならないならそうすればいいだろ？」

「ケイトが賭け金なのにかっ？」

取り乱して怒鳴り、スタンは顔を押さえて「ああ……」と絶望したような息を吐き出した。

「ブルーネルに貸し出す？　……他の寮の人間が自分の寮に入ってきて、監督生業務を手伝いますと言われたら、普通どんな反応になる？　嘲笑《ちょうしょう》、罵倒《ばとう》、それくらいならまだいい。……最悪手込めにされる」

ケイトだぞ、とスタンは言い、桂人は息を呑《の》んだ。

「……スタン、そんなことにはならない。ウェストはケイトの扱いに気をつけてくれると約束してくれたし、なによりきみが勝てばいいだけ。僕は……たとえ貸し出すことになってもそう長くはないと思ってる」

アルバートは桂人を振り返り、「ケイトには、悪かったと思ってるけど」と付け加えた。その顔は先ほどまでのとりつく島のない雰囲気とは違い、いつもの、少し気弱なアルバートの表情だった。

「いいよ、アルビー。受けてもいいって言ったのは僕だ」

そっと言うと、スタンは顔に当てていた手をはずし、じろりと桂人を睨み付けた。

「どうして受けるなんて言ったんだ？　お前が言わなきゃ断れた。他の交換条件なんて、全部クソ食らえだ、ケイト以外なら、俺は譜面通り弾いておとなしく負けてやった」

「寮対抗だぞ。負けるつもりで挑むのは許されない」

アルバートが口を挟んだが、スタンは聞いていない。桂人に詰め寄り、ぐっと襟《えり》ぐりを摑《つか》んでくる。桂人は言い知れぬ恐ろしさを感じて、震えた。スタンの瞳が怒りに燃えたぎり、見たことがないほどに傷ついていたからだ――。

「……弾きたくないと言ったろ？　なぜ分かってくれないんだ……」

怒鳴られるかと思っていたのに、スタンの声音は弱々しかった。胸が痛み、桂人はなにをどう言えばいいのか、言葉を失ってしまった。

もしかしたら自分は、なにか重大な過ちを犯したのだろうか……？

ふと、そう思う。

（ヴァイオリンを押しつけちゃいけなかったのか……？　でも、でも——）

自分を賭け金にしてもいいと承諾した瞬間は、それが正しいことに思えたのだ。だが時間が経《た》てば、なにが本当に正しかったのか、分からなくなる。

「ケイトは悪くない、ウェストの計画に乗ったのは僕だ。あの場じゃ断れる雰囲気でもなかった。それに、何度も話し合おうとしてきたのに、それをはねつけてきたのはスタンだろ」

「俺は最初から言ってる。……今のままでいい。なにも変わらなくていいと」

横から庇《かば》ってくれたアルバートのほうは向かずに、スタンは桂人に向かって言った。その顔が苦しみに歪《ゆが》み、スタンは息をこぼすように囁《ささや》いた。

「幸福になることを……望んでいるわけじゃない。今のまま、これで十分なんだ——」

その言葉を聞いたとき、今までのどんな言葉をスタンから聞いたときよりも、激しい悲しみが胸を刺すのを感じた。

初めて心通わせて、結ばれた日の夜。スタンは桂人に、幸せになろうと言ってくれたはずだった。それなのに、幸福になることを望んでいないと言う。

「……それは僕と一緒にいても、完全に幸福になることはないっていう、意味だろう？」

気がつくと、震える声で問うていた。訊くな。訊いてはいけない。そう思うのに、言葉は唇から、こらえきれずにこぼれていく。

「スタンは……僕と付き合うときも……僕やメンベラーズや……アルバートが後押ししなかったら、きっと告白一つ、してくれなかった」

あの夜、進路を訊かれた。日本に行くのか？　と。

結ばれた幸福に酔いしれて気づかないふりをしていたけれど、桂人が日本に行くと言っても、スタンは引き留めなかったのではないか。

付き合い始めてからも時々、そんな気がして怖くなっていた。

「スタンはいつも、優しくしてくれる。……二人きりのときは恋人らしく。嫉妬《しっと》もしてくれる。でも……本当はこの付き合いが永遠じゃないと思ってる。僕を引き留める気もない……だってスタンは、僕と付き合ってても、本当に幸福にはなれない……。スタンの居場所は、ここにないんだ」

ああ、言いたくなかった。

と、桂人は思った。

こんなこと、認めたくなかった。とてつもなく惨めだ。胸が軋み、体がバラバラになりそうなほどのショックが、自分の言った言葉のせいで襲ってくる。

――スタンは、僕といても救われない。

その真実が胸に差し迫ってくる。どれだけ桂人がそばにいても、スタンを愛しても、スタンはそのことで幸福になれない。救われない。

そんな程度の自分なんて、存在があまりにちっぽけで、無力に思える。こみあげてきた涙が、ぽろっと頬にこぼれる。

スタンの青い瞳が揺らぎ、形のいい唇が震えている。

「……僕と付き合ってても、スタンはお母さんのこと、なにひとつ乗り越えてない」

ひどいことを言っている自覚はあった。けれどこの残酷な真実を、今、自分以外の誰がスタンに突きつけられるだろう?

スタンの顔が苦しそうに歪む。

怒りとも悲痛ともとれない色が、瞳の中に宿っている。

「お母さんを……許さなくていい。理解しなくていい。愛さなくていい。だけど……きみは怒らなきゃいけないし、自分を……許して……愛さなきゃいけない。自分のために、生きなきゃ。それをサボってるから、ヴァイオリンを弾きたくないんだ……っ」

そうだろ、と桂人は訴え、スタンの胸に手を置いた。両手が震えて、スタンのシャツを、そうしたくないのにくしゃくしゃに摑んでしまう。

「ヴァイオリンを弾けば、救われるかもしれない。……そう分かってるから、きみは、きみは……弾きたくないんだろ……！」

自分が、スタンを救えないことが苦しい。スタンを救えるただ一つの方法に、寄り添いきれないことも悔しい。けれどそれは真実だった。

桂人と一緒に「適当な」未来を目指すことは、スタンにとっては不幸ではないけれど、少なくとも救済ではない。桂人が夢見る生活は、スタンにとってはそれなりの幸福で、満ち足りた幸福じゃない。

（そのことが悔しい……）

自分の無力を感じる。けれどだからこそ、この苦い真実を口にしなければと思った。

スタンは黙っていた。うつむいた視界の先で、スタンの靴のつま先が見えた。

「ママに怒って……俺自身を許し、愛するために弾け、か」

やがてぽつりと、スタンは小さな声で呟いた。

スタンの大きな手が――ヴァイオリンを弾くのに適した長い指が、桂人の手首を摑んでゆっくりと引き離す。

泣き笑いのような顔で、スタンが桂人を見つめている。涙に濡《ぬ》れた眼で見上げると、スタンは自嘲するように嗤《わら》った。

「ママに怒ったら、俺がママを殺したことを思い出す。母親を殺した自分を、俺は許して……愛さなきゃいけないのか？　……自分を産んだ女を憎みながら……どうやって自分を愛するんだ？」

怒りも、許しも、愛も。

なくても生きていける。完璧ではなくても、優しい幸福を夢見られる。

それでは不十分だと、お前たちは言うんだなとスタンは囁いた。

スタンの瞳に絶望が揺らぎ、そしてその唇は悲しみにわななないていた。

「……いいよ。やってみるよ。存分にママへ怒って、自分を愛そうとしてみるさ。……だがその先に幸福があるなんて、俺は思っていない。魂が壊れる瞬間を、誰かの前で見せるだけに過ぎない。……それでも、芸術のために俺の魂を、犠牲にしろと言うんだろうな」

スタンの手が離れていく。桂人は一瞬押し寄せてきた後悔を、口にしようか迷った。

——ごめんなさい、スタン。きみを苦しめたいわけじゃない。今からでもアーサーに言って、やめてもらうよ——。

だが、言えなかった。なにが正しいのかが分からない。ただ完全にスタンが離れて、背を向けたとき、桂人はよろよろとその場に座り込んでいた。

「ケイト……っ」

慌てたようにアルバートがしゃがみこみ、背中に手をあててくれたけれど、その声もあまり聞こえていなかった。きっと今、桂人とスタンは別れたのだと感じた。はっきりとした別れではない。別れ話もしていない。けれどもう二度と、消灯後、スタンの部屋に呼ばれることはないだろうし、甘やかな言葉で愛されることもない気がした。

二人の間でずっと秘されていた真実。

スタンが母親のことを、乗り越えていないということ。だから桂人といるだけでは、幸せになれないという事実。

それを、明らかにしてしまったからだ。明らかにしないことが、恋人としての桂人の、スタンへの思いやりでもあった。生きづらい苦しみの源を、本人がどうしても見たくない真実を、他人が暴いていいわけではない。それなのに、今、そうしてしまった……。

桂人はたまらずに顔を覆った。

——それでも愛してるよ、スタン。

愛してるんだよ。

けれどスタンは、桂人の愛をもう求めない気がした。

日常のわずかな時間に桂人と愛し合い、そのことで心に抱えた葛藤《かっとう》を誤魔化して生きていたスタンにとって、自分の苦悩と向き合い、自分を許して愛せと差し迫る桂人はもう、癒《い》やしではないだろう。

そしてそれでも、スタンがスタンを愛することを、その先にあるかもしれない幸福を、ヴァイオリンでしか手にしえないかもしれない救いを、と望んだのは桂人であり——。

ささやかな幸福を望んだスタンの心を引き裂いて、芸術のために、あるいはもっと大きな幸福のために、スタンの魂を捧《ささ》げたほうがいいと思ったのも、やはり桂人なのだった。

# 六

桂人《けいと》はその晩何度も何度も、泣きながら眼を覚まし、顔を覆って咽《むせ》び、二度と戻ってこないスタンを想《おも》った。

頭の隅でまだ別れ話はしていない、きっと大丈夫という声がする一方で、全部終わった、自分からは確かめることはできない。確かめたら本当に終わってしまう……という気持ちが渦巻く。いつまで経っても、涙が止まらなかった。

（しっかりしろ、僕は自分で、スタンにヴァイオリンを弾かせたいと思ったんじゃないか）

そしてスタンを傷つけて、関係を壊したのだ。

ただ桂人が悲しいのは、どんな状態でも桂人はスタンを愛しているし、スタンからも愛されると思っていたのに、そうではないことが分かったからだった。

（スタンは……僕がスタンを愛するほどには、僕を愛してなかった……）

そのことを、思い知らされた気がした。

（……お母さんのことに向き合えと言う僕とは、スタンは愛し合えないんだ——）

悲しみに暮れながら眠り、泣きながら目覚めることを繰り返しているうちに、ようやく朝になった。ひどい頭痛で頭が重たかったが、身支度を整えて、桂人は礼拝堂に向かった。

気持ちは暗く、憂鬱だった。朝礼は寮の日課で、全生徒が集まる。監督生《プリフェクト》はもちろん全員集まる。スタンも今ではサボらないから、きっといるだろう——。どんな顔をしてスタンと接すればいいのか、桂人にはまだ分からなかった。

泣いたと分からないよう、顔をしっかり冷やしてから向かったので、桂人はいつもよりも大分遅れて礼拝堂に着いた。生徒の大多数は既に集まっており、監督生が立ついつもの位置には、もうスタンもアルバートもいた。桂人が入っていくと、アルバートは小さく微笑んでくれたけれど、スタンは眼も合わせようとしなかった。

流れる金髪に、深い青の瞳。

スタンはいつもと変わらず、落ち着いて見える。

その姿を眼にした瞬間、心臓が軋むように痛んだ。愛《いと》しさが募り、悲しみがこみ上げてきたが、桂人は誰にも気づかれないよう深呼吸してその痛みをやりすごした。そうしてデービスの横に立ち、朝礼が始まるのを緊張しながら待った。

昨日の寮代表会議を受けて、今日にはアルバートがなにかしら発言するだろう、と桂人は予想していた。

スタンとアーサー・ウェストの、ヴァイオリンコンペ。

かなり意表を突いたこの計画を、昨夜の夕食の時点で、アルバートは寮監《ハウスマスター》に話し、許可を得たと聞いている。よく許可が下りたね、と桂人は驚いたが、アルバートは笑って「チャリティにプラスになるし、生徒の自主企画だからね」と、意外でもなさそうだった。

（……アルバートはとっくに気持ちを切り替えてるのか）

桂人はいまだに、スタンから嫌われてしまった……と落ち込んでいるのに、アルバートは気にしていないようだった。スタンがヴァイオリンに向かってくれるなら、それだけでいいと思っているのだろう。

（結局、アルバートは家族だものな。僕は他人……家族なら、どんなにすれ違っても完全に切れることはないけど……恋人は違う）

けれど実の父母とも、養父ともまともな家族らしい関係を築けていない桂人にとって、愛のある関係でもっとも家族に近いのはスタンだった。

スタンとの関係が切れたら、自分はどうなるのだろう？

相手からの愛情はよりどころにしない、居場所にするのは自分の愛だと決めていても、断ち切られてしまえば言いようのない悲しみがしばらく自分を襲うだろう。

想像すると苦しくなるから、桂人は急いで、その考えを振り払った。今自分は監督生として前に立っているのだから、気丈に仕事をやり終えねばならない。

礼拝堂に寮監が入ってくる。寮生のチェックをしていたウォレスが、アルバートに「全員そろってます」と報告してから監督生の列に並んだ。寮監が挨拶をし、いくつかの注意事項を話したあと「寮代表《ヘッドボーイ》から諸君に話があるそうだ」と繋《つな》いだ。

アルバートは咳《せき》払いして、一歩前へ出た。

いつものように、桂人へ目配せを送ってくるわけでもなく、アルバートは自信に満ちた様子で話し始めた。

「愛するウェリントン寮の同志よ。昨日の寮代表会議で、我が寮は、好敵手にあたるブルーネル寮からとある挑戦状を受け取った。これは実に面白い挑戦状で——きみたちも知っているとおり、ブルーネルの代表は急遽《きゅうきょ》、我が英国が誇る若手ヴァイオリニスト、アーサー・ウェストになった。そしてそのアーサー・ウェストから、我が寮へこんな提案があった」

アルバートが一度言葉を切ると、集まっている寮生たちが顔を見合わせて少しの間ざわめいた。ブルーネルから挑戦だって？　アーサー・ウェストって知ってるよ、あの生意気なヴァイオリン弾き。ウェスト子爵家の次男坊だ。

「知ってのとおり、ウェストは昨年のメニューイン国際コンクール、シニア部門で優勝した。そして我が寮のスタン・ストークはかつてウェストの兄弟子であり……同コンクールのジュニア部門で、三年前優勝した。……ウェストは今回、寮対抗のチャリティにかこつけて、雪辱戦を申し入れたい……と、こうきたんだ」

生意気なやつめ！　と誰かが叫んだ。ブーイングが起こる。プロがアマチュアを挑発するなんて……という呆《あき》れた声もする。

そのとき、それらの悪態を見計らっていたかのようにスタンが一歩前へ出て、アルバートの隣に立った。愛しい弟にするようにその肩を抱くと、スタンは不敵な笑みを浮かべて、

「ウェリントンの同胞たちよ」

と、声を発した。

「俺はこのばかげた挑戦状を受けることにした。やつの希望を満たせば、ウェスト家は来年のチャリティイベントで、ウェリントンに大金を寄付するそうだ」

寮生たちはどよめいて、スタンに注目する。桂人はまさかスタンが、肯定的に挑戦を受けた話をするとは思っておらず、内心驚いていた。

「ブランクはあるが曲は完璧に仕上げるつもりだ。きみらは重要な応援団だ。ウェストの吠《ほ》え面を見られるよう、この退屈なスポーツを面白いものに変えよう。今年の寄付金額一位も、我が寮がいただく」

力強く言い切ったスタンに、わっと歓声があがる。そのとおりだ、ウェストの泣きっ面を拝んでやろう、ブルーネル寮のやつら、すぐに後悔するぞ。興奮気味に騒ぐ彼らを見渡し、アルバートは付け加えた。

「スタン・ストーク対アーサー・ウェストの全試合スケジュールを食堂の前に貼りだしておく。毎月のチャリティはオープンデーだ。きみたちも家族を呼んで大いに宣伝してくれ」


はたして朝礼の直後、食堂前の廊下は人だかりができていた。

壁には大きな紙が貼られており、急ごしらえで作ったわりにはきちんとした、スタンとアーサーそれぞれが出演する学内チャリティ、学外の演奏会などの情報が並び、寄付額及び勝敗を書き込む欄も設けられている。

桂人も他の生徒に紛れて、後ろのほうから背伸びしつつそれを見た。大がかりではないものの、リーストンでは毎週のようになにかしらのチャリティイベントが開かれている。曜日は金曜、土曜が多い。

チャペルでの演奏会はその最たるものの一つで、スケジュールを見ると、スタンはほぼ学内のチャリティコンサートに出ずっぱりだった。これらのコンサートには、近隣の住民や生徒の保護者、親交のある他校の生徒たちや、繋がりの深い大学の学生、教授たちなどは好きにやって来ることができる。

スタンの初めの演奏は十月の二週目、金曜日の夜、リーズ教会でのチャリティコンサートが設定されていた。この日は翌日が、半期に一度の大がかりなチャリティイベントで、ウェリントンやブルーネル寮は開催に参加しないものの、どうせ出向くのなら翌日に、と考える家庭が多く、客足の悪い日だ。だが同日、同じ場所でアーサーも演奏するらしく予定が組まれていた。

「なんだ、この表見たら、ウェストが学内チャリティに出るのはスタンの半分くらいなんだね」

と、横で声がして、見るとデービスが立っていた。桂人は背伸びしているが、桂人より背が高いデービスはつま先立ちにならずとも表が見えるらしい。

「ウェストは……外部での演奏会やプロとしての活動があるし、すべてには出られないんじゃないかな」

アーサーに恩はないけれど、一応フォローしておく。

「だったらスタンが勝てるよ。まあコンクールっていうのは大変そうだけど、でもスタンだもんね。なんでもできる人だし」

呑気《のんき》に言うデービスに、桂人はそうだね、とは言えなかった。急に胃がきゅうっとすぼまり、痛むような気がした。

（みんなそう思ってるんだろうか？　楽に勝てると……？　もし、そんなに楽じゃなかったら……スタンは味方を失うかもしれない）

桂人は楽器のことなどよく分からない。以前は外部の楽団とも演奏していたものの、長らく弾いていないスタンが、プロの演奏家に簡単に勝てるとは、それでも思えない。だがデービスのように考えている人が多くて、スタンが失敗したら――どうなるのだろう？

急に怖くなってきた。スタンは笑って、「ウェストの吠え面を」などと話していたが、どういう気持ちで言っていたのだろうか。

（前日まで嫌がってたのに……、寮生の手前、ああ言ったんだろうけど）

内心は納得していなくても、自分がふて腐れていればウェリントンの寮生には悪影響だと判断したに違いなかった。スタンはそういう面では、まったく自分勝手ではない人だ。

そのとき、「ケイト」と声をかけられて、桂人は振り向いた。

見るとアルバートが立っており、廊下の向こうへと桂人を手招きしていた。デービスに断ってアルバートの側《そば》によると、「当番表を作り直したんだけど、見てくれるかな」と訊かれた。

差し出された案からは、ごっそりとスタンの名前がなくなっていた。

「スタンには、ヴァイオリンに集中してもらうことにした。他の監督生でカバーしたい。それでもいいかな？」

「……もちろん」

答えると、アルバートは嬉《うれ》しそうな顔になる。

「きみに言われたとおり、ウォレスを積極的に七年生と組ませたよ。スタンは都合上朝食当番くらいしか入ってないから、そこだけだけど」

「ああ——うん、ウォレスは吸収が早いから、きっとこれだけでもたくさん学んでくれると思う。他の六年生二人と……エイリー・デービスを組み合わせられないかな、デービスはちょっと風変わりだから、下の子に教える工夫をする訓練になる」

「それはいいね、ただ、デービスがストレスを感じない？」

「僕とデービスが組む日も作ってもらえたら嬉しい。彼が悩んでたら聞いてみるよ」

そう答えながらも、気持ちはそぞろだった。廊下の、人気のないところで立ち止まり、アルバートは桂人の意見をメモしていき「それじゃこれで決定にしよう、といっても試案だけどね」と頷《うなず》いた。

「試案？」

訊き返すと、アルバートは持っていた表を丸めながら「十月のチャリティでスタンが負けたら、きみにブルーネル寮に行ってもらうことになるから」と言った。

「それは本当に申し訳なく思ってる。ウェストが譲らなくて……。きみを使わなかったら、スタンは演奏の手を抜くだろうって。怒ってない？　もちろん、なるべく早く帰ってきてもらえるようにするし、ウェストにも無理はさせないって約束を取り付けてあるよ」

「……」

桂人は言葉が出てこない。怒っているかどうかと言われると、怒ってはいないが、戸惑ってはいた。

「……あの、アルバート」

桂人が切り出すと、アルバートが真剣な眼で桂人を見つめている。桂人の不満も苦情も、全部受け入れるという顔をしていた。

「今日、思った以上にスタンがあの話に……ウェストからの挑戦状について協力的で、驚いた。二人の間で、あのあとなにか話し合いをしたの？」

あのあと、というのは昨日の寮代表会議のあと、道の途中でスタンが激昂《げきこう》したあと、という意味だ。だが、アルバートは桂人がそれを訊くとどこか不機嫌そうな顔になり、「まさか」と言った。

「もちろん寮監には話したよ。そのあと、校長のところへも行った。校長から、ケンブリッジでスタンが演奏した動画も、直《じか》に見せてもらったよ」

桂人はぎくりとした。動画がアップロードされている、というのは聞きかじっていたが、見てはいない。どんなものなのかは分からないが、あまり良いことではないだろう。スタンはそのことで、咎《とが》められたりしたのだろうか？　不安になってアルバートを見つめる。

アルバートはため息混じりに続けた。

「まあ、あれはスタンがアップロードしたわけでもないし、リーストンの生徒だとも分からなかったし……校長としては特にお咎めはなしだったよ。動画削除の依頼も、スタンが望まないなら出さないって。ただ、演奏会へのオファーはかなり来てた。中には面白半分の、ふざけた内容もあって——ウェストがいくつか選んでくれた演奏会は、今のスタンにとってはかなり妥当だと思った」

アルバートは肩を竦め、「まあ音楽のことは、僕には分からないけど」と付け足した。

「ウェストは、本気でスタンにヴァイオリンを再開させたいんだと思う。校長はスタンの昔の功績を知ってるし、スキナー先生とも親交が深い。スタンがヴァイオリンを再開するのは喜ばしいって。至急、スタンにヴァイオリンの先生を用意すると言ってくれたから、今日あたり、スタンは呼び出されると思う」

「……スタンのヴァイオリンの先生は、スキナー先生じゃないんだ？」

桂人は困惑しながら訊いた。とはいえスタンの性格では、素直にもう一度スキナー先生と……とはなるまい、とも思う。

「寮監のコリンズ先生が、それはよしたほうがいいだろうって意見してくれたんだ。スタンの性格だと、今はスキナー先生を受け入れられないだろうから、もっと事務的で、でも技術のある教師をって。心が柔かくなって、スキナー先生とやり直したくなったらスタンは自分で言うはずだって……」

寮監のコリンズがそこまで見ているとは、と桂人は正直驚いた。

ウェリントン寮にはおよそ九十人の生徒がいる。寮監はその一人一人のことを、こうも深く知っているのかと桂人は驚く。だが毎月生徒と面談し、名簿に挟むメモを作ってくれているのは他ならない寮監だ。

「スタンにも、昨夜一応、一連のことは報告に行ったけどね、部屋から顔も出さなかった。僕とは話したくないんだろ。だから紙に書いて、扉の隙間に差し込んでおいたよ。まあ、朝礼では上手くやってくれると思ってた。スタンも、寮生を困惑させるつもりはないだろうと信じてたし、実際上手《うま》くやってたね。内心はこの状況に怒ってるんだろうけど」

（……さすが双子。まるで打ち合わせたように息が合ってたのに）

本当はいまだケンカ中だったと知って、桂人は感心すらしてしまう。アルバートにとっては特別なことでもないのだろう、息がぴったりと合うのは、きっと二人の間では当然のことなのだ。朝礼のことなどもう頭にない様子で、ただスタンの態度に腹を立て、いつまで拗《す》ねるつもりだか、と呟いている。

けれど桂人には、スタンが拗ねているとも思えなかった。もっと深く、強く、スタンはただ苦しんでいる気がする。

「でも、アルビー。僕らは……いや、僕だけだけど。僕は、昨日スタンの気持ちを傷つけてしまったから、スタンが話したがらないのは仕方ないかもしれない」

彼の気持ちを考えなかった……、と言うと、アルバートは驚いたように眼を丸くして桂人を振り返った。

「きみが申し訳なく思う必要なんて、これっぽっちもないよ。挑戦状を持ってきたのはウェストで、それを受け取ったのは僕だ。スタンに無理やり受け取らせたのも僕だよ。でもそれは、当然だろ？　僕は当主で、スタンはその一族に属してる。僕は当主の責任を負ってるんだから、スタンに義務を果たせと言う権利がある」

「……アルビー」

ほんの一年前なら、とてもアルバートの口から出なかっただろう強い理屈だった。知らないうちに、アルバートはストーク家の当主としての自覚を深めていたのだと、桂人は思い知った。自分一人成長せず、置き去りにされているような淋しさを感じたが、そう思うのは身勝手だと桂人は自分の気持ちを諫《いさ》めた。

「きみを賭けの対象にしたのは、はっきり言って下衆《げす》な行為だ。すまなく思ってる。でも、スタンを本気にさせたかった。適当に弾いて終わりじゃ意味がないし、きみが賭けの対象にならなかったら、スタンは絶対に乗らなかったと思う」

「……どうかな。スタンは昨日の一件で、僕を見限ったかも」

そんなことあるわけないよ！　と、今度こそ心底驚いた、というようにアルバートは叫んだ。

「スタンは愚かだよ。いくら動揺したからって、ケイトのことをあんなふうに傷つけるなんて。……ママは自殺だった。スタンが殺したんじゃない。殺されたのはスタンの心だ——そのことが分からない限り、スタンはずっと……自分を責めなきゃならない」

後半、独り言のように呟くと、アルバートは悲しそうな顔をした。

兄を想い、アルバートも苦しんでいるのだろうか……?

母親にネグレクトを受けたアルバートの心は、傷付きから立ち直ったのだろうか? 分からずに、そっとアルバートの手に手を重ねると、彼はハッとしたように桂人を見て苦笑した。

「僕は大丈夫。伯爵家当主で、ウェリントンの寮代表で……そしてきみの友だちだっていう事実が、僕を助けてくれる。……揺らいでいるのは、スタンのほうだと思う」

いつも巻き込んでごめん、と謝られたけれど、桂人は「いいんだ」と言うことしかできない。

(僕は今まで、本当にアルバートや、スタンの支えになれてたんだろうか)

今になったら、桂人はそれが分からなくなる。

二人の支えになりたいと過ごしてきた十ヶ月だったけれど、アルバートはともかくスタンに対しては、自分の支えは足りなかった。

(それでも、お母さんのことに向き合えというのは酷だったかもしれない)

後悔したところで、桂人はもう言ってしまった。

これからどうしたらいいのだろう?

本当なら今すぐにでもスタンを探し出して捕まえ、話がしたい。別れたくない。一緒にいたい。できれば支えになりたいと。

でも、そうすることは本当に正しいだろうか?

きっとスタンにとっては、今桂人と話し合うことは負担にしかならないだろうとも思えた。弾きたくなかったヴァイオリンを弾かねばならなくなり、恋人には見たくもなかった母親との傷に向き合えと言われ、ずっと尽くしてきたはずの弟には、このままでは会社に入れないとまで突きつけられて——。

（スタンの気持ちになったら、僕はきっと今『敵』じゃないか。……今、僕よりスタンのほうが苦しいはず。もう一度出しゃばって話しても、ヴァイオリンコンペの状況が変えられないなら、無駄に心を騒がすことはしないほうがいい）

桂人はそう決めた。まずは十月最初のスタンの演奏を、遠くから見守り、祈るように待つだけだった。

スタンが抱えているかもしれない苦しみを、分けてもらうこともできない。相談にさえ乗れない自分を思うと、本当に恋人なのかと不安になる。

けれど今は、時機を待とう。そう気持ちを奮い起こした。

アーサー・ウェストの挑戦状について朝礼で発表されたその日以降。

スタン・ストークの姿が寮内から消えてしまった。

といっても朝礼には出てくるし、数少ない当番はこなしている。

だがそれだけだった。桂人の生活の中からは、スタンと二人、特別室で仕事のことを打ち合わせする時間も、廊下ですれ違ったとき視線と笑顔を交わし合うことも、もちろん消灯後に部屋を訪れて抱き合うこともなくなってしまった。

スタンは桂人と眼も合わせない。まるで付き合う前の一時期、挨拶をしても無視されていたころと同じように。

（大丈夫。……大丈夫、スタンは、ヴァイオリンを再開したばかりで気が立っているだけ）

何度となく桂人はそう思って、自分の気持ちを持ち直そうとした。けれど朝、おはようと声をかけても眼もくれられず、小さな声で「おはよう」と返されるだけで、そのくせ朝食当番のウォレスとは普通に笑って話しているのを見かければ、心は挽《ひ》きつぶされたように痛み、重たくなり、悲しみと苦しみで息が詰まりそうだった。

スタンがどれほどヴァイオリンに真剣に取り組んでいるのかは、よく分からなかった。教師が一人招かれて、スタンの授業にヴァイオリンが組み込まれたことはアルバートから訊いた。その教師が、王立音楽院の素晴らしい教授だとも。

寮代表会議に、スタンは同行しなくなった。空いているすべての時間をヴァイオリンにあてもらってる、とアルバートは説明してくれたが、会える時間が減って桂人は内心落ち込んだ。寮の中にいても、スタンが弾く『亡き王女のためのパヴァーヌ』が聞こえることはもうなくなり、スタンがどこでどんなふうに練習しているかは、桂人には想像もつかなかった。

「ヴァンフィール！　チャリティでスタンが弾く曲が発表になったの見た？」

十月二週目の金曜日が近づいたある日、桂人は寮内の廊下で六年生のオルグレンとハンプトンに捕まり、そう話しかけられた。

二人は去年、十月のチャリティイベントでスタンがコンマスを務めたミニオーケストラに参加していた。普段から、それぞれハープシコードとチェロをやっている。そのとき、演者という役割で共演した桂人とも、今では気安く話をする仲だった。

二人とも楽器をやっていて、スタンにも好意的なため、今回スタンがアーサーから受けた挑戦の行方はかなり気にしているらしかった。

「曲目ならまだ見てないよ、発表になったってどういうこと？」

首を傾《かし》げると、オルグレンとハンプトンは桂人の腕を引っ張って、食堂前の廊下に連れていった。そこにはスタンとアーサーの出演するイベント表が掲示されたままになっているが、隣に、スタンの主要曲目が貼り出されていた。

「……モーツァルト、ヴァイオリン協奏曲……。パガニーニの二十四のカプリース、バッハ、ドヴォルザーク……」

読み上げていくと、これってメニューインの課題曲だよね、とオルグレンが興奮気味に言った。

「そうなの？」

桂人は知らなかったので、驚いて二人を振り向いた。

「七ヶ月で仕上げるつもりなんだね、コンクールは四月だから」

「三年のブランクを取り戻して入賞したら、すごいニュースになるよ！」

オルグレンとハンプトンは、スタンが入賞すると疑っていないかのような口ぶりだった。桂人は門外漢で、それが現実的なことなのかどうかすら分からない。

「国際コンクールって……出たいと言ったら出られるものなの？」

訊ねると、「事前審査があるから、それに受かればね」と返ってくる。どうやらコンクールの間近で、ビデオ審査があるらしい。二人はけれど、スタンなら案外通るんじゃないか、と楽観的だった。

「スタンの先生って、王立音楽院の教授でしょ？　じゃあ、スタンは受験先を王立音楽院に変えるってことだよね？」

「その先生さえスタンを認めてくれたら、面接とオーディションだけ通ればいいんだものね」

嬉しそうに話している二人の言葉を聞いて、桂人は困惑した。

そんなことまでは考えていなかった。十月の中旬にはオックスブリッジへの願書が締め切りになる。桂人は当初の予定通りオックスフォードに出すつもりだけれど、スタンはそうしないのだろうか？

（一緒に行こうって約束してたけど……あれは反故になったのかな）

分からない。もしスタンが進路を変えたとしても、それはスタンの自由であって桂人に口出しする権利はない。それでも恋人なら、もう一度どうするのか訊ねる自由もあるけれど、今の桂人がスタンの恋人なのかどうか、桂人ですら覚束《おぼつか》なかった。

（……王立音楽院はロンドンにある。もしスタンが王立音楽院で、僕がオックスフォードなら

……一緒に暮らすことはできない）

体が震え、なぜこんな些細《ささい》な、まだ確定すらしていないことに傷つけられるのだろうと思いながらも、胸が押しつぶされるように不安になる。

「……スタン、最近『亡き王女のためのパヴァーヌ』弾いてないね」

思わず、桂人は呟いてしまった。

オルグレンとハンプトンは顔を見合わせて、「ああ、スタンの好きなあの曲」と呟いた。

「あれ、ヴァイオリンの難易度低いもの。いくらスタンが得意でも、コンクールに出るなら必要ない曲だよ」

思わず、二人を見る。難易度という観点で、曲を聴いたことがなかったので知らなかった。

「スタンが用意してる曲、全部難易度の高い曲だよ。コンクールでは技術を見られるんだもの、仕方がないよね」

「そんな曲……ブランクがあっても弾けるものなの？」

思わず訊くと、

「スタンだもの、きっと奇跡を起こすって信じてる」

「ケンブリッジで、パガニーニを弾いたって聞いたよ。カプリースが弾けるなら大丈夫じゃない？」

無邪気に言う二人に、桂人は困惑するばかりだった。

スタンはそれほどの弾き手なのだろうか？　音楽に疎い桂人には分からなかったが、楽器をやっている二人が言うのなら、本当にコンクールの入賞もありえるのかもしれないな……と思える。

ヴァンフィールもチャリティコンサートを見に行くなら一緒に行かない？ と二人が誘ってくれたので、アルバートのことが頭をかすめたが、現地で合流してもいいかと思い「ぜひ」と答えた。少なくともオルグレンやハンプトンが一緒にいてくれたら、桂人は壇上にスタンの姿を見ても、泣き出したり取り乱したりせずにいられるかもしれない、と思ったのだった。


日々は過ぎ、十月二週目の金曜日がやって来た。今月のイベント主催はブルーネル寮なので、桂人は特別な支度もなく約束していたとおりオルグレン、ハンプトンと一緒にコンサートが行われるチャペルに向かうことになっていた。

会場は、去年イベントを行ったリーズ教会だ。リーストンの正門に近いため、オープンにしやすい。

教会に着くといつになく人が大勢集まっており、それはこの学校の生徒たちや、近隣の住人だけではなかった。

「ケンブリッジ大学での動画を見て来たの。楽しみよ」

「あのパガニーニの子が演奏するんでしょう？」

人の列に並んで入場を待っていると、そんな声が聞こえてきて桂人はぎくりとした。よく見れば、学生よりも一般客のほうが多そうだ。それもリーストンでコンサートが開かれるなら、大抵やって来る人たちではなく、いかにも今日が初めてという出《い》で立ちの人々だ。

と、眼の前に並んでいた一般客が、手元に携帯端末を出して一緒にいる人と覗きこんでいる。そこには、ケンブリッジ大学のチャペルで演奏するスタンの動画が再生されていた。

（……あっ、あの動画……本当にネットにあがってたんだ）

激情を叩きつけるような演奏。音は遠くて聞こえないが、姿ははっきりと分かる。素人が撮ったものらしく時折画面は揺れたが、端整なスタンの面立ちとすらりとしたスタイルはよく分かった。

「素敵、モデルみたいだわ」

動画を見ている女性が、うっとりと呟いている。

（動画を見て来た人たちが結構いるのかも。でも、どうやってリーストンのコンサートのことを知ったんだろう）

困惑していると、オルグレンが「従姉妹《いとこ》が言ってたとおりだ」と耳打ちしてきて、桂人は首を傾げた。

「アーサー・ウェストが自分の公式サイトで、スタンのことをブログに書いたんだって。ケンブリッジでパガニーニを演奏した彼に会いたければ来てくださいって……スタンの演奏動画がネットにあがってるのは聞いてたけど、ほんとだったんだね」

基本的にリーストンの寮内にいると、インターネットの世界とは断絶があるので、そのとき

そのときのトピックスに疎い寮生が多い。しかしアーサーはプロで、公式サイトの一つくらいあってもおかしくない。外部に出ることも多いし、おそらくマネージングをしている人もいるだろうから、外界の情報が入りやすいのかもしれない。

「従姉妹が言うには、スタンは見た目がホットでセクシーだから、誰だって会ってみたいと思う——だって」

「スタンがヴァイオリンを本気で始めたら、すぐCD契約ができそうだよね」

オルグレンとハンプトンは好き勝手に話しているが、桂人はそれらに上手く答えられないでいた。やがて人の列が動き、教会の中へ入ることができた。

桂人が座った席は前から四列目で、最前列にはアルバートや、他の寮代表が何人か並んでいる。

アルバートは振り返ってしばらく視線をさまよわせていたが、桂人を見つけるとホッとしたように微笑んだ。その口が、ごめん、と動くのが分かる。たぶん一緒に来られなくて、という意味だろう。他寮の代表たちと見る約束ができたのだと察しがつくので、桂人は急いで大丈夫、と言ったが、心にはなんとも言えない淋しさと不安が募ってきた。

（このコンペでスタンが負けたら……僕、ブルーネル寮に行くんだっけ。実感がないけど）

短期間だよ、とアルバートには何度も言われているが、実際にはどのくらいの期間か分からないし、なにをするのかも分からない。

（でも、スタンが負けるとは決まってないし）

桂人は急いで気持ちを切り替えて、もう自分のことは考えないようにと努めた。

胸がドキドキと鼓動する。ブルーネル寮の監督生らしき生徒が司会に立ち、今日のコンサートの概要を説明した。スタン・ストークとアーサー・ウェストのコンペティションだということ、より良いと思ったほうに寄付金を入れてほしいこと、両方に入れるのも可。教会の出入口のところにそれぞれの演奏者の名前を書いたボックスが設置されていること――。撮影などは不可。携帯電話は電源を切ってほしい。

司会の説明はそんなところだ。

当然だが、もしスタンが負けたら桂人がブルーネル寮へ手伝いに行く、などということには触れない。オルグレンとハンプトンも知らない様子だった。

（……まあ、理由を話し出すとブルーネル寮の不祥事について触れないといけないものな）

だからたぶん、桂人が他寮へ行く、というのはあまり大々的に言えないことなのだろう。

最初に登場したのは、スタンだった。会場は満席で、スタンが出てきたとたん歓声と拍手があがった。「実物は動画よりもっとセクシー」桂人のすぐ後ろに、先ほど列にいたときの一般客がいたらしい。そんなため息まで聞こえてくる。

スタンは制服をきれいに着ており、一礼するとヴァイオリンを構えた。数度調律のため弦を奏でる――。

そして不意に、勢いよく、弾けるように演奏が始まった。

パガニーニ、二十四のカプリース、第二十四番、クワジ・プレスト。

ケンブリッジでも弾いた超絶技巧のその曲が、リーズの天井に跳ね返って響き渡る。

「素敵……」と囁く声がする。桂人も引き込まれて聴いた。前回音が飛んだと言っていたスタンだが、たしかに今日のほうが正確に聞こえる。音の一つ一つがはっきりとしている……。

だが、その分ややもたついて聞こえるのは気のせいだろうか？

スタンは縦横無尽に手を動かしながらも、何度か苦しそうな顔をした。

曲は圧巻のフィニッシュを迎え、わっと拍手が湧いた。そしてすぐに、次の曲だ。影のように静かに、ピアノの前に伴奏者が座る。軽やかな伴奏が始まり、やがて期待に満ちた聴衆の耳へ、ヴァイオリンの伸びやかで優しく、洗練された旋律が届く。

「モーツァルトのヴァイオリン協奏曲だよ……」

オルグレンがそっと教えてくれた。

パガニーニとは違い、明るく晴れやか、草原の中をスキップするかのような軽快なメロディだ。けれど途中、音はどんどん強くなり、悲哀をまとう。しかしまた軽やかな音に戻る。そして不意にピアノがやみ、無伴奏の中スタンが演奏をする。

「カデンツァだ、演奏者が自由に弾くんだよ」

多重的な音を重ねながら、スタンはどこか苦しそうに顔をしかめていた。やがてまたピアノの伴奏が寄り添い、曲が終わる——桂人はじっとスタンを見つめていた。

青い瞳が揺れている。顔色は悪く、なにかに迷っているようにも見えた。

（スタン……、気分が悪いのかな？）

心臓が不安に痛み、桂人は膝の上でぎゅっと拳を握った。スタンはそつのない演奏ができているはず。そう思うのに、胸がざわめいた。

「ブランクがあるのにここまで仕上げてくるなんてすごいよ」

隣のオルグレンが興奮気味に話しかけてくる。桂人は笑みを返しながら、ほら、やっぱり大丈夫だと自分に言い聞かせた。けれど胸の奥には、どうしても拭《ぬぐ》えない違和感がある。

(……こんなだった？　ケンブリッジのチャペルで聴いたとき。もっと……強くて揺さぶるような音だったと思ったのに)

次の曲はバッハのソナタ。メンデルスゾーンの協奏曲と進んでいく。

すべてを終えたあと、スタンは青ざめ、聴衆を見ることもせずに礼をして立ち去っていく。

拍手は湧いていたが、歓声はない。

あとを追ってにこやかに登場してきたのはアーサー・ウェストだ。

彼は三方に向かって礼をすると、すっとヴァイオリンを構えた。構えた瞬間に、瞳がアーサーに吸い寄せられる。

調音すらも聴かせる。

アーサーはパガニーニは弾かず、最初の一曲目をバッハのパルティータから始めた。強く訴えかける弦の音。スタンも同じような曲を弾いていたはずだが、アーサーのほうが主張が強い。

そして次の曲、モーツァルトの協奏曲……、スタンと変わらぬ伸びやかで美しい旋律。

だが最後のカデンツァが決定的に違っている。アーサーの演奏は、もっとドラマチックで、もっと曲の本質に寄り添っており、なにより聴かせるのだ——。

　桂人は眼が覚める思いだった。

（これがプロの演奏。これが、音楽で身を立てる人の音……）

　スタンもそれに限りなく近いが、だが、違う。なにが違うのかは分からないが、なにかが決定的に違っている。音の安定感、強さ。バランス。弾き慣れて、ヴァイオリンが手に馴染んでいる感じ。ほんのわずかな差だが、どこをとってもアーサーのほうが一つ上にいる。耳の中に音がすっと入ってくる心地よさがある。

　スタン目当てに集まっていただろう人たちも、アーサーの演奏が終わると歓声をあげて拍手していた。ブラボー！　と声が飛ぶ。

　桂人はその光景を、愕然《がくぜん》と目の当たりにしていた。スタンの演奏は素晴らしかった。だが、アーサー・ウェストの演奏は桁《けた》違いだった。それがはっきりと分かってしまった。

「スタンも、案外普通の人なのかな……もっと弾けると思ったけど」

　ふと、オルグレンが呟いた。

　そのあとに続く言葉は、歓声にかき消されて聞こえない。桂人は聞こえなくて良かったと思ってしまった。自分たちの関係を壊してまで——スタンをヴァイオリンに向かわせたのに……と、そう思いそうになってしまう。

（違う、まだ始まったばかりで……スタンの心も、まだ完全に決まってはいないから。これからきっともっとよくなる）

そう思いながら、本当にそれがスタンにとっての幸福なのだろうかと思う。自分はどうして、スタンにヴァイオリンを勧め、アーサーの計画を後押ししてしまったのだろう？

アルバートの姿を探したが、立ち上がる人の波にまぎれて見えない。ごった返す教会の出入り口で、アーサーのボックスに寄付が投げ込まれていくのが見える。時々、スタンへの寄付もある。

控えの間で、一人スタンはなにを思っているのだろう。

桂人はそう考えたが、分からなかった。そばにいって抱きしめたかったが、恋人かどうかも曖昧な自分には、その権利すらないかもしれない。

オルグレンとハンプトンに名前を呼ばれるまで、桂人は呆然《ぼうぜん》と立ち尽くしたままだった。

「負けたけど、もうハーフターム休暇だもんね。休暇明けのコンサートでは、きっとスタン、今よりよくなってるよ」

金額もまだ見ていないのに、オルグレンが言う。なんだかもうあまり、期待していないような声音だ。

桂人は相槌《あいづち》を打とうにも打てない。

寮は明後日から休暇に入るが、それが明ければ、自分はブルーネル寮に行かねばならないのだろうと感じていた。

# 七

「バッハのソナタ……ラロ、スペイン交響曲、パヌフニク……」

スタンの演奏から四日――。

リーストンは、秋のハーフターム休暇に入っていた。年に数回ある一週間程度の休みだ。寮は完全に閉鎖されるので、桂人《けいと》は一昨日の土曜日から実家に帰っており、今は養父がコレクションしてあるＣＤやレコードから、来年のメニューイン国際コンクールの課題曲を探し出しては、片っ端から聴いていた。

――父さん、クラシックのＣＤを借りていい？

今朝の食卓で控えめにそう訊《たず》ねると、芸術を愛する養父は、桂人が音楽に興味を持ったと喜び、一緒に聴きたいと興奮していたが、今日は一日用事があって、母と一緒に出かけている。

正直な気持ちを言えば、桂人は養父と一緒に曲を聴く気はなかったのでホッとしていた。

（それにしても、この中からいくつか選択するとはいえ、こんなに膨大《ぼうだい》な曲を弾くなんて思ってなかった）

実家のパソコンから、コンクールの概要にアクセスして手に入れた曲目のリストは、桂人の想像をはるかに超えるものだった。といっても音楽に疎いので、どの曲がどう難しいのかは分からない。ただ、曲の数が圧倒的に多い。

知らない作曲家の名前もちらほらあり、どうやら古典から現代クラシック音楽まで幅広く弾きこなす技量が見られるのだと分かった。

四日前、スタンはアーサー・ウェストを相手に、完膚なきまでの敗北に晒《さら》された。寄付金額は、アーサーがスタンの倍額。その差は歴然としていた。

(まさかあそこまで、差がつくとはな)

これから先一ヶ月は、スタンとアーサーの共演はない。もしこの先、対峙《たいじ》するたび負けていたら……。

(寮生たちはきっと、スタンを軽蔑《けいべつ》するだろうし……)

それに自分は休暇明けからブルーネル寮に行かねばならない。まだ詳細は分かっていないが、通うにしても寝泊まりするにしても、スタンがふたたびアーサーと対峙して寄付金額で勝つまで、桂人はウェリントンではなくブルーネル寮の監督生《プリフェクト》として仕事をする。

(一体、どうなるんだろう。本当にそんなこと、できるのかな……)

自分で受け入れたこととはいえ、想像がつかなかった。ただもやもやと不安になるばかりなので、桂人はもうあまり考えないように頭を横に振った。

休暇に入る少し前に、桂人は迷った末当初の予定通りオックスフォード大学へ願書を出していた。オックスブリッジの出願は先週末で締め切られている。スタンが願書をどちらかに出したかどうかは訊《き》いていないし、分からなかった。

苦しそうな顔で演奏を終え、控えの間に去って行くスタンの姿が瞼《まぶた》の裏に浮かび、胸が苦しくなる。

（愛してるのに……なにもできない）

自分の愛情など、とるに足らないもののように思えて、桂人は悲しくみじめな気持ちだった。

養父のコレクションの棚には、コンサートや観劇のパンフレットなどもとってある。もしかして、ヴァイオリンの国際コンクールのパンフレットなどもありはしないかと適当に探っていると、不意に古びたパンフレットが床に落ち、その隙間からバラバラと写真がこぼれて桂人は慌てた。

「いけない、大事なものかも」

しゃがみこんで拾おうとして、桂人はドキリと固まった。床に落ちているのは、舞台の上で稽古をしている青年の写真で、かなり色あせている。右下に入った日付は桂人が生まれたころのもの。壇上にいるのは、黒眼に黒髪のほっそりとした日本人……桂人の父親、シンジ・スガイだった。

（パパ……）

舞台の上で生き生きと演じている姿や、笑っている顔が眼《め》に飛び込んでくる。

胸が大きく脈打つ。桂人は震える指でパンフレットの中にその写真をしまい込んだ。見たくないもの、パンドラの箱を開けるような気持ちがあって、慌てて蓋《ふた》をして閉じ込めるように、パンフレットを棚に戻した。

緊張のせいなのか、自分でも形容しがたい感情に揺さぶられて心臓がドキドキと鳴っている。普段思い出しもしない父親の姿が脳裏に焼き付いて、なかなか離れない。桂人は落ち着くために、何度か深呼吸した。

「お坊ちゃま、お電話ですよ」

と、そのとき部屋のドアをノックして、メイドが顔を出した。桂人はハッと我に返り、クラシックを流していたステレオを止めた。電話をかけてきてくれたのは、アルバートだ。

『ケイト？　迎えの車を出すから、ハーフターム休暇の間うちに来ない？　親御さんにはあとで許可をとるよ』

休暇のたびに、アルバートは桂人をストーク家へと招待してくれる。それはたぶん、桂人が家庭内で難しい立場なのを気遣っての誘いだろう。

母は名家であるストーク家と繋《つな》がりができるのを喜ぶし、父も「ケイトは家にいないのかね」と淋《さび》しがりはするものの、基本的に引き留めることはない。苦手な両親とずっと一緒にいるのは辛《つら》いし、桂人は以前酔っ払った父にレイプされたこともあるので、いつもなら渡りに船とばかりに飛びつく。だが、今の桂人はしばらくの間、迷ってしまった。

「僕……行っていいのかな」

アルバートとは、結局スタンがアーサーに敗北したあとから、話ができていない。スタンとともそうだ。双子となんの会話もできていない状況で、ストーク家に行っていいのかが分からない。

（スタンの今の気持ちを推し量ったら、僕が行くのは迷惑じゃないかな）

アルバートは弟だから、きっとあのチャリティコンサートのあと、控えの間にいたスタンのところへ行ったはずだし、言葉も交わしただろう。けれど桂人はオルグレンとハンプトンと、三人で帰っただけで、翌日にはハーフタームのため学校を出てきてしまった。他寮のチャリティイベントを覗《のぞ》いてからでもよかったのだが、そんな気持ちになれなかった。

「……スタンと、ずっとまともに話してない。僕が行ったら嫌かもしれないとも思うけど、本当は、気持ちを推測するほどの材料すらない状態なんだ」

恋人同士のはずなのに、二人の間には深い溝ができてしまっている。愛されていない自分がみじめで、愛しているのに近づけない自分が情けなく思えて、桂人は話しながらうつむいてしまう。

『ケイト……』

アルバートは困ったようにため息をつくと、

『ねえ、スタンがきみを嫌になるわけないよ。ただあのとおり、意地っ張りの見栄っ張りだから……どう接していいか分からないだけさ』

来て、一度ゆっくり話をしたら、と続けられて、桂人は口をつぐんだ。

スタンが桂人と、話をしてくれるのだろうか？　疑わしかったけれど、もう一度話がしたい、と桂人はずっと思っている。

周りに流されるようにスタンにヴァイオリンを勧めてしまったが、それで本当によかったのか悩んでいる。アマチュアなのに過剰に期待を寄せて、プロのアーサーと競わせて、本人にとってはただ苦しいだけだったのでは。そう思う気持ちもあるから、答え合わせもしたい。

もしも自分が誤っていたのなら、桂人からアルバートやアーサー・ウェストに、今回のヴァイオリンコンペをやめてほしいと訴え、責任は「ブルーネル寮に行きたくない」自分のせいにしてくれて構わない、と交渉もできる。

けれどそれも、スタンの本当の気持ちを知らなければなにが正しいのか判断できなかった。

「……きみがそう言ってくれるなら、行ってもいい？」

やっぱり一度話し合わなければと、桂人は思い直してアルバートに訊ねた。もちろんだよ、と優しく言ってくれる友だちの声にありがとうと返しながら、桂人は荷物の中に、養父から借りたCDも全部詰め込んでいこうと思った。

数時間後、桂人は迎えの車に乗せられて、夕闇の迫るストーク邸を訪れていた。

もう何度も何度も来た場所だ。執事や運転手、メイドたちを含め、屋敷そのものとも顔なじみになっているような気がしていたけれど、今日は玄関に下り立つ前から緊張で息苦しい気持ちだった。

いつもなら歓迎のために出迎えてくれるスタンが、玄関口にいなかったせいもある。

分かっていたはずなのに、スタンがいない、と知った瞬間胸を撃ち抜かれたようなショックと悲しみを感じた。

「ケイト、来てくれてよかった。きみのご両親には電話をしておいたよ」

執事と一緒に迎えてくれたアルバートはそう言ってくれたが、思わず周囲を見渡してしまった桂人に、ため息をついた。

「スタンなら、拗《す》ねて引きこもってる。まあ休暇の間には顔を合わせるだろうから、そのとき話してあげて」

アルバートはそう言うと、桂人を食堂へ連れて行き、夕飯を振る舞ってくれた。双子の弟は、拗ねて出てこないという兄に対して、桂人ほど落ち込んだり考え込んだりはしていない様子だった。

（……結局、僕はアルビーの客なんだよな）

そんなことを思う。この屋敷の持ち主は爵位を継いでいるアルバートのもので、誰を屋敷に招待し、滞在させるかの決定権はアルバートにある。

スタンは性格的に、そういう不文律を犯さないから、いくら桂人が自分の恋人でアルバートが桂人を好いているからといって、屋敷へ招待するときにはアルバートから、という決まりを崩したことがない。

逆を言えば、桂人がストーク家にやって来るときに、スタンの気持ちは関係ないのだ。

（もしかしたら、スタンは僕が来るって知らないかな。それとも知ってるから、どこかに隠れ

てるのかな……僕に会いたくなくて）

スタンが歓迎してくれていないかもしれない、と思うと、もう本当に見放されたような気持ちになる。

（いけない、変に暗く考え過ぎちゃだめだ）

桂人は慌てて、沈んでいく思考をストップさせねばならなかった。

ストーク家の夕飯はいつも適度にカジュアルで、シェフの腕がいいのか、なにを食べても美《お》味《い》しい。

主人二人がどちらも十七歳――もうすぐ十八歳だが――で、大人のいない家なのもあり、貴族の邸宅なのに出てくる料理はパスタやチキン、ピザやフィッシュアンドチップスなど、気軽なものが多かった。双子のリクエストだけを聞いていると栄養が偏ると言って、毎度頼んでいないサラダやボイル野菜などがついてはくるが、重たいフレンチや格式張った食事は、たまのパーティだけで十分だとアルバートもスタンもよく言っている。

それでも時々、アルバートが思いつきで高級な食事を食べたくなり、シェフに注文を入れる姿を休暇中何度か見ているので、そのあたりは金持ちのお坊ちゃんだなあ……と桂人は内心感心していた。

普段なら、夕飯の席にはスタンもいる。スタンはアルバートと二人でどちらが桂人の近くに座るかで揉《も》めたりもする。が、今日は桂人とアルバートだけだった。提供された食事は魚介のたっぷり入ったグラタンだ。チーズが香ばしく、香りだけで食欲をそそられる。それにたっぷりのニース風サラダと、ベイクドビーンズがついてきた。

　けれど桂人は気持ちが落ち着かず、食べている間もあまり味が分からなかった。そのうちにひょっこりとスタンがやってこないか、そわそわしていたがその様子もない。

「アルバートは昨日の演奏のあと、スタンと話したんだよね？　……スタン、どんな様子だった？」

　そっと訊くと「べつに普通だったよ」と返ってきた。

「負けるのは分かってたみたいだよ。二曲目のモーツァルトを弾いてるときにだめだと思った、って言ってた……」

　カデンツァを弾いている最中に、スタンが苦しそうな顔をしたことは覚えている。以降、桂人も不安と違和感を覚えていたが、スタンも同じだったのか……と思う。

「派手に負けたけど、そのことについてはあんまり話さなかったね。でもたぶん、きちんとヴァイオリンのレッスンは受けてるみたいだし……みんなの前で大見得も切ってるから、最後までやりきるとは思うよ」

　たしかに、そうだろう。寮生たちにアーサー・ウェストからの挑戦を受けた、と言った以上は、最後までやるだろうとは思う。

「本当に、これでよかったのかな」

　思わず言うと、アルバートがスプーンを置いて桂人を見つめてくる。桂人は顔をあげて、アルバートに問うた。

「僕もスタンにヴァイオリンが必要だと思った。……だからアーサーの案に乗るようなことをした。でも、スタンにとってこれがよかったのか、自信がない」

けれどアルバートは、じっと桂人を見つめてやや強めの声で言い聞かせるように答える。

「何度も言うけど、ウェストの案に乗ったのは寮代表《ヘッドボーイ》の僕で、きみじゃない、ケイト。あれは寮代表会議で『ウェストに』申し入れられて、『僕が』受け入れたんだ」

アルバートは、ウェストと僕、という言葉を強調した。

「でも、スタンが負けたらブルーネル寮に行くっていう条件を、僕がいやだと言えばスタンは断れただろうから……」

「断りやすくはなったかもしれないけど、同じだよ。ウェストは、ケイトを賭ければスタンが発奮すると思ったから条件に組み込んだだけで、きみが拒んだらべつの条件を出してくる。そこは彼も代表だ、抜かりはないと思うよ。ケイトが断ることだって、十分考えてたと思う」

実際、きみが嫌なら僕はなにがなんでも、きみをブルーネル寮に貸し出したりしないよ、とアルバートは付け足した。

その瞳は本気だったし、落ち着いてもいた。

（……アルビー、もしかしてこのコンペ……僕が直前でブルーネル寮に行くのはいやだって言ったら、それはなしにする条件でウェストからの根回しを受けたのかな）

二人が先に段取りを決めてから、寮代表会議でこのコンペについてやりとりしたのはたしかだ。アルバートの性格からいって、桂人を賭けに使うなんて度しがたいことだろう。それでも受けたのは、きっといざとなったら桂人の意向を尊重できるよう、裏で約束しているのだと思う。

（だからって、スタンがコンペを続けるなら、行かないわけにはいかない）

きっと親しい人たちは誰も気にしないが、監督生として一度了承した以上、直前で逃げるのは寮の面目を潰《つぶ》しかねない。ウェリントンは腰抜けだと言われるのは、桂人だっていやなのだ。

「いや、スタンがコンペを続ける以上は、ブルーネルには行くよ。泊まり込み？」

「ウェストはそうしてほしいって……監督生の部屋がちょうど一つ空いてるし」

「互いの寮監《ハウスマスター》がそれでいいなら、手伝いに行ってくる。ウォレスたちもいるし、ウェリントンは下が育ってるしね」

微笑《ほほえ》んで言うと、アルバートはしばらく黙り込んでじっと桂人の顔を見つめた。

「ケイト、安心して。ヴァイオリンの勝ち負け関係なく、きみの顔色が曇ったらすぐに連れ戻すって約束してある。僕自身は、二、三日手伝えば十分だと思ってる」

「それは最初の約束とは違ってるよ……、スタンの集金額がウェストが勝ったときの額を上回ったら終わり、だろう？　そこを守らないと、最後の最後、ウェスト家やストーク家が他寮にも大金を寄付する約束が疑われるから……コンペは成り立たなくなるよ」

アルバートはしばらく黙っていた。だがやがて微笑み、話を変えた。

「この休暇では、なにもスタンのためだけにきみを呼んだんじゃないから、一度この話は忘れようよ。一緒に試験勉強をしたり、釣りに行ったりもしたい。付き合ってくれるだろ？」

新しい釣り具を買ったんだ、とアルバートは楽しそうに言う。去年の秋に一緒に釣りをしてから、休暇のたびに桂人はアルバートと釣りを楽しむようになった。ストーク家の敷地内には水辺があり、アルバートはボート小屋に、桂人の分も釣り具を用意してくれている。

「今度こそパイクを釣りたいね」

「丸焼きにして食ってやろう」

桂人が気持ちを切り替えて言うと、アルバートも意気込んだ。二人で笑いながらも、桂人はやはり頭の片隅でずっと、スタンのことを考えていた。今どこにいて、なにを思っているのか。ただスタンのことが恋しく、会いたかった。


（スタン、もしかしたら会いに来てくれないかな……）

淡い期待を抱きながら桂人はいつも使わせてもらっている客間に入ったが、夜になってもスタンはやってこなかった。普段なら、昼間はアルバートに時間をとられることが多いぶん、スタンは夜こっそりと桂人を訪ねてくる。

だがその晩はそれがなく、桂人は落ち込みながらバルコニーを開けて夜風にあたった。

（やっぱりもう……僕たちって、関係が終わってるんだろうか）

そう思うと心臓が握りつぶされたように痛い。

浮かんでくる不安を、桂人は何度も何度も払いのけていた。

広大な敷地を有するストーク家は、夜になると屋敷ごと真っ暗な森に飲み込まれてしまう。十月の風はもう冷たく、冬の気配がしていた。寝間着の上に膝掛け用のブランケットを肩に巻き、ざわめく木々の音に耳を澄ませながら、桂人はしばらくその濃い闇を見つめていた。梢《こずえ》のさやめきはまるで潮騒にも聞こえ、深くて暗い海の中にじっと座り込んでいるような気がする。

（スタンは――付き合う前も、こうだったっけ……）

ふと、桂人は思い出す。

付き合う前、スタンは桂人に近づいたかと思うとすぐに離れていき、そして追いかけるたび、どんどん離れていった。

あのころ、桂人が近づけば近づいたぶんだけ、スタンは離れていった。距離をとられた。無視をされた。それでいて不意にまた距離を詰めてきて、抱きしめられる。なのに抱きしめ返そうとすると、そのときにはもう、腕の中にはいなくなっている……。

（優しいのに、スタンはほんの一瞬優しさを見せたら、あとはずっと遠くに行ってしまう。いつもそうだ。……すぐに一人ぼっちになる）

それはスタンに根深く残る罪悪感のせいだったと、桂人は理解しているつもりだ。

アルバートに償わねばならないという思い、母を殺したという気持ちがあったから、スタンは桂人を愛せないと言っていた。

愛しても、幸せにできない。手の中に抱えられないから、離れると。

付き合い始めたとき、スタンは言っていた。

……本当はずっと苦しかった。どこでもいいから、俺に死に場所を与えてくれ、と。

桂人はスタンに、許されていいと伝えたし、それは伝わると信じたかった。二人の愛情は、スタンが自分が許すことのうえに成り立っているはずだったから。けれどどれだけ理性で自分を許しても、スタンは心の奥底では、一度として自分を許していないし、母親に怒ってもいなかったのだ。桂人との愛のやりとりで、心の傷の上にヴェールをかぶせ、見ないようにしていただけで――覆いをはずせば、そこにはまだ癒《い》えていない傷が生々しく存在している。

(だから……元に戻ってしまった。付き合う前の僕らに)

そんな考えが頭をかすめたが、それはあまりに悲しくて、桂人は泣きたくなるのを抑えながら首を横に振った。

(違う……元通りじゃない。十ヶ月一緒にいた意味もあったと……思いたい)

そうでなければあまりにみじめだ。まるで自分だけが、スタンを好きだったように感じる……。息苦しさを抑えてじっとしていると、深い闇の向こうからなにかの音色が聞こえてくる気がした。

ハッと顔をあげて、桂人は耳を澄ました。

かすかに聞こえる旋律は、たしかにスタンのヴァイオリンだった。

(どこ?　どこからしてる?)

バルコニーから身を乗り出して右へ左へと、耳を傾けてみた。

桂人は客間を出ると、ついさっき聞こえた音の方角へ向かって、足音を潜めて暗い廊下を歩いた。屋敷の中にいるとヴァイオリンの音は消えてしまい、勘を頼みにするしかない。シンと静まりかえった廊下に、桂人のスリッパの音が小さく響く。

途中何度か窓を開けて、耳を澄ましてみた。だんだんとヴァイオリンの音が近づいてきている。普段桂人が泊まっている棟とは反対の棟へ進み、階段をあがって三階につくと、屋内にいても音色がはっきりと聞こえた。

闇に眼が慣れて、灯《あか》りのない廊下も隅々まで見える。

音が漏れてくるのは、三階のどん詰まりにある角部屋からだった。両開きの扉が開け放たれており、そうっと覗くと、庭に面した大きなガラス窓が開かれていた。居室から続きになったベランダに向かって立ち、スタンが一人ヴァイオリンを弾いていた。

青白い月明かりが雲間を割って差し込み、スタンの美しい横顔を照らし出している……。

幻想的な風景に、桂人は息を止めて立ちすくんだ。

（メンデルスゾーンの、協奏曲……）

スタンが弾いているのはコンクールのファイナリストに与えられる予定の、課題曲だった。『亡き王女のためのパヴァーヌ』ではない。なにを思って弾いているのかも分からない。じっと眼を閉じて、スタンは音の調べに耳を澄ましているようにも見えた。

声をかけていいかも分からず、ただ立っていると、スタンがため息をついてヴァイオリンを下ろした。

「……なにしてるんだ」

気づかれていたとは思っていなかったので、桂人は振り向いたスタンに声をかけられてドキリとした。

「音が聞こえたから」

他に言いようがなく呟《つぶや》いているうちに、スタンは部屋の中にある大きなベッドにどすん、と腰を下ろした。

入っていいのだろうか？　話をしても、いいのだろうか？

迷ったが、せっかく会えたのだ。きちんと話がしたいと桂人は思った。

(もし嫌われたにしても……怒らせてるにしても、今さらだ)

桂人はぐっと覚悟を決めて息を呑《の》むと、部屋の中に踏み込んだ。

踏み入れた部屋は、桂人がこれまでに入ったことのない場所だった。

広い居室には寝台の他にチェストや書斎机があり、数枚の絵が壁に飾ってあった。ルノワールの複製画らしい。うっとりとした瞳の女性たちが、ロマンチックに描かれている。

机の上にはロセッティの詩集が置いてある。それを見つけて、ふと胸に、いやな予感が湧き上がった。

「ママの寝室だよ」

ベッドに座ったスタンが、くっ、と喉の奥で皮肉るように嗤《わら》いながら言った。

頭の先から、すっと血の気がひいていく気がした。スタンへ振り向くと、スタンは揶揄《やゆ》する

ような眼で桂人を見ており、

「気持ち悪いか？　それとも、ここで俺たちもセックスしようか」

ママの亡霊が見てたら、なんて言うかな——と囁《ささや》いた。

寝台の上に行儀悪く足をあげ、たてた膝に腕を乗せたスタンはいかにも悪びれている。

桂人は身じろぎできず、ただ
「気持ち悪いなんて……思わないよ」

と、喘《あえ》ぐように言った。

けれど部屋のあちこちに、見えないスタンの母親の気配があるようで、気が張り詰めた。

部屋の中に、彼女の亡霊がいて、桂人が動き回るとその霊が眼を覚ましそうな錯覚すら覚え、ただまんじりともせず突っ立っていることしかできない。心に浮かんでくるのは、たぶん恐ろしさだった。

それでも、なにか話をしなければと思う。少しでもスタンの心を知りたかった。

「お母さんの部屋なのに、『亡き王女のためのパヴァーヌ』を……弾かないの？」

そっと訊くと、スタンはしばらく黙り込み、それから膝に置いたヴァイオリンを撫《な》でた。

「『亡き王女のためのパヴァーヌ』は……もう二度と弾かない」

ぽつりと言うスタンに、桂人は眼を瞠《みは》った。なぜ？　と思う。

なぜ、これまで何度も弾いてきた一曲を、突然弾かないと言うのだろう。

（……お母さんを思い出すから？　ヴァイオリンは？　やっぱりやめるってこと？）

困惑している桂人に構わず、スタンは膝元のヴァイオリンを見つめたまま、囁くように続けた。

「これは母親が、死ぬ前に……俺に買い与えたグァルネリだ。メニューインのジュニア部門に出ると言ったら、買ってくれた。子どもには高価すぎる玩具《おもちゃ》だし、今の俺にも釣り合わない楽器だ」

あのとき……、とスタンは物憂げな眼をして呟《つぶや》いた。

「俺とアルバートを楽器屋に連れていって、これで賞をとるのよ、と言っていたときのママは……俺にセックスを頼む女じゃなくて、ただの母親だった」

子どもにできる限り、いいものを与えたいと思っている母親。

静かに紡がれたスタンの言葉に、桂人は息を詰めていた。

そういう日が時々あった、とスタンは独り言のように、呟いた。

そういう日。ただの母親の日が。

「そのあとママはアルビーにはクリケットで使う練習着を買ってやって、俺たちはカフェでデザートを食べて帰った。あの日の俺たちは……どこにでもいる親子だった」

いつか戻れるかもしれないと思ってた、と、スタンは囁いたけれど、そのあと口をつぐんだ。

数秒の沈黙が、一分にも一時間にも長く感じられた。開いたガラス窓の向こうから、冷たい夜風が吹き込んでくる。

木々のざわめきはここでも潮騒のように響き、深い海の中にスタンと二人、この呪《のろ》われた部屋ごと沈められているような息苦しさを、桂人は感じた。

「俺がメニューインのコンクールで優勝した翌日に、ママは死んだ」

四月の、イースター休暇の終わりだったと、スタンは呟いた。

「俺は腹を立ててた。俺にとって人生で一番晴れがましい日の翌日に死ぬなんて、もう母親じゃない……。だから遺書も書き換えてやったし、もうあとは好きにしてやろうと思ってた。でも、そのあとすぐ……俺は自分がアルビーを苦しめただけだと気づいて」

ヴァイオリンをやめた、とスタンは淡々と言う。

それが必要だった。俺の一番大事なものを捨てなければならない。愛も喜びも人生にあってはならない。償うために二度と、美しいもの、大切なものを、自分のためには持たない。そう思っていたと、スタンは言う。

桂人はただじっと、その言葉を聞いていることしかできない。けれど体は震え、苦しみが胸いっぱいに押し寄せてくる。

いつかママは、元通りの母親に戻ってくれる。

桂人もそう信じて、自分を犠牲にしていたときがあった。

幼いころ、父親に捨てられて変わり果ててしまった母を、それでも愛して信じて、元に戻ってくれる日がくると待っていた。自分さえ頑張っていれば、自分さえ我慢すれば、いつか報われる日がくると思っていた。

五歳までの優しい思い出が忘れられなかった。愛された記憶が、錯覚かもしれないと思いながらも胸にこびりついて離れず……諦めきれなかった。

あの時間を無駄だったとも、間違っていたとも思っていないけれど、それでも記憶を蘇《よみがえ》らすたび、なんて残酷で悲しい日々だったのだろうと胸が詰まる思いがする。

もし今……、桂人がスタンを愛していなかったら、今でもその過去は重たく辛く、乗り越えられない傷として桂人を苦しめていただろう。愛を信じて待ったのに裏切られた。そこで記憶が途切れていたら、桂人はいまだに誰とも関わろうとせず、偽りの笑顔を貼り付けて生きていたかもしれない。

（スタンだって……お母さんを待ってたんだよね）

十三歳から十四歳の一年。スタンは母が元通りになることを願っていた。信じていたから、我慢をしたのだと桂人には分かる。

夜にはセックスを求めてくる女が、ふとした瞬間母親に立ち戻る。

それでもまたセックスを強要される。

なのにどうして、子どもは立ち戻った瞬間の母親を信じてしまうのか、分からない。けれどそういうものなのだ。どれほど残酷な現実を目の当たりにしても、子どもは親を信じたいとどこかで願っている。……きっと、愛していて愛されたいから。

親も傷ついている。けれど子どもも傷ついている。子どもは親の傷への生け贄《いにえ》のように、何度となく犠牲にされる。そうして長じたとき、犠牲にされた子どもは誰かを犠牲にする……。

その繰り返しはもういやだと、だから愛を居場所にはしないと、桂人はかつて思ったのだった。

（僕は誰かによって揺らぐものを、二度と居場所にしないと誓った……自分の愛にだけ、心を置いておこうと）

寮生たちへの愛情や、スタンへの愛。

桂人はそれで立ち直れたけれど、スタンは、桂人への愛情だけでは足りなかったのだと桂人は感じている。

俺はヴァイオリンなんて、とスタンは呟いた。

「もうすっかり忘れてるつもりだった。オックスフォードに進んで……お前と一緒に暮らして、必要ならアルビーを助ける。それで十分。なにもいらない。……今だってそう思う。その生活のほうがずっと幸せに感じる。……完璧じゃなくても、無難な幸せだ」

（無難な幸せ……）

スタンのその言葉にまともに傷つき、桂人はぎゅっと拳《こぶし》を握りしめた。

でも、とスタンは嗤った。

「お前たちが俺にヴァイオリンをやれと言うし、アーサーはクソ生意気な方法で俺を追い詰めるし、俺は腹が立ったから……じゃあいいさ、この一年だけまたヴァイオリンをやってやると思った。そのときはむかついてたから、チャリティコンサートでも、ケンブリッジでやったみたいに、怒りを叩《たた》きつけて弾いてやろう。そう思ってたんだ。……でも、それすらできなかった。上手《うま》く、弾けなかった」

膝の上のグァルネリを見つめていたスタンが、不意にベッドから立ち上がり、バルコニーへ出る。桂人もやっと身じろぎし、それをゆっくりと追った。

ベッドに座ることはできなかったが、バルコニーへは出られる。寝室を出ると冷たい夜気が吹き抜けていったが、少しだけホッとした。まだいくぶん、外のほうが呼吸ができる。スタンは手すりに凭《もた》れて、桂人を見ていた。桂人はバルコニーへ出たところで、立ち止まってしまう。それ以上スタンに近づけなかった。

「こないだのチャリティコンサート、無様だったろ？」

スタンはおかしそうに眼を細めて訊いてくる。桂人はムッとして、「そんなふうに思ってない」と反論した。

「アーサーにボロ負けだった」

「……きみにはブランクがある。これから、もっと良くなる」

けれどスタンに、じっと見つめられると、桂人は迷った。スタンはなにを考えているのか分からない、無表情だった。桂人は言葉を探して、わずかにうつむいた。

「でも……きみにとってこれがただ苦痛なだけなら、僕はひどいことをした。ブルーネル寮の手伝いなら外してもらえる。だから……きみが本当に嫌なら、やらなくていい」

今さらなにを言うのかと思われることは百も承知で、桂人はそう続けた。

思ったとおり、言った途端にスタンは自虐するように「逃げて大恥をかけって？」と嗤った。

桂人は自分が浅はかで、大ばかに思えて、まっ赤になった。指が震えた。ごめんなさいと言いたかった。スタンの穏やかで、無難な幸せを邪魔してしまったと。許して、もう一度恋人に戻ってとも言いたかった。けれどそのどれもがずるい言葉に思える。そして本当にここで引き返して、再び前と同じように過ごしても、二度と以前と同じ幸福は味わえないことも知っていた。その幸福はまやかしで、スタンにとっては無難でそれなりの、まがい物の幸福だと、もう知ってしまったから――。

やがてスタンは小さな声で「俺はやめないよ、ケイト」と言った。

その声に怒りはなく、嘲《あざけ》りもなく、諦めもなかった。静かに凪《な》いでいる。桂人はハッとして顔をあげた。

「お前がブルーネル寮に行くのはいやだ……すごくいやだ。いやだが、そういうことを言える権利もたぶん、もうない」

スタンは苦笑するように嗤っている。どうして？　と思いながら、桂人はぎゅっと左胸の上で拳を握った。スタンは顔をうつむけ、「四日前、教会の壇上で弾きながら」と独り言のように付け足した。

「怒りをぶつけることすらできずに――モーツァルトの、カデンツァのところに差し掛かって」

愕然《がくぜん》としたと、スタンは呟く。

「俺の中に三年前まで豊かにあったはずの音楽が、なくなってた。いや……なくなってるわけじゃない、あるのは感じる。でも、なにかが邪魔をしてその音がはっきり聞こえない。指を伸ばしたらあとちょっとで届きそうなのに、届かない……譜面通りに弾くことすら精一杯で、気持ちを込めるなんて到底無理だ。カデンツァはちゃんと考えてあった。でもこれじゃない、こんなものが弾きたいんじゃない。弾きたいのはべつの音色だ。そう、はっきり思ったんだよ」

俺の魂が音楽を必要としてる……お前はそう言っただろ？

訊かれて、桂人は声もなく頷《うなず》く。心臓が、引き絞られたように痛い。いやな予感がして、鼓動が速くなっていく。

「あの演奏の間中、苦しかった。頭の中でずっと考えてたよ、『早く終わって、楽になりたい』……笑えないか？ 俺はママを殺してからあとの三年間、ずっと同じことを思ってた。お前を愛して変われたと思ってたのに……、実はなにも変わってなかった」

――そんなふうに言わないでほしい。

まるで、自分たちが愛し合った十ヶ月が、無意味だったみたいに。

そう思ったけれど、言葉は出ずにただ、桂人は首を横に振るだけだった。

「お前は違うよ、ケイト。お前とアルビーはちゃんと前に進んでる。……でも俺は違う。今でも嫌なことから眼を背けて、傷つくことから逃げて、早く楽になろうとしてただけなんだ。……オックスフォードへ進んで、お前と暮らして適当に過ごそうと思っていたのも同じだよ。お前は俺を傷つけない……優しくしてくれる。大学の勉強は気楽だ。……俺は嫌なことから眼を逸《そ》らして生きていける」

「……べつに悪いことじゃない」

気がついたら声が震えていた。自分と生きていく未来を否定しないでほしいという気持ちと一緒に、先に否定したのは自分のほうだとも思う。だからこんなふうに反論するのは、おかしいのだ。心の中で声がするけれど、問題の本質は自分の気持ちにはないことに、桂人はもう気がついている。

「ヴァイオリンの弦が、弓が、手に吸い付いてくる……俺は俺の音を弾きたい」

ぽつりと、スタンが呟いた。一度そう思ったら、もう二度と引き返せないと知っていたと、そう告げられる。

「……ママにちゃんと怒って、自分を許せって言ったな。俺のために弾けって。だからこの部屋で、ママの好きでもなんでもない曲を――自分のための曲を弾いてた」

『亡き王女のためのパヴァーヌ』は二度と弾かないんだよ、とスタンは繰り返した。

「ママのための音楽はやめた」

そのとき不意に、スタンがヴァイオリンを構えた。扇情的で、けれど厳かな音が響く。バッハの無伴奏ソナタ、Gマイナー。

悲しみと痛みに満ちた音。それが深海のような闇夜の中に溶けていく。

胸が震えて、涙がこみ上げてくる。チャリティコンサートで聴いた音よりも、今ここで聴く音のほうがずっと美しく、魂を摑《つか》まれる。音の海の中に、引きずり込まれるように。

そのとき演奏を途中で止めたスタンが、優しく微笑んだ。

「この曲、ケイトみたいだなと思って……」

と、まるで子どもが、恥ずかしがりながら本心を打ち明けるときのように、ちょっとだけはにかみながら笑う。

「パガニーニが弾けても、バッハはずっと難しい。……旋律の中にいくつもメロディが内包されてて、深く、弾いても弾いても終わりがない。孤独で、高潔で、優しく美しい。お前みたいな曲だ。……正直、まだ弾けてない」

言葉が出てこずに、ただ桂人は立ち尽くし、震えている。

「……俺の中にある音楽を取り戻す方法が分からないように……、バッハの曲をどう弾けばいいか分からないように。俺は、お前の愛し方が分かってない」

ぽつりと、スタンが言う。ヴァイオリンをおろし、じっと桂人を見つめる。桂人は眼を逸らしたくて、けれど月明かりの差し込んだスタンの瞳の美しさに、それすらできない。

「ケイト、別れよう。……愛してるけど、たぶん、愛せない」

ちゃんと愛せない、とスタンは言った。

分かっていた。

こんなふうに言われる気がしていた。目頭にこみ上げた涙がこぼれて、頬を伝う。

いやだ、と心が叫んでいる。

別れたくない。スタンを愛してる。愛してる、愛しているのに……。

「ヴァイオリンを……弾くために、それが必要なこと、なんだな?」

かすれた声で、桂人は訊いていた。

(待っててくれって、言って)

見捨てないでほしい、今はそばにいられない、でもいつかもう一度お前と、と言ってくれるなら、自分はいくらでも待つ。騙《だま》されても待つのに、と桂人は思う。

「……音楽を取り戻すのに……僕と恋人のままじゃ、いられないってこと、なんだな……？」

それでもすがるような言葉は出ず、ただそれだけ、桂人は重ねるように訊いていた。

――桂人と付き合っていたことも、かつて交わした約束も、スタンにとってはただ逃げていただけで、人生に前向きだったわけではないともう、言われてしまった。

桂人と思い描いた未来は、痛みは少ないが、悲しみに向き合わない逃避のような幸福だったと。

……それなりの幸せ。それしか、その人生にはないと、言われてしまった。

（僕じゃなく、ヴァイオリンが、スタンを救える唯一のもの――）

芸術のことなんてなにひとつ分からないはずなのに、魂がそれを理解して叫んでいる。

ヴァイオリンこそがただ一つ、スタンの魂に完璧な幸福をもたらすものだと。自分では、それには勝てないのだと。

「三年前まで持ってたものを……取り戻したい」

スタンは震える声で言った。

苦しそうな声音だった。桂人を傷つけていることを、懺悔《ざんげ》しているような声。

「弾いている間、世界が自分を受け入れ、音と自分が一体になるあの感覚……アーサーとの勝負はどうだっていい。お前が言うように、魂が必要としてる。でも向き合うなら、もうお前とは付き合えない。今はまだ……それほど器用じゃない」

スタンは言葉を探しながら、話しているように見える。

アーサーとの対決が決まってからずっと、スタンはまるで桂人から逃げるように姿を見せなかった。それはスタンの、いつもの姿勢でもある。なにかあれば無視し、離れ、距離をとる。

けれど今眼の前にいるスタンは違う。

スタンは桂人から、問題の本質から、自分の望みからも逃げずに話そうとしている。そしてスタンが自分の幸福に向き合おうとするとき、桂人との別れがなければ成立しないのだという事実が、狂おしいほどに悲しい──。

溢《あふ》れる涙を止めようと、桂人は何度も息を吸って、吐いた。

(どうしよう、こんなに泣いてたら……スタンの重荷になる)

愚かだと思いながらも、スタンに呆《あき》れられたくはなかったし、スタンとの繋がりをすべて断ってしまうのも嫌だった。

「ケイト……どう謝っていいか、分からない……」

苦しそうに言うスタンに、桂人は謝らなくていい、と言いたかった。

スタンの青い眼には涙が浮かんでいるが、それはこぼれる手前で止まっている。言葉一つ発するのにも何度も嗚咽《おえつ》を我慢するために、深呼吸を繰り返す自分と違い、スタンはもうとっくに心を決めているのだと桂人は思った。

「……でも、友だちでは、いていいんだろう?」

訊くと、スタンは弾《はじ》かれたように背筋を伸ばし「もちろん」と言う。その声は震えていて、けれど熱っぽく、すがるようですらある。

「もちろん、ケイト。お前が許してくれるなら……そうありたい」

「きみと僕は……雑談もするし、誘い合って食事もするし」

「もちろん、そうしたい」

「……僕はきみの演奏を聴きに行って……もし、許されるなら」

声が震えるのを必死に止めようとするけれど、どうしても涙にしゃがれた。

「演奏が終わったあと、控えの間に様子を見に行って……いいんだろ？」

「当然だろ」

桂人は胸を撫でて、ああ、よかった、と懸命に笑おうとした。それならそんなに変わらないねと言うつもりが、言えない。いいや、変わってしまう。未来の約束はなくなり、愛してるよと囁くことはできず、キスもセックスも、そのあとの優しい二人だけのおしゃべりも消える。

桂人が家族より愛しているのはスタンなのに、スタンを一番愛しているのに、そのスタンを堂々と愛することができなくなる……。

「朝になったら二度と言わない。……だから今だけ、スタン……僕はきみを……待っててもいい？」

我慢していた涙が吹きこぼれた。

待っていてもいい？

心の中で、もう一度訊いた。

——いつかきみが音楽を取り戻し、バッハの弾き方が分かったら、きみは僕を愛する方法を探してくれる？　そのチャンスはある？　自分は、諦めないでいてもいい？

その言葉を口にすることはできなかったが、スタンには桂人の気持ちが伝わったのだろう。青い瞳を揺らし、スタンは「ケイト……」と喘いだ。困った顔。答えが出せないという瞳。

答えを間違えれば、桂人を傷つけてしまうというスタンの心が、訊かなくても痛いほどに分かる。この人は本当は、優しすぎるくらい優しく、だからこそ臆病で、いつも傷つける前に離れていく。そんな人なのだから。

「……これからお前も俺も大人になる。本当は、俺がお前にしたことなんて些細《ささい》なことなんだよ。……愛にも終わりがある。もし終わっても……俺はお前を責められない」

待たないでくれとも、待ってくれともスタンは言わなかった。ただ桂人の愛が、いつまでも続くものではないと言っただけ。

それは、スタンの愛も終わるということだろうか？

どちらにしろ、桂人はこれ以上スタンと話していられなかった。スタンに音楽を取り戻してほしい。それがスタンの幸福に繋がるのなら、心から応援したい。自分などという枷《かせ》に囚《とら》われず、どこまでも自由にヴァイオリンを弾いてほしい。

そのかわり、桂人の心は引き裂かれる。

けれど、それはもう仕方がなかったし、それでもいいと思った。スタンが救われるほうが、ずっと大事だった。

「明日からは友だちだね、スタン」

桂人はそっと囁いた。

本当は最後のキスをしたかったけれど、手すりのそばに立ったまま、もう一歩も近づいてこないスタンを見ていると、それはしてはならないことなのだと思わされた。

後ずさり、桂人はおやすみ、と言った。スタンも言った。

……おやすみ。おやすみ、ケイト。

木々のさやめきにまぎれて、その声は優しく耳に届く。

桂人はくるりと背を向けると、ぐっと腹に力をこめてその部屋を出た。廊下を早足で歩き、階段を駆けるように下りながら、気がついたら滂沱《ぼうだ》と涙が溢れていた。

与えられた客間に飛び込み、ベッドに突っ伏したときには激しい嗚咽が喉からこぼれていた。

（……だけど決めたじゃないか。誰かへの愛を居場所にはしないって）

泣きながら桂人は、自分の心へ語りかけた。

夜が明けたら、スタンの友だちとしてちゃんと振る舞おうと思った。

そんな自分を愛することができる。

自分に誇れる自分でありさえすれば、苦しみも悲しみも、いつか時が癒やしてくれるはず。

きっといくつ愛が終わっても、生きていけるはず。桂人の中の愛が終わらない限り、居場所はなくなりはしないと、桂人は泣き咽《むせ》ぶ自分に、必死に言い聞かせていた。

ほとんど眠れないまま朝を迎えた桂人は、明け方になってから泣き疲れて眠った。

眠りは深く、夢も見なかった。ストーク家の客間のマットは心地よく、清潔なリネンの中に埋もれて眼が覚めると、レースから差し込む光は秋晴れの陽光で、ずいぶん高い位置から差し込んでいた。

桂人はゆっくりと起き上がり、まず最初にそっと、廊下に続く扉を開けた。ワゴンが停《と》めてあり、メモがついている。

『眠っているようだったから、使用人に起こさないように伝えたよ。食事が冷めてたら取り替えてもらって。家の会社に顔を出してくるね。——アルバート』

(……アルビー、気を遣ってくれたんだ)

普段寝坊しない桂人が寝こけていたから、起こさないでいてくれたのだろう。アルバートと桂人の部屋は離れているので、泣いていたのを聞かれていたとは考えにくい。それでも昨夜はずいぶん取り乱していたから、誰かに聞かれていたかもしれない。

ワゴンを引いて部屋の中に入れ、銀色のディッシュカバーを開ける。するとそこには、小さなサンドイッチがきれいに並んでいた。下段には魔法瓶とティーカップがあった。きっといつ起きてもなるべく紅茶が温かいように、魔法瓶に入れてあげて、と言ったのはアルバートだろうなと思い、その気遣いが嬉《うれ》しく気持ちが和んだ。

バルコニーに続く窓を開けると、窓辺の椅子に座り、ワゴンをテーブルがわりにして朝ごはんをとった。時計を見るともう十一時を過ぎているので、ほとんどお昼ごはんだ。

サンドイッチは美味しく、ブレッドからは小麦のいい香りがした。冷めてはいるが、パンがしっとりと水分を含んでいて食べやすい。

……自分にはもう、スタンという恋人はいないのだ。

愛が終わった最初の朝なのだと思うと、不意に絶望に心が囚われ、体が動かなくなる。

音もなく涙が溢れ、昨日あれだけ泣いたのにまだ泣けるのかと少し驚きながら、桂人は静かに拭《ぬぐ》って、食事を続けた。

失恋した。スタンと別れたと、三秒ごとに思い出し、三秒ごとに体を動かせなくなる。

それでも、食事をやめなかった。生きていかねばならない、とどこかで思っていた。

窓の向こうからうっすらと、伸びやかなヴァイオリンの音が聞こえてくる。スタンは庭で練習をしているらしく、その音は昨夜よりずっと近くから聞こえた。バッハの無伴奏ソナタ、Gマイナー。モーツァルトの協奏曲、カデンツァのところで、何度もやり直している。

パガニーニ、パヌフニク、ベートーヴェン、メンデルスゾーン、エネスクの協奏的即興曲……。曲を聴きながら食事をし、部屋に備え付けのシャワーで軽く髪と体を流して、身支度を調える。体をきれいにして、温かなお茶を入れ直して飲めば、何度も溢れていた涙も落ち着いてきた。

途切れることなく続くヴァイオリンの音を目当てに、桂人は靴下をはかず、素足のままスニーカーを履いて、バルコニーを伝い庭へ下りた。少しずつ紅葉し始めている木々もあるなかで、まだ薔薇《ばら》の咲いている花壇や、クラブアップルの木、秋サクラの花も見えた。

コマドリが道の先で地面をつついている。近寄ってもあまり逃げない。

（パンを持ってきたらよかった……）

そんなことを思いながら歩いていると、ヴァイオリンの音はどんどん近づいていき、曲は一周してまたバッハへ戻っている。

枯れ始めた生け垣に囲まれた、白いガゼボの下で、スタンは一心に演奏していた。時々指を止めては悔しそうに眉根を寄せ、もう一度最初の音からやり直している……。

ふとスタンが桂人を振り返り、気がついた。南の外洋のような、深い青の瞳は一瞬揺らいだが、桂人が「おはよう」と言うと、同じように微笑んで「おはよう」と返してくれた。

ただそれだけのことに心臓が跳ね上がりそうなほど緊張し、ドキドキした。

「練習、聴いててもいいかな？」

「どうぞ」

スタンはそれだけ言うと、また初めからバッハを弾き始めた。パガニーニよりも難しい、とスタンが話していたその曲を、桂人はスタンの後ろのベンチに座って聴いた。言葉を交わすわけでもなく、曲が終わりモーツァルトに移るころには、桂人はあたりを散策したりまた戻ってきたりもしたが、スタンは桂人が動いても気づかないくらいに集中しているようだった。

一心不乱と言っていいくらいに音にのめり込んでいるスタンの背中を見ていると、やはり、これでよかったのだ……と思った。

心に悲しみは満ちていたが、納得もしていた。どうして自分を愛しながらではヴァイオリンが弾けないのかと責めることもできるけれど、そうしたくなかった。

芸術家の心の機微を思えば、理不尽に思えても、そうなのだということがある……、そんな気がした。

（……パパもそうだったのかもしれない）

演奏するスタンを見つめているうちに、五歳のころに別れた父のことを思い出す。

養父の書棚から落ちた古い写真。舞台の上にいた父のことが、蘇《よみがえ》ってくる。スポットライトを浴びて、なにか訴えるような姿勢を取っていた父の美しい姿。

（もし、今、なんで僕とママを置いていったの……と訊いたら、パパはなんて言うかな）

想像してみたが、分からなかった。

彼も役者という芸術家だったから、愛していても、母や自分を置いていかなくてはならないなにかが、あったかもしれない。なかったかもしれない。それは父に直接訊かない限り、永遠に答えの分からない問いだろう。

秋の庭に響くヴァイオリンの音は、薄曇りの空の下で光を弾いている感じがした。

桂人はぼんやりと音を聴きながら、スタンを失い、愛を終わりにしなければならない自分は、これからどうやって、なんのために生きてゆけばいいのだろう……と淡く迷っていた。

その日の夜、家業の会社から戻ってきたアルバートと食卓につくと、スタンもやって来た。アルバートはちょっと驚いたようだが、使用人に言ってすぐにスタンのぶんも用意させた。

「ラザニアか……昨日も似たものだったぞ」

座ったスタンが顔をしかめて言うと、「グラタンとラザニアは全然違う」とアルバートが反論した。

「ケイト、気づいてたか？　アルビーに食事のリクエストを任せると、チーズ、チーズ、チーズ料理になること」

からかうようにスタンが言う。そういえばそうだと気づいて、思わず桂人は笑ってしまった。アルバートは拗ねた表情になり「じゃあ、明日のリクエストはスタンがやれよ」と言った。

「スタンはフィッシュ、ビーフ、フィッシュ、ビーフ」

「健康的だろ」

「野菜の項目がないくせによく言う」

「それはお前もだろ、アルビー」

「だから勝手に、巨大サラダが出てくる」

しばらくの間、三人の間が冷え切っていたことなど嘘《うそ》のように、会話がするすると繋がり、双子はおかしそうに笑っていた。どんなに言い争っても、スタンとアルバートは結局兄弟なのだ、血が繋がっているのだな……と、桂人は二人の会話を聞きながら思った。

（……少し、羨《うらや》ましい）

スタンにアルバートが、アルバートにスタンがいることは、桂人には羨ましかった。桂人には、こんなふうに繋がりあえる家族がいない。

「明日のリクエストはケイトに任せようか？　僕らの中じゃまだ一番健康に関心がある」

アルバートが思いついたが、桂人は慌てて、

「僕はダメ。チキン、チキン、チキン、チキン、チキンになる」

そう辞退すると、言えてる、と二人が笑ってくれる。

食卓に笑い声が溢れると、ホッとした。スタンと自分がとっくに恋人同士ではないことは、アルバートにはまだ言っていない。スタンもたぶん伝えていないだろうと感じたが、わざわざ言うことなのか分からなかった。それにまだ桂人には、スタンと別れた……と言葉にするのが辛かった。とても平静に、明るくは話せそうにない。

「アルビー、ちょっと頼みがある」

食事が終わるころ、スタンがアルバートにそんなことを言う。スタンが頼みごとをするなんて、珍しいからだろう、アルバートはびっくりしたように眼を瞠って「なに？」と訊いた。

「この家で昔みたいに、コンサートを開かせてほしい。夜会を企画して、招待状を出してくれないか？　ママが生きてたころ——何度もやってたから、執事が仕切り方を知ってる。できれば早いうちに。この休暇の最後の日とか」

アルバートは驚いたらしく、眼を丸くして数秒黙ったが、すぐに「分かった」と請け合った。

「もちろん、やろう。休暇の最終日に設定しよう、来られる人が来てくれたらいい」

「ありがとう。それと、三年放置してるママの寝室を……悪いんだが、不都合がなければ、処分してほしい」

　これにはアルバートは息を呑み、じっとスタンを見つめていた。

　桂人も心臓が、鼓動を止めるような錯覚をした。それほど動転した。けれどスタンの顔は凪ぎわたり、静かだった。意志と決意が、その瞳に宿っている。弟の眼をまっすぐに見つめ、

「ここは俺とお前の家だ。もう、ママはいない」と呟いた。

「……そうだね、スタン。そうしよう。全部捨てて、壁紙もカーテンも替えよう。それがいい」

「助かる」

　スタンは微笑むと立ち上がり、食堂内に置かれてあるグランドピアノの前に座った。蓋を開けながら、食後の音楽会をしないか？　と呼びかけてくる。

「ピアノもなまってるから感覚を戻したい。好きな曲を弾くから言ってくれ」

　桂人はどのクラシックがいいだろう、と考えたが、アルバートはすかさず、今流行のポップソングやロックナンバーをあげた。スタンは笑いながら「いいな、それを弾くから、アルビーは歌え！」と言った。

　アルバートは立ち上がってピアノに合わせて歌い始め、軽快なロックナンバーだったために、頭を振ってふざけたりした。その様子がおかしいので桂人は噴き出した。食後のお茶を運んで

きた使用人たちも笑っている。スタンは使用人に声をかけ、みんなを集めてくれ、好きな曲のリクエストを受け付けてる、と言った。

おかげで食堂には使用人が大勢集まり、最後には誰もが知る曲の、大合唱になっていた。

桂人はアルバートに肩を抱かれて一緒に歌いながら、胸に満ちてくる淋《さび》しさと、喜びの両方を味わっていた。スタンが変わり始めている。きっと良い方へ向かっている。そのスタンに寄り添っているのは、きっと音楽。

自分はそれについてはゆけず、後ろからそっと見守るだけ。

それでも今、スタンが笑っていることが嬉しい。友だちとしてでも、そばにいられることが嬉しい。嬉しいのに淋しい。

そしてたとえ桂人がそんな気持ちだろうと、スタンのヴァイオリンとはなんの関係もないことが、よりいっそう淋しかった。

スタンの問題はできる限り早く、自分の音楽を取り戻すこと。桂人ができることはなにもない。

それでも、さしあたっては週末のコンサートも、リーストンで控えている演奏の数々も、友だちとして見守り、励ますことはできるはずだった。

それ以外に、なにができるかと言えば、桂人の中に残っている愛を、スタンになるべく見せないようにするしかない。まだ愛していることを、気取られないようにするしかない。

この先離ればなれになることがあっても、笑顔で平気なふりを、するしかないのだった。

# 八

わずか四日のうちに、ストーク家での夜会コンサートの準備が整い、招待状はスタンがアルバートに頼んだ翌日には発送されていた。

屋敷中の使用人たちが忙しく立ち働き、指示を出すアルバートも、その相談に乗り、的確にアドバイスをする執事も、とても生き生きとして見えた。桂人《けいと》は手伝えることもないので、日中は勉強をしたり、庭を散歩したりして過ごした。スタンは教授にレッスンを受けるためにロンドンへ行ってしまい、帰ってきたのはコンサート前日の夜だった。

「伴奏にジュリアが来てくれる」

コンサート前夜の夕飯の席で、スタンはアルバートに、そんな話をしていた。

「今王立音楽院にいる？　彼女と連絡がとれたんだね、スタン」

「先生が繋いでくれた。コンクールまで付き合ってくれることになった」

桂人はよく知らないが、その昔もスタンのピアノ伴奏をしてくれていた女性らしい。

「スキナー先生も招待したけど……よかった？」

アルバートが遠慮がちな口調で訊くと、スタンは数秒黙っていたが、やがて「ありがとう」

と言った。

（スタン……見たことがない顔をしてる）

　桂人は内心、そう思った。緊張と集中、苦悩と意志。そんなものがスタンの顔ににじんでいる。なにをやっても器用にこなし、時には退屈そうにすら見えていたスタンが、こんなふうに一つの物事を前にナーバスになっているところを、桂人は初めて見た。

（監督生《プリフェクト》の仕事では……いつも飄々《ひょうひょう》としてた。スタンの能力では、ああいうことは簡単すぎて刺激にもならなかったんだな）

　いい変化なのだろうと思いながらも、ストーク家の夜会についても、ヴァイオリンの知識も、スタンの昔の交友関係にも疎い桂人は、一人蚊帳《かや》の外のような気持ちを味わってしまう。

　翌日、桂人は念のために持ってきていたタキシードに着替えて、コンサート会場であるホールに向かった。

　夕方になると、続々と招待客が車で訪れて、使用人が出迎え、ホールへと案内する。普段桂人がアルバートやスタンと使っている食堂はわりとこぢんまりとしたもので、桂人が使っている客間のある東棟にある。だが、今日の会場は正面玄関から西側に入った大きな広間で、そこにずらりと円卓が並び、その上には豪華な銀製のカトラリーが並べられていた。

　招待状は親交の深いところへ五十通出し、参加の返事は四十通受け取ったと、アルバートから訊いていた。急な招きにもかかわらず参加率がいいのは、ストーク家の家格ゆえか古くからの付き合いがある家にしぼったからかは、分からない。

「実は、アルバート様が爵位を継がれて、当主として開催する初めての夜会なのですよ」

準備の合間に、忙しい執事が桂人にそう教えてくれた。これまでにストーク家で開かれてきたパーティは、どれも後見人であるメンベラーズ氏の発案で、それも最低限必要なものだけだったそうだ。アルバートが自ら望んで貴族と交流を持とうとしている。そのことが嬉しいのか、急な仕事なのに、執事はとても誇らしげだった。

「アルバート様のご立派な姿や、スタン様のヴァイオリンを聴けば……多くの人がまた、ストーク家に活気が戻ると信じてくださるでしょう……嬉しいことです」

これまではアルバートもスタンも、パーティを開こうという考えが、まるでなかったらしい。前当主だった母親が死んでからずっと、家の中の空気は重苦しかったが、あなたが来られるようになってから変わった、と桂人は執事に感謝された。

「いいえ……今度のパーティは二人が決めたことですから」

僕は関係ありません、と桂人は謙遜《けんそん》したが、本音でもあった。事実、スタンは自分でアルバートに頼んだし、それを受け取ったアルバートは着々としかし早急に準備を進めていた。双子はこういうとき、息がぴったりと合っていて桂人の出る幕はない。

四十人から参加の返事があったとはいえ、家族やパートナーと参加する人もいるので、単純に人数だけならもっと増えると聞いた。

ストーク家当主としてアルバートは出迎えに忙しく、執事は最後の給仕の確認などがある。桂人はホストのアルバートと同じ席なので、入り口に近い席になる。だが、まだそこには誰も座っていないので気が引けて、入り口の近くに立って、しばらく会場の様子を見ていた。

午後五時半、既に外は暗く、テーブルの燭台《しょくだい》に火が灯《とも》っている。

急ごしらえの夜会とはいっても、さすがに由緒正しいストーク家主催だ。テーブルセットは完璧で、集まってくる客も、みな格式高い礼装だった。

「ご招待ありがとう、このような夜会は四年ぶりね。お母さまのご存命時を思い出すわ……」

入り口で、ドレス姿の老婦人を出迎えたアルバートが、そう言われて微笑んでいる。

「オークニー侯爵夫人、お会いできて光栄です。兄は数年ぶりのホームコンサートで緊張しております、お席から眼があったら励ましていただけますか？」

「ええ、もちろんよ、アルバート。なんて立派になって……お母さまも天国でお喜びになっていらっしゃるでしょうね……」

老婦人はハンカチで目頭を押さえ、アルバートに席へと案内されていった。

（……双子の母親の代から付き合ってる家の人たちにとったら、これはストーク家が、また昔みたいに戻るっていう……そんな合図のような集まりなのかもしれない）

ふと、そんなふうに思う。だから急な誘いでも、参加したいという返事が多かったのかもしれないと、桂人は考えた。

（貴族の世界って……ものすごく冷たいところもある。でも一方で、一度胸の内に入れた人にはとても温かい面もある……僕にとったら遠い世界だけど）

男爵家の人間だが、爵位を継ぐことのない桂人にとって、貴族の世界は近くにあるがよその世界だった。だが無理に入ろうとしなければ、排斥もされない。なにかあればちくちくと厭味《いやみ》も飛ぶが、一方で優しいいたわりの言葉も多い場所だと思う。少なくとも、今日集まっている人々はみんな、十四歳にして母親を失った双子のことを、心から心配してきたように見えた。

「やあヴァンフィール。今から壁の花になることもないのに」

不意に話しかけられて、桂人は顔をあげた。ホワイトタイの、メンベラーズが立っている。

「メンベラーズ、来てくれたんですね」

「父の代理でね。両親は一週間前からギリシャに行ってていないんだ。僕だけで申し訳ないけど、ストークの双子がホームコンサートを開くって話を聞いて、父はかなり喜んでたよ」

メンベラーズは自身も嬉しいのか、笑いながら肩を竦《すく》めた。

「……きっときみのおかげだろうね、ヴァンフィール。スタンが自分から、こんな会を持ちたいと言ったのは」

そっと、優しく付け足された一言。けれどその言葉に胸が軋《きし》むように痛んだ。

「いいえ、違うんです。……本当に、僕は関係ありません」

スタンが自分で決めたことだ。桂人はなにひとつ関与していない。けれどメンベラーズはそうは思っていないらしい、琥珀《こはく》の瞳を細めて桂人を見つめている。居心地が悪くなり、桂人は思わず言おうか迷った。自分とスタンはもう恋人ではない、別れてしまったと……。

「ニール、お父上はいらしてるのか？」

そのとき不意にそんな声がして、桂人はハッと振り向いた。

呼ばれたメンベラーズが「ああ、いえ。今日は代理です」と答えている。

相手は黒の燕尾服《えんびふく》に身を包んだ、息を呑むほどに美しく迫力のある相手。一年前、桂人がリーストンの教会で一度だけ見かけた、エドワード・グラームズだった——。

（まさか、彼みたいな有名人まで招待されてたなんて……）

ストーク家の家格と、経済的な成功を思うと同じような立場のグラームズ家とは親交があるだろうと思っていたが、メディアによく取り上げられている美貌の貴族が眼の前にいるというのが信じられなくて、桂人はしばらく固まっていた。

エドワード・グラームズが動くと、会場にいるすべての招待客の視線が、自然と彼に吸い寄せられていく。

「まあ、グラームズ家のエドワード様もいらしたのね……」

「かねてからストーク家のことをご心配なさってたというのは本当のよう……」

小さな声で囁かれても、エドワード・グラームズは気にもしないのだろう、俺も父の代理だがな、とメンベラーズに言い、それから桂人を見た。エメラルドのような緑の眼と眼が合い、桂人は緊張した。

「ああ、紹介しましょうエド。去年、あなたが高額の寄付金を払ってくれたツバメがいたでしょう。あのときの演者だった、ケイト・ヴァンフィールです」

「……覚えている。エドワード・グラームズだ。今日はご家族と？」

訊ねられ、とてもスマートに握手を求められた。桂人は内心慌てながらも、必死に心を落ち着けて手袋を外し、握手した。エドワードの手は大きく、しっかりとしていた。

「いえ、両親は参りません。ちょうどストーク家で休暇を過ごさせていただいてました」

父と母は招待されれば喜び勇んでやって来るだろうが、桂人のほうから、アルバートに招待を控えるようお願いした。母はこの場で、家格の高い人々と近づきになろうと躍起になるだろうし、スタンのコンサートをそんなことで邪魔したくなかった。そしてそれは、やはり正解だったと感じている。

「今日は久しぶりの、ホームコンサートだそうですね。旧交をあたためる日でもあるかと……僕も含め、両親とストーク家との親交はまだ新しいので」

「なるほど。ニールが気に入ってるだけある。きみは聡明《そうめい》な子のようだ。俺はパートナーと来ている、もし時間があれば後で挨拶を」

手を外しながら、エドが穏やかに言う。メンベラーズはおかしそうに笑い「エドこそ気に入ってるじゃないですか」とからかった。桂人はそれにぎょっとしたが、エドは「レイに似ている感じがいい」と眼を細めて、「失礼するよ」とホールの奥へ去っていった。

上座のテーブルに座ったエドの隣には、黒髪の小柄な青年が見える。

「もうすぐ始まるかな。僕は後見人の代理だから君と同じ席だよ」「ヴァンフィール。座ろうか」

メンベラーズに声をかけられて、桂人は入り口に近い席へと座った。

招待客が揃《そろ》うと、上座に置かれたグランドピアノの前へ、アルバートが立ち、挨拶をした。

コンサート形式の夜会は母が亡くなって以来であること、スタンがやめていたヴァイオリンを

再び始めたこと、この場を楽しんでほしいこと……。そんな話を、短く、けれど柔らかな態度で客に話している。

「そつなくできてる、すごい成長ぶりだね」

小さな声で、メンベラーズがアルバートを褒める。

ピアノ伴奏者のジュリアが紹介され、それからスタンが出てくると、会場からは一際大きく、温かな拍手があがった。

グラスにシャンパンが注《つ》がれ、スタンがヴァイオリンを構える。軽やかなピアノの伴奏とともに、モーツァルトのヴァイオリン協奏曲、第三番が場に流れる……。

それは、スタンがカデンツァに苦戦している一曲だった。食事の前なので、少し尺を縮めて演奏するとアルバートに話していたのを、桂人は覚えていた。

旋律は美しく典雅。だが伴奏がやみ、カデンツァに入ったとき、桂人はぐっと緊張して息を止めた。

スタンは以前とは違うカデンツァを弾いた。先日までは、音をいくつも重ねるようにして、やや悲壮に弾いていたが、ロンドンでのレッスンを終えてなにか違う気づきを得たのか、伸びやかな高音から迫力のある、差し迫るような早弾き、そこから遊ぶような軽やかなピチカートを入れてきた。若者たちが、野原で踊っているかのような音だ。ふと、演奏するスタンの唇に笑みが乗る――。

胸が引き絞られるようにぎゅうと詰まる。けれど、次の瞬間いっぱいに満たされるのを、桂人は感じた。

ピアノの伴奏とともに主旋律に戻り、演奏が終わる。

会場から大きな拍手が湧き、スタンは深々と礼をした。その顔には、安堵《あんど》したような微笑みが浮かんでいた。とにかくちゃんと弾けた、という気持ちなのかもしれない。

「どうぞ食事をお楽しみください。演奏は皆さまのお腹《なか》が膨《ふく》れるころにまたお聴きいただきます。もし気に入られても、投げ銭は無用です。最後のティータイムまでいらしてください」

アルバートが言い、品のいい笑いが会場にこぼれた。食事が始まると、近くのテーブルから

「素敵なモーツァルトだったわ！」という声が聞こえた。心から感動している声だ。

「スタンのヴァイオリンは、良くなってるみたいだね」

メンベラーズが嬉しそうに呟く。桂人は言葉もなく、頷いた。

たった数日で、こんなにも変わるのだろうか？

そう思わされる。リーストンのチャリティコンサートで弾いたときと、今日のスタンの演奏はまるで違っていた。

（前より、音にスタンが気持ちをこめてる……そんな気がした）

素人の感想だから、当たっているかは分からないが、スタンが演奏後安堵している様子だったのをみても、それなりに上手く弾けた手応えがあったのではないかと思う。

スタンと別れてしまったことは、悲しくてたまらない、今も思うだけで胸が引き裂かれそうだ。それなのに、曲を聴いた感動がそれを上回り、心はいとも簡単に震える。

胸に手を当てると、心臓がとくとくと脈打っている。

今夜は成功のまま終わるだろうという予感が、桂人を包んでいる。この予感はきっとあたり、そして他の予感もいつかあたる。

スタンはいずれもっと遠いところへ行ってしまう。やがては、桂人の手の届かない場所にまで、遠ざかってしまうだろう……。

(それは、いいことなんだよね……？　スタンにとっては)

いつか母親のことを乗り越えて、自由に、自分のために生きられるようになるという意味だ。

(僕はスタンが自由になり始めた最初のころに、たった十ヶ月……愛された恋人なのか)

何年も何年も経《た》ったころには、忘れられている青春の思い出。

『亡き王女のためのパヴァーヌ』と一緒に、スタンは母親のことを葬ろうとしている。そして一緒くたに、桂人との繋がりもまた消されてしまう……。

不意に五歳のころ姿を消した父のことが、脳裏をよぎった。どんなに貧しくても、舞台役者以外の仕事をけっしてやらなかった人だと、母から聞いたことがある。

(……ママはそんなパパを愛して、捨てられた。……僕も、結局ママと似てるのかもな)

芸術家を愛して、捨てられる。

父はきっと、置いていった妻や子どものことなど、もう覚えてもいないだろう。今どこでどうしているにしろ、振り返ることもないに違いない。

自分も母親のことを愚かだとは言えないと、桂人は小さく、ため息をついていた。

# 九

休暇が明けてすぐ、桂人《けいと》はオックスフォード大学に提出する論文や、面接の準備に追われた。オックスブリッジの試験は他の大学試験より早く結果が決まるぶん、試験や提出物の期限も早い。そして準備に追われているのはアルバートも同じだった。

スタンはほぼ毎週、リーストンの教会でチャリティコンサートに立ち、演奏をする予定だった。

しかし桂人にとっては、受験よりももっと大きな問題が眼の前に立ちはだかっていた――休暇が明けてから二日目、桂人は荷物をまとめてブルーネル寮へと入ったからである。

（ここがブルーネル寮……。見た目はウェリントンとそんなに変わらないな……）

アルバートから、アーサー・ウェストは基本的にはブルーネル寮への寝泊まりを希望している、と聞いていたので、桂人は数日分の生活用具をボストンバッグに詰めて、その日の昼、寮に向かった。

眼の前には、ウェリントン寮とよく似た作りの、古い建物が迫っている。

――桂人を、一時的にブルーネル寮へ貸し出す。

その事実がウェリントンの寮生に明かされたのは昨日のことだ。まずはアルバートから監督生《プリフェクト》だけに話がされ、それはアーサーからの、ヴァイオリンコンペの勝敗における要望だということも伝えられた。

六年生以下の監督生たちは憤り、ウェストのことを罵《ののし》り、桂人に行く必要なんてない、と言ってきたし、アルバートはもう一度桂人にどうしたいか、訊いてくれた。

けれど桂人はその場ではにっこりと微笑み、「困っているなら助け合うのがリーストンの精神だよ。それに、近いうちにスタンはウェストを越えるだろうから、外遊と思って行ってきます」とわざと余裕ぶった。

下級生の監督生に、あまり心配をかけたくなかったし、スタンの威光を傷つけたくないし、アルバートの手腕に疑問を持ってもらいたくなかった。

「最終的に我が寮が勝つためには、敵のことをよく知っておくのは悪いことじゃない」

そう付け足すと、一番反対していたウォレスも渋々ながら納得してくれた。

寮生には朝礼で伝えられたが、当然のようにブーイングが飛んだ。といっても、寮生にはこれがヴァイオリンコンペの「賭け金」だとは知らされず、単にブルーネル寮からのSOSにウェリントンが応じる形になった、ということにした。

憎まれ役は寮監が買ってくれ、「私が許可したのだ。ブルーネルは実質七年生の監督生不在だ。ほんのしばらくの間だが、我らが優秀なウェリントンが助力したい」と話した。

「ブルーネル寮のことなんて知りません、自分たちの中から新しい監督生を選べばいい。なんでケイトが行かなきゃいけないの」

真っ先にそう言ったのは、桂人を慕ってくれているセシルだった。内気なセシルが大勢の前で、こうもはっきり不満を露《あら》わにするのは珍しい。

桂人はみんなに心配をかけて申し訳ないと謝り、「すぐ帰ってくるよ」と安心させた。アルバートは、「わずかでも我が愛する同朋《どうほう》を傷つけたとあれば、僕の全ての権利を行使してヴァンフィールを取り戻す」と演説した。

結果的にはウェリントンの士気は高まり、アーサー・ウェストへの反感が募ったおかげで、打倒ブルーネルの気運が加速した。それに乗じて、スタンへも、ヴァイオリンでアーサーを叩《たた》きのめしてほしい、という寮生の声があがり、スタンはいつもの妖艶《ようえん》な笑みで「もちろん。そうするつもりだ」と余裕たっぷりに答えた。

「先日は負けたが、最終的には勝つ。ブルーネルの吠《ほ》え面を見てやろう」

別れ話をしたとき――アーサーとの勝敗などもうどうでもいい、とスタンは言っていたから、この言葉も態度も演技だろう、と桂人は思う。だがそうは見えないところがすごい、と感心した。スタンの言葉で、寮生たちも納得し、活気づいていたからだ。先日倍額の差をつけられて負けていても、どこかで、この人なら巻き返せるのでは……と思わせるすごみが、スタンにはもともと備わっている。

（やっぱり、音楽以外は思い通りにできるのがスタンなんだ）

桂人のことを、ブルーネル寮へ行かせたくない……とスタンは言っていたが、今はなにをどう考えているか分からなかった。

　胸の痛みを追いやって、桂人は自分のすべきことを考えた。とにかく、一定期間ブルーネル寮で役目をやり通すしかない。アーサーの真意は明白だと思う。たぶん、桂人を「賭け金」にしたのはスタンを焚《た》きつけるためでしかないだろう。

（多少人から評価を聞いていても、普通ならよく知らない僕を、しかも他寮の、見た目がアジア人の監督生を、手伝いとはいえ自寮に引き入れるなんて……普通に考えたらメリットはない。リスクが大きすぎる）

　寮同士はライバルなので、他寮の監督生など普通に考えて、寮生に受け入れられるはずもない。それでも、ブルーネル寮に行くか、行かないか。

　二択を迫られたら、桂人は「行く」を選ぶしかないと感じた。アーサーの望んだ役割はもう終わっていると分かっているが、寮代表会議で、スタンが負けたら行く、と宣言した以上、行かなければアルバートの顔に泥を塗《ぬ》ってしまう。きみのところの傭兵《ようへい》は意気地無しの恥知らずだと、他の代表につけこませてしまう。

（……僕はウェリントンの監督生。約束を守るのは、ウェリントンのためだ）

　できうる限りの準備をしてから、桂人はブルーネル寮へやって来ていた。これから、なにが自分にできるかは分からないが、それはまず飛び込んでみてからだ。

（スタンだって頑張ってるんだ。……僕は自分からこの立場を引き受けたんだから、責任はまっとうする）

十一月に入ったばかりのその日、桂人は意を決して、普段けっして近寄らない寮の門戸をくぐったのだった。

ブルーネル寮の内観は、ほとんどウェリントン寮と変わらなかった。礼拝堂、食堂、図書室、談話室、各階の居室、監督生特別室――なども、ほぼ同じように配置されていた。

「やあツバメちゃん。まさか本当に来てくれるなんて思ってなかったよ」

桂人が寮の玄関に立つと、連絡を受けて待っていたらしいアーサー・ウェストが、にこやかに出迎えてくれた。からかうような口調に、思わずムッと眉を寄せて、「あなたの希望したことでは？」と言ってしまった。アーサーは悪戯《いたずら》っぽく、ぱちんと片目をつむってみせ、

「そうだった。とりあえず監督生のみんなを紹介するね」

などと言う。軽薄な調子からは、アーサーがなにを考えているのかは読み取りにくかった。

（ひとまず、この寮に慣れなきゃな……）

あたりを見回し、桂人は寮内を確認した。礼拝堂近くに寮旗が掲げられており、その模様が当たり前だがウェリントンとは違っている。二階にあがると、談話室から寮生たちが顔を出して、代表は誰を連れてきたんだ、という顔をされる。

「新寮生？　でも三年生には見えない……」

「シックスフォームからの編入生？」

「襟《えり》に監督生バッジがあるぞ」

ひそひそと囁く声に向かって、アーサーは穏やかに手を振り「やあきみたち。明日の朝礼で紹介するからお楽しみに」と、声をかけた。アーサーの調子は明るいが、寮生たちは寄ってはこずにただ黙った。その様子にふと、違和感を感じる。

（なんだろ……？　予想していた感じとは違うな……）

監督生特別室はウェリントンと同じく三階にあり、部屋の内装もあまり変わらなかった。立派な肘掛け椅子が一脚、それを囲むように長椅子がいくつか。チェスボードや楽器などの遊び道具。そして立派な書棚にずらりと並ぶ名簿。

室内には、既に五人の監督生が待っていた。彼らはじろじろと桂人を品定めするように見ており、その視線にはわずかに敵意が含まれているようだ。

「ケイト・ヴァンフィール。紹介するよ、我が寮の優秀な兵隊たちだ」

代表が座る肘掛け椅子に座ったアーサーは、桂人を手招きして自分の近くに座らせた。桂人は生徒たちのほうを見て、「ウェリントン寮のケイト・ヴァンフィールです。よろしく」となるべく冷静に、穏やかに言った。作り笑いなら得意なので、ここでも柔らかな笑みを浮かべたが、集まっている五人のうち桂人に向かって微笑んでくれたのは一人だけだった。それも眼が合ったからついつられて、というような、消極的な笑みに過ぎない。

「五年生のクラン、バーグ、スタッド。それから六年生のサム・マクギルと、ロバート・リズリーだ」

アーサーの紹介はすさまじく雑だった。五人いる監督生たちを指しながら名前を言うだけ。桂人に興味関心がないのか、監督生たちに興味関心がないのか、どちらだろうと思うくらいだ。

（どちらにしても、僕にはなんの期待もなさそうだな……）

五年生たちは突然やって来たアジア人風の監督生などどうでもいいのか、ぼんやりした表情だったが、サム・マクギルと呼ばれた赤毛の六年生は明らかに嫌悪感を示して顔をしかめた。

「ウェスト。なにもウェリントンから使えない七年生を連れてくる必要があるか？　監督生が足りないなら六年生から新たに見繕えばいいことだ」

やかましく言うマクギルに、ロバート・リズリーと呼ばれた六年生は、困ったようにアーサーと桂人を見比べている。リズリーは、先ほど唯一、つられたように微笑を浮かべた生徒だった。気弱そうな雰囲気だが、体格はがっしりとして大きく背も高い。

「ケイト……ええっと、ヴァンビール？　きみも敵地に乗り込んでくるなんて生きた心地がしないだろ。おとなしくウェリントンに帰るといい」

赤毛のマクギルが、吐き出すように言ってくる。正しい名前はヴァンフィールなのだが、わざと間違えられたのかもしれないので、桂人はあえてそれを無視してにっこりとした。

「いや、良い経験になるかなと思ってきたんだよ。……それより、七年生の監督生は？　一人は学校を辞められたと聞いてるけど、あと二人は残ってるよね？」

不思議に思って訊くと、アーサーは肩を竦める。その顔は巧妙に思慮深い笑みを乗せているけれど、眼の奥には光がなく退屈そうだ。

（……まさか、アーサー・ウェスト。この会議に飽きてる……？）

と、桂人はありえない予感がした。だがすぐに、寮代表がそんなはずあるか？　と思い、考えを振り払う。なにも言わないアーサーにかわって、マクギルが苛立《いらだ》ったように「あの役立たずどもなら来ない」と割って入ってきた。

「失脚したのが恥ずかしくて、会議にもほとんど出てこないんだ。ただのお荷物だよ」

「マクギル……先輩に対して……言いすぎだよ」

大柄なリズリーが、体には似つかぬ小さな声でそうっとたしなめる。

「尊敬できるなら言わないさ。暴力事件でブルーネルの名前を地に落としたやつらだぞ、お荷物以外のなにものでもない！」

だがマクギルは、噛《か》みつくように反論した。彼は比較的小柄なので、怒鳴っていても猫が毛を逆立てているだけに見える。それでも怖いのか、怒鳴られたリズリーは口をつぐんでしまうし、五年生はもはやこの出来事は自分たちには無関係とばかり、明後日《あさって》を向いている。

（うーん……正直、良い状態じゃないな）

他寮のことながら、心配で胃がぎり、と痛んだ。べつにブルーネル寮を立て直すつもりはなかったが、監督生間の空気があまりにも悪い。

（とはいえ七年生がいないんじゃ、全体像は見えないか……）

ちらりとアーサーを見ると、アーサーはこの状況をどう思っているのか、口元にあるかなきかの笑みを浮かべてみんなを眺めている。よく言えばにこやかだが、悪く言えば干渉が少なすぎるようにも見える。

（もしメンベラーズなら……この場を コントロールするだろうし、アルバートなら口を挟んで一人一人の意見を聞くだろう）

静観しているだけなのかとも思うが、つい先ほど胸をよぎった「飽きてる」という単語がまた浮かび、桂人は慌ててそれを打ち消した。

「まあまあ、ほんのしばらく手伝ってもらうだけだから。きみらも協力してくれ」

大らかなのか鈍感なのか、やっと口を開いたと思うと、アーサーはそれだけ言って閉会を宣言してしまった。寮生への説明は明日する、とも言う。

監督生たちが出ていき、二人きりになると、

「じゃあ俺はヴァイオリンの練習があるから」

と、今にもアーサーが帰ってしまいそうだったので、桂人は慌てて引き留めた。

「待ってウェスト。ちょっと話をさせてほしい」

桂人の言葉に、アーサーは浮かせかけていた腰を下ろしたものの、明らかに不服そうな顔で「練習したいんだけどなあ」と言われる。寮代表なのに、こんな大事な局面をほったらかすつもりかと呆れながら、プロの演奏家とはこういうものなのか？　とも思う。

（でも、それにしても、もうちょっと……）

「きみは説明が足りないんじゃないかな。監督生の子たち、誰も納得してなさそうだったけど」

「一応俺とスタンの勝負の話は監督生には通してあるし、きみが賭け金だってことも言ったよ。まあそんな、大したことじゃないでしょ？　どうせ期間限定なんだし」

どれだけいるつもりか分からないけど、と付け足されて、桂人は思わず眉をひそめた。

桂人がブルーネル寮に来ることは、そもそもアーサーの提案だったはずなのに、まるで桂人が勝手に来たかのような言い草でカチンとくる。

「……つまり、きみはスタンがヴァイオリンを再開さえしてくれたら、僕の寮での働きや、それで起きる寮への影響はどうでもいいってこと？」

「そこまでは言ってないけど」

アーサーは子どものように無邪気に、肘掛け椅子に頬杖《ほおづえ》をつくと、桂人をじろじろと眺めている。まるで今初めて、桂人を見た、というような顔だった。

「スタンがお屋敷で、夜会コンサートを開いたらしいね？　スキナー先生から聞いたよ。つまり、スタンは今ヴァイオリンに本気になってるってわけだ」

「そうだね。きみの望んでたとおりになった」

スタンのヴァイオリンの話は、今は本題ではないのだ。本題はアーサーの、寮運営に関する意見と考えだが、桂人はイライラしながらも一応話を合わせた。

「音楽家として言わせてもらえば、今きみがここにいるのはスタンにとってはいいことだと思うよ。正直、面倒な監督生の仕事と、ヴァイオリンの練習と、恋愛が三つとも回せるわけはない。きみら別れたほうがいいんじゃないかって思うけど——まあ時間の問題かな？」

緑の瞳をすうっと細めて、アーサーは桂人を見つめた。桂人はその、突然の冷たい言葉にぎくりとして固まった。もう既に別れている、と思ったけれど、それは言えなかった。言いたくないと思ってしまう。

黙っていると、アーサーはすぐに「俺が口出しすることじゃないしね」とにっこりした。

問いたくなったが、今はその話はしていないと思って必死に耐えた。

（別れたほうがいいって……音楽家にとったら、恋愛ってそういうものなの？）

「……スタンのことは、今、関係ないだろう」

やっと声が出せたけれど、心臓はどくどくと早鳴っている。別れたほうがいい。音楽家の意見はそうだ、と言われると、スタンのことをどれだけ愛していても、もう一度恋人になれる未来はないのだ……と思い知らされる。

「ウェスト、僕が今話してるのは、きみはもう少し……他寮の監督生を自分の寮に入れることについて、なにか算段があるんだと思ってた。でもそうじゃなさそう……一体なにを考えてるか教えてくれないと、僕も動きづらい」

桂人は辛抱強く、話を進めた。ほんの一瞬の顔合わせだけでも、ブルーネル寮の監督生が抱えている問題は大きそうだと感じる。

「違和感を覚えたのは、マクギルが六年生の中から穴埋め要員を、って言ったことと、僕に対して使えない七年生、って呼んだことだ。……六年生と七年生の間で、立場逆転のようなことが起こってるんじゃないのか？」

言葉を選ばずに、はっきりと踏み込む。アーサーのようなタイプに遠慮していても、意味がないと判断したのだ。

一年前、桂人は無害な生徒を装って、自分の考えや推察、分析などをいちいち寮代表に伝えたりしなかった。必要があれば、当時人形のように操りやすかったアルバートを通して伝えていた。だが、今は自分の能力を隠す必要もない。率直に伝えると、アーサーが笑みを消して「おや？」という表情になった。

「なるほど。ちょっと見ただけで気づくなんてすっごく賢いな、ツバメちゃんは。勉強になった。これからも思いついたことは、なんでも話してよ。寮の運営に役立つ」

はぐらかすような言い方に桂人はムッとして、眉根を寄せた。

アーサーは口調が軽やかだし、いかにも陽気で明るい感じだが、本音が見えにくい。本音というより、寮代表としてなにをどう考えて寮の運営に当たっているのかが、桂人にはよく分からなかった。

少なくとも、メンベラーズのようでもなければ、アルバートのようでもない。同じヴァイオリニストなのだから、スタンに近いのだろうか？　とも思ったが、確信は持てない。大体スタンなら、この現状にはなにかしら手を打つだろう。少なくとも、ヴァイオリンに没頭する前のスタンはそうだった。

（……仕方ない。知り合ってすぐ、本心を話してもらえるわけじゃないのかも）

桂人は一つ息をつくと、これ以上アーサーから本音を引き出すのを諦めることにした。

「今日来なかった七年生の名前は？　監督生を免職になってるわけじゃないよね？」

「アルフレッド・パーマーとヴィクター・ハリスだよ。当番には顔を出さないけど食事には来るから、そのうち顔は見れると思うよ」

　とりあえず必要な情報なのでメモをする。

「当番はサボってるってこと？」

「そうなるね。二人が来ない日は下級生で回してる。だからきみにしてもらいたいのは当面、彼らのかわりってこと。入浴当番や就寝の当番……ウェリントンでもやってたし楽勝だろ？」

　桂人はそれには答えずに立ち上がると、名簿の並ぶ書棚の前に立つ。綴《と》じ具《ぐ》はウェリントン寮と同じものを使ってあり、冊数も同じくらいあるようだった。違っているのは、綴じ具の緩みが少なく、表紙のへたり具合もほとんど見られないことだ。布製の表紙は、ウェリントンのものは桂人やスタンを始め、監督生たちがみんな何度も開くのですっかりすり切れているが、ブルーネルのものはきれいだ。

「名簿は見てもいいのかな？　どの当番をやるにしろ、情報が要るし、寮生の顔と名前を覚えなきゃ始まらない」

　アーサーは数秒黙ったあと、「いいけど。覚えるの？」と不思議そうだった。

「覚えなきゃリストのチェックも入れられないだろ？　……それより、簡単に許可したね。きみはそれでいいのか？　寮生の個人情報だよ。命みたいなものだ。他寮の人間に、本当に見せていいの？」

自分で訊いておきながら、アーサーの感覚が心配になるやら、不快やらで桂人は苦い顔になってしまう。アーサーは桂人の反応がおかしかったのか、急にくっくと笑い出した。肘掛けから身を乗り出して、笑う姿は少年じみていてあどけない。

「いいよ、きみが悪人じゃないのは知ってる。だってあのスタンが、心許してるんだからね」

まあそれもいつまでか分からないけど、とアーサーは言い、桂人はその一言だけで、全身が冷たくなる気がする。

アーサーは相変わらず明るい調子で、「ああ、今の、悪気はないよ」と付け足した。

「音楽をやってる人間が、恋愛なんて続くわけないから……経験談だね。まあ、あとは任せたから好きにして。じゃ、俺は練習があるから行くね」

本当に悪気など、微塵《みじん》もないのかもしれない。アーサーは頑張ってね、と優しく言って、手を振りながら出て行く。それでもドアが閉まる音を聞いたとき、桂人は胸がぐしゃりと潰されたような気がした。

(名簿は読み込んだ。七年生のパーマーとハリスも朝礼には来るかもしれない……とにかく、とにかく僕は僕の仕事をやろう)

翌朝、朝礼に向かうために身だしなみを整えながら、桂人は頭の中でそんなことを繰り返していた。

桂人は監督生室を一室あてがわれ、特別室から名簿を借りる許可を得て、昨夜は一晩中それを読み込んだ。

昨日は半日、初めてブルーネル寮で過ごしてみたが、その間周囲からは「誰だこいつ」という視線を嫌というほど浴びせられた。それでも桂人は特に臆さずに食事をとったり、入浴をしたり、談話室を見て回ったりもしたし、寮監と軽く面談もした。寮監は桂人を心配してくれ、

「コリンズ先生からは、きみのことはよく聞いている。学生同士で決めたことだそうだからうるさく言うつもりはないが、どちらにしろ、一定期間で戻れるように取り計らうつもりだから」

と、言われた。だが桂人はひとまずなにかしらの区切りまでは、ブルーネル寮で頑張ってみるつもりだった。

（なにかできるとは思ってないけど……自分で引き受けた以上、できることは頑張らないと）

それにブルーネル寮での仕事が舞い込んできたおかげで、一つだけ良いことがあった。スタンと別れたことを、うじうじと考え込み、落ち込む暇がなくなったことだ。

思い出すと胸は張り裂けそうになるし、今朝も、スタンの夢を見て眼が覚めた。

早朝の薄明かりの中で、ああ、自分たちはもう別れたのだ……と思い出す。別れ話をした翌日から毎朝、目覚めるごとにそう自覚しては傷ついている。一体いつまで、同じ事を思い出してショックを受けるのかと思うくらいにその傷は深くて、夜眠る前には朝目覚めるのが怖くなるほどだ。そして朝眼が覚めると、毎日新鮮に、絶望に襲われるのだ。

まるで死んでいるような心地がする。それでも生きていかねばならないというのが、辛い。

そんな中で、厄介な仕事があるのは気を紛らわせてくれた。

九十人を超える生徒の情報がいっぱいにつまった名簿は、いくら読んでも時間が足りないほどだったので、昨夜は読みながら眠った。朝起きたときはスタンの不在を感じたが、それ以上に今いる場所はブルーネル寮なのだというインパクトのほうが大きかった。

（とにかく、起きて、やるべきことをやろう）

そう思って、桂人は重たい体を起こすことができた。もしもこれがウェリントン寮だったら、監督生としての仕事も、受験の準備も、これまでの経験から片手間にやってしまっていただろうし、そうなるとスタンのことで落ち込む時間も長かっただろうと思うから、この大変な立場はむしろありがたく感じた。

（それに……気になるんだよな。アーサー・ウェストのあの態度。なにを考えてるんだろう……？）

小さな鏡の中でとかしつけた髪やタイの位置を確認したあと、桂人は部屋を出て朝礼に向かう。階下では手鈴が鳴っている。これはどこの寮でも同じ習慣だ。

（夜遅くなっても、ウェストは寮にいなかった。ヴァイオリンの練習をしてるんだろうけど……僕みたいな不審者が寮に入ってきた日に、代表がいないなんて、誰も気にしないのかな？）

桂人が引っかかっているのは、アーサーの真意だった。マクギルは桂人のことだけではなく、七年生の監督生のこと、ひいては七年生全体のことも罵っていた。

そう言われても、ある意味仕方がないのかもしれない。暴力沙汰《ざた》で代表は放校同然で退学。お前らの代が寮に泥を塗った――と感じている下級生は多いだろう。

（でも名簿を読み込んでみたら、今残ってるパーマーとハリスは、その現場に一緒にいただけで特別悪いことはしてなかった。元代表は……裏表がありそうだったけど）

元代表が夏休みの間、暴力事件を起こし、そのため退学扱いになったことは桂人も知っている。その場に、他の七年生の監督生、二人が同席していたことも。

そもそも休暇中に、夜のロンドンの治安の悪いナイトクラブにいたというのだから、ある意味起こりえても仕方のない事件だった、という向きがある。

どんなに今の若者風を装っても、アッパークラスの匂いはなかなか抜けるものではない。桂人も貧しい地域で育っただけに、ああいう場所にお坊ちゃん然とした少年が遊びに行ったら、カモにされるだろうなと分かる。

よくなかったのは、元代表がボクシングをたしなんでいて、無駄にケンカに強かったことだ。金をよこせと迫られた元代表は、からんできた相手を過剰なほどに殴ってしまったらしい。最初の一人をのしたあとも止まらずに、複数人に怪我《けが》を負わせていたようだし、女性にも被害が及んでいた。

（でも、同席していた二人は誰にも暴力を振るってない）

それればかりか、警察を呼んだのはパーマーとハリスだと名簿には書かれてあったから、長引く乱闘と、元代表の暴行ぶりを見て怯《おび》え、そうしたのだろう、と想像がついた。

（パーマーとハリスはごく良識的な普通の紳士……リーストンっ子なんじゃないかな……）

成績表を見ても、手堅い科目でグレードAをとっている二人だった。優秀で勤勉な様子が、紙の上からは感じられた。だがなにせパーマーとハリスにまだ会えていないから、これ以上色々と推測するのはやめよう、と桂人は思う。

眼の前に礼拝堂が見えている。集まり始めている生徒たちが、不審げな視線を桂人に向けてくる。なるべく優美に、なるべく堂々と。桂人は礼拝堂に入り、監督生の列へと並んだのだった。


桂人が監督生の列に並んだとたんに、生徒たちがぎょっとしたのが分かった。六年生のマクギルは舌打ちしているし、リズリーはおろおろとしている。アーサーは桂人に向かって、にこ、と笑っただけでなにも言わない。五年生は相変わらず、無関心を装っている。

「あいつ誰？」

「アジアンだよな。なんで監督生の列に……」

ひそひそと話す生徒たちの声を、桂人は特に気にしなかった。予想内の反応だし、それより昨夜読み込んだ名簿の内容を照合させるのに忙しい。集まっている生徒の顔と名前は大体思い出せたのでほっとした。何人か記憶がぼんやりしているので、彼らの顔はじっくりと見ておき、またあとで、名簿と照らし合わせようと思う。

（それにしても、七年生の集まりが悪いな）

六年生まではほとんど集まっているが、七年生の数が半分ほどだ。寮監が来るぎりぎりになって何人か増えたが、監督生の二人は来なかった。

桂人はためしに、隣に立つマクギルに声をかけた。

「マクギル、七年生の監督生は来ないの？」

マクギルは気安く話しかけた桂人を睨《にら》み付けると、「来るわけないだろ、無責任なやつらなんだから」と舌打ちした。だがそのくらいのことで怯《ひる》む桂人ではない。

「ところで……三年生の、後ろから三番目の彼、名前は？」

桂人は新寮生を優先的に覚えたので、本当は名前を知っている。だがあえておとなしそうな生徒を選んで、マクギルに訊いてみた。マクギルは顔をしかめ、

「なんでそんなこと訊く？　あれは……えーと、ミラーだろ。アシュレイ・ミラー」

（違う。アシュレイ・ミラーは隣の子で、あの子はマイケル・ミルナーなんだな……マクギルはまだ新寮生の顔と名前を一致させてない）

そう、ありがとう、と言いながらも内心では桂人はため息をついていた。おそらく新寮生の名前をきちんと覚えていないのは、リズリーもだろう。マクギルの隣で話を聞いていたリズリーの顔に、なんの感情も浮かばないからだ。彼は性格的に、マクギルが間違っていると分かったら動揺を示しそうだがそれがない。

（どうも、監督生の教育が行き渡ってない。やるべきことの統一がされてないみたいだ……）

アーサーはそのへん、どう考えているのだろうと思い、ちらりと見るが、アーサーは特別反応を示さなかった。

やがて寮監がやって来て、桂人のことを説明した。アーサーからは、雑用をやってもらうためにしばらく預かるウェリントンの監督生という話がされ、桂人は軽い挨拶だけして終わった。

「ウェリントンの七年生……？　役に立つんだか」

「まあ、うちには優秀な六年生がいるから誰が来ても同じさ」

こそこそと話す声が聞こえてくる。発言しているのは六年生以下の生徒たちだけで、七年生の生徒は始終押し黙っていた。三年生、四年生はどこか不安そうな顔できょろきょろと視線を泳がせている子もいる。

（やっぱり、あまりいい状態じゃないみたい……）

下級生の顔が暗いのを見ると、桂人はさすがにあわれに感じて、胸が痛んだ。

朝礼が終わったあと、桂人はアーサーに掛け合って朝食当番に加えてもらった。アーサーは「そこは手が足りてるけど……どうして？」と訊いてきたが、桂人が「確かめたいことがある」と言うと肩を竦めて許可を出してくれた。そればかりか、「ヴァンフィールが入りたい当番は、みんななにも言わずに入れてあげてくれ」とその場で他の監督生に声をかけてくれた。

親切といえば親切だが、言われた六年生以下の監督生たちはいやそうに顔をしかめているし、桂人が思わずアーサーを見ると「合理的でしょ」と笑われた。

（合理的……かもしれないけど、最善だろうか？）

桂人はなんとなくそう思った。

桂人がそうしたいならそうしろ、と言わんばかりの措置《そち》は、自由だが責任は自分でとれ、という意味にも感じられる。だがとりあえずは朝食当番が先だ。アーサーのやり方については、置いておくことにした。

今日の朝食当番は六年生のマクギルとリズリーのコンビで、マクギルは桂人が一緒にくっついてくると知るや、あからさまに迷惑そうだった。

「見学ってなにを見るんだ？　どうせウェリントンとやり方は変わらない」

「生徒たちの顔を覚えたいし、きみらなりの仕事の方法もあるだろうから」

「ま……まあ、いいじゃない、マクギル。手伝ってもらえるんなら……」

リズリーは桂人に突っかかるマクギルを、そう言って宥《なだ》めていたが、その表情は始終おどおどしている。

（大きな体で小心者……だけどリズリーは、寮代表のラグビー選手だよね？）

名簿にはそう書いてあった。意外にも、リズリーだけではなく、七年生の監督生二人もラグビーの寮代表選手らしい。

（リズリーは同じチームの先輩のこと、どう思ってるんだろう……）

聞き出したいが、マクギルの前では無理そうだ。リズリーは気遣わしげに桂人を見ており、その視線には困惑が浮かんでいた。にこりと微笑んで首を傾けると、慌てたように視線を逸《そ》らされてしまうから、打ち解けるところから始めないと、本心は教えてくれないかもしれない……と思ったりする。

いざ食堂に入り、名簿のチェックを入れていく二人の隣に立って、入ってくる生徒の様子や、二人の仕事の仕方を確かめた。マクギルのほうは下級生の名前と顔が半分ほど、一致していない。チェックを入れたあとで、リズリーに「今の、マーカスだよな?」と確認したりしている。リズリーは新寮生以外はきちんと覚えているようで、四年生以上に関しては間違っていない。新寮生に対しても、分からなければしばらく悩んでからチェックを入れているので、適当にしようとは思っていない様子だ。

(リズリーは頑張ればきちんとできそうだな。でも気が弱すぎる……マクギルの率直さは財産だけど、監督生としての意識は変えないといけないかも)

それにしても、食堂の雰囲気もあまりよくはない。ウェリントンは食事時、生徒たちが明るく声をあげてはしゃいでいるし、それは下級生もそうだ。だがこの食堂で一番大きな声で喋《しゃべ》っているのは六年生で、七年生は静かだ。他の寮ならありえない光景だろう。

パブリックスクールの中は、イギリスの階級社会の縮図とも言われる。学年があがるほどに尊敬され、そして特権が増す。そのかわり、課される義務もまた大きなものになるのだ。

だがどうやらブルーネル寮では、その均衡がアンバランスに見えた。

と、そのときほんの一瞬だけ、食堂内の雑談がやんだ。寮生たちが不安そうな眼で、出入り口を見ているのに気づいて、桂人はそちらを振り向いた。瞬間、ハッとする。

体格の良い、背の高い七年生が二人入ってくるところだ。襟には監督生のバッジがある。どちらもむっつりと不機嫌そうな顔をしている。問題の渦中にあると思われるパーマーとハリスだった。

二人はマクギルとリズリーを見ると、小さく舌打ちした。リズリーは申し訳なさそうに体を縮めたが、マクギルは小さな声で「恥さらしめ」と呟いている。

「……マクギル。パーマーとハリスに挨拶がしたい。紹介してくれる？」

桂人は二人が席に着くのを待ってから、そう言ってみた。思ったとおり、マクギルは眼を見開いて驚き、リズリーは青ざめている。

「断る。なんで俺がお前をあいつらに？　挨拶したいなら勝手にしてこい」

「他寮の僕が突然声をかけるのは失礼だと思うんだけど……、じゃあ、リズリーお願いできる？」

「え、で、でも」

リズリーは助けを求めるようにマクギルを見たが、マクギルはそっぽを向いた。頼まれると断れない性格らしく、リズリーは桂人がニコニコと待っていると、「わ、分かったよ」と引き受けてくれた。

（さて、パーマーとハリス。どんな人たちかな）

名簿上での情報ならしっかり頭に入っているが、名簿だけで人のことは読み取れないと、桂人は去年メンベラーズから教わった。情報を知るのは大切だけれど、相手と直《じか》に接してみて、どんな印象を持つかはもっと大事だ。リズリーは怯えた様子で桂人を案内しようとする。手にチェックリストを持ったままだ。桂人はそれに気づき、また考えこんだ。

（持ち場を離れる間、マクギルにリストを任せないの？　マクギルも預かろうとしない……）

これがウォレスなら即座に気を利かせてくれるだろう。むしろ自分から、七年生に紹介するとも言ってくれそうだ。同じ六年生でこんなにも違うのか、と思う。

「あの、パーマー、ハリス……この人……ケイト・ヴァンフィールを紹介させてくれる？」

リズリーはおそるおそる、といった様子で二人に話しかけた。二人は剣呑《けんのん》な眼差《まなざ》しで、こちらを見てくる。二人とも眼光が鋭く、その眼の中には獣のような警戒心が宿っている。だが身だしなみはきちんと整えているし、行儀悪く足をテーブルに乗せたりもしていない。もっとも、二人の周りには人がおらず、みんな、避けるようにして座っている。

「ウェリントン寮のケイト・ヴァンフィールです。手伝いでしばらくここにお世話になります。二人はラグビーをやってるんだっけ。リズリーとはチームも同じだよね？」

あえて空気を読まずにフランクに話しかけると、パーマーは険しい表情になり、「おい、なんだこのおしゃべり男は」とリズリーに言った。

「あんたたちが仕事をしないから、ウェストが連れてきたんだ。つまり我が寮の七年生は、他寮の七年生よりも劣るってことさ」

いつの間にか桂人の案内を拒んでいたマクギルが来ていて、悪態をついた。とたんにパーマーが「なんだと」と怒鳴り、ハリスは大きくため息をついて「ああ、うるさい、うるさい……

子どもは黙ってろ」と呟く。

「あの……みんな落ち着いて……」

リズリーがおろおろと声を出したが、聞いている者は誰もいない。

「俺たちが仕事をしようとしたら、お前が横からきて奪うんだろうが！」

「寮内でまで暴力沙汰を起こされたら困るからね」

「僕らはやってないって何度も言ってるだろ」

パーマーとマクギル、ハリスが言い争いになってしまったので、桂人はしばらく黙って事の成り行きを見守った。七年生二人はどんな性格だろうと考えていたが、パーマーは席を立ち上がってマクギルに詰め寄っているし、ハリスは立ち上がりはしないものの、イライラと言い返している。

七年生二人の体格の良さもあいまって、その様子はかなり乱暴そうに見える。だが、胸ぐらを掴んだり、殴ったりまでには至っていない。

（二人とも基本的には貴族の子どもだ。マナーは身についてる）

様子を観察しながら、さてどう揉め事をおさめようかと考えていたら、「おい、いい加減にしろ」と唸《うな》るような声がした。振り返ると、パーマーやハリス、リズリーと同じように大柄な男が、取り巻きを数人連れて入ってきて、「みっともないぞ、それでもスポーツマンか」と揉めていた四人を睨んだ。

（ジョン・ドルワー……七年生で、ラグビーチームのキャプテンだ）

桂人は昨夜読み込んだ名簿で、彼のことをはっきりと覚えていた。パーマーとハリス、そしてリズリーはラグビーチームに所属しているから、そのチームメイトは特に重要だと思っていたのだ。

短い金髪に吊《つ》り眼のドルワーは強面《こわもて》だ。取り巻きの七年生も、みんなラグビーのチームメイトのようだ。ドルワーは席に着きながら、パーマーとハリスを罵った。

「学年の面汚しめ。リズリーも、止めに入ることもできないのか」

リズリーは青白い顔で「ご、ごめんなさい」と呟いて持ち場へと逃げて行き、マクギルは忌々《いまいま》しげにため息をつくと、そのあとを追う。パーマーとハリスもチームのキャプテンには逆らえないのか、黙り込んでおとなしく座った。と、ドルワーが、桂人にも声をかけてくる。

「おい、アジアン。目障りだ。ここはブルーネル寮だぞ。ウェリントンのションベン野郎はさっさと帰れ」

どうも言葉が通じる雰囲気ではないようなので、桂人は微笑むだけにしてその場を離れた。大方予想していた反応なので、それほどショックは受けていないが、やはり緊張はしていて出入り口のほうに向かいながら全身から力が脱けそうになった。ウェリントンの食堂のことが頭をよぎり、帰りたい気持ちになるが、すぐにその郷愁を追い払う。

（……僕が罵られても平気なのは、今では……ウェリントンがあるからかもな）

ふと、そう思う。ここでどれほど冷たくあしらわれても、自分の寮に帰れば、友だちも大切な人もたくさんいる。そしてその居場所は間違いなく、自分の努力で獲得したものだということが、桂人の自信に繋がっている気もした。

（とりあえず問題は大体見えてきた。ウェストに伝えることはできる）

さすがに問題点を指摘すれば、アーサーもそれなりに動くかもしれないとわずかな期待を胸に膨らませたが、実際にはどうか、まだ分からなかった。

リズリーは持ち場を離れていた間に席に着いた生徒がいないか、必死な顔でリストとにらめっこしている。マクギルは手伝うわけでもなく、自分のリストが終わったら、さっさと朝食を取りに行っている――。

（この協調性のなさも……考えものだな）

そう思ってため息をつきながら、桂人はリズリーの横に立ち「リズリー。手伝うよ。きみ、新寮生のこと、まだ覚えてないだろ？」と言うと、彼はびっくりした顔で桂人を振り返った。

# 十

あくる朝、まだ日が昇りきる前の時間に、桂人《けいと》はふと眼を覚ました。

慣れ親しんだ自室とは違う部屋の匂い。ぼんやりとしたまま、ああそうか。ここはブルーネル寮で……。

(スタンと僕は、別れたんだ)

そう思い出すと、全身がバラバラにちぎれるような悲しみが、胸を襲ってくる。目頭に熱いものがこみ上げてくるが、それを慌てて拭《ぬぐ》って、桂人は起き上がった。

寝間着の上にガウンを羽織る。十一月の朝は真冬のように冷え込んでいたが、澄んだ空気を吸いたくて窓を開けた。

(……ウェリントン寮のみんな、どうしてるだろう。大丈夫かな。スタンは、あれからヴァイオリン、頑張ってるんだろうか)

自分が考えても仕方のないことばかりだ。未練がましくて、情けなくて、桂人は頭をぶんぶんと振った。寮はまだ起床の鈴が鳴る前なので、ひっそりと寝静まっている。

ふとそのとき、どこからかヴァイオリンの音色が聞こえた気がして、桂人はハッと耳を澄ました。

（もしかして、スタン？）

ヴァイオリンの音は、リーストンを覆う森の向こうから聞こえてくる。霧が濃いので太陽がなくともほの明るいが、遠くは見通せない。

しばらく迷ったあげく、まだ起床まで一時間以上あったので、桂人は素足に靴を履いてこっそりとブルーネル寮を出た。青ねずみ色の霧の中を歩き出すと、湿気がガウンに絡みつき、しっとりと布が湿る。足の下で草を踏みしめる音がして、森の中へ入ると小鳥の声や、葉の落ちる音、木の皮が自然と裂けて枝がこぼれる音にまざり、うっすらとヴァイオリンが聞こえてくる。桂人は逸《はや》る胸を押さえながら、早足に近づいていった。

やがて、森を抜けたところに、ぽつんとうち捨てられたように建てられている小さな野外舞台があり、その上で誰かがヴァイオリンを弾いていた。足元に、カンテラ風のライトを点《つ》けてある。舞台の前に立ったところで霧が晴れ、人影がくっきりと見えた。

弾いていたのはアーサー・ウェストだった。足元にヴァイオリンケースを置き、寝間着にガウンのままという、桂人と同じ格好で、アーサーはテンポのいい軽快な曲を弾いている。聴いたことのある曲だ。しばらく耳を澄ませていた桂人は、それがパガニーニのラ・カンパネラだと気づいた。養父から借りたCDに入っていた楽曲だった。

アーサーは笑顔でその曲を弾きながら、まるでオーケストラの伴奏を再現するかのごとく、終盤に向かって「ジャンジャンジャンジャンジャーン！」と口ずさんでいた。全身を音楽に乗せて弾いている姿が、小さな子どものように見える。フィニッシュを決めたときには自分で、「ドォーン！」とまで言っている。その自由な姿に、つい呆気《あっけ》にとられてぽかんとしてしまった。

「あれ。おはよう、ケイト・ヴァンフィール」

アーサーが桂人に気がつき、ヴァイオリンを肩から下ろした。

「……おはよう、ウェスト」

アーサーが舞台の端にひょいと腰掛けたので、桂人は話ができる機会かと、舞台に上って隣に座った。「ヴァイオリンの音が聞こえたから、つい歩いて来たんだ」と言うと、アーサーはニヤニヤして「スタンだと思った？」と訊《き》いてきた。

桂人は一瞬言葉に詰まり、それから、そうだね、と認めた。

「ケイトって素直だね。スタンって、そんなにいい？　ヴァイオリンは最高だけど、それ以外じゃつまらない男だろ」

アーサーの言い草に桂人はムッとしたが、本人に悪気はないらしく、まるで天気の話でもするような顔だ。それにしても、ようやく「ツバメちゃん」呼びをやめたと思ったら、いきなりケイトと呼んでくるあたり、本当に自由な男だ、と感じる。

「きみはスタンより、自分のほうが付き合うには面白い男だと思ってるの？」

思わず訊くと、アーサーは無邪気にもアハハ！　と声をあげて笑った。

「まさか。音楽家は全員、つまらないよ。だって楽器が恋人だからね」

言いながら、アーサーは持っているヴァイオリンにキスするふりをする。そういうものなの

かと思いながら、

（どっちにしろもう、僕たち別れたんだよ――）

そう言おうか悩んだが、今は他にも話したいことがあった。昨日一日、ブルーネル寮で監督生《プリフェクト》として過ごしてみて、桂人なりにいろいろと考えたことだ。

「昨日、いろんな当番に張り付いて、寮の中のことを見せてもらったよ。……それできみに、一度きちんと考えてほしくて」

部外者が口を出すようだけど、と桂人は前置きして、率直な感想を述べた。アーサーは少し呆《あき》れたような顔をして、

「またその手の話？　きみってしつこいな。まあ、どうぞ」

と、桂人に続きを促した。真剣さに欠けた態度には腹が立つが、怒っても仕方ないと思って桂人は続けた。

「今、ブルーネルは七年生と六年生が分断状態にあるよね。六年生が七年生を敬えず、七年生は六年生に鬱憤《うっぷん》を溜《た》めてる。でも、それは自分たちのまいた種でもあるから、はっきりと言えない感じだ。一番問題なのは、監督生の間で揉《も》めてることだと思う」

彼らが仲直りして、正常な関係性に戻れば、他の生徒も落ち着くだろうと、桂人は言った。

「マクギルは頭に血が上りやすいタイプみたいだ。一人一人の寮生を見ることより、正義を執行することに意識がいきがち。きみが代表に選ばれた以上、彼が代表に選ばれる可能性はもうない。一年早く断罪されて、きっと彼もショックを受けてる。そのせいかと思う」

推測だけどね、と付け加えると、アーサーはおかしそうに緑の瞳を細めている。まるで「当たりだよ」とでも言いたげな顔だ。興味を持っている、というより、今この場限りで面白がっている、という態度に見える。

「リズリーは人の顔色を見てばかりいる。七年生の監督生二人は同じラグビーチームの先輩だ。本当なら揉めたくないだろうけど、マクギルの手前庇《かば》うこともできない……。パーマーとハリスは……おそらくだけど、今の状態が不満だろう、でも……そんなに悪い二人じゃない」

「そう思うの？　へーえ」

アーサーがぐっと身を乗り出して訊いてくるので、桂人は少し背を反らして、距離をとった。

「上手《うま》く言えないけど……二人は取り巻きを作ってなかった。二人だけで孤立してる。……自分たちを正義だと思っているなら、味方を作るはずだけどそうしてない。……それに名簿を読んでも、彼らの振る舞いに非常識なところはないし……それより問題は、ラグビーチームのキャプテンが威圧的で、監督生に対して不満がありそうなところかなと」

「ドルワー？　すごいとこに眼《め》をつけるね」

アーサーは感心したように頷《うなず》いている。そんなに楽しい話でもないと思うのに、どこかわくわくした顔のアーサーを見ていると、桂人は調子が狂う気がした。これは子どものための紙芝居でもなんでもなく、現実に起きている問題だというのに、アーサーはなんだか物語でも聞いているような顔なのだ。

「寮内では、監督生がトップだ。でも、スポーツのチームではキャプテンが上だ。それでドルワーが、リズリー、パーマー、ハリスに威圧的だったら、関係はややこしくなる」

彼の爵位だけど、と桂人は呟《つぶや》いた。

「このブルーネル寮で最も高い侯爵家の人間だよね。なのに監督生に選ばれてない」

「成績が悪いんだよ」

アーサーは屈託なく言って、肩を竦《すく》めた。

「いくら爵位が高くても、バカは選べないだろ」

「名簿を見るかぎりはグレードBが三つあった。たしかにちょっと厳しい」

「そんなもの覚えてるの？」

アーサーはびっくりしたように声をあげたが、桂人は眼をすがめてアーサーを睨《にら》み付けてしまう。

「……ウェスト。きみたちの先輩は名簿をどう扱ってたんだい？　どうも全員、あの名簿をきちんと読んでないよね。寮代表《ヘッドボーイ》のきみは、部外者の僕に条件もなしに簡単に貸すし、借りた僕が言うのもなんだけど、あれこそが寮の財産だよ。毎月、寮監《ハウスマスター》が面談したメモも入る。僕はウェリントンの名簿は全部暗記してる。ブルーネルのものも八割は覚えたよ。でも、昨日の仕事ぶりを見てる限り、ブルーネルの監督生は名簿を読み込んでない」

名前と顔さえ一致させてない、と桂人は言いながらだんだん腹が立ってきた。

「五年生の監督生たちはすべての問題に知らん顔だ。きみもきみだよ、十一月になってるのに、マクギルもリズリーも三年生の名前を全部覚えられてない。名前と顔が分からなかったら、日々の体調管理や、精神面のケアをどう補助できる？　新入生にとって最初の休暇明けがナーバスな時期だってことは、分かりきったことだろ」

苛立《いらだ》ってまくしたててみたが、アーサーはぽかんとしている。桂人はムッと眉根を寄せた。この寮代表は、ちゃんと自分の話を聞いていたのだろうか？

「とにかくまずは、六年生以下の監督生に名簿をきっちりと読ませて……」

「四年生のジョージ・ハミルトン。成績分かる？」

急に言葉を遮られて、桂人は困惑した。しかし頭の隅に、ぽん、と顔が浮かんでくる。

「中世史、政治学、ギリシャ文学、グレードA、Aプラス、A、物理学B、ラテン語B、不得意なサブジェクトを得意なサブジェクトに切り替えるためチューターと相談中。同室のジョン・ミルトンと仲がいい。ミルトンの得意なサブジェクトは古代史、ラテン語、フランス語。二人ともおとなしめの生徒」

すらすらと情報が出てくる。おっと、ミルトンのことは訊かれていない、と口をつぐむと、アーサーは嬉《うれ》しそうに身を乗り出した。

「すごい、当たってるよケイト。素晴らしいなきみ！」

アハハ、面白い、と大道芸でも褒めるかのようなアーサーの態度に、桂人は一瞬呆気にとられる。次の瞬間怒りが湧き、つい怒鳴っていた。

「覚えるから貸してくれって言ったのは僕だから当たり前だ！　監督生をこなすなら必要最低限の礼儀だ！」

桂人はアーサーの軽薄な調子に腹が立って、思わず強めに言ってしまった。

「監督生は上に立つ側だ。特権を得る。特権を得るなら義務を負う。権力を行使するならそれを受ける人間のことを最大限知る努力は当たり前だ。きみは代表だろう、なぜマクギルやリズリーにそう教育しないんだ！」

気がついたら拳《こぶし》を握り、舞台の床にどん、と叩《たた》きつけていた。アーサーは桂人に強く出られても動じた様子はなく、「へーえ……」と感心したように息をついている。

「ケイト。メンベラーズが言ってたとおりだ、きみはすごいね。うちの寮に最初からいてくれたら、たぶん俺じゃなくてきみが代表になってたろうになあ……」

いやあ、惜しいな、と言われて、桂人は眼をしばたたいた。なぜここで、メンベラーズの名前が出てくるのだろう、と思う。

「まあ、そうさ。きみの言ったことはすべて当たってる。でもとりあえず、名簿を読みこむにはマクギルもリズリーも幼すぎるんだよ。俺としては、膠着《こうちゃく》状態の現状を、きみが変えてくれるならよし。無理なら無理で、今の状態は仕方ないかと思ってるんだよね」

言いながら、アーサーはため息まじりに空を見る。日が昇り始めたのか、あたりは少し明るくなっている。

「大体、俺は代表になるつもりはなかったんだからさ。まあマクギルとリズリーじゃ無理だろうから仕方ない。パーマーとハリスも器じゃない。……参るよ、俺は今年演奏会がしこたま入ってるし、新譜も出す予定。モデルのオファーもあるのに」

アーサーは面倒くさそうに言っている。不意に、ブルーネル寮にやって来た初日、監督生たちに紹介してくれた席で思ったことが、現実味を帯びてくる。

（アーサー・ウェスト……まさか、本当に音楽以外はどうでもいいの？）

驚愕《きょうがく》する。

「きみの……寮運営プランは？」

震える声で訊くと、アーサーは即答する。

「最小コストで最大効果。俺が名簿を読み込んでるのもそのためだよ。効率いいからね」

いっそ潔いほどのドライな答えに、桂人は息を呑《の》んでしまう。

「……費用対効果優先ってこと？　じゃあきみは……六年生と七年生の分断とか、マクギルたちへの指導について、どう考えてるの？」

「その問題解決に割けるリソース、今うちの寮にある？　一番シンプルなのは、あと数ヶ月我慢して、七年生が出て行くのを待つことだよ。トカゲの尻尾《しっぽ》さ」

アーサーは肩を竦め、片手の指でちょきん、となにかを切る動作をした。

切られたトカゲの尻尾が、空に見える気がする。桂人は目眩《めまい》がしてきた。その尻尾が今いる七年生全員のことだと、分かったからだ。

「七年生を……見捨てるつもり？」

「もちろんそうはしたくない。きみがなんとかしてくれるなら歓迎するよ」

いや、それはいくらなんでも無理があると桂人は思う。他寮の人間がなんとかしてしまったら、寮の自治はいずれ立ちゆかなくなるだろう。リーストンで大切なのは、自寮の上に立つ人間が、先導していい環境を作ることだ。そうすることで下級生は自然と上に立つ者の姿勢を学び、次の世代にバトンを渡せる。そのために、この学校では生徒の自主性が強く重んじられているのだ。

「ウェスト、よく考えて。学生にとっての数ヶ月は長すぎる。特に新寮生や四年生にとったら、上の学年が揉めてるのは辛《つら》いことだ。ストレスになってしまう。七年生の卒業を待ってるうちに、彼らはずっと苦しむんだよ」

桂人の脳裏には、怯《おび》えていた下級生たちの顔が浮かんでくるが、アーサーはたてた膝に頬杖《ほおづえ》をついて、うーん……と考えこんでいた。

「ケイトの言うことは分かるんだけど、それは全体にとっての理想的な寮運営であって……俺にとってはべつにベストじゃないんだよね」

「……」

あっけらかんと言ってのけるアーサーに、桂人はついに絶句した。

「俺にとっては最低限、寮が回って、自分の時間がとれればそれが一番いいんだよ。七年生が卒業すれば、マクギルとリズリーでそれなりにやるだろうし。七年生が『嫌なやつら』で認識されてれば、そこに反発してたマクギルはきっと下級生の信頼を得られるだろ？」

そうしたら、来年も俺は練習しやすい、と堂々とアーサーは言う。ここまで悪びれずに、寮運営はおまけで、音楽がなにより大事……と言われてしまうと、桂人はどう反論したものか分からなくなった。

「……り、寮生九十余人が……ヴァイオリンより、価値が……低いのか？」

「まあそうなるね。俺は音楽家だから」

スタンもそうだろ、と言われて、桂人はなにを言えばいいか分からずに黙り込む。それはそうかもしれない、と感じてしまうのが悔しい。

（恋人一人、音楽家の……楽器に勝てないものな……）

身をもってそれを知っているから、そんなことない、とは言えない。

スタンは桂人とヴァイオリンを比べて、ヴァイオリンをとったのだ。すべての寮生の名簿を難なく覚え、監督生の仕事は軽々とやってのけるスタンが、ヴァイオリンと恋愛を両立できないと言った。

「それに俺は、寮内がどうざわついていようが、あんまり気にならないんだけどね。世間がどうでも、俺の音楽には関係ない。世界がどうでも俺の弾き方は一緒だよ。むしろ寮内でのいざこざが、それほど影響するほうが精神的に弱すぎるんじゃない？　って思うけど」

アーサーはさらりと言ってのける。桂人はその言葉に、叩《はた》かれたようにショックを受けてしまった。

——世間がどうでも、俺の音楽には関係ない。

（……関係ないから、いらないってこと？）

それはスタンが、桂人と別れた理由でもあるのだろうか……と、ふと思う。スタンにとってヴァイオリンと音楽以外はすべて「外のもの」で、なにがどうなっていても、音楽には関係しないから、それなら切り捨てたほうが楽で、価値が低かったのだろうか……？

沈んでいく気持ちを、桂人は必死に持ち上げようとする。

（今はスタンのことを話してない。ウェストの、寮運営の話だ）

必死に気持ちを切り替えて、なんとか会話を繋《つな》ぐ。

「だ、だとしても、きみは僕をブルーネル寮に入れたことへ責任をとるべきだ。きみはスタンへの私的な感情に……寮を巻き込んだんだから！」

強く言ってもアーサーには響かないらしく、くすくす笑っている。

「きみって、見た目はおとなしいけど言うことはハッキリしてるよね」

「あのね、ウェスト。僕は怒ってるんだよ。……スタンのことを、寮生たちより優先させるのは間違ってるだろ？」

アーサーはからかうように桂人を見ながら、

「それって、俺がきみの恋人にちょっかいかけたからムカついてるの？」

と訊いてくる。ぞんざいなその口調にも、内容にも、桂人は苛立った。

「ばかにしないでほしい。スタンはこの場合関係ない。寮代表が、自分の寮生が暮らしにくい状態を放置して、個人的な理由で寮を犠牲にしたなら、その理由が知りたいだけだ」

じろりと睨むと、アーサーはなにが面白いのか声をたてて愉快そうに笑っている。

「まっすぐでかわいいね、ケイト。きみのこと好きになりそう……」

まあ、なれないけどね、とアーサーは呟いている。

「誰かを本気で好きなんて……危険な感情だよ。どうせ最後はヴァイオリンに戻ってしまうんだから」

独りごちるアーサーの緑の瞳に、ふと、影が差したように見えて桂人は固まった。スタンもかわいそうに、とアーサーはため息をついた。

「ヴァイオリンから離れてたから、そのことを忘れてきみを好きになっちゃったんだね。ケイトも傷つく前に、さっさと別れたほうがいいよ。音楽家は――みんな変人なんだから。自分の世界からは、出ていけない」

長い睫毛《まつげ》が、アーサーの白い頬に陰影を落としている。息を呑み、言葉をなくした桂人へ、アーサーはにこりと微笑《ほほえ》んで優しく首を傾《かし》げた。

貴族教育を受けた生粋の紳士らしく、その仕草はとても優雅で、無邪気にも見える。

「俺はね、ただ単純に、スタンのヴァイオリンが大好きなんだよ」

初めて聴いたときから、スタンと自分はまるで違う演奏者だと思ったと、アーサーはうっとりと語った。

「最初にジュニアコンクールで負けたとき、これが才能ってものだと思ったよ。音楽は人の体と一緒で、同じ楽譜を弾いても、その人によって違う音になる……スタンの音は繊細で、優美……そして、孤独で哀《かな》しい」

魂の奏でる音だ、とアーサーは囁《ささや》く。

「俺はスタンが挫折して、ヴァイオリンを手放したとき、心底腹が立った。たかが身内が一人死んだくらいで、希有《けう》な才能を殺すなんて身勝手だ……ってね」

そうアーサーは言ったが、桂人はその考えが分かるようで分からず、分からないようで分かりもして、戸惑い、怖くもなった。

（たかが身内……？　母親の死なんて、スタンの才能の前なら大したものじゃないって、アーサーは考えてるんだ）

きみの寮運営のほうがよほど身勝手だと言いたくなり、けれどそれを言わせないなにかが、アーサーの言葉には宿っているようだった。アーサーは本気なのだ。本当に、心底から、親の死程度で才能を眠らせたスタンを、勝手だと思っている。

「それでも、本物の音楽家なら絶対にもう一度戻ってくると信じて待ってた。その機会、きっかけさえあればって、この三年半、ずっと待ってた。だからスタンのことは寮には関係なく……結果的に巻き込んだけど、いずれはどこかで行動しようと思ってたことの一つに過ぎないよ」

待った甲斐《かい》があったな、とアーサーは満足そうに呟く。

（でも……チャリティコンサートでは、容赦なく負かせたのに？）

桂人には不思議だった。アーサーは、音楽のこと、ヴァイオリンのことしか本当に考えていないのかもしれない。それは、スタンに対してもそうで、スタンの生活や人格、感情についてはなんの興味もないようにすら見える。

「……でも、最初のコンサートで、スタンはきみにぼろ負けだったよね。なのになぜ、きみは……待った甲斐があるって思うの？」

少し責めるように問うと、アーサーは小さく笑って言った。

「昼の休み時間、空けられる？」

いいところに連れていってあげる。

そう言われて、桂人はしばらく黙っていたが、結局頷《うなず》いた。ほんの少しでもアーサーの気持ちが知りたかったし、そうすればそれは、寮運営の役に立つかもしれず——もしかしたら、スタンという人間の音楽家としての一面を、理解できるかもしれなかった。


半日はあっという間に過ぎ、昼の休憩時間、桂人はアーサーに指定された場所へ、足早に向かっていた。

リーストンは敷地が広大なので、少し中心をはずれると生徒がまるでいなくなることも多い。今桂人が歩いている小道も人気《ひとけ》がないところだったが、そんな場所でふと、川縁に一人座りこんでいるリズリーの影を見つけた。

（リズリー？　なにしてるんだろう……）

リズリーは、ラグビーチームの練習着を着ていた。スポーツチームは昼の時間、大抵練習に励むので彼もそうなのだろう。だが練習場所は川の向こうのはずで、彼は一人だった。川面《かわも》から反射する光がリズリーの横顔を照らしているが、表情は硬く、どこか苦しそうでもある。

（なにかあったのかな？　声をかけようか……でも）

まだ少し早い、と桂人は思った。知り合ってたったの三日だ。心を開いてもらうには短すぎる気がする。気にはなったが一旦胸におさめることにして、桂人はその場を通り過ぎた。

待ち合わせ場所は古びた四阿《あずまや》だった。アーサーは桂人を見つけると、無邪気な笑顔で手招きをした。

（僕は基本的には、ウェストに対して怒ってるんだけど……）

それが分からないほどばかではなさそうなのに、おそらく、桂人にどう思われているかなどどうでもいいのだろう。アーサーの軽い態度には、つい調子が狂わされてしまい、桂人はため息をつきながら彼の前に立った。

「じゃあ行こうか。あ、ちょうどよくスタンも行くところみたいだよ」

そのとき耳打ちされて、桂人はハッとなった。数メートル先に、ヴァイオリンケースを持って歩く影がある。高い背に、すらりと伸びた長い足。風になびく金髪……。

それはスタンだった。

数日見ていなかっただけなのに、その広い背中を見たとたんに、心臓が大きく鼓動を打ち、ときめいてしまう。懐かしさに胸が熱くなり、スタン、と声をかけたくなったがそれはぐっとこらえた。

「ウェスト、スタンの尾行をするつもり……？」

不審に思って訊くと、アーサーは桂人の腕を摑《つか》んで引っ張りながら、耳打ちする。

「見てケイト。スタンの左手」

思わず言われたとおりに見てしまう。数メートル先を歩いているスタンは、右手にケースを持っており、左手は空だ。けれど、その指は先ほどから虚空で素早く動いていた。

「諳譜《あんぷ》してるんだよ。やっぱりすごいね、スタン・ストーク。一度音楽に取り憑《つ》かれたら、ゾンビみたいにそれしかできなくなる」

嬉しそうにアーサーが呟く。その横顔を見ると、アーサーは高揚を覚えているような表情で、身震いしていた。

（音楽に、取り憑かれる……）

それはどういう状態なのだろう？　少し考えても、これまで音楽や芸術とほとんど無縁できただけに桂人には想像ができなかった。

そのうちスタンは見慣れぬ白い建物に入って行き、桂人もアーサーに連れられて、数分遅れで同じ建物へ入った。比較的新しい建物らしく、入り口には『楽器練習棟』と書かれた表札が出ていた。

「スタンが練習に使ってる部屋があるんだ。音楽学校へ進む生徒は大体ここで練習してる」

アーサーに言われて、桂人はドキリとした。

（音楽学校……スタン、やっぱりそっちに進むのかな）

桂人はいまだに、スタンがオックスブリッジに願書を出したかどうか、知らないままだ。

スタンが使っているというのは、二階の一室だった。扉にはガラス部分があり、様子が覗《のぞ》ける。こっそり近づいたアーサーが覗き、小声で「まだ先生も伴奏者もいない。一人だ」と桂人に耳打ちした。

桂人はアーサーの制服の袖をつまんで「ウェスト」と小声で言ってしまった。なんとなく、罪悪感がこみ上げてくる。

「やっぱりやめたほうがいいんじゃない？　集中を乱したら悪いよ」

しかしアーサーは聞かずに、音をたてないようにそうっと扉を開けた。隙間から、スタンのヴァイオリンの音が漏れ聞こえてくる。

これでは盗み聞きだ。そわそわしながらも、気になってしまってしばらく聴いていた桂人は途中で「あれ」と思った。

スタンは楽譜でいえば、おそらく一行ほどの部分を、繰り返し繰り返し弾いていた。それが十分経《た》っても十五分経っても終わらない。隣にいたアーサーは見つからないように壁にぴたりと張り付いた姿勢で「えぐい練習してるよね」と囁いた。言葉の意味は分からなかったが、アーサーが、

「行こうか。たぶん三十分後も、同じ小節を弾いてるだろうからさ」

と言い、桂人はそれに従った。部屋を離れるときにそっと振り返ると、スタンは譜面台に向かい、鬼気迫る表情をしていた――周りのことなど、眼にも耳にも入っていない。そんな顔だ。

「スタンね、譜面を解体して練習してるんだ。バケモノみたいな精神力だよ」

建物を出ると、アーサーがそう教えてくれた。

「譜面を解体……?」

「楽譜全体を見て、似た部分を分類して、パーツごとに一時間とか二時間とか弾きまくるんだよ。技術躍進には効率的だけど、ものすごく消耗する。曲全体のイメージを失うし、なにより苦手なところが浮き彫りになって苦しいんだ」

メンタルが強靱《きょうじん》じゃないと無理だよ、とアーサーは肩を竦めた。

「俺が待った甲斐があったって思った理由、分かった?」

にっこりと訊いてくるアーサーに、桂人はつい、黙り込んでしまった。

(……音楽に外の世界は関係ない。だから、外の世界はいらない……。魂が音楽を呼んでるなら……それは、そうなのかも)

桂人には芸術家の心は分からないし、理解もできないが、それでもそうだろうという気はする。水や空気を欲するように、音楽を欲するのが音楽家だろう。そうでなければ、相手の魂を震わせることはできない……。音楽さえあれば、音楽家の世界は完結するのかもしれない。

それでも、本当にそれだけだろうかとも考えてしまう。

優れた音楽家にとって、外の世界のこと、寮代表や監督生であること、他の寮生とのかかわりや、友人や……そういったものはすべて煩《わずら》わしく、なくていいものなのだろうか?

桂人がなにも言わないでいると、「じゃあ俺も練習があるから」と言って、アーサーは先ほどの白い建物へ駆け込んでしまった。

　一人残された桂人は、しばらくの間ぼんやりと、その場に立ち尽くしていた。

(結局、ウェストはブルーネル寮を立て直す気はないんだ。それなら僕にできることはなにもない)

　ブルーネル寮への道を帰りながら、一人悶々《もんもん》と考えていた桂人は、ふとそのとき見知った背中を見つけた。リズリーだ。暗い表情で、川にかかった橋のほうへ向かっている。顔色が悪く、左足を少し引きずっている――。

(……怪我《けが》?)

　思わず桂人は早足になって、リズリーに近づいていた。彼はハッと顔をあげて桂人に気づくと、少し慌てたような様子で立ち止まった。

「リズリー、練習に行くところ?　どうしてここにいたの?」

　怪我のことは悟られたくないのかもしれない、と不意に思って、桂人は気づいていないふりをした。リズリーはおどおどした様子で、「あ、ああ、その、練習に来てない子がいたから寮へ見に行ったんだ」と言い訳している。

　どうやら収穫はなかったらしく、これから川の向こうの練習場へ行くところらしい。この場で別れることもできたが、なんとなく桂人は「練習見に行っていいかな?」と訊いた。

　リズリーは驚いた顔をし、なんと言ったものか分からないように口をもごもご動かしている。たぶん、本当は来てほしくないのだろうが、性格上だめだとはっきり言えないのだろうなと桂人は思う。

「勝手についていくだけだから、気にしないで。本当に迷惑なら、キャプテンが僕を追い払うだろうし」

先回りして言うと、リズリーは「そ、そういうことなら」と蚊の鳴くような声で言い、先に立って歩き出した。並んで歩いていると、先ほどのように足を引きずる様子はない。見間違いだったのかとも思ったが、それにしては顔色が悪いなと考えていると、リズリーが「ヴァンフィールって……」と囁いた。

「……その、すごく勇気があるよね。物怖《ものお》じせずになんでも言うし……こ、怖くないの？」

桂人がマクギルや他の監督生にも、わりとはっきりと話すことがリズリーには意外なようだった。たしかに、完全なる部外者で、どちらかといえば寮が違うから敵のような立場なので、リズリーからすると無謀に見えるのかもしれなかった。

「僕も昔は黙ってたよ。今はまあ、嫌われてもいいかと思ってるから」

というより、初めから嫌われていることが前提で入ってきているから、開き直れるというのもある。おどおどした顔で自分を見ているリズリーに、桂人は少し考えて言葉を足す。

「でも……僕が怖くないのは、自分の寮じゃないのもあるよ。自分の寮だったら……やっぱり、嫌われたらと思うと怖いよ」

リズリーは「きみでも？」と小さな声で訊き返してくる。少しだけ、ホッとしている様子だった。よく考えたら、桂人がずけずけと言いたいことを言えるのは、ここがウェリントンではないからだとも思う。自分の居場所なら、できるだけ穏やかに暮らしたいから縮こまるかもしれない。

（それを思うと、やっぱりウェストって普通じゃない。……彼にとってはブルーネル寮が居場所のはずなのに、そこをよくしようと思わないんだもの。しかも、寮代表の立場で）

ある意味では肝が据わっている。きっとアーサーにとっての居場所は、寮や学校になく音楽の中だけにあるのだ。

「ねえ、リズリー。少し訊きたいんだけど……きみからは、アーサー・ウェストってどう見えるの？　その……六年生から代表が選ばれるなら、きみやマクギルでもよかったはずだろ？」

訊《たず》ねてみると、リズリーはまっ赤な顔をして慌てた。

「ぼ、僕はとんでもないよ。仕事は遅いし、成績も普通だし……マ、マクギルはできただろうけど。……あ、でもやっぱりウェストが一番……なんていうか、人前に出たとき華やかだから」

リズリーは素直にも、桂人の疑問に応えようと途中から考えながらそんなふうに言う。

「人前で喋《しゃべ》るのが得意だから、ウェストが代表に選ばれたってこと？」

「……ウェストは要領がいいし……でも、そうだね、実はあんまりウェストと話したことがないから、そんなに知ってるわけじゃないんだけど」

自信がなさそうなリズリーに、桂人は不思議に思う。もう四年同じ寮にいて、去年一年間一緒に監督生を務めているのに、あまり話したことがないとはどういうことだろう?

「変なこと訊くけど……ウェストって誰と親しいの?」

「え……さ、さあ。どうだろう、彼はあんまり寮にいないし……ああでも、仕事はいつも完璧だから、すごいんだけどね」

きみもすごいよね、と言われて、桂人は首を傾げた。

「名簿、ほとんど覚えてるんだね。リストのチェック……手伝ってくれたとき、びっくりした」

僕は全然ダメだから、とまた自分を卑下するリズリーが、桂人はかわいそうになってきた。

「きみは一生懸命覚えようとしてるじゃないか。……ダメなんかじゃないよ。それとも誰かにそう言われる? 僕はきみは監督生として、頑張ってると思うよ」

素直な気持ちを伝えると、リズリーはびっくりしたように桂人を見て、それからやがて顔を赤らめた。

「あ、ありがと。きみ、優しい……ね、でも、ほんとになんで僕が選ばれちゃったんだろ。もっといい人がいたのに――ドルワーとかさ……」

そこまで言ってから、慌てたようにリズリーは言葉を引っ込めて「あの、でも、ウェストがいるからなんとかなってるよ」と、話をアーサーのことに戻してしまった。

「ウェストは変わってる人だとは思うんだけど……一人でも平気な人だから、それが……すごいよね」

つまり特別親しい相手はいない、という意味だ。それはべつに悪いことではないけれど、ほんのわずかでも親しい人の名前が出ないなんて、あまりにも徹底している。

（友人を作れないわけじゃない。……きっとウェストには、友人はいらないんだ）

ヴァイオリンが恋人で、ヴァイオリンが友人。

音楽以上に彼を理解してくれるものも、音楽以上に彼が理解したいものもない。

ふと、そんなふうに感じる。そしてアーサーがそういう人間なのだと感じるたびに、スタンも同じなのだろうかと思う。だとしたら自分はどうやったって、スタンの人生には不必要で、関われないのだと、そう思ってしまいそうになる……。

（……でも、どうかな。スタンは本当に同じだっけ？）

桂人の瞼《まぶた》の裏には、アルバートといるときのスタンや、監督生として仕事をこなすスタン、桂人に向かって微笑むスタンの姿がちらつく。

去年、まだ親しくなかったころ——スタンがこっそりグレードBの劣等生たちの勉強を見てあげていたこと。音楽学校を受験する生徒のためにピアノを伴奏していて、その楽譜に細かくメモをとっていたことや……困ったセシルにこっそりと手を差し伸べていて、しかもそれが頻《ひん》繁《ぱん》だっただろうことを、桂人はいくつも数珠《じゅず》つなぎのように思い出せる。

（スタンは一度、家族のためにヴァイオリンを捨てた。……今また取り戻したけど、そうしたからって……長い間他人のために尽くしてきたスタンが、全部消えるかな？）

飄々《ひょうひょう》と、淡々と、あるいは軽々と人を助けていたかもしれないが——そこに優しさや思いやりがなかったわけではないと、桂人はふと、思う。

「リズリー！　なんだってそいつを連れてきた？」

そのとき、ようやく着いた練習場から険しい声が飛んできた。

練習場ではブルーネル寮のラグビーチームが走り込んだり、パス練習などをしているところだった。威勢のいいかけ声が空に響いている。

戻ってきたリズリーの後ろにいる桂人に気づき、真っ先に走ってきたのは七年生の監督生、パーマーだ。桂人はリズリーの背に半分隠れながらも、パーマーの表情を観察していたが、意外なことに彼は怒ってはいなかった。その眼にあるのはどちらかというと焦りだ。

練習場のほうへ眼を向けると、ハリスもこちらを気にしてちらちらと見ている。一言でいえば、心配そうな顔だ。

「もっとゆっくり戻ってこいと言ったろ、そのうえウェリントンのアジアンを連れてくるなんて……」

小声で言って、パーマーは迷惑そうに桂人を睨んだ。

「勝手についてきたんだよ、リズリーは悪くない」

一応そう付け足すが、パーマーは桂人と話したくないらしく、リズリーの背を押して練習場へ行ってしまった。仕方がないので木陰に移動し、そこからしばらく練習を見ることにした。

木陰の下には給水用の水筒が集められている。

もみくちゃになって練習をしているメンバーの中にドルワーを探したが、姿がない。リズリーはパーマーに言われて、遠くに飛んでいったボールを集めて回る雑用をしていた。

（……正規選手だと思ってたんだけど、なぜあんな仕事を？）

「また出たよ、ドルワーがいないとパーマーはすぐにリズリーに雑用をさせる」

「自分がコーチ気取りなんだろ、うちの主力に練習させないで」

大きな木の陰にいるせいか、桂人の存在には気づかないらしい。水分補給にきたメンバーがそんなことを言い、「七年生はクソだ」と悪態をついて、またチームに戻っていく。

（リズリーは主力なのか。雑用をやらせてるのはパーマー。……ドルワーがいないときだけ？）

首を傾げていると、パーマーが額の汗を拭いながら給水に来る。彼は桂人に気がついて、水筒を持ち上げながら「まだいたのか」と舌打ちした。

「ドルワーはいないんだね。他寮のキャプテンと話し合いかなにか？」

寮対抗の試合の予定などあれば、キャプテンが相談のために抜けることは多いだろう。訊くと、「小賢《こざか》しいな、ウェリントンの犬め！」とパーマーに吠《ほ》えられた。桂人はこんなふうに言われても、さほどパーマーを怖いとは思えなかった。

（リズリーが……この人のことをそこまで怖がってないように見えたんだよな……）

桂人にすら声を上擦《うわず》らせるリズリーが、一年上で大柄なパーマーを怖がらないのは逆に不思議だった。

「一つだけ教えてくれたら立ち去るから、訊いてもいい？」

桂人は少し考えて、質問した。六年生のリズリー。七年生のパーマー。一年という年の差と経験の差に、一体どれほど価値があるのかを知りたくなったのだ。単純に、自分が真実を知りたいというのもある。うさんくさそうに眼をすがめたパーマーに、桂人はリズリーにしたのと同じ質問をした。

「アーサー・ウェストってどう見えてる？　僕は……彼に言われてここへ手伝いに来たけど、彼の真意が分からないからきみの意見が知りたい」

水を飲んでいたパーマーは、水筒から口をはずすとしばらくの間黙っていた。だがやがて、小さな声でぽつりと呟いた。

「ウェストは……あれは、冷酷な合理主義者だよ」

自分の都合で相手の首を切れる男、要らないものには、情をかけない男だとパーマーは囁き、

「だが、代表には向いているさ。……俺たちはしくじったから、ヤツに切られるべきなんだろう。……横暴な嫌われ者としてな」

そう、付け加えた。桂人は息を呑み、パーマーの横顔を見つめた。

（切られるべき？　……パーマーは、ウェストの考えを理解してるってこと？）

そのうえで、それを受け入れようというのだろうか？　七年生ごと、悪者として捨て去られようとしていても？

（そうじゃなかったら、横暴な嫌われ者として……なんて、言えない）

パーマーの瞳には覚悟を決めているようなすごみがあり、桂人はほんの一瞬寒気がする。

「さっさと立ち去れ、ドルワーが来たら面倒だ。あいつは、監督生って名の付くものが大嫌いだからな」

水筒を戻して、パーマーは立ち去っていく。ラグビー選手らしい大きな背中を見送りながら、桂人は寮の抱えている問題の鍵が一つ、解けていく気がした。

# 十一

――要らないものには、情をかけない男。

アーサーを知ることで、スタンの気持ちが分かるのかもしれないと思いつつも、想像すればするほど桂人《けいと》にとっては苦しい真実が見えてきそうだ。スタンはアーサーとは違う、と思いつつも、ヴァイオリンを手にしてからのスタンは同じかもしれないとも感じる。

もやもやとしたまま、桂人はブルーネル寮にきて、五日ほど日々を過ごしていた。

その間に一度、スタンがチャリティコンサートに出たので聴きに行った。アーサーは出演しないのもあって、初めの一回に比べると客の数は減っていたが、スタンの演奏は以前よりずっと深みが増し、安定していた。

(控え室……行ってもいいのかな?)

演奏が終わったあと、桂人はしばらく悩んでしまった。

今はブルーネル寮にいるので、あまり前方で聴くのも躊躇《ためら》われ、桂人は一番後ろで演奏を聴いていた。後方からも控えの間には入れるし、しばらくスタンと話もできていないから行きたい。もう恋人ではないけれど、友だちなのだから終わったあとに話しかけるくらいはいいはず……、迷いながらもそう決めて、出入り口が混雑しはじめる前にこっそり脇の部屋に入った。

側廊を一部衝立《ついたて》で覆って隠した形で、控え室がわりにしている部分があり、スタンはそこにいる。アルバートはまだ来ていないようで、奥のほうにぽつんと一人、座っているスタンが見えた。桂人は近づきながら声をかけようとしたけれど、それができなくなってしまった。

スタンは厳しい表情だった。椅子に座ったまま、左手を動かして弦を押さえる動きをしている。口の中で、なにかを思い出すようにぶつぶつと繰り返し呟いている。左手の指の動きは素早く、以前見た譜譜の動きと一緒だった。

（……演奏が終わっても、弾いてるんだ）

邪魔をしてはいけない、と咄嗟《とっさ》に思った。

するともう声がかけられず、桂人は足音を忍ばせてその場を立ち去った。入り口に設置された集金の箱に、以前よりたくさんの寄付金が集まっているのが見える……。ウェリントンの寮生に見つからないよう、桂人は人に紛れて足早に教会を出た。

「前回も聴きにきたけど、そのときはアーサー・ウェストに比べると見劣りしたわ。でも、今日はずっとよかったわね。彼にはデビューしてもらいたい」

「ルックスは満点だもの、デビューしたらハイブランドとコラボしてほしいわ」

流行《はや》りものが好きそうな女性たちの、弾んだ声が聞こえた。

（もしかしたらそんなふうになるのかな？）

ふと、桂人は思った。アーサーは実際、演奏活動やＣＤの販売以外にも、モデルとしての活動もしていると聞いたことがある。ルックスがいい演奏家なら、そういうオファーは普通だろう。スタンがプロのヴァイオリニストになれば、すぐにでもモデルデビューが決まりそうだ。クラシックの世界では、新しい客層を摑《つか》むためにむしろそうした広告や宣伝は歓迎されているだろう。実力も必要だが、見栄えもかなり重要な世界だと、うっすらと聞いたことがある。

（そうでなくても、プロのヴァイオリニストって、世界中を飛び回るよね。スタンみたいに目立つ人なら……メディアも放っておかないだろうし）

もしも桂人がスタンとずっと恋人のままでも、スタンがヴァイオリンを選ぶ限り、いつかは別れたのだろうな、という気がした。

――誰かを本気で好きなんて……危険な感情だよ。どうせ最後はヴァイオリンに戻ってしまうんだから。

桂人の頭の中には、冷めたようなアーサーの言葉が引っかかっている。夜道を歩いてブルーネル寮が見えてきたとき、桂人はしばらく立ち止まって寮の外観を眺めた。

石造りの建物は夜の闇に沈み、鋼鉄のように硬く、冷たく見える。

ここでおよそ五日を過ごしたけれど、寮内の空気は変わらない。桂人もただ、与えられた仕事をこなすくらいしかできていない。

（ウェストは寮として……破綻《はたん》さえしなければいいと思ってる。そのやり方に付いてこられない生徒は弱者として切り捨てられる。寮内がどうなっていても、ウェストのヴァイオリンには影響がない。それは本人の精神力が人並みじゃないからだ。でも……）

それが本当に、アーサーにとっても一番いいことなのか、桂人には分からなかった。ただ感じるのは、自分の無力さだ。結局のところ部外者である以上、できることがほとんどない。かといって個人の考えを無理やり変えたり、価値観を押しつけたいわけでもない。

(それでもこのままなにもせず、時が過ぎて立ち去るだけなんて……なんだか悔しい)

悔しいし、虚しい。

この無力感は、ブルーネル寮に対してだけではない。スタンに対しても、なにもできることがない。いまだに愛していても、諦める以外できることがなく——。

桂人がどうでも、どうあっても、愛していてもいなくても、スタンの演奏には関係がないと思うと、淋《さび》しかった。

「おめでとうケイト。もうすぐウェリントンに帰れるかもよ」

ブルーネル寮にやって来てから二週間が経ったその日、桂人はアーサーにそう言われて固まった。

それは昼食時間のことだった。

今日もブルーネル寮の食堂は重たい空気で、さすがに桂人のことをこそこそと悪く言う声は飽きたのかなくなったが、視線が合えば嫌な顔をされるし、奥に座ったドルワーが、相変わらず取り巻きを従えて、パーマーとハリスに週末のラグビー試合のことでずっと文句を言っていた。リズリーは浮かない顔で、マクギルはドルワーの声が聞こえてくるたびに「うるさいな」と舌打ちしている状態だ。

そんな場の空気を一切読むこともなく、アーサーは上機嫌だった。

「……ウェリントンに帰れるって、どういう意味？」

桂人は食事を終えたばかりだった。寮代表《ヘッドボーイ》のアーサーは、そもそも寮監と食事をとる。しかし今日は寮代表会議があるので早めに切り上げたらしく、珍しく生徒たちの食堂にやって来て、食器を片し始めた桂人に話しかけてきたのだった。

寮代表が、アジアンのウェリントン監督生《プリフェクト》に話しかけている——と、視線が集まってくる。

桂人はそれにたじろいだが、アーサーは普段と変わらない気軽な様子だった。

「スタンの集めた寄付金額だよ。そろそろ俺に追いつきそうだから……やっときみのしつこい小言からも解放される」

小声になるでもなく続けるアーサーにぎょっとして、桂人はその手をとり、ぐいぐいと引っ張って廊下へ出た。人気《ひとけ》のない片隅につれていき「きみは、バカなのか？」と言ってしまう。

「僕がヴァイオリンコンペの『賭け金』なのは、寮生には内緒だろ。なんであんなところで話すんだ」

腹が立って詰め寄っても、アーサーはいつもどおり笑っていて「でも、べつに大した影響はないと思って」とどこ吹く風だった。

「だって俺にいちいち、さっきの話なんですか？　って訊いてくるような生徒はいないし。きみは訊かれたら上手くはぐらかせるぐらい頭が良《い》いだろ？　気にしなくてよくないかな」

「きみと僕に関してはね。気を揉む寮生がいたら気の毒だろ、必要のないストレスだ。配慮してって話をしてる」

「ケイトも大概、しつこいね。またこの話するんだ」

呆れまじり、感心まじり、というような態度で、アーサーは肩を竦めた。

「俺ときみの会話が気になって眠れなくなるやつがいる？　成績が落ちるやつが？　そんなに精神が弱くちゃ、どだい寮生活なんて無理だよ」

アーサーはおかしそうに笑っていて、話にならなかった。

（たしかにそうだけど）

けれども、桂人が言いたいのはそういうことではないのだ。

「ウェスト、あのね。週末は、昼にブルーネル寮対ペンブルックのラグビー試合がある。多くの寮生はそっちが気がかりなはずだよ。ブルーネルはここ最近連敗してる。寮代表のきみが、他寮のチャリティコンサートのことばかり気にしてたら、寮生は不安に思う」

「ラグビー……べつに嫌いじゃないし見に行くよ。でも、スタンのヴァイオリンのほうが気になるのは音楽家としては普通だろ」

アーサーは肩を竦めている。きみがスタンを好きなのは分かるけど……と、桂人が呟くと、アーサーは不意に「俺はべつにスタンそのものは好きでもなんでもないけど」と口を挟んだ。

「スタンの人格じゃなくて、才能に興味があるだけだからね」

桂人は呆気にとられてしまった。

（そんなに簡単に割り切れることなのか？）

言葉を失っているうちに、アーサーはとにかく、あとちょっとできみも帰れてよかったね、とだけ言って立ち去ってしまった。

今日は寮代表会議で、桂人は昨日「ついてくる？」と言われたが、パーマーとハリスの面目を潰《つぶ》したくないと思い、断った。自分を誘うくらいなら、七年生の監督生を連れていくべきだとアーサーに進言してみたものの、

「そう？　まあ、俺としては人と連れだってぞろぞろ歩くのは性に合わないし、あの二人を連れていくとマクギルがうるささそうだからなあ」

と、返されておしまいになった。

（でもウェストは名簿上のことなら全部暗記してるみたいだし、効率優先とはいえ……マクギルがうるさくしても、それをコントロールすることくらいできそうなのに）

桂人は悶々としながら、寮の外へ出る。受験についてはオックスフォードからの書類審査待ちの期間で、特にやれることはないのだが、空いた時間で選択科目の論文を書いてしまうつもりだったから、図書館に行こうと思っていた。

（寮にいてもいいんだけど……こっちでは寮生に勉強を教えるなんてできそうにないしな）

ため息をつきながら歩いていると、後ろから「ケイト！」と声をかけられて桂人は立ち止まった。振り向くと、頬を上気させて駆け寄ってくる小柄な少年がいる。

「セシル……！」

手に本を持って駆けてきた生徒はセシル・イングラム、桂人がウェリントンで可愛《かわい》がっている五年生だ。美少年然とした甘い顔立ちで、桂人よりも少し背が低い。セシルは桂人に抱きつくと、「ああ……っ、やっと会えた！」と今にも泣きそうな声を出した。

「三日くらいで戻ってくると思ってたのに……。ケイト、全然帰ってこないんだもん。ブルーネル寮の近くを歩いてたら会えるかなってうろうろしてたの」

目尻を赤くして言うセシルに、桂人は胸が摑まれる気がした。

「探してくれてたんだ……、ありがとう。ごめんね、もしかしてなにかあった？」

優しく問いながら、桂人はセシルを促して川縁へ移動した。川が近づくと、水の香りがうっすらと漂ってくる。静かな森の中に、小鳥のさえずりが響いていた。

「僕になにかあったんじゃなくて、ケイトになにかあったんじゃやって心配だったんだよ。ケイトは優しいし、真面目だから、無理してないかって」

木陰に並んで腰を下ろすと、セシルは半ば怒ったように言う。さっきまでは泣きそうだったが、今は元気を取り戻したようだ。「もう！」と呟いて、桂人の肩に軽く頭突きをしてくるから、桂人はセシルが可愛くてその頭を撫《な》でた。

「会いに来てくれて嬉しいよ。ウェリントン寮は変わりない？　大丈夫？」

二週間も不在にしているから、本音を言えば桂人も寮のことはとても気がかりだった。とはいえ、自分がいなくなることで六年生は上手く育ってくれるかもしれない、という期待もある。

セシルが、

「寮は変わらないよ。ウォレスがすごく気を遣ってくれる」

と教えてくれたので、桂人はホッと胸を撫で下ろした。

セシルの話によれば、アルバートも頑張っている様子だ。頻繁に寮生と交流して、どこか不足が出たりしていないか、確かめてくれているらしい。一人一人のことを気遣うのは、アルバートには苦手な部分だ。そこを頑張っていると知って、桂人は嬉しくもあり誇らしくもあった。

ただ、スタンは朝の当番以外ではほとんど姿を見ないという。そもそもヴァイオリンの練習で、寮にいないという話だった。

「たまにいても、幽霊みたい！　食堂でご飯食べながら、ずっと左手がこんなふうに動いてて……」

と言って、セシルはスタンの指の動きを再現してくれた。ヴァイオリンを弾く手つきだ。

（スタン……夢の中でも弾いていそうだな）

「練習にのめり込んでるってアルバートは言ってた。僕もスタンのヴァイオリンは好きだよ。でも、心配だな。スタン、なんだかずっと練習してて……たまに寮にいてもぼんやりしてて、誰とも話さないし。どんどん孤立してるみたいに見える……」

「……孤立」

思わず繰り返すと、セシルは「もともと表面的には怖い人だったから、友だち少ないけど」と呟いた。

「でも本当は優しい人って、僕やケイトは知ってるじゃない？　……スタンって、一人ぼっちで平気なのかな。ケイトと仲良くなってくれて、僕は嬉しかったし……小さいころもスタンはヴァイオリンを弾いてたけど、あのころはヴァイオリンが、スタンと僕らを繋いでたのに」

今はそうじゃないみたい、とセシルは自信がなさそうに、小さな声で呟いた。

桂人は以前聞いた、セシルが幼いころにスタンがヴァイオリンで遊んでくれたという話を思い出した。頭の中に、控えの間で見かけたスタンの厳しい顔が、アーサーの、極端に他人に興味を示さない態度が、浮かんできては消える。

スタンとは孤独の種類が違うかもしれないが、人を寄せ付けていないのはアーサーも同じだ。

（神さまから才能を授かったら、孤独にならなきゃいけない決まりが……あるんだろうか？）

それが音楽家というもので、過去にどれほど多くの人と関わっていても、ひとたびヴァイオリンを手にしたら、やっぱりスタンはアーサーと一緒で、他人がいらなくなるのだろうか……？

（……でも、音楽って本来、人と人を繋ぐものじゃないのかな）

そう考えるのは、自分がなにも知らない素人だからなのか、桂人には分からなかった。

「ケイトがいなくて淋しいよ。早く帰ってきて。ゴドウィンが僕らの勉強たまにみてくれるんだけど、教え方が下手なの！」

おとなしいようでいて、セシルは素直で嘘《うそ》がつけないので、はっきりと言う。桂人は「えっ、ゴドウィンが？」と驚きつつも、セシルや下級生に文句を言われているゴドウィンの姿を思い浮かべるとつい笑ってしまった。

アルバートなども時々教えてくれるそうだが、そちらもあまり上手ではないという。

「アルバートっていい人だけど、気が回らないでしょ？」

今のところセシルが「一番マシ」だと思うのはウォレスだそうだ。

教えてもらっている立場で偉そうに評価をするセシルが無邪気で可愛らしく、桂人はずっとくすくす笑っていた。

ひとしきりセシルと話して、その日の休み時間は結局終わってしまったが、桂人にとっては久しぶりに気持ちの晴れる時間だった。

そろそろ寮に戻らなきゃ、と慌てるセシルを、ウェリントンの近くまで見送ることにして、並んで歩く。もうすぐ寮が見えてくる、という場所で不意にセシルが立ち止まり、少しだけ思い詰めた眼で、桂人を見つめてきた。

「ケイト……こんなこと僕が言うことじゃないけど。スタンってケイトのことがすごく好きだと思うんだよ」

桂人は返事に困らされた。

セシルは桂人とスタンが、ちょっと前まで恋人だったとは知らない。もう別れたんだよとも言えずにただ言葉を待っていると、「でもスタンって……すぐ離れていっちゃうから」と、セシルは呟いた。

「みんなと一緒に遊びたいけど、輪に入れないって泣いてたら、スタンはいつも手を引いてみんなの中に入れてくれるの。でもその中にスタンは入ってこないで、僕が遊んでるのを遠くから見てる。振り向いたら、一人でどこか遠くにいる……」

それがスタンらしいってことなのかもしれないけど、とセシルは瞳を曇らせた。

「誰かが手を差し伸べなかったら、スタンはずっと一人でいるんだと思う。……ケイトがいるときのスタンは、淋しそうじゃなかったから、僕は遠くにいても安心できてた」

セシルは変なこと言ってごめんね、と笑う。

「だからケイトに、早く帰ってきてほしくて」

「……セシル」

セシルの言うことは、とても理解できる。痛いほどに分かる。淋しいと泣いている子がいたら、手を差し伸べて助けてくれるのに、同じように輪の中には入らないスタン。

スタンにだって、手を差し伸べる人が必要だと感じる。けれどスタンが桂人に別れを切り出したとき、桂人はスタンから、手を振り払われたのだ。

(それが音楽に、必要だったから……)

けれど今のスタンも、以前のスタンと同じように……淋しいと泣いている子どもがいれば、手をひいてくれる優しさが残っているのだろうか?

(もし残ってるのなら……音楽を選んでも、スタンが誰かに、まだ、優しくできるなら)

スタンはアーサーと同じではない。世界のすべてを、切り捨てているわけじゃない……と桂人は思えるけれど、その答えはどこにもない。

セシルになにを言えばいいのか、分からずに立ち尽くしていたそのとき、道の後ろからやって来た小さな影とぶつかった。

「ご、ごめんなさい」

震える声で言ってきた生徒は、ウェリントン寮の四年生、ディールだ。桂人は眼を瞠《みは》り、

「ディール？　こんなところでどうしたの？」と首を傾げた。彼は桂人を見た瞬間、気が緩んだように目尻に涙を浮かべた。

「ヴァ、ヴァンフィール？　よかった……あの、あの、道の向こうで……七年生のスタン・ストークが倒れてるんです。どうしたらいいか分からなくて……」

スタンが倒れている――。

聞いたその瞬間、桂人は突然、血の気が退《ひ》いていくような気がした。

「過労で倒れたんだ、それなのにまだ弾くなんて」

剣呑《けんのん》な声が部屋いっぱいに響いている。ため息まじりにその声を遮ったスタンが、「静かにしてくれ、アルビー」と答えた。

外は暗く、時計は夕方五時を過ぎていた。夕飯が始まる時間だが、今はこの双子の諍《いさか》いを耳にしてか、この部屋に人は近づいてこない。

「アルバート、一度落ち着こう。スタンも、とにかく今日は休んだほうがいい」

そこはスタンの私室だった。桂人は昼休み、セシル・イングラムと一緒にいたところを、ウェリントン寮の四年生、ディールと偶然行き会い、彼からスタンが倒れていることを知らされたのだ。

聞いたときには狼狽《ろうばい》したが、とにかくスタンの元へ向かい、ウェリントン寮の監督生にも知らせた。スタンはヴァイオリンケースを抱きしめたまま、寮と練習棟の間の道に真っ青な顔で倒れていた。意識をなくしている間も、スタンの左手の指は弦を押さえるようにゆるゆると動いていて、桂人はそれを見た瞬間ぞっとしてしまった。

（スタン……こんな時でも弾いてるんだ）

そう分かったからだ。これほど人がなにか一つのことにのめり込み、取り憑かれたようになり、無我夢中になっているところを、桂人は初めて目の当たりにした。アーサーはスタンを音楽に取り憑かれたゾンビだと言っていたが、まさにそんな感じだとすら思った。

スタンは医務室に運ばれる途中で意識を取り戻し、診てくれた校医には過労だと診断された。実際スタンは睡眠不足らしく、眼の下に黒々とクマができていた。

「一日十五時間も練習してたなんて、正気かっ？」

夕方になり、顔色も戻ったところでスタンは私室に戻ったが、寮監に問い詰められて一日の練習スケジュールを白状した。監督生として朝の当番に立ったあとは、授業のない時間を合わせて、一日十五時間を練習に使っていると分かり、桂人もだがアルバートも、寮監のコリンズも一斉に言葉を失ってしまった。

「出ていってくれ、練習がしたいから」

それなのに、私室に入るやいなやそう言い放ったスタンに、アルバートは激怒していた。寮監はさすがに寮監室に戻ったが、桂人はアルバートと二人、スタンに付き添っていて部屋の隅っこで双子の言い争いを見ている。

「倒れたばかりだ。練習しようなんて正気じゃない」

「そうだ、倒れたから三時間も無駄にした……取り戻さないと忘れる」

詰め寄る弟にそっぽを向いて言う。アルバートは呆れかえり、怒りも度を超えたらしい。

「勝手にしろ！」と突き放して出て行った。あとには一人、桂人が残されてしまった。

スタンは眼が覚めてからまだ、ただの一度も桂人と言葉を交わしていない。

眼が覚めた直後、桂人の顔を見たときのスタンはほんのわずかに笑みを浮かべたが、それはまだ朦朧《もうろう》としていたからだろう。意識がはっきりした途端、桂人から眼を逸《そ》らしてしまった。

スタンを運び込む際に、寮生たちの何人かに姿を見られて、「ヴァンフィール、寮に戻ってくるのっ？」と期待まじりに訊かれたが、そういうわけではないので、今日はたまたまだよ、とだけ言って逃げた形になっている。ブルーネル寮には門限までには戻らないといけないけれど、かといってこのまま、なにも言わずにスタンの部屋を去るのもどうなのか……と思う。

（僕もアルビーと同じ気持ちで、今はスタンに休んでほしいけど……どう言えばいいんだ）

分からずに黙り込んでいると、やがてスタンがため息をつき、「ブルーネル寮にいるんじゃなかったのか」と呟いた。

「そ、そうだけど……、きみが倒れてるって訊いて」

ようやく出た言葉が思った以上に素っ気なくて、桂人はショックを受けた。スタンは首に手をあてて、憂うつそうにため息をこぼした。

「……お前には、見られたくなかった」

――どうして。恋人ではなくても、友だちなのに。

桂人はそう言いたかったが、言えなかった。

気まずい沈黙がしばらく流れる。そっぽを向いたままのスタンが、ごく小さな声で呟いた。

「ブルーネル寮では……大丈夫、なのか？」

変なやつらに、変なことをされたり……と言いかけたスタンは、途中で言葉を切ると、ぐっと飲み込むような顔をした。

「いや、いい、なんでもない。俺が訊くことじゃない……」

呻《うめ》くように独りごちると、スタンは桂人の姿を視界に入れるのもいやなように背を向けた。

「出て行ってくれ。頼むから」

懇願するような、それでいて煩わしそうな声音。ここに桂人がいることが、スタンにとっては迷惑なのだと分かってしまう。

「今は……俺に関わらないでほしい」

めいっぱいの力で、ドン、と押し出され突き放されたような錯覚が、桂人を襲う。

眼の前が闇に閉ざされて、急に見知らぬ世界に放り出されたような――頼りない心地がした。

（関わらないでほしいって……友だちでは、いていいんじゃなかったの？）

話すこともしてもらえないのだと思うと、言いようのない理不尽さを感じた。ショックを受けるのと同時に、じわじわと、怒りが湧いてくる。

（僕が、なにをしたって言うんだ）

ただスタンの音楽に不要だというだけで、こんなにも拒絶されるなんて……と思う。

けれど音楽家としてのアーサーをそばで見ていて、スタンがどれほど練習に打ち込んでいるかも知っていて、一方的に罵《ののし》ることもできない。

スタンの音楽への情熱を知っていて応援したい気持ちと、だからといってなにもかも拒まれるのを受け入れねばならないなんて理不尽だという怒りが、ないまぜになって桂人は葛藤《かっとう》した。

（別れようって言われて受け入れた。邪魔しないよう我慢してる……なのに、倒れたこと、心配もさせてくれないのか……）

ともすれば文句が口を突いて噴出しそうだ。それがいやで、なにも言えなくなった桂人は、「ブルーネル寮に戻るね」とだけ言って、スタンの部屋を出た。

廊下や階段で人に会わないよう、なるべく急いで寮を立ち去る。そうしないと、ブルーネル寮に戻れなくなる気がしたからだ。

しばらく気持ちを無にして夜道を歩いていたが、そのうちに不意にまた、思った。

（僕が、なにしたって言うんだ！）

そうして、なにもしていないけれど、スタンにヴァイオリンを弾いてと言ったのは自分だと思い出してしまう。

（……全部自業自得。ブルーネル寮に行くと言ったのも、僕）

分かっているから、怒りのやり場がなくなり、ため息をつく。

ブルーネル寮のすぐ近くで立ち止まると、人気のない道の向こうをうつむいて歩いているリズリーを見かけた。

（リズリー？　一人で、なにしてるんだろう）

桂人は声をかけようかと考えたが、外灯に照らされたリズリーの表情が、妙に思い詰めていて、できなくなる。よく見ると、彼はやはり少しだけ左足を引きずっている。

（いやな予感がする）

桂人はしばし、リズリーを見つめながら考えた。

週末の土曜日には、ラグビーの寮対抗試合がある。

そしてその試合に臨むメンバーが発表されたのは、翌日の夜のことだった。


対ペンブルック戦、連敗が続いているブルーネルにとっては絶対に勝たねばならないこの試合のフォワードの一人に、リズリーが選ばれていた。

「リズリー！　七年生はあてにならない、お前が要だ。絶対に先取しろよ！」

夕飯の席でマクギルが派手に言い、六年生が拍手喝采ではやしたてた。七年生は押し黙っていたが、パーマーやハリス、ドルワーをはじめ、何人もの選手が試合には参加する。

桂人は就寝間際まで、寮内をうろうろと回ってようやく消灯十分前に監督生特別室にいるアーサーを捕まえられた。

「ウェスト、話がしたい」

部屋の電気も点《つ》けず、読書灯の明かりだけで名簿を読んでいたアーサーは、桂人に気づくと「ああ、またケイトか。悪いんだけどちょっと待てる?」と苦笑した。

「今はこれを読んでしまいたいんだよ、時間がないからさ」

桂人はおとなしくそれを聞き入れて、しばらくの間アーサーが名簿を読み終えるのを待った。

見ていると、アーサーが手元の名簿を繰るスピードは尋常ではなかった。緑の瞳は集中しており、左右に素早く動いている。驚異的な速読だった。口の中でもごもごと内容を反芻《はんすう》しながら、アーサーはあっという間に新しく追加された情報を読み終えた。

(……すごい。音楽のためとはいえ、これほどの効率化を自分に強いれるなんて)

終わったから聞くよ、と言われて、桂人は消灯間際なこともあり端的に、「リズリーが……足を怪我してるかもしれない」と伝えた。

「試合に出していいの? ドルワーは知らない可能性がある」

「ああ……、やっぱり? そうじゃないかなとは思ってたんだ。パーマーが庇ってやってるんだろうね。ハリスも知ってるんじゃない? あの二人はまっとうな監督生だから、そうするはずさ」

ドルワーは自分が選ばれなかったひがみで、監督生の三人に特別厳しい。だからリズリーが怪我したとばれたら、いじめ抜かれるだろう、とアーサーが言い、桂人はぎょっとしてしまった。

「し、知ってて放置してるの？」

「ドルワーは典型的な、『嫌な先輩』だからね、あいつ、後輩が失点すると真夜中にトイレに呼び出して、取り巻き連中で囲ってさ、臭い泥水を飲ませたこともある。まあよくあるいじめだけど」

リズリーは何度かやられてるだろうね、と平気な顔で言うアーサーに、桂人はぎゅっと眉根を寄せた。

（そういういじめをする上級生は、べつに珍しくないけど……）

実際、閉鎖的な学校の中ではよくあることだった。ウェリントンではメンベラーズの代、アルバートの代とその手のことはほとんどないはずだが、それでもゴドウィンがセシルを襲おうとしていたように、下級生が上級生に取り囲まれることはままある。

スポーツのチームでは、キャプテンが暴力に厳しくなければ起こりがちだし、ドルワーが率先していじめるタイプなら、リズリーが怪我を隠しているのも仕方がないとは思う。

「……上級生による暴力的ないじめは、寮代表のリーダーシップである程度抑えられる。きみがしっかり舵《かじ》を取れば、ドルワーだっておとなしくなるはずだ」

「そうかもしれないけど、それには相当な仕事量をこなさないと。三ヶ月は眼を光らせないとダメだろ？　そもそもはラグビーチームの問題だから、チームで解決してもらったほうが、俺としては気楽なんだよね」

アーサーは悪びれずに肩を竦めている。だが桂人からすれば、監督生が三名もラグビー部にいるのだから監督生の問題だ、と思う。

「ここを押さえて関われば、一気に諸々の問題も解決できる。なのにサポートしないのか？」

「そうは言っても、関わるだけのメリットがない。コストのほうが大きい。どのみち問題の大部分は七年生だろ、いずれ消えるじゃないか。なら関わらない」

こちらに関わってほしくもないしね、とアーサーは言ってのけ、話がそれだけなら失礼するね、と立ち去った。取り残された桂人は、ただ呆然《ぼうぜん》としていた。

今話したこと、聞いたこと、アーサーの反応のなにもかもが、しばらく飲み込めず、信じられずに思考が停止する。

だがやがてだんだんと、脳が理解してくると、なにか耐えがたい気持ちになってくる。

（……なに？　関わらないって。関わってほしくもないって。要らないから？　切り捨てれば楽だから？　人が、怪我をしているのに）

トカゲの尻尾みたいに切ればいいと言って、指をはさみのように動かしていたアーサーのことを、思い出す。

関わらないでほしいと言って、桂人を突き放したスタンの姿が、ふと、重なる。

（いろんな寮代表がいるし……いろんなまとめ方がある。いろんな関わり方があっていい……。

それは分かるけど）
　腹の奥から、もやもやとなにかが突き上げてくる。誰のやり方が正しくて、誰のやり方が間違っているとは言わないし言えない。それでも、分かることが一つある。
（アーサー・ウェスト、きみのやり方は、僕は嫌いだ……！）

（今夜のコンサートで一ポンドでもスタンがアーサーの集金額を越えたら、僕はウェリントンに帰る）

　桂人は腹を立てながら荷物を詰めた。十一月の初めにブルーネル寮にやって来て、もうすぐ二十日になる土曜日だった。この日、昼にはブルーネル寮はラグビーの試合があり、桂人も最後の観戦に行く予定だった。そのあと夕方六時にはスタンが参加するチャリティコンサートがある。アーサーは出演しないし、ブルーネルの寮生は誰も見に行かないだろうが、桂人はその経過を見届けたあと、いつでもブルーネルを出られるようにしておこうと思ったのだ。

（……スタンの集金額が上回らなかったら、分からないけど）

　それにしてもアーサーのやり方に不満があるのに、ここにこれ以上いるのは不健全な気がした。もっともウェリントンに帰っても同じかもしれない。桂人はスタンにも、「関わらないでほしい」と言われているのだから、精神的には戻ったところで同じ問題を抱えるだけだ。

「よく見に来られるな、あのアジアン。どういう神経してるんだか……」

その日、天気は曇りで空はどんよりと雲が垂れ込めていた。ただ風はなく、気温はわりと暖かだ。

試合の場所に観戦に行くと、早速、桂人の神経を疑う声が聞こえてきたが、桂人は予想していたので平気だった。それはそうだ。他寮の監督生が、他寮の応援に行く、なんて気がおかしく見えるだろう。

ブルーネルの他の寮生から離れたところで見ようと、端っこの観覧席に座る。アーサーは見に来ると言っていたが、今のところ姿が見えないので、桂人はそれにもムカムカした。

（一監督生ならいいけど、寮代表が来ないって！）

自分だってスポーツマンではないから、一年以上前までは寮の対抗試合を見に行くのは苦手だった。それでも寮代表が遅れてくるのでは、寮生の気持ちにまとまりが欠けるのではないかと思う。

そうしている間にもピッチには選手が続々と集まってきた。桂人はリズリーの姿を探した。足は引きずっていないが、心なしか顔は青ざめている——。

「ブルーネルに勝利を！」

大声で叫んでいるのはマクギルだった。リズリー！　と名前を呼ばれて、リズリーが困ったような笑みを観覧席に向けている。レフェリーが笛を吹き、選手たちに試合開始を告げる。

桂人はフォワードに立ったリズリーへじっと視線を注いだが、同じように見ている人がいるのに気がついた。同じピッチに立つパーマーとハリスが、気遣わしげに何度か、リズリーを振り返っている。

(なにも、なければいいけど……)

ドキドキと音をたてはじめた胸の上へ手を置き、桂人は深呼吸をした。

試合が終わったのは、午後三時過ぎのことだった。

そしてその結末は、ブルーネル寮の寮生たちにとって予想だにしないものだった。


「アルフレッド・パーマー！　お前さえいなければこの試合には勝てた！　やっぱり七年生は我がブルーネルに巣くう疫病神だ！」

夕方五時すぎ、夕飯が終わった直後の食堂で、その騒ぎは起こってしまった。

まさに中世時代の宗教裁判、断罪そのもののような光景に、桂人は一人打ち震えていた。

今日のペンブルック戦で、ブルーネル寮は五点差で負けた。

途中までは優勢で試合が進んでいたが、最後の最後、パーマーが相手選手に重たいタックルをわざと仕掛けたと判断されて、ペナルティトライが与えられたのだ。

そのまま試合はノーサイド。終了間際のペナルティトライがなければ、ブルーネルが勝っているはずだった。

寮生たちは試合結果に一様に打ちひしがれ、食堂の空気は最初から重たかった。

試合後の反省会を終えて帰ってきたラグビー選手たちが食卓についたタイミングで、当番についていたマクギルがついに耐えられなくなって、そう叫んだのである。

負けたのは、パーマーの責任だと。

最初は静まりかえっていた食堂も、マクギルの叫び声をきっかけに、主に六年生が立ち上がってそうだそうだと糾弾し始めた。黙って聞いていた七年生が数人、「いい加減にしろ！」と六年生の怒鳴り声を諫《いさ》めようとしたが、誰も黙らない。

(最悪の状況じゃないか)

壁際に座っていた桂人は、こうなることをどこかで予感していたために、余計に動揺しながらどうすればいいのか、必死に考えていた。

この場を誰かにおさめてほしくても、食堂にいる監督生のうち頼りになりそうな人はいない。正義の執行に気を取られているマクギルは、断罪の先陣を切っているし、五年生は無関心を決め込んでいる。

リズリーを見ると、彼は一人青ざめて震えている。パーマーとハリスは黙り込み、ドルワーは舌打ちしてふんぞり返っている。

桂人は頭の中で、今日の試合のことを振り返った。

(……パーマーは、リズリーにタックルしようとした相手につかみかかって、ペナルティをとられてた)

ボールを持っていない人間に仕掛けるのだから、当然のように反則になる。だがあのときパーマーが考えていたことなど、桂人には手に取るように分かる。本当は、反則をしようとしていたわけではないはずだ。

「すごい騒ぎだね。ケイト、そろそろ行かないとチャリティコンサート始まるよ」

そのとき、壁際を伝ってこっそりと食堂に入ってきたアーサーが、桂人の背後に立って声をかけてきた。この状況を見てもなにも思わないのか、アーサーは「俺もスタンの演奏、聴きに行こうかな」などと言っている。

桂人は「はあ？」と言いたいのをこらえたが、信じられない気持ちでアーサーを見上げた。

「ウェスト、そんな場合じゃない。試合見に来てた？　後半のパーマーのプレイ、どう思った？」

小声で確認をする。

「途中から見に行ったよ。リズリーを庇ったんだろ。怪我のこと知ってるんだから」

パーマーの性格ならそうだろうさ、と、アーサーは簡単に言う。分かってるじゃないか、と桂人は思うが、アーサーは動こうとしない。桂人はあまりにも無関心なアーサーを、きつく睨み付けていた。

「ウェスト。代表としてそれを話して。この場をおさめるんだ」

小さな声で詰め寄ったが、アーサーはうーんと首を傾げた。この期に及んでなにを考えているのかと、桂人はアーサーを疑ってしまう。

「……でもそうすると、俺ができる代表だと思われて、あとあと面倒じゃない？　いろいろ相談事を持ちかけられても、それに使う時間はないし」

アーサーは肩を竦め、「それにラグビーシーズンもいずれは終わるし」と言った。

「シーズンが終わったら、七年生はチームを去る。今日のことも、リセットされるさ」

目眩がする――。

それはそうだ。それはたしかにそうなのだ。そうでなくとも、七年生には受験があるので、シーズン終了前にチームから抜けるのが普通だった。だからあとしばらく待てば、たしかに寮代表が動かなくとも問題は消えるだろう。

だが、と桂人は思う。

(そんなもの、消えて見えるだけ。本当はなにも終わらない!)

もういい。

その瞬間、頭の中でなにかが切れるような気がした。我慢して我慢して我慢してきたが、もういい。もう知るか。もうこんなの、とても我慢できない!

気がついたら桂人は食卓をバン! と叩いて立ち上がっていた。食器がけたたましく躍り、カトラリーが床に落ちる。

その音に、一瞬騒ぎがやんだ。アジアンの、他寮の監督生、異質なケイト・ヴァンフィールがなにをするつもりだと、寮生たちの疑いを含んだ視線が集まる。桂人はテーブルを回り、まっすぐにリズリーの前へ行った。

リズリーが青ざめた顔で、桂人を見上げる。

「ロバート・リズリー。きみは臆病者じゃない。なぜなら誰より優しいからだ。優しさに勝る強さはない。きみはここで、なにをなすべきか分かってるんじゃないのか？」

言った瞬間、リズリーの視線がハッと自分の足に向く。マクギルは桂人を嘲《あざけ》るように、「なに言ってるんだ？　このアジアン」と嗤《わら》った。だがパーマーは、なにかに気づいたように慌てて、腰を浮かせている。

「おい、ウェリントンの犬。お前は部外者だろう――」

桂人はパーマーの言葉を無視して、つかつかとマクギルの前に進んだ。マクギルは「なんだ！」と桂人に怒鳴ろうとしてきたが――桂人はその頬を、パン！　と一度ひっぱたいていた。

食堂内に冷たい音がこだまし、寮生たちが固まる。マクギルも予想していなかったらしく、固まっている。

「ヴァ、ヴァンフィール……」

リズリーが慌てて立ち上がったが、桂人は構わずにマクギルにまくしたてる。

「マクギル、きみは目上の人間への敬意がなさすぎる。自分以外は全員ばかだとでも？　自分の言葉に影響力があると自覚して、もっと周りから学べ！　僕は他寮の人間だから叩いた。文句があるならあとで殴りに来い！　それからパーマー！　ハリス！」

言うだけ言って今度はパーマーとハリスを怒鳴りつけると、二人は鞭《むち》で打たれたように、反射的に立ち上がる。桂人はずんずんと二人の前に立つ。

「きみたちはリズリーを庇い、自分たちに向けられる疑いに言い訳もしない立派な紳士だ。なのに、誰の眼を気にしてるんだか知らないが……後輩に敬われる振る舞いをなぜしないっ？」

桂人はちらりとドルワーを見た。彼の爵位とチームのキャプテンという威圧が、二人を縮こまらせているのは眼に見えている。七年生の復権を求めたら、空いた監督生の椅子に、ドルワーが座ろうとするかもしれない――。

彼らはそれをきっと、恐れている。

静まりかえった食堂の中に、囁き声のようなものが漏れる。

「リズリーを庇ってる？　なんのことだ？」

「……眼を気にしてるって……誰の？　ドルワー？」

下級生たちはなにも気づいていないのだ。マクギルもぽかんとしている。桂人は息を吸い込み、じっとパーマーとハリスを見た。

「リズリーが怪我をしてる。きみらはそれに気づいてたけど、彼は主力選手だ。怪我が知られたらキャプテンに怒られると――あえて庇って、ドルワーの眼を盗んでリズリーを休ませたり、練習量を減らしてた。……今日の試合のペナルティだって、リズリーを庇っての行動だ」

食堂内が、ざわめく。ドルワーが忌々《いまいま》しげに「なんの話だ」と呻き、下級生の何人かが「そういえば今日のペナルティ、リズリーにタックルしようとした選手をパーマーが止めて……」と思い出したように呟いている。

「元寮代表が不祥事を出した。……だから、自分たちは嫌われたまま切り捨てられるのが寮のためだと……パーマー、きみは言ってたね。それはそれで立派な心がけかもしれない。でも」

桂人はちらりと、マクギルを見る。マクギルはまだ困惑しているようだが、その表情からは、現状の問題を理解しようとしている様子が読み取れる。

「年下の者に、いつかは自分もこうなれるんだと希望を持たせることだって大切だ。リーストンを出てからも人生は続く。敬える人間が年長者にいるという希望を、ここにいる彼らから奪う権利はきみたちにはない！　敬われるべき態度を取るのも、年上の務めだ。怠るな！」

言い過ぎかもしれなかった。けれど必要だった。

なぜなら監督生というのは、そういう立場だからだ。特権を得るかわりに義務を負う。その義務の中には、最上級生としてそれらしく振る舞うことも含まれている。完璧ではなくてもいい。それでも自分らしく堂々と、ノブレス・オブリージュの精神を体現しようと努力する姿。いつかはああなれる、あるいは、世の中には尊敬できる年上がいると、信じてもらうこと。

五年間という学生生活は人生から見れば短すぎる。だがそこで得たことは生涯力になるはずで、リーストンの外側に広がる人生へこぎ出したとき、年上はあてにならないという負の感情よりも、あてになる年上もいるという気持ちのほうが、よっぽど財産になるはずだった。そうして監督生はその財産を――できるだけ多くの寮生に届ける義務を負っているのだ。

怒鳴られたパーマーとハリスは言葉をなくしていたが、やがて悔しそうにパーマーが唸《うな》る。

「なんで……、外部の人間の、お、お前に言われないとならない？」

「外部の人間だから好きに言ったんだ。きみらは……本当に現状が、下級生のためになるとは思ってないだろう？」

桂人はそっと囁いた。

リズリーがよく分からないと言っていたアーサーの本質を、パーマーは言い当てた。ハリスも同じように、洞察できるだろう。二人はアーサーの、「七年生を切り捨てる」策を知っていて受け入れている——。卒業まで耐えて、切り捨てられるつもりだ。それが一番、寮にとっていいと判断したのだと桂人は感じていた。

「きみらはトカゲの尻尾じゃない。切り捨てても再生する部分じゃないんだ。マクギルも、リズリーも……まだきみらの導きが必要だ。きみらが我慢して苦悩している数ヶ月……三年生や四年生も苦しむってこと、分かるだろう？」

パーマー、ハリス。と、桂人は二人にだけ聞こえる声で言った。

「きみたちは寮に尽くしてきた。その力が今、必要だよ。他にかわりはいない」

僕は同じ七年生だから、分かる。

桂人がそう言ったとき、二人の七年生は眼を逸らしたり、うつむいたりした。悔しそうに、パーマーが「くそ……ウェリントンの、犬なんかに」と呻く。

青ざめたリズリーを振り返り、桂人は促すように頷いた。リズリーはぐっと拳を握りしめながら、常になく大きな声で「き、聞いてくれ」と、その場にいた寮生に語りかけた。

「僕の左足の怪我を庇って、パーマーが……反則になってしまったんだ。……その、パーマーとハリスは、ずっと僕を庇ってくれてた。ド、ドルワーにいじめられないように——」

リズリーは震えていたが、それでも最後まで言い切った。生徒たちはどよめく。

黙っていたドルワーは立ち上がると、「じゃあリズリー、今日の負けはお前の責任か！」と怒鳴って、食堂のテーブルを蹴《け》り倒した。三年生が恐怖で悲鳴をあげ、食堂はシン、と静まりかえる。ドルワーの周りの取り巻きたちも、威圧するように立ち上がって、リズリーを睨み付けている――。

恐怖に満ちた時間が、数秒か、数分か続いた。

緊張を打ち破って動いたのは、パーマーだった。

「……違う。ドルワー、リズリーの責任じゃない」

最初はかすれた声で、パーマーはそう言った。ぎゅっと握った拳は震えていたが、その眼には不意に、強い意志がみなぎるのを桂人は見た。ハリスが動き、ドルワーから庇うようにリズリーの前に立つ。

ドルワーが立ちはだかったパーマーとハリスを、険しい顔で睨み付ける。それでも、二人は退《ど》かなかった。

「これ以上……後輩を苦しめることはもう許せない。ここは俺が監督生を務める寮だ」

絞り出すような、パーマーの声。

「ここは俺の寮だ！　チームを私物化するなら、お前にキャプテンを降りてもらう！」

言い放ったパーマーに、リズリーが涙ぐんでいる。マクギルは事態についていけずに、まだ唖然《あぜん》としている。けれどすぐに、寮生たちは七年生二人の監督生が、誰の味方なのか理解した様子だった。

「俺はパーマーとハリスにつくぞ、リズリーを庇ってくれてたならなおさらだ」

誰かが言うと、俺も、俺もと声があがる。

ハッとしたマクギルが「そ、そういうことなら俺も」と言い、ドルワーが気圧《けお》されたように一歩後ずさった。

きっとこのあと、ラグビーチームの再編成について話し合いが持たれるのだろう。

自分はもう必要ないと、桂人は喧噪《けんそう》の隙をついて食堂を出て上の階にあがった。

だが後ろからついてきている影がある。足早に監督生特別室に入ると、相手もまた一緒に入ってくる。それが誰かは、もう分かっていた。

「見事だったね、俺がなにもしなくても、きみは一瞬で解決しちゃった」

瞬間、おかしそうに笑っているアーサーの胸ぐらを、桂人は摑んでいた。

全身の力を振り絞って、自分より背の高い体を、ドン！　と壁に押しつける。

腹が立っていた。とてつもなく、桂人は怒っていた。

「アーサー・ウェスト！」

気がつくと、怒鳴り声をあげていた。

「きみだってできた！　できたのにやらなかった！　どういうつもりだ！」

震える手で胸ぐらを締め上げながら、桂人はアーサーを睨む。アーサーは「ええ？　できたかなあ」と、とぼけたように苦笑している。桂人の手に触れて、「ねえちょっと、離してよ」と軽く言う。

桂人はその態度に、我慢していたものが弾《はじ》けて切れるような気がした。

——本当に世界は、きみの音楽に関係ないのか？

関わらないでほしい、と背を向けたスタンのことが、瞼の裏に浮かぶ。

背を向けて、距離をとれば、世界から孤立して自分と音楽とだけ、見ていられるのか？

そんなわけがあるか。そんなばかな話があるかと思う。そんなわけがない。今日騒がしかった食堂も、昨日静かだった礼拝堂も、一昨日笑い声に溢《あふ》れていた廊下も、この世界で起きていることが、アーサーのヴァイオリンに……スタンのヴァイオリンに、関係ないはずがない。

「きみだってできた……僕くらいのことはできた！　やらなかっただけ……眼を背けただけ、それで傷つく人がいることを知っていてもやらなかったんだ！」

桂人は訴えるように叫んでいた。胸ぐらを掴んだまま、揺する。ちょっと、やめてよ、と言いながら、アーサーは困惑気味に桂人の手首を持つ。

「どんなに……、どんなに関係なく思えても、どんなに、どんなに要らなくても！」

訴える桂人の激しさに、アーサーはぽかんとしている。

「きみが世界を、世間を、外のものをどんなにどんなに排除したって……！」

己の額をアーサーの額に押しつけ、桂人は脅すように叫んでいた。

「関わってやるからな！　僕は関わってやる！　世界だって世間だって、勝手に関わってくるんだ！　どこまでいったって、きみが孤立を望んでも……っ、ヴァイオリンの向こうには聴く人間がいる、繋がる人間がいるから、音楽は存在するんだ！」

叫びきったとき、頭上で時計が鐘を鳴らした。いつの間にか六時だ。桂人は息を切らしながら「失礼」と言ってアーサーを放した。胸ぐらを放されたアーサーは、脱力したようにその場にくたりと座り込んだ。

「僕は寮に帰らせてもらう。マクギルに言っておいて。殴りたかったらちゃんと殴らせるから

ウェリントンに来るように」

さっと襟元《えりもと》と上着を整えながらドアノブに手をかけると、しゃがみこんだままのアーサーが

「ねえ、ケイト」と呼びかけてきた。

振り向くと、アーサーは顔だけ桂人に向けていた。不思議そうな眼で、訊ねてくる。

「俺って、孤立を望んでるの？」

桂人はアーサーの緑の瞳を見つめた。その眼には、無垢《むく》な疑問が浮かんでいる。

「……分からなかったの？　きみは孤独だよ、アーサー・ウェスト」

子どものような顔をしているアーサーを見ていると、怒りは解けていき、哀れにすらなる。

「寮の一大事で、あれほどの騒ぎになっているのに……さっき、誰もきみを呼ぼうとしなかっ

た。誰もきみが助けてくれると思ってない……寮代表なのにね。きみがきみの世界から彼らを

締め出したからだ。そうして、きみは自分で自分を、世界から排除してるんだ」

彼らにだって、きみの音楽は必要かもしれない。音楽だけじゃなく、きみ自身だって、必要

かもしれないのに、と桂人が言うとアーサーは眼をしばたたいた。

「きみは楽かもしれないね。自由かもしれない。……でも、音楽って不自由なところから、生

まれてきたものじゃないの？」

人生のままならなさ、苦しみ、悲しみ。

なにもかも思い通りにいくのなら、誰が歌おうか。誰が奏でようか。誰が聴こうかと、桂人は感じる。

スタンはアーサーと同じ音楽を選び、桂人にも関わらないでほしいと拒絶しているのかもしれない。

けれどスタンが一度はアルバートのために音楽を捨てたのはたしかで、スタンの音がスタンにしか出せないとアーサーが言うのなら、それはたぶん同じ孤立、同じ孤独でも、スタンの中には泣いている子どもを放っておけないような優しさが残されているからだと、桂人は思う。

「僕は素人だから分からないけど。ただ、せめてパーマーはきみが何者か理解してることに、感謝するんだね。彼はきみに、切り捨てられる覚悟をしてた」

アーサーはなにを思っているのか、急にひっぱたかれでもしたように眼を丸くしていた。

桂人は足早に部屋を出て、自室に戻るとあらかじめ用意しておいた荷物を手にした。アーサーのことがどれほど信頼できるか怪しかったので、叩いたことは謝罪する。殴りたければ来てくれていい、と書いたメモを用意し、マクギルの部屋のドアの隙間に挟んだ。

寮監には明日挨拶に行こうと決めて、桂人は早足で階段を下りる。食堂の前を通るとき、まだ中からは喧噪が聞こえていた。ラグビーチームの新しいキャプテンを、という言葉が行き交っている。

(良い方向にいくか分からない。ドルワーはもっと態度が悪くなるかも……でも、とにかく風

穴は開けた。間違ってたとしても……もう我慢できなかった）

ごめん、と心の中だけで謝る。けれど寮生一人一人の胸に潜む可能性と力を信じてもいる。桂人はウェリントンでも、いつも、最後には監督生でも寮代表でもなく、寮生それぞれが力を発揮して寮の運営はままなるのだと感じてきた。きっとそれは、ブルーネルでも同じだと思いたい。

それに今は一刻も早くウェリントンに、スタンのもとへ帰りたかった。

（僕は関わる。……もう、関わるんだって決めたから）

ブルーネル寮の玄関から外へ飛び出して、桂人は寮を振り返る。青白く、夜の闇に浮かぶ石の壁。ほんの三週間近く過ごしただけのこの場所を、懐かしく思うことはできなかったが、やってこなければ気づけないことがあったと思う。

（ウェリントンがあったから、なにを言われても平気だった）

どこにいても、誰といても、大切にしてきたなにかは力をくれるのだと気づいた。そしてたとえ、どれほど無関係に思える世界でも――たとえば、桂人を排除しているブルーネル寮という世界だって、ひとたび隣り合えば、桂人にとって無関係ではいられないものだった。愛そうと愛すまいと、世界は常にそばにある。

風が吹くと、そこには冬の気配が色濃く潜んで、凍るように冷たい。越冬のため渡るツバメはもう、海を越えただろうなと、不意にそんなことを思う。ツバメに紐付《ひもづ》けられて思い出すのは、五歳のときに消えてしまった父のことだった。

そして父を思い出すと、本当は、音楽家にとって音楽がどういうものかや、どんな生き方が必要なのかということは、自分には関係ないのだと感じる。

（僕がママだったら……パパに捨てられたあと）

母のように恨み言を言って泣き暮らし、愛したことを後悔しただろうか？

僕はしない、と桂人ははっきりと思った。

後悔もしない、恨みもしない。泣いて暮らしたりなんてごめんだ。

（音楽家の心は分からない。……でも、分からなくていいんだ。大事なのは、自分がどうするか。僕はママとは違う）

愛する男に捨てられたらできるところまでは追いかける。

邪魔をするつもりはないが、切り捨てられた世界と一緒に、朽ち果てて諦めて泣いて過ごすよりは、どれだけ遠ざけられてもすぐそばにある日常の片鱗《へんりん》として、手を伸ばしてもらえる場所にあることを選ぶ。それが本当に相手のためにはならないと、そう思うまではそうする。

そのほうが自分らしい。自分らしくいられたら、きっと最後になにがあっても、これが自分の人生で、自分の居場所だと思える。

もしも一人一人が、違う世界を持っていて、違う世界に住んでいる者同士だとして。

それぞれの世界は、常に孤独に閉じているわけではない。どれほど閉ざしても、誰かがそばにいて、世界と世界は干渉し合っている。

音楽で他の世界と関わる人もいれば、絵や詩で関わる人もいる。それができない桂人は、言葉と心、行動で関わるしかない。難しいことは分からない。けれどどれだけ無視をしても、無視をした世界がなくなるわけではないし、無視をされたときも、無視をされた桂人の世界が消えるわけではない。

父は桂人と母を捨て、きっと父の世界からは桂人と母の世界は見えなくなり、消えただろう。

それでも、桂人と母の世界は存在し続けた。

無理やり切り離されたから大きな傷がつき、その傷が癒《い》えないまま、回り続けた。

それを責めたいわけではなくて、せめて自分は、どれだけ閉ざしても世界は閉じないし、どれだけ煩わしくても世界と世界は関わり合っていることを、忘れない。

なにもできなくてもいいから、忘れないでいよう。そう思っただけだ。

走るように歩いた道の先に、ウェリントンの寮が見えてきた。懐かしさが胸に満ち、心が解き放たれてゆく。戻ったら一番に寮監を訪ねて、もう一度ここに居場所をくださいと頼もう。

それから先のことはとりあえず、あとで考えればいい。

# 十二

桂人《けいと》は十一月の下旬、ようやくウェリントン寮に戻ってこられた。ブルーネル寮で過ごした日々は、三週間近かった。

その晩のスタンの演奏は見に行けなかったが、どうやら偶然にも、そのタイミングでスタンの集金額は先日のアーサーの集金額を、わずか一ポンド上回ったらしい。寮代表会議で桂人が戻ったと報告しても、たぶんこれなら納得させられるという材料がそろったのは奇跡だった。

桂人はスタンが倒れずに、コンサートを終えたと聞いてホッとした。

アルバートを始め、ウェリントンの寮生たちも、寮監《ハウスマスター》のコリンズも桂人が戻ってきたことを心から喜んでくれた。セシルは抱きついてしばらく離れなかったし、ゴドウィンもハグをしたそうにそわそわと手を動かしていた。

たった一人、スタンだけは、桂人が部屋まで押しかけて報告すると「ああ……そう」と気まずそうに眼《め》を逸《そ》らしていたが、桂人はもうここで、遠慮したり退《ひ》いたりしないと決めていた。

（僕はきみに勝手に関わるからね。スタン）

心の中で思いながら、それでも邪魔をしたいわけではない。

「練習、頑張ってね。でも、無理しすぎないで」

それだけ言って、スタンの部屋を出た。スタンはなにか物言いたげな顔をしていたけれど、それがなにかまでは分からなかった。

ウェリントンの寮内は、アルバートとウォレスがしっかりと守ってくれていた。他の六年生二人も、ウォレスの指導で成長しており、寮生のことをよく把握していた。

「ウォレス、頑張ってくれたんだね。ありがとう」

当番がかぶったときに労《ねぎら》うと、ウォレスは頬を赤らめて「ヴァンフィールの真似《まね》をしただけだよ」と嬉《うれ》しそうに笑った。

「ヴァンフィールがしてたことを思い出して……とにかく名簿を何度も読んだよ。それから、学習相談で、今まで話したことのない子たちと触れあえて勉強になった」

ああいう場で、意外と今まで見えなかったことが見えたり、寮の問題が明らかになるんだね、と言われて、桂人は眼を細めた。

ウォレスはモデリングが上手《うま》い、と言っていたメンベラーズの言葉は本当だったのだな、と思う。

「セシルが、きみに感謝してたよ。教え方も上手かったって」

マシ、と言われていたことは伏せて言うと、ウォレスはくすぐったそうな顔をして、喜んでいた。どんな形でも、下級生に慕われることは張り合いになる。

一方でブルーネル寮がどうなったかは、しばらくの間分からなかった。寮代表会議では桂人がウェリントンに戻ったことを話すから、今日は来なくていいよとアルバートが気を利かせてくれた。たぶん、桂人が他の寮代表《ヘッドボーイ》から心ないことを言われるのを警戒したのだろう。ブルーネルから帰ってきたばかりの桂人には、万に一つもその言葉を耳に入れたくないと、アルバートは思っているようだった。スタンはもうずいぶん前から練習のために連れて行ってないらしい。

(アルバートも、頼もしくなってる……)

「おとも」をつけなくても、他の代表たちと渡り合えるだけの自信と胆力を、わずかな期間で身につけたのだと桂人は感じ入って嬉しかった。

倒れるほど練習していたスタンのことはいまだ気がかりだったけれど、桂人が戻ってきて三日ほど経《た》つころには、眼の下のクマが消えていたので、少しだけ練習を抑えているのかもしれない、と思った。

「ブルーネル寮のことだけど……」

その日、寮代表会議から戻ってきたアルバートに、様子を訊《き》いた桂人は、気になっていたブルーネル寮のその後について知ることができた。

「ラグビーチームのキャプテンが替わったりして、いろいろごたついてるらしいけど、アーサーが一応回してるみたい。七年生から新しく、もう一人監督生《プリフェクト》を選ぶ流れもあるらしい。これ、預かってきたよ」

桂人はアルバートから、なにやら白い封筒を渡されて首を傾《かし》げた。アーサーが桂人に、とアルバートへ言付けたものらしい。

開けると便せんが入っていて、短くこう書かれていた。

『眼が覚めた。ありがとう。だから殴り返しには行かない。七年生のケイト・ヴァンフィールに敬意を表して　マクギル』

（……マクギル。少しは七年生のこと、見直せたのかな？）

分からないが、年上をもっと敬えと言った桂人の言葉は、手紙の文面を見る限り覚えているようだった。英国人らしいブラック・ユーモアかもしれないが、それでもわざわざ言付けてくれたことが嬉しく、桂人はホッとした。寮が一緒だったなら、マクギルとも仲良くなれたかもしれないな……とちょっぴり、淋《さび》しく思う。

そうこうしているうちに、あっという間に十二月に入り、オックスブリッジの書類選考結果が出た。

桂人もアルバートも無事、面接に呼ばれることになった。アルバートは当日筆記試験もあるらしく、忙《せわ》しなく準備する日々が続いている。

試験日がはっきりと知らされたのは五日前で、アルバートが先。桂人は翌日だった。

当日はオックスフォードまで出向き、面接試験を受けた。ケンブリッジ、オックスフォードの面接試験は、世界一難しいと言われることもある。答えのない問題を提示され、それについて思考する過程を見られるからだ。桂人なりに精一杯答えたが、受かるかどうかはまったくの未知数だった。

面接を終えて、結果のメールが寮監のもとに届くのを待つ間に、とうとうクリスマスコンサートの日になった。

十一もの寮すべてがクリスマスコンサートを行うものの、一つの教会にすべての寮生と保護者が入ることはできないので、日程は三日に分けられ、敷地内にある礼拝堂いくつかに寮を振り分けて開催されるのがこの催しだった。

当然ながら、キャロルの主役は聖歌隊だ。

けれど、今年は聖歌隊が歌う前に、スタンとアーサーの演奏が前座として予定されていた。コンペティションではなく、出し物の一つという位置づけだった。

とはいえ、前回の競演のとき、技術の差が歴然としていただけに桂人は心配だった。スタンのヴァイオリンは上達しているが、アーサーと並んだときに「やっぱりプロとアマチュアは違うな」と思われるところを見たくない。

緊張しつつ迎えた当日、夜から集まった聴衆の前で、スタンとアーサーはバッハの曲をいくつかにパート分けして交互に弾いてみせた。アーサーの演奏は華やか。そしてスタンの演奏は叙情的だった。並んで弾いても、あまりにも実力差のあった十月とは打って変わっていた。スタンの演奏はもはやアーサーと比べても劣らぬものになっていた。

（それに……ウェストもちょっと、変わったかな？）

と、聴いていた桂人は思った。前はフランクな雰囲気で出てきて、聴衆に手を振ったりしていたが、今回はスタン同様貴族の子息らしいきれいな一礼だけだった。得意満面に弾いていた前回とは違って、時々苦しそうな表情になったし、音には以前にはなかった重たさが出ていた。時々、迷うような素振りもあったが、そこはプロだからか最後までしっかり弾きこなしていたけれど――。今日の演奏だけ見れば、スタンのほうが落ち着いているようではあった。

（まあ……素人の僕にはよく分からないから、単なる憶測かも）

ヴァイオリンが終わった時点でそれぞれの寮に集まった寄付金額は大差なく、ヴァイオリンコンサートは盛況の内に幕を閉じた。

前座が終わり、聖歌隊が準備を始める。桂人はその隙に、控え室に行こうか少し悩んだ。迷惑になるかもしれないとは思ったけれど、桂人はもうあまり遠慮するのはやめようと決めていた。今、行かなかったらこれから先も行けなくなる。そう思ったから、「行くぞ」と自分を励まし、立ち上がった。もしもスタンが苛立《いらだ》っていたら邪魔に思われ、嫌われてしまうかも……という不安はあるけれど、それでも桂人はスタンに関わるべきところで関わりたかった。

（そうじゃなかったら、あっという間に離れていく関係なんだから）

意を決して入った控えの間には、けれどスタンは不在で、アーサー・ウェストだけが座っていたので、桂人はわずかに拍子抜けした。

「ウェストだけ？　スタンは？」

声をかけると、アーサーはなぜか少しだけ、桂人を見てびっくりした様子で、「外の空気を吸いに行ったよ」と言った。

「そう。ウェスト、演奏すごくよかったよ」

一応声をかけると、アーサーはどうしてか、子どもが親に叱《しか》られたあとのような顔をしている。

（ウェストのこんな表情、珍しい……）

桂人は首を傾げて、どうやらスタンが先ほどまで座っていたらしい、空いた椅子に腰掛けた。するとアーサーは、驚いたように体を竦《すく》めて桂人を見た。

「少し音が変わってるみたいだった。弾き方を変えたの？」

訊くと、アーサーはどうしてかだんまりになる。緑の瞳が、見たこともないほど曇っているので、桂人はちょっと驚いてしまった。いつも陽気で、子どものように軽やかなアーサーがこんな表情をするなんて、と心配になってきた。

聖歌隊の聖歌が教会の中に反響し、薄い衝立《ついたて》越しにそれが聞こえている。四つの寮の聖歌隊が次々と出てくるので、まだしばらくは終わらないだろう。

「寮をかき回して出て行ってごめん。……あれから、みんな大丈夫？」

時間が経ってみると、少し無責任だったなと、桂人なりに反省をしていた。

あのとき、アーサーにしてほしかったことを勝手にやってしまい、結果的にはドルワーがチームのキャプテンからはずれたと聞いた。それが良いことか悪いことかは、実はあまり分からないままだ。

（多くの生徒にとってはよくても、ドルワーにとっては……。チームにとってどうだったかも、時間が経たないと分からない）

「ドルワー、荒《すさ》んでない？」

「……荒んではいる。とはいえまあ、パーマーとハリスがうまく立ち回ってるよ」

「そう。きみは面倒かもしれないけど、一応少し気をつけてあげて。……僕はドルワーを犠牲にしてしまった。そこは反省してる」

じゃあ、と言って立ち上がると、アーサーも一緒に立ち上がり「ちょっと、話していい？」と、彼にしては珍しく焦った様子で言ってくる。その顔がなぜか緊張していて、桂人は不思議に思いながらいいよ、と頷《うなず》いた。

アーサーはホッとした表情になると、あたりを見回し、「スタンが戻ってきて邪魔されたくないから……外に出よう」と言う。それから、外へ出られるドアを開けてくれた。

(スタンに邪魔されるって……どういう邪魔だろう)

桂人がアーサーと話していても、もうスタンは邪魔しないと思うのだが。

(だって僕ら、付き合ってはいないしな……)

そう思いながら一緒に外へ出る。夜の冷たい外気が、ひんやりと身にしみてくる。

スタンも外に行っていると聞いたので、いるかと思ったが見当たらなかった。わりと遠くまで行っているのかもしれない。耳を澄ますと聖歌隊の聖歌が、教会から夜空へとこぼれて聞こえる。

離れた森の向こうから、うっすらとヴァイオリンの音がして、桂人はスタンが遠くの森の中で練習しているのだと察した。

「本当に取り憑《つ》かれてるよね。まあ、仕方ない。気持ちは分かる」

アーサーもスタンの音を聞きつけたらしく、小さく呟《つぶや》いた。

スタンの音を避けるように、アーサーはリーズ教会の裏にある丘を登っていき、桂人もそれに続いた。なだらかな丘は、下ればすぐそこに川があり、ボート場になっている。聖歌はまだ聞こえるが、ヴァイオリンの音は聞こえなくなる。

「ブルーネル寮はあれから……六年生と七年生の分断はなくなったよ。ドルワーとその取り巻きとは対立があるけど。パーマーとハリスが気を配ってくれて、いじめも未然に防いでる。二人とも、当番にも戻ってきたし、正直頼りになる。マクギルも、二人からいろいろ学ぶように変わった」

　桂人はそれにはあまり驚かずに、頷いた。アーサーが七年生を切り捨てるつもりだと見抜き、それでもそれを、「代表に向いている」と評価していたパーマーだ。ハリスも同じ意見だったとしたら、二人は監督生として、もともと高い資質を持っているはずだと思っていた。少なくとも後輩のリズリーを庇《かば》っている時点で、寮生に対して愛情を持って接することができる二人なのはたしかだ。

「ドルワーのことは頭が痛いな。根っから血の気の多い性格だしね。でも、とにかく前よりはマシだよ。悪い状態の人間が四人から一人になったわけだし、寮の空気も変わった」

「それはよかったね」

「……俺は、きみに謝らないといけないかも」

ぽつりとアーサーが言ったので、桂人は眼を瞠《みは》った。およそ、アーサーらしくない言葉だ。音楽以外はどうでもよくて、寮のことも人間関係すらも効率だけを重視している彼が、もうあまり利用価値のない自分に心を割くとは考えていなかったのだ。

びっくりしていると、アーサーは苦笑して「そりゃ、そういう顔になるよね」と言った。

「あんまり分かってなかったんだ。……ヴァイオリンと、それに関係することしかずっと興味なかったから。音楽家はそれでいいと思ってた。どうせ卒業したら関係ないしって。だけどきみが、きみだけが、外の世界から初めて、俺の世界に……なんていうんだろう。ノックするとかじゃなくて、もっとこう、ドアを乱暴に叩《たた》いて入ってくるみたいに」

「……あんまりいいイメージじゃないね？」

桂人はしばらく聞いていたが、思わず、言ってしまった。アーサーは途端にいつもの陽気さを取り戻し、アハハ！　と声をあげて笑った。

その笑顔に、桂人は少しホッとする。

「ごめんね。きみって見かけによらず強引だから……。でも気づいたよ。ブルーネルに来たその日からずっと、きみは俺に向き合って、俺の気持ちを訊いてくれた。……俺を理解しようとしてくれた。そんな人、今までいなかったなって……」

切り捨てるのはもったいないなって、気づいた。と、アーサーは小さな声で呟いた。

きみが寮から出て行って、翌朝にさ、とアーサーが言う。

「監督生の列にケイト・ヴァンフィールが並んでないのを見たとき、なんだか胸が痛んで」

こんな感情、音楽以外で持ったことない、とアーサーは言った。

「毎日のように、ウェスト、話があるって怒ってたきみがいないと……ちょっとつまらなかったし、ちょっと淋しかった。きみ以外に、俺に話しかけてくるやつなんていないいんだなって……初めて分かって。俺って、どうやら孤独だったみたいだ」

アーサーはちょっと冗談めかしたが、笑みには自信がなさそうだった。自分でも、自分の気持ちに戸惑っている。芽生えはじめたばかりの気持ちに困惑している。そんな顔だ。

「……ウェスト」

初めて見る表情に、桂人は我ながら単純すぎると思ったけれど、心が絆《ほだ》されていくのを感じた。

挫折《ざせつ》も知らず、音楽とヴァイオリンだけで構成された世界で、子どものように無邪気に遊んでいたアーサー・ウェスト。完璧に安寧で、楽しかっただけの世界。彼は今になって急に、その世界に陰りを感じているのかもしれないと思った。

（それは僕が与えてしまった陰りかも……。それがいいことかは、分からない）

ほんの少し、責任を感じる。同時に桂人は、自分だってアーサーがいたからこそ、考えさせられ、気づけたことや決められたことがあると思い至る。

「俺の生活はきみがいたほうが楽しかった。煩《わずら》わしかったけど、いないと淋しい。いたほうが、音楽にもちょっとだけいい気がする。なんでだかは、まだ分からないけど」

たぶん、とアーサーは少し言いにくそうに言葉を接《つ》いだ。

「本当はスタンの生活にもきみがいたほうが、スタンにも、きみがいたほうが——音楽が豊かになるんだなって」

別れろなんて言っちゃったけど、とアーサーが続けたので、桂人はなんだか気が抜けて、初めて優しい気持ちでアーサーに対して笑うことができた。

「いや、いいんだ。あのね、実はもう……スタンとはとっくに別れてたんだよ」

スタンと関係が終わっていることを最初に打ち明けるのが、アーサーになるだなんて思ってもいなかった。けれど考えてみれば、納得もできる。

ずっと誰にも話せなかったのは、心のどこかで、まだ愛しているのに別れたと言ってしまったら、二度とスタンと恋人には戻れないと思い知る気がして怖かったせいもある。

けれどきっとスタンが選んだ音楽を、誰よりも知っているアーサーが、初めてスタンに桂人が必要だと言ってくれたから、心が和らいだ。別れたと言える勇気が持てたのかもしれない。

たとえ真実は違っていたとしても、そんなふうに言ってもらえることが、ただ嬉しかった。そこにアーサーの愛情を感じられるし、なにより……アーサーの世界が桂人に開かれて、寄り添ってくれるのを感じた瞬間でもあった。

（こんなちっぽけな、単純なことでも……人は人に影響して、関わることで優しくなれたり、励まされたりする）

もちろんその逆もある。良いことばかりではないし、傷つけることもある。けれど、アーサーと関わって腹を立てたり失望したりし続けた日々のあとに、こんな優しい瞬間があるのはただ、嬉しい。それは桂人の気持ちだけではなしえないことで、アーサーが桂人に優しくなってくれたから、起こった変化だから。

（……きみの世界に他人が入っていくと、そこは影になって、きみは苦しいかも。でも、きみは立ち止まって、僕のことを考えてくれたんだね）

アーサーのその気持ちが、嬉しい。

今日が幸福ではなくても、明日には幸福かもしれない。

長い葛藤《かっとう》の末に、こんな柔らかな言葉をもらえたら、そう信じる力になる。

アーサーはびっくりしているような、それでいてちょっと慌てているような、妙な表情で桂人を見ている。

「わ、別れてたの？　ごめん、無神経だったかな」

焦って言う姿を見ていると、誰かに踏み込んで付き合うことをしてこなかったアーサーの、不器用さが垣間《かいま》見られておかしかった。

（そういえばこの子、六年生だった……）

アルバートだって、アーサーと同じ年頃にはとても代表が務まるように見えなかったのだ。そう思うと、アーサーにはまだあと一年以上時間がある、と思えた。

「別れたほうがいいと思ってたんだろう？　どうしてそんなに驚くの」

ちょっと意地が悪いかもと思いながら訊くと、「そうだけど」とアーサーはうつむいた。

「でもそれは、俺がそういう恋愛しか経験ないからで……。ケイトはたぶん、もし俺と付き合ってたら、俺がヴァイオリンしか見ていない時期でも待っててくれるし……必要になったらドアをぶち壊して……うーん、表現が悪いな。叩き壊して」

「それもあまり良くない表現だけど」

気がついたら、桂人はくすくすと声をたてて笑っていた。アーサーは頬を赤らめて、「つまり、干渉してくれるってこと！」と言いたいことをまとめた。

「もしかしたら……もしかしたらだけど、俺たちみたいにすぐ、楽器とだけ閉じこもっちゃう人間には、そういう人が必要なのかも。ちょっとだけそう思ったんだ」

ステージの上に立つとさ、とアーサーは続けた。

「誰も助けてくれないだろ？　自分しか信じられない。どんなにたくさんの人の応援も、そのときはあてにならない。気持ちを無にしなきゃって思ったら、好きな人とかって雑念だろ？」

だから要らないと思ってた。

「でも……ステージを下りた場所にも俺はいるんだよね。きみはそれを教えてくれたから」

スタン、別れるなんてバカだな、とアーサーはうつむいた。

——ステージを下りた場所にも。

その言葉が印象深く、桂人の耳に残る。同時に、悲しげにしているアーサーの横顔に、愛《いと》しさを覚えた。

（きみがスタンの生活を気にしてくれるのか。才能以外、興味ないって言ってたのに）

アーサーは本当に変わろうとしているのだと、そう思う。

　桂人はふと、想像する。

　アーサーの世界。自分の大好きなヴァイオリンと音楽だけで構成された世界は、もしかすると完全なる円形で、どこにもでこぼこしたところがなく、彼はそこではひたすらに楽しんでいられたのではないだろうか。そこから出て行くと、煩わしい人間関係や、生活のごたごたが、枷《かせ》のように彼を苦しめる……。だからそれくらいなら、すべて捨てて、完全な円形の中にいたほうがいい。

（それなら、出ていくのは勇気がいるだろうな）

　それでも、ステージを下りた場所にも、音楽で閉じた世界以外にも、世界は存在していて、アーサーに関わってくる。桂人は思う。できれば音楽家だって、ステージを下りた場所でも、少しくらい楽しく、幸せを感じてほしい。聴く人に多くの感動を与えられるのだから、楽器を手にしていない場所であっても、幸福を感じていいはずだ。

　それはもしかしたら、音楽を追究する幸福には敵《かな》わないのかもしれないが――。

「ありがとう、ウェスト。……別れたけど、まだ愛してるから、スタンの側《そば》にはいようと思う。……時々ね、ドアを叩き壊す」

　そこで桂人はアーサーの言葉を引用して、ふふ、とおかしくなって笑ってしまう。アーサーが顔をあげた。冷たい空気の中にずっといたせいか、彼の高い鼻の頭は赤くなっていて、緑の瞳は潤んでいる。

「叩き壊すのはなるべくやめて、時々、ドアをノックするよ。……振り向いてもらえなくてもいい。僕は僕の生活に、スタンが必要だからそうするんだ」

そっか、と囁《ささや》いたアーサーの眼が揺れて、そうして、彼はどうしてか一粒だけ涙をこぼした。驚いた桂人が「どうしたの？」と訊くと、アーサーは「分からない」と子どものようなことを言った。

「……分からないけど、初めてバッハを聴いたときと同じ気持ち」

――きみとまた話したい、ケイト。できれば、友だちになりたい。

囁かれて、桂人はアーサーの涙を優しく、拭《ぬぐ》ってあげた。

去年このリーズ教会の裏手で、メンベラーズが自分の涙を拭ってくれたことを思い出す。教会からは聖歌隊の歌声が聞こえ、星の瞬きの中に美しく溶けていく。

「そんなふうに言ってくれる人がいる、スタンのこと、羨《うらや》ましいよ……」

アーサーは小さな声で囁く。まるで自分には一人もいない、と言いたげな声音に、もしかして彼は初めて自分の孤独にはっきりと触れたのだろうか。桂人はそんなふうに思いながら、アーサーの銀に近い明るい色の髪を、そっと撫《な》でた。

クリスマスを祝うキャロルは、もうすぐ終わろうとしている。

しばらくして二人一緒に丘を下り、教会に戻ると、ちょうど控え室に通じるドアの前に森の中から戻ってきたらしい、スタンがいた。暗闇の中で、ばちりと眼と眼が合う。

スタンはアーサーと桂人を交互に見て、眼を大きく見開いていた。

なぜだか険しい表情になったスタンに、桂人が声をかけそびれていると、アーサーは急に二ヤリと笑って、「楽しかったよケイト。またね！」と陽気に声をあげ、一人控え室に戻ってしまった。残された桂人は、まだドアの前に突っ立ったままのスタンを見上げ、「お疲れ様……」と声をかけようとした。

「アーサーとなんの話をしてたんだ？」

けれど怒ったような声音でスタンが言うので、言葉を飲み込んでしまう。

「大した話じゃ……ないけど」

会話の内容を思い返してみるが、スタンに伝えられるようなことがなにもないのでそう言うと、スタンはなにやらムッとして控え室に入っていき、桂人の鼻先でドアをバタン、と閉めてしまった。

（なんで怒られなきゃならないんだ！）

理不尽さに腹が立ったけれど、演奏のあとで気が立っているのかもしれない。キャロルが終わればもう一度ステージに出て、アンコールがあれば演奏もしなければならないだろう……と思うと、もう一度控え室に押しかけて、スタンの態度を責めるのは得策ではない気がして、桂人は仕方なく、遠回りして客席へ戻ったのだった。

クリスマスコンサートから二日後。

桂人はオックスフォードからの合格通知を受け取った。Aレベル試験で一定の評価をとるという条件付きだったが、ひとまず受かってホッとした。

その日はクリスマス休暇の前日で、寮生たちはみんな荷造りをしており、桂人もそれは一緒だった。荷物をまとめ次第、それぞれ寮を発《た》つ日となっている。リーストンは案外休みが多くて、しょっちゅう荷造りをしているが、一週間のハーフターム休暇と違ってクリスマス休暇は部屋中のものを持って帰らねばならないので荷物も膨大《ぼうだい》になる。

(アルビーは、ケンブリッジの結果出たのかな。あとで訊きに行こう……)

そんなことを考えて自室を整理していると、隣の部屋から怒鳴り声が聞こえてきた。

「スタン！　一体なにを考えてるんだ！」

桂人はぎょっとして、慌てて部屋のドアから顔を出した。トランクケースとヴァイオリンを持ったスタンが、もうしっかりとコートまで着込んで部屋から出てくるところだ。スタンは顔を出した桂人をちらりと見たが、なにも言わずにすたすたと通り過ぎて行く。

「僕は許してないぞ！」

スタンの部屋から飛び出してきたアルバートが、剣呑《けんのん》に叫んでいる。スタンはほとんどそれを無視するように、双子の弟を振り返ると「先に帰る、練習があるからな」とだけ言い置いて、階段を下りていった。

「アルバート。なにかあったの？」

顔を怒りに歪《ゆが》めて震えているアルバートに、桂人はそっと声をかけた。瞬間、アルバートに強く手首を摑《つか》まれる。

「ケイト、一緒に来て。スタンを説得してくれ！」

そうして桂人が事態を把握できないうちに、アルバートは自分用に呼んだ車に、桂人の荷物を運ばせる、と決めつけてしまった。


「なにが問題なんだ。お前だって望んでたことだろう」

「僕とウェストがたてたスケジュールには、国内コンクールの予定は入ってなかった！」

アルバートがスタンの胸に、白い紙を投げつけるようにして押しつける。スタンは顔をしかめて、その紙をすぐ横のピアノの上に置いた。

桂人はとりあえず少し離れた場所から、双子の言い争いをじっと見守っていた。

クリスマス休暇が始まって二日目の、ストーク家の食堂だった。夕飯の前、スタンは今まさに練習しようとしており、それを中断させられたことに苛立っている様子だ。

——一緒に来て。

そうアルバートに頼まれて、桂人はストーク家にやって来ている。両親の許可は、あっという間にアルバートがとってくれ、休暇中、一日くらいは帰っておいでと養父に言われただけで済んだ。

アルバートの怒りはクリスマスコンサートのあと、寮監からスタンに渡された一通の書簡が原因だった。荷詰めの際にスタンの部屋を訪れて、たまたま中身を見てしまったという。それはイギリスでも有数の、若手ソリストコンクールの事前審査にスタンが通過し、一月の後半にファーストラウンドがある、という知らせだったのだ。

「なぜこんな予定をっ？　コンクールは四月のメニューインだけでいい、ウェストが言ってた、コンクールに出すぎるのは演奏家にとってマイナスになることもあるって」

「自由課題で出られるコンクールがせっかく一月にあるんだ。メニューイン前のいい調整になる」

「僕はべつに、メニューインで優勝してほしいわけでも、ヴァイオリンのためにスタンに倒れてほしいわけでもない！」

アルバートが悲痛な叫びをあげるが、スタンは妙に落ち着いていた。

「じゃあ、なにをしてほしかったんだ。なんでヴァイオリンを再開させた」

「スタンに、自分のために生きてほしいと……」

「そうやってる。俺は好きに弾いてる、だから勝手にコンクールにも申し込んでるんだ！　お前もお前で好きにするんじゃなかったのか！」

怒鳴られて、アルバートは唇をわななかせた。眼にじわじわと涙をため、弟はたまらなくなったように部屋を飛び出していった。

桂人は追いかけようか迷ったが、追いついたところでかける言葉が見つからない。二人の言い合いは昨日からずっと平行線で、アルバートはスタンの体を心配しているが、スタンはそれを拒み続けている。どちらの言い分にも間違いはなくて、ただ気持ちがすれ違っている。だからどちらか一方に味方することもできずに、桂人も困っていた。

立ち尽くしていると、スタンがため息をついた。振り向いても、スタンはもうアルバートのことなど忘れたのか、譜面を睨《にら》み付けながら弦を調整している。口の中でぶつぶつとなにか呟きながら、譜面を何度もめくったり、閉じたりしていて、その姿はやはり異常に見える。

「……スタン。きみはべつに間違ってない。でも、アルビーはきみがまた倒れないか心配してるんだよ。一度体を休めたら？」

そっと言う。

昨日一日、寮ではなく屋敷で一緒に過ごしてみて分かったことだが、スタンは日の出前から練習を始め、朝食はサンドイッチをつまんで紅茶で流し込むだけ。座ることすらせずにまた練習に出ていく。講師が来てくれると、部屋にこもってレッスンを受け、昼食もほぼとらずに夜まで弾き続けて、夕飯も桂人が呼びに行くまで忘れている様子だった。そして食事を済ませたあとも、日付が変わるまでずっと弾き続けている。

（アルバートが心配するのも、分かる……）

そうは思うが、演奏家の生活は練習につぐ練習だと、知識の上では分かっているので完全にやめさせることができない。桂人の言葉を聞いていても黙っていたスタンだが、やがて「時間がないんだ」とぽつりと呟いた。

「本来なら、一日十時間練習する。それを三年やらなかった。まるで時間がない、曲も弾けてない。これじゃダメなんだ」

「どこがダメなの？　国内コンクールとはいえ、事前審査に通ったんだろう？　クリスマスコンサートでもウェストに劣ってなかった。僕が聴いてる限りは、スタンは十分曲が弾けてる」

「ただ弾けてるだけだ！　正確に、譜面通りに！　そんなものできて当たり前だ！」

突然足踏みされて怒鳴られ、桂人は息を止めた。スタンは怒りに顔を染めていて、それは見たことがないほどに切迫していて、追い詰められていた。恐怖が、桂人の胸に湧く。

（こんなスタン……見たことがない）

それほど追い詰められているのだろうし、焦ってもいるのだとは分かる。

次の瞬間、スタンはハッと我に返ったようにして桂人を見た。

「……悪い。取り乱して……、思うように弾けないから……練習には……口出ししないでほしい。頼むから、一人にしてくれないか――」

懇願するように言われて、出ていくべきなのか数秒悩んだ。

（一人に……一人にするべきかも。スタンは今、すごく練習したいんだろうし……）

そんなことは、言われなくても見ていれば分かる。

それにヴァイオリンのことは基本的に、口出しするのは筋違いだと思う。一日十時間練習するのが普通だと言われれば、そうかと引き下がるしかない――けれど、今はそのときだろうか？

（僕は、邪魔はしないけど、関わりはやめない。そう決めたのに……？）

どこで関わり、どこで退《ひ》くか。

見極めが難しい。相手の人生は相手のものだと分かっている。けれどそれでも愛していて、関わりたいと思っているなら、相手が苦しんでいるとき、必要なら踏み込みたかった。

そのせいで、スタンに嫌われてももう仕方がない。

自分は愛しているから関わる。勝手に関わると、もう決めてある。桂人はじっとスタンを見つめて、言うべき必要のあることがないか、探した。

青ざめたスタンの顔。眼の下には一度消えたはずのクマがあり、シャツの襟《えり》から見える胸筋も、ほんのわずかにだが肉が落ちている。

（このままじゃまた、倒れちゃうよ、スタン……）

こんなとき、誰が止められるのだろう。家族と、友だちと、彼を愛している人を除いて――。

桂人は決意して数歩踏みだすと、ぎゅっと、スタンのシャツの袖口《そでくち》を握っていた。

体中の勇気を振り絞り、桂人は言った。

「スタン。練習に口は出したくない。だけどこれだけは言わせて。体を休めてから練習するべきだ。きみはまだ……プロじゃないし、今日は大事な演奏日じゃない」

プロならば、どんなときでも演奏せねばならないことがあるだろう。だがまだそうではないのだ。

「国内コンクールが調整目的なら、今全力じゃなくていいんだろう？　ここで無理する意味なんてない」

「……ほっといてくれと、頼んでるのに」

しかしそのとき、ややうつむけた顔を歪ませて、スタンが小さな声で呟いた。

「分からないのか？　足りてない、足りてない、足りてないんだ！」

突然噛《か》みつくように吠《ほ》えられ、桂人は息を呑《の》んだ。

スタンは地団駄を踏む。

桂人はぐっと胸ぐらを摑まれて、突き放される。

「お前を捨ててまで取ったヴァイオリンだぞ、結果が出せなきゃ意味がない！　一月のコンクールで入賞できないなら、メニューインでも無理だ！　賞を獲《と》って技術が戻ったことを証明する、俺はまだなにも取り戻せてない！　時間がないんだよ！　審査員に認めさせないと――俺のヴァイオリンが本物だって、審査員に認めてもらわなければ……！」

胃の奥が、きりきりと痛む。突き放されるときに突かれた胸が、震えている。

「……審査員がきみのこと、決めてくれるのか？」

体の奥に、怒りが湧いてくる。

（そうだよスタン、僕を捨ててまで取ったヴァイオリンじゃないか――それを、審査員のジャッジなんかで、全部決められたくない）

気がつくと桂人はもう一歩踏み込み、ピアノの屋根をドン！　と拳《こぶし》で打っていた。

「きみの音楽は審査員が決めるのか⁉　違うだろうスタン！　きみの音楽はきみが決めるんだ！　コンクールに入賞するのが目的じゃない、きみはきみの……音楽を取り戻すために僕を捨てた。そのためならいくらでも退くけど、審査員のために身を退いたりしない！」

「ピアノを叩くな、素人のお前になにが分かる⁉」

スタンの眼は怒り、そしてもしかしたら蔑《さげす》みを含んで、桂人を睨んでいる。愛しているよと囁かれたときの、甘い瞳とはまるで違っている。スタンが今一番愛しているのはヴァイオリンで、自分は忘れ去られたのだという痛みが胸に走ったが、桂人はそれを無視した。

（そんなこと、どうでもいい。僕は勝手に、スタンの世界に入る――）

頭の中で、もう一人の自分が言った。

気がつくと桂人はピアノの上にうち捨てられるように置かれていた、古びた楽譜集を掴みとって、ピアノの椅子に座っていた。ページをバラバラとめくり、ある曲を探す。めくるたびに楽譜からは埃《ほこり》がたつ。こんなにも使われていないのなら、きっとあの曲が載っていると思った。果たしてその思惑通り、その曲はあった。

ピアノの蓋を開けて、譜面台にページを広げた。見ていたスタンが、ぎょっとしたように体を動かす。

「おい、なんのつもりだ」

「僕が伴奏する、弾いて」

「お前に弾けるか、ピアノなんて手習い程度だろうが！」

そのとおりだった。今の養父に引き取られ、リーストンに入るまでの短い期間、習っていた程度だ。それでも構わない、スタンに弾かせたかった。

『亡き王女のためのパヴァーヌ』を。

この曲の伴奏の、最初の部分は単調だ。桂人は勝手に始めた。おい、とスタンが言ったが気に留めなかった。

「弾いて！　全部弾けたらもうなにも言わない」

激しく言うと、スタンが舌打ちし、それからヴァイオリンを構える。伸びやかでもの悲しい旋律が、スタンから溢《あふ》れる――。

けれど、わずか十秒。スタンはヴァイオリンを下ろしてしまった。

「……いやだ。この曲は弾きたくない。二度と弾かないと言ったろ」

腹の底から、絞り出すような声。その体は、小刻みに震えている。桂人は伴奏を止めて、スタンを見た。

「弾かなきゃだめだ、スタン」

どうしてか強い声が出る。もうほとんど無意識に、思考もなく、ただ直感がそう告げていた。

「弾かなきゃだめだ、お母さんに向き合わなきゃだめだ。今のきみで、今のきみのヴァイオリンで、きみがヴァイオリンへの愛情を取り戻した今、今、向き合って弾きこなして、この曲をお母さんの曲じゃなくて、元の曲に戻さなきゃだめだ！」

激しい叫びが喉の奥から迸《ほとばし》っていた。スタンが桂人を振り返ると、激しい怒りを浮かべた顔で襟ぐりを摑み、ピアノの椅子から引きずり下ろしてくる。

「なんでそんなこと、お前に言われなきゃならない……!?」

「きみがお母さんを愛してること――僕だけが、知ってるからだよ……！」

その瞬間、どっと涙が頬へこぼれた。

心臓が悲鳴を上げているように痛い。こんなひどいことを、どうして言わねばならないのかと思ったが、それはスタンがヴァイオリンを選んだからだとも分かっていた。

オックスフォードで桂人と二人、甘い夢に、あるいは甘い嘘《うそ》に誤魔化されて生きることを、スタンが捨てたから。

それなりに幸せな世界ではなく、自分自身と向き合って生きる世界を、スタンが選んだ。

……きみの世界の外側から。

と、桂人は思った。スタンの音楽の世界は、どんなものなのだろう。

ヴァイオリンとスタンの世界はどんな彩りで、どんな音に満ち、そこでスタンはどう過ごしているのだろう。

アーサーのことはなんとなくだけれど、すぐに察しがついた。完璧な円形。傷付きのない場所。明るく晴れやかで、彼は子どものようにヴァイオリンと一緒に遊んでいる。

けれどスタンの世界は見えない……きっとまだ、スタンはその世界を見つけていないし、アーサーと違ってそこには深く大きな傷がある。

傷のひずみには、きっとスタンの母親と『亡き王女のためのパヴァーヌ』が潜んでいる。

（それを知っているのは僕だから、今生まれようとしているきみの世界の外側から……僕は声をかけつづけるしかないんだ）

誰かが手を差し伸べるまで、一人ぼっちでいつづけるのがスタンだ。それでも人間には、たった一人では向き合えない傷がある。桂人だってそうだった。両親のことに向き合い、自分の愛を再確認できたのは、スタンがいてくれ、メンベラーズが手を差し伸べてくれたからだ——。

スタンは眼を見開いて桂人を見下ろし、それから信じられない、というように嘲《あざけ》りをこめて嗤《わら》った。

「俺が、いつ？　いつあの女を愛してたって？」

「初めから……初めからだよスタン」

「地獄にいる女を？　俺とアルビーを傷つけた女を？　あの女が死んだとき、俺がどれほど嬉しかったか分かるか⁉」

「そうだよ、だからきみはずっと自分が許せないんだ！」

桂人は叫んだ。

そうして思い返していた。一年以上前、まだよくスタンを知らなかったころのこと。母親がつけていた、小さなノートを持っていた。ロセッティの詩が書かれていた。どちらが重いの、海の砂と悲しみ……。スタンとそっくりな筆跡で書かれた、優しい詩。母親は俺が殺したようなものだと言い、罪滅ぼしにヴァイオリンを弾くと言っていたスタン。夢見がちな女と母を称し、愛してなかった、死んでくれて嬉しかったとも言った。けれど、母親に求められたとき、自分が抱けば……ママは壊れないのかと思ったから、抱いた。そう、スタンは言っていたではないか。

母がヴァイオリンを与えてくれた。

時々、普通の親子みたいに過ごす日もあった。いつか戻れるのではないかと、そう思っていたと。

スタンが母親を憎んでいるのも、死んでくれて嬉しかったのも事実のはずだ。それは責められることではない。それだけの痛みを、スタンが与えられたという証《あかし》でもある。

けれどそれでももう一つ、事実がある。憎しみだけがスタンの心のすべてではなかった。

「きみは本当は……お母さんを愛してたんだ。……愛してたから、お母さんの望みに応えたし、お母さんが許せなかった。許さなくていい、憎んだままでいい、でも、彼女を愛した自分の心もあっていい。愛したきみは愚かじゃなかった……彼女を憎んだきみもいてよかった。愛した自分を責めなくていいし、憎んだ自分を責めなくていい。心が揺れている自分を、矛盾を、許さなかったら、きみは前に進めない！」

怒りや憎しみだけではなく、海の砂のように重たく深い悲しみを、スタンは受け入れなければならない。愛したことも、憎んだことも、当たり前だと、あっていいと自分を抱きしめてほしい。

心に抱えた悩みや苦しみ、矛盾や葛藤から眼を逸らさないでほしい。そんなことで傷つくほど、ひ弱な才能ではないことを――スタンに、信じてほしかった。

「音楽はきみの心から響くんだ。技術をいくら磨いても、そんなものは小手先だ、人の心には届かない。きみがきみを受け入れて……きみの心に届けないと……それができていないのに、どうして聴く人に、審査員にだって届くって言うんだ……！」

その瞬間、桂人の頬に鋭い痛みが走った。たまらなくなったように、スタンが手を振り上げて、桂人の頬を打ったのだった。

スタンが呆然《ぼうぜん》としたように、桂人を見つめている。青い顔はますます青ざめ、その唇がわなないている。けれど桂人はうろたえなかった。こんな痛み、胸の苦しみに比べたらたいしたことなどない。スタンの胸ぐらをぐっと摑み、顔を近づける。

「弾いて、スタン。僕を憎い母親だと思えばいい。きっとここのピアノで、きみに伴奏をつけたこともあるんだろう？　弾くんだ！」

ピアノの譜面台に開いた楽譜には、スタンに似た筆跡で、古いメモがあった。

『スタンと。柔らかく、時に踊るように』

色あせたインクから、想像できる。

きっとずっと昔に、親子は一緒にこの曲を弾いていたのだ。母親の部屋のものをすべて捨てると言っていたから、この楽譜が残っていたのはたまたまだったかもしれない。

スタンの母親の寝室に入ったときは、恐ろしかった。けれど今、桂人はこの楽譜に残るスタンの母の気配を、恐ろしいとは思わなかった。一歩も退かない気持ちでスタンを見返す。スタンの青い眼には戸惑いと恐怖がこみ上げ、それから、桂人を突き飛ばすようにして部屋を逃げて行った。

「スタン！」

声をかけたが、どうにもならない。

（……間違えたのか？　こんなふうに伝えても、伝わらなかった？）

一人残された桂人は考えたけれど分からず、ただ悔しさに、一人唇を噛みしめて呻《うめ》いた。


（……スタンに、踏み込みすぎたのかな）

スタンが出て行ったあと、一人になった桂人は、廊下を歩きながら悶々《もんもん》と考え込んでいた。母親に向き合えなどと、あれだけのトラウマを抱えたスタンに、言っていいことではなかったかもしれない。

けれどいつかは、誰かが言うべきだったとも思う。それならその役目は自分でよかったのではないか……とも思う。

（僕はスタンを愛してるけど……スタンは僕を愛さなくてもう、構わないんだから）

その事実に落ち込みそうになったが、桂人は息を吐き出して気持ちを落ち着けた。

今、桂人はアルバートの部屋の前に立っていた。

ドアを叩いても返事はなかったけれど、鍵はかかっておらず、そっと開けてみる。見ると、ベッドの上にアルバートが突っ伏して、すすり泣いていた。

「アルビー……」

囁くように声をかけて、桂人はベッドに座った。大きな背中にこわごわと触れると、それは震えていて、かわいそうに思える。優しく撫でると、アルバートが泣き濡《ぬ》れた眼をあげて、桂人を見た。

「スタンがママみたいに死んじゃったらと思って……怖かったから言っただけなんだ」

うん、と桂人は頷《うなず》いた。

「邪魔したいんじゃない。でも僕には家族は、スタンしかいないから」

うんアルビー。スタンだってきっと、分かってるよ。

起き上がったアルバートが、甘えるように桂人に抱きついてきた。桂人は大柄な犬に抱きつかれたときのようにその背中と頭を撫でて、「大丈夫だよ」と繰り返した。

「きみのお兄さんは強い。それを信じよう。今はバランスを見失ってるだけ。きっといつか変わる……きみもね」

きみも、自分の人生を生きていかなきゃ。諭すように言うと、アルバートはいくらか落ち着いたのか、桂人から離れた。薄青の瞳が、じっと不安そうに桂人を見ている。桂人は首を傾げて、ごはんを食べよう、と言った。

「まだ食べてなかったもんね。お腹《なか》が空いてたら、大抵悪いことを考えちゃうから。……食べ終えたらもう、スタンのことは忘れて、きみは勉強をしなきゃね」

アルバートも、ケンブリッジ大学への合格切符を手にしていた。ただし条件は厳しく、学年末の試験で求められている評価は、すべてA以上だった。桂人はいつもどおり勉強していればオックスフォードの求める成績は守れるが、アルバートはそうではない——。今は、アルバートはスタンのヴァイオリンにかかずらう時期ではないはずだった。

（僕もかな。僕も……しばらくは見守ろう）

桂人はスタンにもう、母親に向き合えと言ってしまったのだから、あとはスタンが自分で考え、選ぶことだと思う。

愛しているからずっと関わると決めたけれど、邪魔をしたいわけではないのだ。

（もしずっと……これからも。せめてスタンと友だちでいたいなら、彼の気持ちを考えて、理解しなきゃ。他人のことは、コントロールできない）

ブルーネル寮でも、最終的に桂人は行動に出たし、それはマクギルやリズリー、アーサーにとってはそう悪いことではなかったかもしれない。パーマーやハリスにとっても良い結果を生んだかもしれないが、ドルワーにとっては最悪で、桂人は憎まれていても仕方がない。桂人のとった行動は桂人の意志だが、そのあとの結果や人の心までは、動かすことはできない。

食事をとったあと、アルバートはいくらか安定した様子だったので、桂人は自室に帰った。部屋の窓を開けると、冷たい十二月の風に乗り、ヴァイオリンの音がした。それはスタンが狂ったように弾いている課題曲の一つで、『亡き王女のためのパヴァーヌ』ではない。

（一生弾かなくても、音楽家にはなれるかもしれない……）

ふと、そんなことを思う。傷を放置したままでも、スタンの音楽の世界は完成するだろう。けれどももし一生、スタンがあの曲を弾かなければ、自分との関係も変わることはないだろうなと、思った。

母親への感情に眼をつむったとき、スタンは自分の中にある過去の愛に眼をつむる。

桂人を愛した過去にもまた、眼をつむるだろう。

それでも、ヴァイオリンは弾ける。高い技術があれば曲を弾きこなし、人々を圧倒できるだろうし、審査員からも評価されるかもしれない。

けれどそうあってほしくない、もっと深いところでスタンに救われてほしい。音楽で、ちゃんと幸福になってほしいと思うのは、桂人の勝手な価値観であり、エゴかもしれない。

(人と関わるのって難しい……)

なにが思いやりで、なにが優しさで、なにが正しくて、どうあれば相手のためになるのか、本当のところは分からない。信じて行動しても、相手のためにならないことだってある。

(……音楽家の心なんて、僕には想像ができないし)

そう思ったときふと、桂人の心に兆したのは養父の書棚からこぼれ落ちた、父親の写真のことだった。

(パパ……パパだったら、スタンの気持ち、理解できるのかな)

今でも父が、舞台芸術に心血を注いでいるのなら?

どうしてそんなことをしたのか、自分でも分からない。

ぼんやりと考えたのち、桂人は自分でも無意識に、借りている部屋に置かれたモバイルパソコンを開いていた。

学習に使ってくださいと、執事に渡されているものだ。普段はあまり見ないけれど、そのときはどうしてかブラウザを起《た》ち上げていた。

桂人は専攻科目が日本語なので、執事は日本語入力ができるようにしてくれている。だから検索窓に、ひらがなで入力する。『すがい　しんじ』。

桂人は父親の名前の、漢字を知らなかった。検索しても、なにも出てこないかもしれない。そう思いながらも、震える指でボタンをクリックすると、ブラウザ上に、「菅井慎司《すがいしんじ》」で一人の男の画像がヒットした。桂人はあっと息を呑んだ。

しばらく、驚きとショックに打たれて身じろぎ一つできなかった。心臓がどくどくと、大きく鼓動している。

なにかが体から出てきそうで、口元を押さえる。押さえた手も震えていた。

(菅井慎司)

それはたしかに、桂人の父親だった。

いつか見た、若いころの写真の面影がそのまま残っている。四十路に入っているはずだが、まだ若々しく……そして、美しかった。

(……パパ)

五歳のころ、この男が自分のそばにいた。記憶はほとんどないけれど、それでもうっすらと、手を繋《つな》いで公園に行ったことや、ツバメはエジプトに渡っていくんだよと、教えてくれた声音を覚えている。

画像の他には、プロフィールをまとめた日本語の記事が出ていた。開こうか悩み、ためらう。そのとき、窓の向こうからヴァイオリンの音がした。解体された譜面の一部が、何度も何度も繰り返されている。心臓から血を流して、痛みに耐えるようにして弾いている音だ……。

(きみに向き合えと言っておいて、自分が逃げてたら、ダメだよな)

桂人は深く呼吸を繰り返してから、ページを開いた。

「……パパ、役者、続けてたのか」

しばらくして、桂人は思わずそう、呟いていた。

父の経歴は、予想以上に華やかだった――。

ロンドンで舞台に立ち、日本に帰国後は、舞台を中心に俳優業をやり、映画やテレビドラマにも出ていた。

『イギリスの舞台に出ていた際、日本で興行されるミュージカル舞台のオーディションの話を受け、舞台プロデューサーとともに帰国し、二年に及ぶ稽古期間を耐えた。』

記事の中に出ている文章で、桂人は「えっ」と小さく叫んでしまった。タイトルは、全世界的に有名なミュージカルだ。プロデューサーはイギリスを拠点にしていて、日本で公演されるときも彼が演出を担当する。

プロデューサーに誘われて、日本でオーディションを受けるために帰国した……その日付が、父の出ていった年と符合している。

(……じゃあパパは、男と逃げたんじゃなくて、プロデューサーの人と……舞台のために出ていったの？)

ママはそれを勘違いしたのかな、と桂人は思う。

（パパが説明不足だったか、ママが曲解したか……その両方だったかも）

若い夫婦。賢いとは言えない母と、言葉足らずだったろう父を思い出せば、なんとなくそんな気がした。

配偶者の項目は、なし。けれど子どものところには、男児一人、と書かれていた。そこには注意書きがあり、「以前受けたインタビューで、本人よりロンドン在住時の子どもで、現在交流はないと明かされている。」と書かれていた。

（これ、僕のこと……？）

気がついて、桂人は息を呑んだ。父は日本で、桂人の存在を隠していないのか……と思う。

（それ以前に……僕のこと、覚えてたんだ）

たとえ心の片隅でも。そこに愛があるのか、ないのかは分からなくても。子どもがいる。ロンドンにいる。今はもう交流はないが、子どもがいる――と、父は思っているのだ。

不思議な気持ちだった。怒りや恨み、憎しみは湧いてこない。同じくらい実感もなく、父のことを愛せるかというと難しい。

情報記事の下部に、父の公式サイトへのリンクがあった。ドキドキしながら、サイトを開く。きちんとした事務所が作っている、更新もマメなサイトだ。

サイト内にはブログへのリンクもあり、開いてみると、つい最近出演した舞台のことが書かれていた。

（活躍、してたんだ）

サイトの中にはメールフォームもある。ここにメールを送れば、父に繋がることができるかもしれない、と思いながら、さすがにそこまでの勇気はなくてパソコンを閉じる。

とたんに全身から、緊張が抜けていった。

自分の世界に戻ってこられたような安心感とともに、じわじわと、胸になにか切なく、悲しいものが広がっていった。五歳までの記憶の中に、父のことをもっと思い出せないかと探したが、見つからない。それが悲しいのかもしれなかった。

（過去の愛は、こんなに簡単に忘れられるものなのかな……）

あったことはたしかなのに。

（なくても、生きていけるものかな）

スタンもいつか、桂人を愛した十ヶ月のことなど、きれいさっぱり忘れてしまうだろう。涙が浮かんできたが、桂人はそれを拭った。だとしても、ヴァイオリンを選んだスタンを尊重できる。これでよかったと思っている。今はスタンも悩んでいるけれど、いつかはその暗闇を抜け出すはず。抜け出してほしいと、桂人はただひたすら願っている。

ふと見上げた窓の向こうには、白いものがちらついて見えた。雪の女王が、この屋敷の上にも冷たい息を吹き下ろし始めたのだ。

明日にはきっと、積もるだろう。

部屋の暖炉《だんろ》で薪が爆《は》ぜ、がらら、と音たてて崩れる音がした。

クリスマス休暇、スタンは家にいるときも練習漬けだったが、それ以外にも何度もロンドンまでレッスンに通っていた。アルバートとスタンは仲直りはしなかったが、家の中で顔を合わせて無視し合うほどではない。それは桂人とスタンも同じだった。

体は平気なの、と桂人が訊くと、スタンはうっとうしそうに「もう治ってる」と言う。桂人とも兄弟げんかの延長のような態度だ。そうこうしているうちに休暇は終わり、また学校が始まった。

日々は瞬く間に過ぎ去り、一月下旬、スタンが国内コンクールに出る日に、桂人はコンペを見に行きたいと寮監に外出と宿泊の許可を取った。

「ケイト！　今度の金曜日、チャリティコンサートを見に来ないって本気？」

寮代表会議からの帰り道、桂人は図書館に行くアルバートと別れて一人歩いているところを、アーサーに捕まえられた。アーサー・ウェストは不服そうな顔をしていて、

「今度のコンサートは久しぶりにスタンと俺の一騎打ちなのに」

と言いつのった。

最近アーサーは、顔を合わせるたびに桂人にまとわりついて、あれこれ話しかけてくる。友だちになりたい、と言われたのは本気だったのかもしれない、と桂人も思う。ブルーネル寮のことも気になるし、同じ寮の寮代表と監督生でなければ、アーサーは気軽に話せる相手だった。なにより、スタン以外で唯一桂人が知っている音楽家だ。

「スタンの演奏は三日後にはコンクールで聴くから。それにきみらのコンペティション、もうあんまり意味をなしてないだろ？」

桂人が言うと、

「コンクールって、あの、スタンが勝手に予定に入れたやつか」

アーサーもアルバートから聞いたのか、スタンが自分で入れたコンクールについて知っていた。

「スタンはバカだよ、あのコンクールの内容は悪くないけど、メニューインの前に入れるものじゃない。音楽がばらばらになっちゃうよ」

「……そういうものなの？」

つい心配になる。アーサーは肩を竦めて、「そういうものだよ」と言った。

「ねえケイト、こんな話知ってる？　ある少女が、あの月がきれいだから見て、って誰かに向かって言いながら月を指さす。でも、少女は月を指す自分の指が気になって、もっときれいな指なら、あの月の美しさに気づいてもらえるのにと思って、一生懸命指を手入れするんだ。だけどそうしているうちに、指をきれいにすることばかりに熱中して、本当に見てほしかった月を忘れる……」

「月を忘れる」

なにかの寓話だろうか。聞いたことがあるようでない話だった。アーサーは悪戯《いたずら》っぽく笑いながら、「これね、音楽学校の教科書とかに載ってる話」と言った。

「音楽学校の教科書？」

「つまりさ……月が音楽で、指は技術なんだ。その音楽を表現するために技術を磨いてたのに、磨いてるうちに本当に伝えたい音楽を見失う、っていうこと。音楽家にありがちなことだから、教科書に載るんだろうね」

スタンは今その時期かもねって話、とアーサーが言う。

アーサーの言葉には妙な説得力がある。自分にも似たような経験はあるだろうか、と桂人は考えてみたが、あまりよく分からなかった。分からないし、できることはなにもない、とも思った。指を磨くのに必死な人に、月を見てごらんと言っても、きっと届かない。そして指を磨くことも、月を目指すには必要なことなのだろう。

（パパだったら、なんて言うんだろうな……）

訊いてみたいな、と、ごく自然に思う。父親のウェブサイトを見つけてから、桂人は授業でインターネットに触れられる時間、ついブログを読みにいくようになっていた。

日本語の講義の最中は、日本のテキストに触れられるならなにをしてもいいし、むしろ現在の日本人の、生の文章を読むことは推奨されている。それで誘惑に勝てずに、父の日記を読んでいると、父は本当に芝居が好きなのだなと伝わってくる。常に芝居のこと、役のこと、観劇した舞台のことなどで、ブログの話題は埋め尽くされている。

時々、もらったメールでの質問や相談に答えているときもあった。海を越えた向こうで、自分の父親がファンからもらったメールに応じているのを見るのは、なんだか変な気分だった。

ミーハーなものには応じる気がないのか、そもそもそういう類の質問は来ないのか、答えているのはどれも芝居や役に関する真面目なものばかりで、父もそういうメールに、かなり真摯《しんし》に回答していた。

(もし僕がなにか質問したら、答えてくれるのかな)

芸術家を目指す親友を、どう支えたらいいでしょう。思わず質問文を頭の中で考えて、打ち消した。けれど本当に、訊いてはみたかった。

——パパ、もし僕が待ってたら、パパは僕のところに、帰ってきましたか。

そうしてそれは本当は、スタンに訊きたいことなのだと気がつく。桂人はスタンに訊ねたいのだ。

(もし待ってたら……いつかまた、僕を愛してくれることもありますか)

その問いの空しさに、桂人は一人ため息をついた。

# 十三

一月下旬、桂人《けいと》はアルバートと一緒にスタンの国内コンクールを見るために、リーストンからロンドンへと出かけた。

(出場者は二十人、うち、ヴァイオリンは七名)

そのコンクールでは、ロンドンの中心地近くに構えるホールに、二十四歳以下の若手ソリストが集まり、ヴァイオリンの他にもヴィオラやチェロなどの弦楽器奏者が参加していた。ファーストラウンドで選出された奏者が、翌日のファイナルで演奏し、入賞者を決める形だった。メニューインはこのコンクールと比べて規模も大きく、三ラウンドある。

だが、今日開催の国内コンクールもけっして小規模なものではなく、過去の受賞者を見てみると、ちらほらと有名な名前があった。

(思ってたよりもずっと大きい大会なんだ。本当に、大丈夫なのかな)

桂人はチケットを買い、プログラムをもらってからいやな汗が噴き出てきた。それはアルバートも同じようで、ケンブリッジ大学への面接の朝よりもずっと顔色が悪かった。

「スタンが昔、こういうコンクールに出てたころは、あんまりなにも考えてなかった。スタンならそれなりの成績をとるっていつも思ってたし」

ホールの席に着きながら、アルバートがぽつりと言った。

「今は……スタンが傷ついたらと思うと、それが怖い」

桂人も同じ気持ちだった。

血がにじむほどの練習をスタンがこなしているのを知っているだけに、結果を思うと胸が緊張で震える。まるで自分が試されるような気分だ。スタンの今の弾き方や練習方法にはどうかと思っているけれど、それはそれとして、報われてほしい、傷ついてほしくない……という気持ちがある。それでも見守ることしかできない、歯がゆい立場だった。

プログラムには、スタンのチョイスした曲目が載っている。どれも、メニューインの課題曲とかぶっている。練習の場の一つとして、ここを選んだというのがよく分かる選曲だ。

一人の持ち時間は十五分。スタンの演奏は後半だった。審査員らしき人々が四人、前方の椅子に座っている。

やがてコンクールが幕を開けた。ピアノ、チェロ、ヴァイオリン、ハープ……と出てくる奏者のほとんどが音大生だ。みな一様に高いレベルで、スタンより上手いかもしれない、と思う人もいた。

しかしほとんど最後のエントリーでスタンが出てくると、会場はシンと静まってスタンの演奏を待っているようだった。それはスタンのルックスが、ちょっと見ないほど美しかったからだろう。息を呑んで緊張していると、隣の空席に誰かが座った。

「間に合った」

と耳元で囁かれて振り向くと、アーサーが座っていた。

「ウェスト、見に来たんだ」

「まあね。お手並み拝見に」

スタンの演奏が始まった。バッハ。モーツァルト。パガニーニ。

指の運びは見事で、音は安定している。技の極みを目指すかのような演奏。あらゆるテクニックが詰まっている。カデンツァのところは、スタンが見せられる技法のすべてを詰め込んだような圧倒的な内容だ。

額に汗を滲《にじ》ませてスタンが弾ききったあと、観客からは惜しみない拍手が送られた。

「これならファイナリストだろうな」

アーサーは肩を竦めてそう言ったが、あまり嬉しそうではなかった。桂人はスタンがミスなく終えてホッとしていた。十分の休憩ののち、ファイナリストにスタンの名前が呼ばれる。アルバートは見て分かるほどに安心しきり、肩から力をぬいていたが、アーサーはなにごとか、考えこんでいるように黙りこくっていた。

（……スタンの演奏、なにかがよくない？）

スタンのヴァイオリンが大好きだというアーサーの、その態度を見ていると不安になる。

演奏者たちが席に戻ってきて、それぞれの家族と抱き合っている。桂人はしばらくの間、スタンも来るかと思って待っていたが来なかった。

携帯電話をいじっていたアルバートが「スタン、もう出たみたいだ。僕らも行こうか」と苦笑した。レッスンを受けている教授たちと一緒なのだろうから、仕方ないかと桂人は思い、頷いた。


翌日の演奏もあるので、桂人はアルバートと二人でロンドンの小さなホテルをとっていた。

「スタンはホテルには来るの?」

自分たちがコンクールを見に来ているのは知っているはずなのでそう問うと、アルバートは来ないって、とあっさり返してくる。

「知人の音大生のフラットに泊まるって。練習できるから……」

防音設備のあるフラットらしい。そう……、と桂人は言ったものの、内心は複雑だった。

(食事くらい、一緒にしてもいいのに)

いいや、今は家族や元恋人という雑音が、邪魔なのかもしれない。

(ウェストが言ってたっけ。ステージでは、誰の応援もあてにならないって)

たしかに自分も、アルバートも、スタンのステージに一緒に立つことはできないと、桂人は思う。今日、桂人だって見ていることしかできない自分をもどかしく感じた。

大切なコンクールの最中だから、スタンにとって、桂人もアルバートも邪魔なのかもしれない。それも仕方ないか、とは思う。今ごろスタンは明日のために、一心不乱に練習をしていることだろう。外の世界など、入り込む隙間もないほどに――。

(ステージを下りても、今のスタンはステージの上にいるんだな)

ふと顔をあげると、アルバートもなにか思うところがあるのか、淋しそうな横顔だった。

「なに食べようか、せっかくロンドンにいるし……フィッシュアンドチップス？」

気持ちを切り替えるように冗談まじりに言うと、アルバートはおかしそうに笑ってくれた。

「せっかくのロンドンで……フィッシュアンドチップス？　でもそういえば、それ以上美味《おい》しいもの、この世になさそうだね」

「チーズ料理にする？　アルビーの大好きなチーズチーズチーズチーズ……」

「いや、ケイトの好きなチキンチキンチキンチキンでもいいよ」

冗談を言い合って二人笑っている間は、少しだけスタンへの不安を忘れられる。

ホテルに荷物を置いて、桂人はアルバートと二人束《つか》の間の憂うつを忘れるように食事をとりに出た。きっとそう遠くない空の下、食事をとるのも忘れて練習しているかもしれないスタンのことを気にかけながら、それでも二人とも、その話はしなかった。

翌日、コンクールのファイナル。

選ばれたヴァイオリン奏者は三人で、スタンの演奏曲はメンデルスゾーンのヴァイオリン協奏曲。メニューインのファイナル課題曲だった。

「あ……見てケイト、同じ選曲奏者がもう一人いる」

椅子に座ってすぐ、入り口でもらったプログラムを見ていたアルバートがうろたえた声を出した。見ると、たしかにスタンと同じメンデルスゾーンのヴァイオリン協奏曲を選んでいる奏者がいる。昨日のラウンドで、桂人が上手だと思った女性の音大生だった。

（……でも、技術では負けてなかった。スタン、この短期間で驚くほど上手くなってるし）

緊張しながら演奏を待つ。スタンと同じメンデルスゾーンを選んだ音大生は、すらりとした背の高い女性で、情感豊かに曲を弾きあげた。ただ一度だけ、音が飛んだ。それこそ素人の桂人でも分かるほどに。

（これは……いけるかも）

その瞬間そう思った。やがてスタンの順番が回ってくる。

スタンは落ち着いていた。昨日と同じく安定した指運びで曲を弾ききり、会場からは拍手が湧いた。

けれど終わったあとで、桂人は小さな違和感を覚えた。それは十月のチャリティコンサートで、スタンが初めてモーツァルトのカデンツァを弾いたときに感じたものと似ている。

音を飛ばしたメンデルスゾーン。彼女の音のほうがどうしてか、耳の奥に残っている。

（……スタンの音って、もっと……感情的な気がしてたけど）

違っただろうか。専門的なことはなにも分からないから、ただの杞憂《きゆう》かもしれなかった。

審査員が審議に入ると、演奏者たちはみんな客席に下りて、それぞれの家族のもとへ向かっていく。気がつけば疲れた顔をしたスタンもまた、こちらへ歩いてきていた。アルバートが立ち上がって手を振ると、スタンは桂人とアルバートのいる並びに来てくれたので、桂人はホッとした。これでまた、どこかへ行かれたらどうしようと思っていたのだ。

「お疲れ、技術的には満点な演奏だったね、スタン。俺の好きなスタンの音じゃなかったけど」

と、どこから現われたのかさっきまでいなかったアーサーが桂人の隣から顔を出して言った。

スタンはムッと眉根を寄せて、どさりと空いた椅子に座り込む。

話しかけるのが躊躇《ためら》われるほどに、スタンはぴりぴりとした空気をまとっていた。

緊張したまま三十分が流れ、とうとう審査員が壇上に立った。恰幅《かっぷく》のいい、五十路《いそじ》半ばと思われる男性で、髭《ひげ》を蓄え、メガネをかけている。

彼はすべての演奏者が素晴らしかったと短く述べてから、入賞者の名前を読み上げていく。

スタン・ストーク。

名前が呼ばれた。それは、順位で言うなら二位。

ヴァイオリンの一位は、スタンと同じメンデルスゾーンを弾いた音大生だった。

会場がざわついている。スタンは呆然《ぼうぜん》とした顔で立ち上がり、壇上で表彰されて戻ってきても、その顔は晴れていなかった。

「……なぜ、二位」

小さな声で呟いた一言を、桂人は聞き逃せなかった。

もうすべてのプログラムが終わり、観客や、参加奏者も帰り始めているときだった。

「理由、訊いてやろうか」

耳ざとく聞いていたのは、桂人だけではなくアーサーもだった。アーサーは、桂人がハッとして止める前に、先ほど壇上で発表した審査員に大きな声で呼びかけていた。

「ミスター・ハウエル！　お久しぶりです」

どうやら顔見知りらしかった。呼ばれた男性は眼鏡の奥で一瞬眼を細めてから、ああ、と頷いて近づいてくる。スタンの体がびくりと震える。同時に桂人の心臓も、緊張でばくばくと音がたつ。

「アーサーか。そうか、ストークくんときみは同じ学校だったかね」

眼の前に立った審査員は、アーサーとスタンを見比べて、なるほどというように頷く。

「ええ。それで教えてほしいんですが、なぜスタンは二位なんです？　技術的には文句なかったはずですが」

ぬけぬけと訊ねるアーサーに、ハウエルと呼ばれた紳士は一瞬呆《あき》れた顔をした。だがすぐに、これは言ったほうがいい、と判断したようにスタンの顔を見つめた。

「技術は素晴らしかった。きみには才能がある。だが……まるでロボットが弾いたような正確さに、我々審査員のうち一人が、きみの演奏はアンヘルシーだと評価したんだよ」

——アンヘルシー。

その評価に、桂人はぎくりとした。ハウエルは、「きみが四年前のメニューインで優賞したとき、もっと情感豊かな演奏家に成長すると、我々は思っていたのだが……」と、続けた。

（スタン、知られてるんだ）

その昔天才だともてはやされていたと聞いたから、当然なのかもしれなかったが、ハウエルがスタンのことを覚えていたらしいことに桂人はびっくりした。スタンは伏し目がちになり、居心地悪そうに黙っている。ハウエルは小さく咳払《せきばら》いし、「人生はいろいろなことがある」と、スタンに諭すように言った。

「きみの可能性はこれからだ。自ら……それを潰《つぶ》すような弾き方をしてはならない。それを伝えたくて、あえて二位にした。本来のきみが持っている、ヘルシーな弾き方を思い出してほしい」

心を解き放って。と、ハウエルが付け加えた。

お時間ありがとうございます、ハウエル、とアーサーは調子よく言い、スタンの背を叩いた。

「貴重なご意見いただけたね、スタン。次に繋がる」

桂人は全身が強ばってきて、そのあとの会話をあまりよく聞き取れなかった。青ざめたスタンの横顔と、その、美しい青い瞳の中に映る絶望を感じた。

……ああ、スタンの魂がどこかへ迷い込み、戻ってこなかったらどうしよう。

ツバメを失った幸福な王子のように、心臓に霜を走らせて死んでしまったら？

音楽は今や、スタンにとってのツバメなのに。

そんなことを考えていた。

暗いトンネルの中を歩いている心地がした。

行けども行けども、先に灯《あか》りは見えず、どこまでも暗闇が広がっている。けれどこれは自分の気持ちではなく、スタンの気持ちではないのか。そんなふうに桂人は思っていた。

感情をぶつけるように弾こうとしたら弾けず、技術の高みを目指した。だが血のにじむような練習の結果を、アンヘルシーだと言われてしまう。

揺らぎ、苦しみ、なにが正解か分からないままここまできただろうスタンの心の中を、桂人はただ想像することでしか知ることができない。

ネオンのまたたくロンドンの街並みの中で、いつの間にかアーサーはいなくなり桂人とアルバート、そしてスタンの三人きりになっていた。

鬱々《うつうつ》とした沈黙が続いていたが、一番最初に声を発したのはアルバートだった。

「いや……二位でもすごい快挙だよ。他はみんな年上だったんだし。再開してまだ一年も経ってないんだ。とりあえず一度ホテルに戻ったら、食事に行こう、スタン」

わざと明るく、兄を励ますようなアルバートに、桂人もハッとなってスタンを振り向いた。

スタンはけれど演奏用のスーツの上にコートを一枚羽織り、ヴァイオリンケースを持ったまま、立ち止まってしまった。

「悪い。俺は知人のフラットに行く。今日の反省点をまとめて練習し直したい」

南の外洋のように深い青の瞳には今、光はなくよどんで見える。じゃあ、と背を向けたスタンに、アルバートは傷ついたような顔をした。

「家族と……食事もできないくらいなら、出なきゃよかったんだ」

とうとう、我慢が切れたように、アルバートがスタンの背中に怒鳴りつけていた。

彼は肩を震わせて「僕は反対したのに！」と呻いた。うつむいたスタンが、ため息をつく。

「勝手だな……ヴァイオリンをやれと言ったり、やめろと言ったり」

会社にも入れないと言った。俺の適当な生き方を奪ったのはそっちだろ、とスタンは呟く。

棘《とげ》のある、ひどい言葉だ。アルバートはひるみ、なにも言い返せずに固まっている。

「……スタン！」

思わず、桂人はスタンの言葉を遮った。

「だとしても……今はきみが選んでヴァイオリンを弾いてるんだ。それが本当の、きみの望んだことだろ……」

兄弟ゲンカを止めたくて言うと、スタンは振り向きもしないまま「ああ、そうだよ」と肯定する。

「だからこの道のことは、お前たちには関係ない」

吐き出すように言ったあと、スタンは足早にその場を立ち去る。

桂人は慌てて、「スタン、待って」と声をかけたけれど、元は優しすぎるほど優しかったはずの恋人は、振り返りもしない。寄る辺なく立ち尽くしているアルバートに、桂人はひとまず声をかけた。

「アルビー、ホテルに戻ってて。僕が行ってスタンを連れていくから」

「ケイト……でも……」

いいから、と念を押して、桂人はスタンを追いかけていた。冬の冷たい風が、頬のところでびゅうびゅうと鳴るような気がした。

「スタン！　待って。待って、スタン・ストーク！」

とうとうスタンに追いつき、コートの袖を摑んだとき、二人がいたのは人気《ひとけ》のない夜の路地だった。住宅地なのかあたりには商店もなく、狭い道の中は暗く静まりかえっている。

「放してくれ、ケイト。時間がない」

イライラと言うスタンの手首を、ケイトはぎゅっと握りしめた。額に、じわりと冷たい汗がにじむ。

「放さない。スタン、今日は練習は置いておくんだ。僕らとホテルに行って、食事をしよう。僕らは明日にはロンドンから立ち去る、きみは残ってレッスンでもなんでも受ければいい」

口早に、けれど確固とした気持ちで言うと、スタンが桂人を睨みつけるように見下ろしてきた。その瞳に、すさまじい怒りが映っている――。

「この間から……なんで邪魔するんだ!?　友だちとして応援してくれるつもりじゃなかったのかっ？」

怒鳴られて、全身がびりびりと震える。それでも桂人は、ぐっと息を呑み下した。

「応援してる。してるけど……今のきみはおかしい、さっきの審査員が言うとおり、アンヘルシーだ。……きみが奏でてるのは、本当に誰かに届けたい音楽なのかっ……？」

口走った瞬間、スタンが体を揺らして息を呑むのが見えた。

桂人には不意に思い出す光景があった。昨日のラウンドが終わったあと、他の演奏者たちは家族のもとへやって来たのに、スタンは来なかった。アルバートは待っていた。……自分だって、待っていたのに。

「僕はきみが……音楽に立ち向かうことで、現実にも向き合えるならと思ってた。そのためになら、別れてもいいって……。きみは逃げないって、あのとき言った。僕も信じた。でも……また逃げてる。……きみにとって音楽ってなんなんだ？　アルバートは？　家族は」

恋人は、と訊きたくて、すんでのところで飲み込む。

「友だちってなんなんだ？　きみは傷ついてるだろうけど、他の人間も傷ついてる……。スタン、ステージの外側にも、きみの人生はあるんだ！」

ステージを下りても、人生は続いていく。

生きていく場所は、ステージの上だけではないと、スタンに思い出してほしかった。

そのとき突然、スタンの空いた片腕がふり上がった。あっという間に胸ぐらを摑まれ、ドン！　と壁に背中を押しつけられていた。

「俺に命令するな！」

激しい怒号が、スタンの喉から迸っていた。

「お前らが俺から取り上げたんだろうが！　家族や恋人に優しくする方法を！　適度で適当な

人生を！　お前とオックスフォードに行ってたら……俺は、俺は」

　お前に優しくできた、とスタンは呻いた。

「奪ったかわりにヴァイオリンを与えて、自分の人生を生きろと言った。なのにそうしてたら、今度はもっとこっちを見ろだって……!?　これだからいやなんだ、これだから……これだから、他人は信じられない……っ、無様な俺をばかにしてる……」

　スタンの言う意味が分からなくなり、桂人は困惑した。

「ばかになんてしてない！　心配してるんだ、スタン！」

「嘘だ、完璧にできないなら要らないんだろ、どうせお前は、いつか俺を愛さなくなるくせに、完璧じゃないなら、要らないって――」

　だからヴァイオリンのほうがマシなんだ、俺を捨てないから！

　スタンはそう怒鳴り、それから地団駄を踏んだ。青い眼に狂気が宿っている。スタンはここを見ていない。どこか別の場所を見ている。そう感じる。

「俺から立ち去るやつが、偉そうに命令するな……っ、俺を捨てるやつが、俺を、俺をいいように支配しといて、それから捨てるやつが！」

「僕は……」

　桂人は喘《あえ》いだ。体が震え汗が噴き出す。スタンのことが分からずに、急に恐ろしくなる。

「僕は僕からきみを捨てたりしない……っ、捨てたのはきみだろ……っ？」

　言っていて、苦しくなる。スタンはヴァイオリンを放す。ケースは道の脇に積もっていた雪の上に落ちる。スタンは両手で桂人の襟ぐりを掴み、激しく揺さぶった。

「いつ捨てた！　俺はちゃんと言いつけを守った、良い子でいたろ、良い子でいただろ、ちゃんと、お前が望むように完璧にしてた――」

重く垂れ込めた空から、雪が降ってくる。

スタンの声が耳元でわんわんと響く。凍った息が靄《もや》になって互いの視界を覆う。

「なのになんで捨てたんだ！」

ママ。

と、聞こえた気がした。気のせいだろうか。

「……スタン、誰の話、してるの？」

か細い声を出した刹那《せつな》、スタンがなにか声にならない叫びをあげて、桂人の唇に噛みついた。キスなのか、ただ噛みつかれているのか分からない。乱暴にベルトを外され、パンツをずり下ろされて後ろを探られる。

痛い、と思ったけれど声は出せなかった。スタンが今、誰を抱いているのか桂人には分からなくなった。

桂人を抱いているのだろうか？　それとも、母親を？

どちらにしても今、はねつけて拒絶したらいけないと思った。そんなことをしたら、なにかがバラバラに壊れて、もう戻らなくなる……。

凍えた指を伸ばして、桂人はぎゅっと、スタンの背中にしがみついた。

挿入されて、揺さぶられる間、あまりの痛みに気絶しそうだった。眼からは痛みに涙が溢れ出る。悪い夢のような交わりだった。

頭の隅で思っていたことは、どうか誰もこの路地に来ませんようにということと、壊れないで、ということだった。

(壊れないで……、スタン)

——俺が抱けば、ママは壊れないのかと思った。

去年のクリスマス。

スタンの言っていたことが、不意に脳裏をよぎる。

(スタン、こんな気持ちだった……?)

こんな気持ちで、きみはママと寝ていたの?

自分自身がバラバラにちぎれそうな気持ち。それでも愛しているから、必死に繋ぎ止めようとしている。

痛みに気を失わないように何度も唇を噛みしめながら、桂人はスタンにしがみついていた。

終わったあと、ずるずると路地に座り込んで気づいた。顔は涙で、着ているものや体は、雪と泥とでぐしゃぐしゃになっていた。

「……スタン」

顔をあげると、蒼白《そうはく》になっているスタンがいた。桂人を見下ろし、震えている。

桂人はよろよろとスタンの着衣を直してやり、その手に、ヴァイオリンケースを持たせた。

「行こう、スタン。ごはんを食べよう……」

こんなときに、他になにを言えばいいのかが分からなかった。

ただ、アルバートが心配していると思ったのだ。けれど言った瞬間、スタンの双眸《そうぼう》から涙が溢れ出て、頬を伝っていった。

声にならない叫びが、嗚咽《おえつ》のようにその喉からこぼれたのを聞いた。

スタンは桂人を振り払い、路地の向こうに駆けていった。まだほとんど、服を直していなかった桂人は追いかけることすらできず、その場に座り込んでそれを見送っていた。はだけた足に、雪があたって冷たい。

壊れないで、と思って抱かれていたとき。

ふと、桂人は気がついた。

（僕はまた、自分を犠牲に……してたな）

絶望が、ひたひたと足元から忍び寄ってくるのを感じて、桂人はうなだれた。過去の過ちを覚えている。もう繰り返さないと何度も決めて、それなのに何度も繰り返してしまう。

スタンは逃げて、桂人は自分を犠牲にする。人に説教を言えた立場ではないと思う。

自分が犠牲になってスタンが助かるならそれでいいと、桂人だって、いともたやすく考える。

スタンが愛している者を遠ざけ、逃げ続けるのもまた、身に染みついた癖なのだ。

（完璧でなければ、捨てられる……きみのママがきみに、そう言ったの）

十三歳のスタンは、キングスカラーだった。母親が亡くなる直前には、国際コンクールで優勝した。運動もできたことを知っている。スタンは実際、ヴァイオリンを再開するまでは、ほとんど完璧な監督生で、完璧な恋人でもあった。

（でも、僕はきみが完璧だから好きになったわけじゃない――）

分かってくれていると思っていたが、そうではなかった。愛されるためには、弱くてはならないのだとスタンは思い込んでいるのかもしれない。

どうしたら、この負の連鎖は終わるのだろう……？

考えても分からなかった。最後に別れたときのアルバートの不安そうな顔が蘇《よみがえ》り、桂人はなんとか立ち上がった。体は痛く、どこか怪我《けが》をしているかもしれなかったが、濡れたパンツと下着をはき直して、よろめきながら路地を出る。こんな汚れた格好で帰ってきたら、アルバートが桂人とスタンのケンカを疑うかもしれないと思う。途中、もし店が開いていたら安物でいいから服を買おうかと迷ったが、どうせ雪の中を歩いているのだから全身濡れてしまうし、それなら道で転んだと言えばいいかとも思い直した。

――ケイト。

そのとき耳元で何度も囁かれた優しい声音が、記憶の底から蘇ってきて、桂人は道ばたに立ち止まった。

――もう愛してる。とっくに。

（なんで今、あんなこと、思い出すんだろう）

自分の心を呪《のろ》いたくなった。

スタンは桂人に愛してると、ほとんど言ってくれたことがない。記憶にある一回きりは、結ばれた直後のベッドの中だった。

俺がお前に釣り合うようになったら、恋愛をしてくれるか、と訊かれた。桂人はスタンが、自分を愛してくれていると、信じていいのかと訊いた。スタンはとっくに愛してると言ってくれた……。あれはあの瞬間、あの夜だけの奇跡だったのだろうか？

もしもそうだとしても、そこから十ヶ月、桂人は幸福だった。スタンを愛し、スタンが愛してくれていると思って幸福だった。

（違う……本当は、スタンを好きだと思った日から……片想いでも幸せだった）

桂人が必死になって隠していたこと。養父からの性虐待や、自分が両親に愛されなかったこと、誰も愛せない冷たい人間だと思って生きていることを、スタンに知られた日から、桂人はスタンを愛した。

それはスタンが言ってくれたからだ。

――いつか、愛されることもある。愛されるときが、ちゃんとくる。愛するときも。

あのときあの言葉は、桂人にとって暗闇を照らす一筋の光、たった一つの希望だった。

雪は桂人の髪を濡らし、顔を濡らす。

お兄さん、風邪をひくわよ、と通りすがりの親切な女性が心配そうに声をかけてくれたが、桂人は身じろぎすらできなかった。

愛の残酷さを今、身にしみいるように感じていた。

例えば初めて桂人の秘密を漏らした相手が、スタンではなく他の誰かでも……メンベラーズや、他にもいるかもしれない賢い誰かであったら、自分はべつの人を愛しただろうか。

けれどその問いにはなんの意味もないのだ。

桂人を救ってくれたのはスタン・ストークでしかなかった。

あのとき、あの一回きり、ただあの瞬間桂人のそばにいてくれたのはスタンだけで、スタンを愛する選択をした自分が、今の桂人に繋がっている。

たとえあのことを忘れ、なかったことにしても変わらない。この先どんな未来の桂人でも、それは過去にスタンに救われた桂人が根っこにいるのだと思う。

(過去は今の自分に繋がっていて、未来にも繋がっていく……。どんなに忘れても……愛したことは消えない)

降り積もる雪のように、過去の愛は、自分の深い場所に堆積している。新しい記憶が重なって忘れてしまっても、「現在」は常に、過去があって成り立っていく。

(振り返ったときに、愛しい人も……憎い人も。みんな……今の自分には欠かせなかった)

そう思ったらせめて、してもらえた良いことだけには、ありがとうと思える自分でいたかった。たとえ、愛せない相手だとしても。

桂人はコートのポケットから、プリペイド式の携帯電話を取り出した。それは外で連絡を取ることもあるかもしれないから、とアルバートに渡されて借りたものだ。

端末の画面に、雪が落ちる。桂人は検索窓に、覚えていたウェブサイトの名前を入れた。

そうしてほとんど無意識に、そのサイトのメールフォームへ、文章を綴《つづ》っていた。


体温計を見ると、熱は下がっていた。

喉はまだいがらっぽいが、これならもうすぐリーストンに帰れるだろう。

桂人は今、実家であるヴァンフィール邸の、自分の部屋で休んでいるところだった。

スタンと口論し、犯されるように路地裏で抱かれて、アルバートの待つホテルに汚れた姿で帰ったのは三日前のことだ。

アルバートは桂人の汚れた姿を見て慌て、食事は買ってくるから風呂に入って、と言ってくれた。言われたとおりすぐに温まったが、翌日にはやはり風邪をひき、桂人は一日ロンドンのホテルで眠った。

アルバートは学校に帰ったものの、桂人は熱が下がらなかったため、実家に戻ったのだ。寮監へは、アルバートが話をつけてくれると約束した。

実家で寝こんでいる間、桂人は何度もスタンのことを思い出した。

路地裏で無理やりのように抱かれたとき、スタンは我に返ったあと、ひどくうろたえていた。心配だったけれど、できることがなにもない。そのことが悔しくて、情けなかった。

「ケイト、ちょっといいかい」

落ち込みながら休んでいたその日の昼下がり、養父が上機嫌で、部屋を訪れてきた。桂人は養父が苦手だ。あまり話はしたくないが、一緒に暮らし、学費の援助を受けている以上、最低限は我慢している。

「なんでしょう……？」

小さく咳をしながら起き上がると、養父は「寝てなさい、寝てなさい」と言った。

「昔のレコードを見つけてね、最近、ケイトがクラシックを学んでいるようだから」

養父はコンパクトなレコードプレイヤーをベッドサイドのテーブルに置くと、「メニューインの演奏だ」と言って、ジャケットを桂人に見せた。

バッハの無伴奏ソナタ。

スタンが桂人のようだと言った曲だった。

養父がレコードをかける。すると、悲しみに満ちた美しいメロディが、心に迫ってくる。改めて聴くと、本当にたった一つのヴァイオリンだけでこの曲が構成されているとは信じがたいほどの、重層的な曲だった。

「夕飯のときに感想を教えておくれ」

それだけ言って、養父は部屋を出て行った。

桂人はベッドに横たわり、じっとヴァイオリンの音色に耳を澄ました。バッハの無伴奏ソナタは、荘厳で、美しく、孤独に聞こえる。

暗い洞窟の中、天上から差す一筋の神の光を頼みに、ただ生き抜くかのような。

ひたすらに耳を傾けていると、全身がその音楽に引き込まれて、気がつけば涙が溢れていた。

それは悲しみや苦しみの涙ではなかった。心を洗い流すかのような涙。

(神さまの音楽だ……)

ふと、思う。この曲の奥に、言葉ではけっしてたどり着けない真実が眠っている。まるで絶望からの祈り。一つの希望に思える。

祈りはヴァイオリンの音に乗って魂に触れ、桂人の中の、閉じていた心の扉が開かれて、解《ほど》けていく。これは曲の力なのか、演奏家の力なのか。

まるで、見知らぬ演奏家の世界と、バッハの世界と、桂人の世界が交わるような体験だった。

(……神さまのそばに行くために、ヴァイオリニストは技術を磨くの……?)

音楽を人の心に届けるために、必要なのが技術だとしたら……スタンが必死にそれを身につけようともがき、身につけてもロボットのようだと評されて、思い悩むのは分かる。

言葉でもない理屈でもない、触れあっているわけでもない相手のところへ、音だけで寄り添い、その心を開いて、その人の世界に関わる。

それは技術を超えた向こうにあるが、それでも、技術がなければ到達できないものだろう。

ケンブリッジのチャペルで、スタンが自分を叩きつけるようにして弾いたときは、技術よりもあの激情に打たれた。けれどきっとあれは偶然の産物で、一生演奏家として生きていこうと思ったら、ただ身勝手にぶつけるだけでは通用しないのだ。激情があるだけではだめで、なくてもだめ。なんて難しく、厳しい世界なのだろう……と思う。

(スタンはたぶん……ヴァイオリンをもう一度手にするって決めたときから……ずっと悩んで

るんだろうな）

これが正しい道。きっと最善だと信じて桂人と別れ、練習に身を削り……。それでも違うと言われたりする。

桂人は自分自身を振り返って、スタンの人生、スタンの向き合っているものと引き比べてみる。比べられるものなどほとんどないような気もするが、大事にしていることや、一生懸命になっているものについて考えれば、それは監督生として、寮生一人一人に気を配ることだったり、一人の人間として、スタンという人を愛することだったりする。

（僕も……寮生やスタンと向き合うとき、これが正しいのかな、いいのかなって、悩む）

最後の最後には、いつだって最善だと信じていることをする。

けれどその結果が、みんなにとって最善ではないということは、ごく普通にある。

それでも、僕でよければ役に立ちたい。いつもそんな気持ちで、寮生とは接している。そしてそうやって寄り添い、役に立てればただ嬉しく思うし、桂人の生きる力にもなる。スタンを愛することも、スタンを愛しているという事実が桂人に力をくれた。希望になり、勇気に変わった。

だからきっとスタンにとっても、ヴァイオリンはそういう存在だと思う。夢中になって向き合えるのは、ヴァイオリンが好きで、弾くことで生きる力に変えられるから。けれど、深く愛情を注ぐほど、自分の思ったとおりにならないときには悲しい。

それは人を愛しても、物を愛しても、結局は同じことだ。

（それでも、一番初めに愛したときの思い出が、いつでも自分を支えてくれる……）

過去が現在に繋がり、未来は過去の自分の先にあるもの。

深く愛した事実は、未来がどうであろうとその人の支えになっていると信じている。

なにげなく体を起こすと、枕元に置いたままの携帯電話が眼に入った。アルバートが、連絡するからしばらく持っていて、と言ってくれたので実家に持ち帰っていた。プリペイドの期限がまだ切れていないので、もったいないなと思ったのもある。

端末のLEDがちかちかと点滅しているので、なんだろうと思って起動させると、アルバートから、メールが届いていた。

『コリンズ先生に端末をお借りして打ってます。寮のことは大丈夫なので、体調が戻るまで静養して。それと、腹が立ったからスタンにはきちんと話してない』

（きちんと話してないって、なにをだろう……？）

スタンももう学校に戻っているはずだが、あの路地裏での一件や、コンクールでの結果から、スタンが落ち込んでいないか、桂人は気がかりだった。

（まあ僕のことは……もう忘れてるかも）

とは、思う。けれどヴァイオリンに関することでは、今も立ち直っていない可能性がある。

アルバートのメールに軽く返事を入れてから、ブラウザメールのホーム画面に戻ると、不意に見知らぬアドレスからのメールが、眼に飛び込んできた。

「……誰だろ」

普段ほとんど使っていないフリーメール。スパムやプロモーションメールなどもほとんど届かないので、不思議に思いつつも開く。

そうして開いたところで、桂人は息を呑んだ。

――イギリスからメールをくれた人。

と、英語で書かれている。

（……パパ！）

それは、菅井慎司のメールアドレスだった。

桂人は我に返るように思い出した。三日前、雪の中でほとんど無意識に父にメールをした。借りている端末なので日本語が打てずに、英文を書いたのだ。妙なメールだと無視をされ、読まれなければそれでもいいと思った。そもそも返事は、それほど期待していなかった。ブログには芝居のことしか書かない主義のように見えたし、たぶんなんの反応もないだろう。

そう思いつつも、フォームには返信用のアドレスが必須項目だったので、自分のアドレスを入れておいた。

（まさか、直接返信があるなんて……。それも、英文。ちゃんとしてる英語だ……）

あのときなにを書いたか、桂人は記憶を手繰りながら、父のメールを読む。読んでいる間、心臓がドキドキと昂《たか》ぶり、指が震えていた。

『イギリスからメールをくれた人。

あなたは、私の息子と同い年なのですね。境遇も似ていて、つい、返事を書いています。お許しください。

ご質問にお答えします。イギリスから日本へ帰るときは、大きなチャンスを眼の前にしていて、家族のことを忘れていました。とても自分勝手ですが、あまり考えていなかった。

ようやく成功を摑み、ふと家族のことを思い出したとき、五年の時が経っていました。

私は一度だけ息子を探しにロンドンに戻りましたが、探しきれず、そして後悔し、家族を捨てた事実に向き合うのが恐ろしくなって、しばらく眼を逸らしました。

けれど舞台の上で生きるということは、自分の感情のすべてをぶつけることでもある。

芝居をし、誰かを愛する演技をするときに、常に息子のことを思い出す自分がいることに、ある日気づきました。

自分の芝居の中に、息子がいる。とても眼を逸らせない。そう気づきました。

直接は、関係ないのかもしれません。それでも我が子を愛する私と、そうでない私とでは、芝居の意味が違ってきます。

以降、私はせめて芝居をするとき、息子が見てくれたなら——恥じない私でいられるように演じようと、決めています。

もし、待っていてくれるのなら、もう一度会いたい。

許されるとは思っておりませんが。

イギリスはこれから寒い日々でしょう。どうか体に気をつけて。メールをくれたこと、一生忘れません。ありがとう……』

扇情的な、けれど静かな言葉。英文は完璧な文法だった。深い教養と知性、感受性が、文章からも伝わってくる。

……イギリスからメールをしています。もうすぐ、十八歳になります。僕は五歳のときに、父と別れました。時々思い出します。菅井さんは、どうしてお子さんと離れましたか？　お子さんのこと、思い出しますか。お子さんに、待っててほしかったですか……？

桂人はそう、送ったことを思い出した。

悪戯かもしれないような、不躾《ぶしつけ》な文章だったと思う。

それでも、もしかしたら自分のことを、少しでも覚えていてくれれば、なにか反応してくれるかもしれない。それを見たら、スタンの気持ちに近づけるのでは。

そう思って書いた。

そして返事がきたことにも、父親の答えにも、衝撃を受けて、桂人はしばし呆然としていた。

（パパの芝居の中には……僕が、いるんだ）

思った瞬間、不意に音もなく涙がこみあげてくる。心が解き放たれていくのを感じる。

遠く離れた日本で、父がどんな気持ちでこのメールを打ったのか、知らない。

返事の先にいるのが本当の自分の息子だと、思ったか、思わなかったかも、分からない。

それでもたった一つ、分かることがあった。

（パパは……僕を、愛してるんだね）

その愛は桂人の望む形ではないかもしれないし、桂人を救ってはくれないかもしれない。

二度と心通じ合わせることもないかもしれないし、再会することもないかもしれない。

桂人は父の演技を知らないし、一生見ることもないかもしれない。

けれどイギリスで、桂人は父が自分を愛しているということを知っている。

父は日本で、桂人に恥じないように生きようと思っている。

ステージを下りた場所でも、ステージの上でも。

父は桂人の存在を感じながら、生きてくれているのだ――。

古びた思い出の中を探っても、父のことはほとんど見当たらないのは変わらなかった。それでも一緒に過ごした五年間があったのはたしかで、桂人は覚えていないけれど、父は桂人との思い出を、いくつも持っているのかもしれなかった。

ステージにあがる前にも。

ステージを下りた後にも。

人生は続いている。生まれて生きて死ぬまで、世界は一つきりでは完結しない。

無伴奏ソナタは、荘厳な一音を最後に終わった。

暗闇から光が消えるような瞬間だった。

だがきっと、演奏者がまた音を奏で始めたとき、この暗闇には新たな光が差す。

何度でも何度でも、何百年も前に生きていた作曲家が、この音楽にこめた魂の光が、今を生きるヴァイオリニストの演奏で、永遠に蘇り続ける。
そうして人々の心の中の暗闇にも、幾度となく光を灯《とも》し続けるのだ。
ただ一筋の、希望の光を……。

# 十四

「お坊ちゃま、あのう」

メイドが困った顔で桂人《けいと》の部屋を訪れたのは、熱もすっかりと下がり、体の軽くなった翌日の今日のことだった。

スタンの先日のコンクールから六日が経っていて、リーストンではちょうどスタンの出演するチャリティコンサートがある予定だった。優勝を逃したコンクールの後なので、その演奏は聴きたかったが、昨日までは体が重たくて間に合わなかった。

(明日リーストンに戻ったら、アルビーにスタンの様子を教えてもらおう……)

そんなことを思いながら、荷物をまとめていたときにメイドがやって来たのだった。

日中で、養父と母はそれぞれに趣味の観劇と、お茶会とに出かけている。

「実はお客様がいらして……」

と言われて、桂人は首を傾《かし》げた。ヴァンフィールの家は貴族ではあるが、養父が変わり者のため来客は少ない。どちらにしろ両親はいないので、桂人が対応すべきだろうと思い、一階でお待ちいただいて、と伝えた。

身だしなみを軽く整えてから、階下に下りていく。

そして玄関先に立つ客の姿を見た瞬間、桂人は眼《め》を見開き、ため息のような声を出していた。

「……スタン」

そこにいたのは、スタンだった――。

制服の上にノーブルなコートを着て、革の手袋をつけてじっと立っている。紳士らしい出《い》で立ちと、洗練された美貌。けれど顔色は悪く、真っ青だった。深い青の瞳には、怯《おび》えのような色がにじんでいる。

とりあえず奥に控えていたメイドに合図を送り、下がらせて二人きりになる。それから階段を急いで下りた。

桂人はびっくりしていたが、スタンのほうは桂人の姿を見た途端に、急にその場によろめいて、いきなり腰を抜かし、へなへなとしゃがみこんでしまった。

「ど、どうしたのっ？」

具合が悪いのかと慌てて駆け寄ると、スタンは両手を顔で覆った。苦しそうな息を漏らし、スタンは「よかった……」と、くぐもった声で言った。

「もうどこにも、いないんじゃないかと。……アルビーが、お前はもうリーストンに帰ってこないと言うから」

ここにいなかったらどうしようと……と、スタンが独り言のように呟《つぶや》き、桂人は言葉をなくした。アルバートが、桂人のことをきちんと話さなかった、とはメールしてくれていたが、まさか帰らないと言っていたなんて。

「それで……きみは僕を探してくれたの？」

ヴァイオリンがあるのに？

そう訊《き》きかけて、ハッとする。

（待って。今日、スタンって、演奏日じゃなかった……⁉）

チャリティコンサートのある日だ。なのになぜ、こんなところへ来ているのかと思う。桂人は慌てて腕時計を見た。

「きみ今日、演奏だよねっ？　なんでここに……ああっ、あと二時間しかない、うちは今車がなくて……キャブを呼んでも、ここは田舎だから四十分は……、電車を合わせても間に合うか――」

血の気がひいていく。リーストンのある場所も辺鄙《へんぴ》だが、ヴァンフィール邸もかなり辺鄙だ。近くの駅まで徒歩で行くのは難しく、桂人はいつも移動に半日かけてリーストンと実家を行き来している。懇意にしているキャブの会社と運転手はあるが、ちょうど両親が利用していて、電話をかけてもなかなか車が来ないだろう。

こんなとき、金のない貴族というのは不便でしかない。お抱えの運転手もいないし、車すら所有していないのだから。

「……いや、いいんだ。その、リハーサルをしようとしたが、弾けなくて……どうしても、弾けないから、お前を探しに……」

うろうろと、覚束《おぼつか》ない声音で、スタンが言う。

「……。ど、どうして？　弾けないって、スタン。あの、あのコンクールのせいで？」

桂人は狼狽《ろうばい》しながら訊《たず》ねた。それとも終わったあとに自分が、余計なことを言ったせいだろうか？　心配になって身を乗り出すと、スタンは体を震わせた。

「違う。……お前が気になって……帰ってこないから」

息を漏らすように言われて、桂人は眼をしばたたいた。正直に言えば、混乱してしまう。

「僕？　僕がいないからって、なんで……。スタンは、もう僕のことなんて、気にしてないと思ってた――」

早くスタンをコンサート会場に戻さねば。ああでも、どう考えても間に合わない。

まだそんなことに気を取られていたから、つい不用意な言葉が飛び出す。

「だってきみは、僕のこともう、そんなに好きでもないだろ……？」

瞬間、スタンが「そんなわけあるか……!?」と、呻《うめ》いた。

「お前のことが好きじゃなくなるなんて、そんなことあるかっ!?　たしかに別れようとは言ったが、気持ちが変わったとは言ってない。そばに見えなかったら気になる！」

手を顔からはずして、スタンは必死になって叫んだ。桂人はぽかんとして、怒っているスタンの顔を見つめた。

「……ブルーネル寮から一度戻ってきたとき、嫌そうだった」

「無様な姿を見られたくなかったからだ。それに……俺はお前を取り戻したくて必死に練習してた。アーサーに負けたままの俺なんて……みじめで」

それでは、倒れている姿を見られたのがいやだったのか？　桂人はびっくりして、固まっていた。

「別れたのだって……いつか戻れる。いつか、音楽を取り戻せたら、もう一度お前と恋人になれると思ってたから」

だから必死に、練習してたんだと、スタンは絞り出すような声で言った。

「なのに自分で、台無しにした……六日前、俺はコンクールのあと、お前にひどいことを……」

ぎゅっと眼をつむり、スタンは声を震わせてうなだれた。震えているのは声だけではない。その大きくしなやかな体も、ヴァイオリンを弾きこなす指も、美しい唇と睫毛《まつげ》も、なにかに怯えるように震えている。

（六日前……僕を無理やり抱いたときのこと）

母親に向けたのだろう怒りの言葉が、桂人の耳の奥にはまだ残っている。あれがスタンの怒りと悲しみだと思うと、胸が締めつけられたように辛《つら》くなる。どうすれば助けてあげられるのだろうと思うが、なにもできない自分が歯がゆい。

けれどじっと黙っているうちに、不意にスタンが立ち上がった。

「騒がして悪かった……、もう、行く」

玄関から出て行く姿を見送ったが、不意にこのままでは駄目な気がして、桂人は走って追いかけた。車止めの前でスタンの手を取り、ぐいっと引っ張る。

振り向いたスタンの眼は涙眼で、白い頬は赤らんでいた。

「戻っても……今からじゃコンサートに間に合わない。ならもう少し、話そう。スタン」

ぎゅっと手を握って、庭のほうへ連れて行く。スタンは拒まなかった。

なにをどんなふうに話したものか分からないまま、けれど今別れたら、また同じことを繰り返す気がした。

冬の庭には雪が降り積もっていて、木々の多くは葉を落としている。小さなボート小屋を目指して歩いている途中で、スタンが「あ……」と呟いたので、桂人は立ち止まった。

スタンは桂人に見られると、困ったような顔で「いや、その」と口ごもっている。

「なにっ？」

もしかしてとても大事なことを、言いよどんでいるのでは。そう思ってつい身を乗り出すと、スタンは「ヤドリギが……」と言って、気まずそうに視線を上に向けた。

枯れたような木の幹に、緑の蔓《つる》が絡まっている。

「ヤドリギがあるんだなと思って……」

悪い、どうでもよかったな、とスタンが居心地悪そうに呟き、桂人はその瞬間、言い知れない愛《いと》しさを、悲しさをスタンに感じていた。

（こんなに不器用な人だったかな……？）

そう思う。スタンの青い瞳には、桂人に厭《いと》われるのではないかという怯えがあった。

今までなぜ一度も、考えなかったのだろう、と桂人は思った。

(愛を失って怖いのは、僕だけじゃないって……)

「……僕」

つと、桂人は囁《ささや》いていた。なにを話せばいいのか、どう伝えたらいいのか、考えても分からない。心のままに話すしかないと、そう思う。

本当は音楽も、ごく普通の生活も、同じではないのか。大切なことを、ちゃんと相手に伝えたいと思ったら、自分の心が傷つくことがあっても、世界を開き心を解くしかない——。

「僕、パパを見つけてね。メールして、訊いてみたんだ。息子のことどう思ってるかって」

スタンが身じろぎ、びっくりした顔で桂人を見つめる。

しばらく言葉を待っていると、スタンは「だ、大丈夫、だったのか?」と、訊いてくれた。

桂人は胸がいっぱいになる。嬉《うれ》しかった。つい、微笑がこぼれる。同時に泣きたくもなる。

「覚えてくれてたし、愛してもくれてた……。それが分かって、嬉しかったよ」

時間は巻き戻せないけど、今の父親の中に過去の自分との時間はたしかにあったのだと、そう思えたと、桂人は伝えた。

「それだけでもう十分、いいかなって……」

そうか、と呟いたスタンは、やがてうつむいて「お前は……すごいな」と囁いた。

「……俺がいなくても、お前はちゃんと自分の力でなんでも解決できる。ブルーネル寮に行ったときも……俺は必死になって寄付金を集めてたけど、その前にお前は自分で解決してたんだろ？」

アーサーから聞いた、とスタンが苦笑する。自嘲するような笑みだ。

「父親のことも、進路も……お前は俺がいなくても、自分で決められる。俺とは違う。……強いな」

「スタン……」

やっぱり、そんなふうに感じるのだなと思った。

桂人はスタンの正面に立つと、もう片方の手も握った。スタンの両手をぎゅっと握った。革手袋を通しても、スタンの手の大きさと温かさが、伝わってくるようだ。

「でもね、スタン。それは最初、きみが与えてくれた強さなんだ」

心を砕いて、懸命に言った。必死に心をこめた。これは真実。だから聞いてほしいと思った。

「きみが最初に言ってくれた。僕には、愛される価値がある。愛することもできる。そんなふうに言ってくれた。だから僕は立ち上がって、前を向いて、その言葉を信じて……きみを愛したんだ。それが……それが――どれだけ大きなことだったか」

不意に桂人の瞼《まぶた》の裏に、ケンブリッジ大学での演奏を終えたあとのスタンを追いかけてきた、スキナーのことが浮かんだ。

聴く喜びのなんたることか……と、あの優しそうな老紳士は呟いたのだ。

（ああ、それがすべてじゃないか）

答えが解ける。はっきりと分かる。魂が理解している。

「愛することの喜びの、なんたることか……」

　それがなければ、生きてはこられなかった。スタンが与えてくれたその「愛すること」が、桂人をここまで支えてくれたのだ。

「きみを愛して変われた。ウェリントンは僕にとって、大切な居場所になった。だから、ブルーネルに行ったときも、ちっとも怖くなかった。帰る場所がある。パパに連絡をとれたのだって、きみがいるから……。きみを愛してなかったら、僕は今も、人の視線から逃げて、誰も愛せないと思い込んで、息苦しい日々を送ってた」

　スタンがのろのろと顔をあげて、桂人の瞳を見つめる。

「きみがくれた強さだよ、スタン。きみがくれた居場所だ。一生忘れない。一生変わらない。僕は一番初めに、自分らしく生きられるところを——きみに与えてもらって、そのことはこの先の未来でも、ずっとずっと変わらないんだよ——」

　スタンの美しい瞳に、涙の膜が張る。
瞬きした一瞬で、小さな粒が、その瞳からこぼれて落ちる。

　——別れようと言ったのを、ずっと後悔してる。

　スタンがかすれた声で、そう呟いたとき、桂人は息を呑《の》んでいた。心臓が打ち震え、全身が耳になって、スタンの声を聞こうとしている。

「……後悔してる。でも、これが正しいはずだ。最善のはずだ。そう思ってもいる。矛盾だらけだ。こんなみっともない感情を出して弾くなんてできなくて、抑えつけるように技術で弾いた。……バカみたいだ、愚かだ、恥ずかしい。審査員に見透かされて、アンヘルシーと言われて……お前を、傷つけた」

ママへの怒りを、お前にぶつけるなんて……と、スタンは呻いた。

「これじゃ俺は、俺が、ママと同じだ……」

気がついたら桂人はスタンの手を放し、震えるその大きな背を抱きしめていた。強く、どこにもいかないように強く、引き留めるように。

──壊れないで、スタン。

そう思って抱かれたことを思い出す。この気持ちはスタンが母親を抱いていたときと、同じ気持ちだろうかと思っていた。あのとき桂人がスタンになっていて、スタンがスタンの母親になっていたのだとしても……と、桂人は感じた。

「スタンは……、スタンのママとは違う。全然違う。だって、僕を探しにここまで来てくれたじゃないか──ちゃんと、戻ってくれた」

桂人は幼いころに、いつか母が昔のように戻ってくれるのではないかと期待して、けれど戻ってくれなかったことを、覚えている。

スタンも同じだったはずだ。母親に期待して、裏切られた。

裏切られて傷ついたスタンは、けれど自分は、桂人のところへやって来てくれた。スタンはスタンの母親とはまるで違う。

「ステージの外に、ちゃんときみは下りてきてくれたよ……」

震えながら、スタンが俺は……と、桂人の腕の中で呻く。

「ヴァイオリンが大事だ。……大事なんだ。生きていくのに必要だ。でも、お前のことも大事だ。……本当は、別れたくない。手放したくない。こんな俺でも……愛してほしい」

愛してほしい。

その言葉が、桂人の体の奥にまで響いてくる。本当はずっと初めから、出会ったときから、スタンが一番言いたかったことは、その一言ではないのか。

そう感じたのだ。

お前に、俺が届けたい音楽について問われて考えた、とスタンは言った。

「俺が弾きたい音楽は……お前みたいな音色だ。ケイト」

俺がお前を想《おも》うときに感じる気持ちを、伝えたいとスタンは言った。

桂人は息を止める。腕の中で震えたスタンが、桂人の背に手を伸ばして、弱々しく抱きしめてくる。

「俺の音楽の中に、お前がいる。……一生、お前がいる。ただ、そこに俺がたどりつけない」

どうしたらいいのか分からない、とスタンは呻いた。

そこに行けたら、音楽が戻ってくる。

「だけど……戻り方が分からないんだ」

桂人の眼からも、涙がこぼれた。

スタンは桂人を、愛しているとは言わない。それでもスタンの音楽の中に桂人がいて、スタンは桂人のような音楽を弾きたいと言う。

不完全だったスタンと音楽の世界が、ふと、見えそうな気がした。傷つき、悲しみに満ちながら、一筋の光のためにもがいているスタンの顔を覗《のぞ》き込んだ。

桂人は腕の力を緩めて、スタンの顔を覗き込んだ。

「僕がきみにもらった言葉を、あげるよ。スタン」

スタンは濡《ぬ》れた眼で、桂人の瞳を見つめてくる。

「いつか、愛されることもある。愛されるときが、ちゃんとくる。愛するときも」

そのとおりになったよ、と桂人は囁いた。優しく微笑《ほほえ》み、励ますようにスタンの背を、そっとさする。

「僕は信じてる……スタン。きみはきっときみの音楽を取り戻す。いつかきっと、目指すところにたどり着ける。……そして僕は、きみを一生愛してる」

愛してるから、と桂人は力強く言い聞かせるように口にした。

「……明日リーストンに帰る。きみは、ステージの上で待ってて」

桂人はスタンの形のいい額に、そっと口づけた。母親が自分の子どもにするように、愛をこめて。スタンの額は、冬の冷気に凍えて冷たくなっている……それでも口づけると、互いの体温を分け合ったように、そこだけ温かく感じた。

冬の静寂の中、どこかで雪が木の枝からこぼれる音が、低く響いていた。

翌日、桂人はリーストンに帰った。

スタンが直前で出演をやめたチャリティコンサートから一週間後、桂人はリーズ教会にいた。先週とは違い、今週スタンは逃げることなく、舞台に立つ予定だった。

桂人がリーストンに戻ってきてから六日間、スタンは死に物狂いでまた、練習を重ねていた。今までのようにパーツを分けるわけではなく、曲全体をひたすらさらう練習だった。どんな気持ちで、なにを思って曲を弾いているのか、桂人は帰ってきてから確かめてはいなかったが、猛烈に練習しながらも、スタンはちゃんと食事をとり、当番をこなし、さらには朝食当番だけだった当番表を見直して、元のように組み直してほしいとアルバートに頼んだりもしていた。寮にいる時間が少し増えて、桂人とも、仕事のことで何度か会話していた。

ヴァイオリンに向き合いながらも、ステージの外側の世界にも、スタンは存在しているように桂人には感じられている。けれどその変化がどう曲に表れるかは、まだ分からなかった。

教会の中は、スタンが国内コンサートで二位とはいえ入賞したニュースを受けてか、アーサー・ウェストとの競演だからか、開演三十分前にはいっぱいになっていた。

リーストンの生徒だけではなく、外部から来た女性の客や、近所に住まう紳士などの姿もかなり目立っている。

「久しぶりだね、ヴァンフィール」

隣に座った人を見て、桂人は微笑んだ。今日は珍しく、メンベラーズがコンサートを聴きに来ていた。桂人とメンベラーズは、運良く最前列に座れた。

「メンベラーズ。ウェストにいろいろ僕のこと話して、ブルーネル寮に行かせるように工作したでしょう」

開演を待ちながら小さな声で言うと、前寮代表《ヘッドボーイ》は「気づいたんだね」と笑った。

「ブルーネルがひどい有様だったからね。ヴァンフィールがいたほうがいいと思ったし……結果的には上手《うま》くいったろう？　それで、スタンとの別れ話は片が付いた？」

言われた言葉にびっくりしたが、すぐに見透かされて当然か、という気がする。

「全部お見通しでしたか」

「……スタンのことだから、すぐに素直にはなれないだろうと思ってはいたよ。今のはカマをかけただけ」

桂人は苦笑して、「実は答え合わせは、これからです」と伝えた。メンベラーズはなにをどう考えたのか、けれどたぶん、一瞬で真実に近いところを察したに違いない。優しく微笑んで、そう、じゃあ、演奏が楽しみだ、と、呟いた。

コンサートの開始時間になると、今日の進行であるクラクソン寮の代表が立ち上がった。

「本日の演奏者はアーサー・ウェストと、スタン・ストークです」

二人の曲目と、競演の主旨が説明される。寄付金のボックスは、相変わらず出入り口に二つ用意されている。

今日はアーサーから演奏するらしい。曲目は、スタンがメニューイン用に仕上げている課題曲と比べやすいものを選んでいる。

登場すると、アーサーのファンも来ているのか歓声が飛んだ。彼はにこやかに、少しラフな様子で一礼する。

演奏が始まると、やはりアーサーの音楽は華やかで、音がひとりでに踊っているような軽やかさがある。最後の曲はメニューインの課題曲になっている、ドヴォルザークのヴァイオリン協奏曲だった。情緒的で切ない曲だが、アーサーが弾くと若やぎ、どこか希望をたたえて終わった。惜しみない拍手が会場から湧いた。桂人も素直に、なにも考えずにただ感動して、拍手を送った。

「やっぱり、ウェストはプロだね」

隣で、メンベラーズが肩を竦《すく》める。

「スタンは、寄付金額でウェストには勝てないかもしれないな」

「……でもそれは、もうどっちでも構わない気がします」

勝敗は今や、スタンにとって大事ではない。

そっと言うと、メンベラーズはなにも言わず、ただ微笑んだ。

やがて大きな拍手に包まれて、スタンが舞台に出てきた。伴奏者のジュリアがピアノに座る。

スタンはアーサーと違い、優雅に頭を下げて一礼をした。

伴奏者に笑顔を向けて、打ち合わせのために二、三、なにか言っている。一週間前、ヴァンフィール邸に来てくれたときは泣いていたスタンだが、今は表情が落ち着いていた。美しい青い瞳は静かだ。桂人はそれを見て少し胸を撫《な》で下ろした。

スタンは最初にパガニーニを弾くことが多いが、今日はバッハからだった。

無伴奏ソナタ、Ｇマイナー。

美しい重音。祈るような旋律。耳を澄まして、桂人は一つの情景を見る気がした。リーズ教会も観客もなにもかも、聴いている自分すら消えてなくなり、スタンは真っ暗な闇の中に立って、ヴァイオリンを弾いているように見える。

ただ一条の光が、スタンの頭の斜め上から差し込んでいて、スタンはその光のためだけに音を奏でている――。

美しいイメージだった。悲しみと祈りの中でスタンは弾いていた。それが恐ろしいほどに強く激しく伝わってくる。曲が終わるまで息をつくこともできず、全身が引き込まれるようになりながら、桂人はその演奏を聴いた。

胸が震え、何度も涙がこみあげた。スタンはときに苦しげに顔を歪《ゆが》め、歯を食いしばるようにしたが、それは弾くことが苦しいというよりも、その音楽の苦しみに同調し、全身をヴァイオリンにして打ち込んでいるようだった。

曲はモーツァルトに変わり、パガニーニに続く。モーツァルトのカデンツァでは一度スタンが弾くのをやめた重音に戻っている。ハーモニーは以前よりずっと優美で、スタンが伝えたいことがこの曲の、単に軽やかな面だけではなく、優美でありながら哀切をたたえた面だということがよく伝わる。パガニーニは力強く、ときには怒りと狂気すらにじませて弾き終わり、それはとてつもない迫力だった。超絶技巧そのものに圧倒される。

そしてとうとう、最後の曲になった。

メンデルスゾーン。国内コンクールでも弾いた曲だ。

だがそのとき、スタンは後ろを振り向いて、ジュリアになにかを言った。ジュリアは眼をしばたたいたが、やがて笑顔になって楽譜を取り替えている。

前を向いたスタンが、不意に桂人を見た。眼が合い、桂人は息を止めた。

ヴァイオリンを人前で弾くとき、スタンが桂人のほうを見たのはこれが初めてだったからだ。

スタンの眼の中に、なにか切羽詰まった、けれど熱い感情が見える。強い意志のようなもの。

「聴衆の皆さま」

そのとき、普段は演奏の最中になにか言ったりしないスタンが、初めてそんなふうに呼びかけた。集まっていた人々はびっくりしたように耳を澄まし、桂人もドキリとして、スタンの言葉を待った。

「私は……長くヴァイオリンをやめていて、つい最近、再開しました。当初、曲を弾きこなすことに精一杯で、心は千々に乱れていて、葛藤《かっとう》と矛盾のただなかにいる自分がみっともなく情けなく思えました」

私の弾き方は、揺らいでいて、時によって違い、到底プロの足元にも及ばぬものですと、スタンは続けた。

それはスタンの本心なのだろう。声音には、真摯《しんし》な色が灯《とも》っている。自己否定的な言葉に、会場の聴衆がわずかにどよめき、不安そうな顔をする。

スタンはその空気に構わずに、言葉を足した。

「けれどそのことのなにが悪いのだろう。……揺らぎ、惑い、矛盾を抱えたまま生きても、幸福は感じられる。……音楽は私にそれを教えてくれました。なので」

今日は、長らく私の悩みに寄り添ってくれた一曲を、披露させてください。

そう頭を下げてから、スタンはヴァイオリンを構えた。

絵のように美しいその姿に、会場中が息を呑んでいる。

（スタン……）

矛盾を抱えたまま生きても、幸福は感じられるというスタンの言葉が、桂人の耳の奥に強く残る。

そして演奏が始まった。

最初の旋律は柔らかい。ピアノはただ、優しく寄り添う。

メンデルスゾーンではなく、『亡き王女のためのパヴァーヌ』だった。

突然、桂人の胸に狂おしいほどの感情が押し寄せてくる。最初の一節を聴き終えたとき、涙が溢《あふ》れかえった。

旋律は優しいのに、悲しみに満ちている。

聴いているうちに、思い出が怒濤《どとう》のように蘇《よみがえ》る。

ロンドンのフラットに、父と母と三人で住んでいたころ。

時折父と手を繋《つな》いで歩いた。

――あれはツバメだ。エジプトへ行くんだよ。

父の声を思い出す。食卓にはデルフィニウムの青い花。

まだ母は優しく、桂人を抱きしめてくれた。大好きなママ。そう思っていた。

かすかな愛の記憶が、いつまでも桂人を放さなかったから、桂人は長い間母を憎めなかったこと、許し続けたことを――久しぶりに思い出した。

その記憶は泡のように消えていく。

やがてただ美しく、素晴らしい音楽が聞こえてきた。それは今眼の前で、スタンが奏でているものだ。夢を見るような旋律。

死んでしまい、忘れ去られた王女の骸《むくろ》を優しく抱き、揺すって、慈しむような音色。

(ああ……ああ。この曲は……こういう音楽だった)

何度も聴いていたのに、今やっと、桂人はこの曲を素のままに聴いた気がした。

作曲家のラヴェルが、『亡き王女のためのパヴァーヌ』と題したこの曲に秘めた優しい想いが、音楽を通して伝わってくる。まるで今眼の前で、死んだ作家が蘇り、聴衆に向かって演奏をしているかのよう。スタンは曲の代弁者となり、音楽と一体になって、人々の世界に曲の世界を伝えている――。

聴衆はただ魅了されて、スタンの音にじっと耳を傾けている。

そして曲が終わった。

会場は数秒沈黙し、次の瞬間拍手とともに、天井に向かってブラボー！　と声が舞った。

スタンは一礼したが、拍手は鳴りやまない。顔をあげたとき、スタンはまっすぐに桂人を見ていた。その瞳は潤み、こらえきれないように、頬を涙が伝った。

その美しい表情に、あちこちからため息が漏れたが、桂人には聞こえなかった。桂人はスタンよりももっと泣いていたのだ。顔がぐちゃぐちゃになるまで。

控えの間にスタンが引っ込むともう待ちきれず、桂人はそっと、けれど足早にそれを追いかけていた。

控えの間ではスタンが立って、ちゃんと桂人を待っていてくれた。

二人、もうかけあう言葉もなく、桂人はスタンに抱きつき、スタンは嗚咽《おえつ》をこぼして桂人を抱きしめた。

「ケイト……」

耳元で、涙でしゃがれた声でスタンが言った。

「俺、ちゃんと弾けてただろ？」

抱きしめる腕に力をこめて、桂人は頷《うなず》いた。

「弾けてた。弾けてたよ、スタン……」

「音楽のために弾けた」

うん、と桂人はスタンの言葉に頷いた。

「ママのところから、音楽を取り戻した」

涙声でスタンが言う。桂人はもう、うん、とも言えずに嗚咽した。

「……俺はママを愛してた。愛してたんだ。だから愛してほしかった……あのころの俺は、かわいそうだった……かわいそうだったんだよな？」

「うん、スタン。うん——そうだよ」

抱き合ったまま二人で、気がつくとただ泣いていた。傷だらけの、スタンの世界が見えると思った。

痛みと苦しみ。悲しみと怒り。その中に宿る優しさ、弱さ、そして愛。

伸ばした手がとられて、その世界の中に自分が、受け入れられる感覚がある。傷だらけで、でこぼこで、不完全な世界でもいいのだと桂人は思った。矛盾に満ち、不安定で揺らいでいて、いいのだ。葛藤しながら生きるスタンが、ありのまま発する音色だからこそ、誰かの心にも届いていく。

拍手はまだ鳴りやまない。

アンコールを促す声がする。

「スタンを待ってるだろうけど、最初に俺に弾かせてもらうよ」

不意に舞台のほうで、明るく笑うそんな声がした。アーサーだ。もしかしたらどこかでスタンと桂人を見ていて、気を利かせてくれたのかもしれない。

背後では、『愛の挨拶』の、柔らかく喜びに満ちた演奏が始まっていた。

この曲が終わるころ、きっとスタンは泣きやんで、笑顔で舞台に出ていくだろう。次に弾くのはなんの曲だろう。なんでもいい。どんな曲でもそれは、スタンが伝えたくて、聴いてもらいたくて選んだ曲だと、桂人は信じる。

聴く喜び以上の、弾く喜び。

スタンはスタンの音楽を取り戻したのだ。

顔をあげると、眼と眼が合う。睫毛を触れあわせ、鼻先を擦《こす》りあわせると、スタンが笑った。

それから二人、ごく自然に引き合うように、優しい口づけをかわした。


この日、スタンは初めて同日の競演で、アーサーの寄付金額を上回った。その差は初回時と同じく、ほぼ倍額だ。だがそんなことは、もはや桂人の頭にはなかったし、様子を見る限りスタンも同じだった。

桂人はただもうじりじりと、寮の消灯を待ちわびていて、やっと消灯したあと、スタンの部屋に転がりこんでいた——。

そうして部屋に二人きりになった瞬間、桂人はスタンに横抱きに抱き上げられていた。

「ス、スタン……」

ベッドの上にそっと下ろされて、抱きしめられる。

「……悪い。もう、限界で……」

スタンはスタンでいつもと様子が違う。声は上擦って、かすれている。

なにが、と問うまでもなかった。スタンの下肢が桂人の足に当たっていて、制服の布を突き破りそうなほど、硬くなっている性器が押し当てられ、桂人は顔が上気するのを感じた。心臓がドキドキと期待に早鳴り、のぼせたように頭がくらくらしていた。

（僕たちって、恋人に戻った……のかな）

そう思ったが、そんなことは今もうどうでもいいほどに、

（早く、抱かれたい——）

ただ抱かれたくてたまらず、欲で全身が熱くなっている。

だからこそ、スタンが欲情を眼に灯し、息も上がって苦しそうにしているのを見ると、たまらない気持ちになった。ベッドからはスタンの懐かしい香りがして、ただそれだけのことにも、桂人は興奮してしまう。

（恥ずかしい、でも、抱かれたい）

突き上げそうな欲望に、全身が震えている。

「ずっとお前に触れるのを、我慢してたから……いいか？　ケイト、しても……」

懇願するように訊いてくるスタンが可愛《かわい》い。恋人だったときは、もう少し強引だった気がするから、これは今だけなのだろうか。

「い、いいよ……」

許可を出すのは恥ずかしくて、つい声がかすれる。とたんに、もう我慢できなくなったようにスタンが強く唇を重ねてきた。貪るように口内を舌で舐《な》め回されると、体がざわめき、触ら

れてもいない後ろがうずいてしまう。

「……久しぶりで、か、硬いかも」

二週間ほど前無理にされたことは、頭から吹き飛んでいた。

桂人の服を脱がし、自分も忙《せわ》しなく脱ぎながら、スタンは桂人の乳首に吸い付いて「今日は、優しくする……」と囁いた。

「あ、ああ……」

乳首を舌先で転がされると、下腹に甘い愉悦が走って、桂人は身悶《みもだ》えた。長らくセックスをしていないはずなのに、体はもう蕩《とろ》ける一歩手前の感覚だ。もしかしたら、心が溶けているからかもしれない。

「だめ、だめスタン、僕、すぐイきそう……だから」

下着も剝がされて一糸まとわぬ姿になると、スタンはじっとりと、桂人の顔、そして首から胸、胸から腹へと視線を這《は》わせていく。

「ケイトの体を……ずっと見たかった。見ただけで、イキそうだ」

スタンは自分の張り詰めた性器を取り出すと、桂人のものと一緒に握り込んで腰を動かした。スタンの性器に自分の性器を擦られて、腰にもどかしい快楽が走る。もっと強い刺激がほしくて、思わず腰が一緒に揺れてしまう。

「あっ、ん、んっ」

声が漏れるのが怖くて、桂人は枕を抱きしめると、口元に当てた。

硬くなり、乳輪まで膨《ふく》らんでいる乳首は、スタンの息がかかるだけで悦楽を拾ってしまう。桂人は何度となく、びくびくと痙攣《けいれん》した。弄《いじ》られてもいないのに、後孔の中で前立腺が膨らみ、下腹がきゅう、と動くたびに勝手に快感を得て感じてしまう。

(う、うう、イ、イっちゃいそう……)

ちょっと触られただけで達するなんて、はしたないだろうか？

そう思うと恥ずかしくて、桂人はまっ赤になった顔を枕に押しつけた。

「ケイト、すごく感じてる。……どうしてだ？」

自分でも弄ってた？

乳首を舐めながら訊いてくるスタンに、桂人は体を揺らしながら必死に答える。

「ちが……、きみの、ヴァイオリンで」

自慰にふけっていたとは思われたくなくて、つい素直に言ってしまった。

ヴァオリンで心が溶けて、と桂人が言うと、スタンは音をたてて桂人の乳首を吸い込み、性器の先を握りしめた。

「ああっ、あ……っ、ん……っ」

下腹部が切なさにきゅうっと絞られる。性器から先走りが飛んで、桂人は枕に口を押しつけて声を殺しながらも、内ももをわななかせて甘く達した。

「俺の音色に欲情したのか？　それなら……演奏するたび、抱いていいのか」

「ん、ちが、ちがう、違うけど、い、いいよ……」

後ろにスタンの指が入ってきて、桂人は震えながら否定し、けれど結局は肯定した。

違うけどいいって、どういう意味？　と訊きながら、スタンは手にローションを足すと、指を二本に増やして桂人の中の、感じるところをノックするように叩《たた》く。

「あっ、あっ、演奏のあと、抱いて……ほしい」

指で叩かれるたびにすべての性感帯に愉悦が走り、無意識に尻が揺れる。後ろは緩んで、いつの間にか指は三本に増やされていた。

「ケイト……悪い、もう待てない」

優しくすると言ったのに、ごめん、と謝りながらスタンは指を引き抜き、きつく漲《みなぎ》った性器を一気に桂人の中へ入れてきた。

「あっ、あー……っ」

奥まで貫かれた衝撃で、桂人は一息に昇りつめていた。前から精がほとばしり、足ががくがくと震える。スタンの性器で中を激しく擦られると、達したばかりなのにまたすぐ性器が膨らんで、桂人は大きく喘いでしまった。

「だめ、だめ、スタン、声……出ちゃう……っ」

「出してくれ、聞きたい……」

「あ、あ、聞こえちゃう……っ」

ここが寮だと思い出して慌てる。けれどスタンが桂人の腕から枕を奪い取り、投げてしまう。返して、返してと言ったけれど、「声が聞きたい」と耳元で囁かれると、桂人は抗《あらが》えずに「あ、ん、あああ……っ」と喘いでいた。

「くそ、かわいいな……、ケイト。かわいい……愛しい、好きだ。お前が、たまらなく愛しい……」

俺の可愛いツバメ、と言って、スタンは桂人のこめかみにキスした。

「アーサーがお前をケイトって呼んでたろ。ひそかにムカついてた」

「あ、あっ」

足首を持たれ、大きく開かれて下半身を持ち上げられる。ヴァイオリンを弾くのは力仕事だと聞くが、きちんと抱かれなかった間にも、スタンの腕は以前よりも太く逞《たくま》しくなっている。

「ブルーネル寮で犯されてないか気が気じゃなかった。……すぐ取り返したかったのに、三週間かかった……」

上から突き刺されるように激しく突かれて、大きな波のように甘い愉悦が休む間もなく押し寄せてくる。数度繰り返されるともう、下半身の感覚がなくなってしまう。

「ん、んー……っ、スタン、あ、気持ちい……っ」

気持ち良すぎて、涙が出てくる。下半身が蕩けて、ぐずぐずになってしまう。腹すらも気持ちいい。

「みっともなくて、無様な俺を……お前に見られたくなかった……焦ったり、弱音を吐いたり、上手くいかない姿を……だから別れた。お前に釣り合うのは……もっと完璧な恋人だから」

一緒にオックスフォードに進み、常に優しく、仕事に振り回されない、そんな男。

そういえばスタンは付き合い初めのときも、「お前に釣り合う男になったら」と言っていた……と桂人は思いだしたが、今はまともにものを考えられない。

「あ、ん、んっ、僕は……スタンが、好きだよ」

だからそう言うと、

「いつかそんなふうに振る舞えるようになれたら、告白しなおそうと思いながら——本当は、捨てられるのが怖かった……ケイト。たぶん、俺は」

一瞬動きを止めて、スタンはじっと、組み敷いている桂人を見つめた。

「……一生完璧になれない。それでも、もう一度恋人にしてくれるか……?」

一緒にいてほしい。そばにいてほしい。

呆《あき》れてもいいから、捨てないでくれ。

釣り合わなくても、俺と恋愛してほしい。

「俺が面倒くさくて、弱虫で、自分勝手で……時には音楽のことしか考えられなくても、それでも……それでも、お前がいないと困る」

お前に、愛してほしい。

素直に請われて、桂人はしばらく黙り込んだ。汗ばんだ額の下で、スタンは必死な眼をしている。

(面倒くさくて弱虫で自分勝手で……なんて自己評価なの、スタン)

こんなにも完璧に近いのに、とても不完全で、不器用なスタン。

そう思うとかわいそうな気がして、すぐにでももちろん、と言いたくなる。けれどその前に、桂人は伸ばした手でスタンの額にかかる前髪に、触れていた。

汗ばんだ額の下、南海の外洋のような青い瞳は今、暗闇の中で鏡のように光っている。

（こんなにきれいなのに。きみは大事なものの前では、いつも弱くなるんだね……）

家族。ヴァイオリン。そして桂人……。

それなら、スタンの臆病さは、むしろ彼の愛情表現のような気さえしてくる。人より何倍も器用なのに、愛については不器用なスタンのことを思うと、ただただ、愛しさがこみあげてくる。

「スタン、音楽の中に僕がいるって言ってたね……それ、どういうものか訊いていい……？」

そっと訊く。

スタンが桂人の手に手を重ね、それから今にも泣き出しそうな顔で言った。

「……愛だよ。ケイト」

その言葉に、全身が自由になっていく。気がつくとおかしみがこみあげてくるのを感じていた。そしてついには噴き出し、笑っていた。

「ど、どうした？」

スタンが不思議そうに、桂人を見ている。桂人は声をたてて笑いながら、だって、と言った。

「だって、僕たち別れる別れないなんて大騒ぎして……スタン、きみが完璧じゃないのなんてずっと前から知ってる……きみの弱さも。そこが好きなんだよ——」

そこがきみの優しさ、温かさ。

きみの音楽がある場所。

完璧なスタンでは、スタンのヴァイオリンは弾けない。

(きみが弱くて優しいから、きみは僕に……気づいたんだ)

その昔、木々の枝の上に、藪《やぶ》の中に、こっそり隠れていた桂人にスタンは親しくなる一年以上前から、気づいていた。スタンがもし本当に非の打ち所がなく、悲しみも弱さも知らなければ、そんなことはなかっただろうし、桂人を励ます言葉も持っていなかっただろう。

桂人を支えてくれた言葉も、人の心を震わせる音色も、すべて同じ場所、スタンの心の中から出ている。

それならば——桂人の居場所が、自分の中にある愛であるように、スタンの居場所もまた、スタンの内に存在している愛なのだと……そう思う。

(きみは音楽で、より遠くまで人々の世界と、交われる……)

それすらも、スタンの不完全さがあるからこそだと思える。

「愛してます、スタン・ストーク。……きみのそばにいたい。僕のことも、捨てないで」

初めて、桂人はスタンにすがることができた。

スタンの眼には涙がこみあげ、彼はしがみつくようにして桂人の体を抱きしめた。

子どものように泣きながら、スタンは「ごめん」と囁いた。

「愛してる、ケイト。ひどいことをたくさんした、許してくれ……」

愛してる、愛してると何度もスタンは言った。今までほとんど言われなかった言葉なのに、スタンはもう出し惜しみしない。

愛してるという言葉は同時に、愛してほしい、にも聞こえた。

捨てないで、そばにいて、そう訴えているようにも。

（もう……自分の弱さを見せることが、スタンにはできるんだ）

それが嬉しくて、桂人はなにも言わずに、ただスタンの唇にキスして、許しを伝えた。泣きじゃくるスタンの頬を撫でて、囁いた。

「僕も愛してる。だからね、動いて」

スタンは驚いたように眼を見開き、けれどすぐに小さく微笑んだ。

次の瞬間には、また大きな波のような性感の嵐が、桂人の体を激しく満たしていたのだった。


長い間行為にふけっていて、気がつけば窓の外は日の出前の薄明るい靄《もや》に包まれていた。時計を見ると六時だ。

今日は休みなので起床の鐘は鳴らないが、朝食の時間にはちゃんと制服を着て、下りていかねばならない。

「お湯をとってくる」

慌てて出て行ったスタンが、桂人の体をきれいに拭《ふ》くためのお湯と一緒に、モーニングティーの支度をしてきてくれたので、桂人はつい、笑ってしまった。全身を拭いて、一緒に朝の紅茶を飲んだ。まだ少し起床には早いが、ここから眠ったら寝坊してしまう。

久しぶりに二人で寄り添い、他愛のないことを話す。

「メニューインは目指すんだよね?」

「事前審査に通るかどうか、もうすぐ分かる。通ったら精一杯やるさ。……まあ、でもそのコンクールがゴールなわけじゃない。気楽に、でも真剣にやるよ」

この前みたいな失敗はしない、と言うスタンの声には張りがあり、これからの挑戦にわくわくしているようでもあった。セミファイナルに進めたら、自由課題の曲が弾けるから、スラヴ幻想曲を選んでる、と話してくれた。

「やっと仕上がってきたから今度聴いてくれ、すごくいい曲だ。……お前みたいな曲で」

「僕みたいな曲、バッハだけじゃないの?」

思わず笑ってしまうと、スタンは「たくさんある」と真顔で反論した。

「……俺の音楽は、全部お前に繋がってる」

独り言のように呟くスタンに、桂人はもう混ぜっ返したりしなかった。

ステージの上で弾いている間は、きっと誰のことを想うわけでもないのかもしれない。スタンとヴァイオリンの間に、桂人が入る隙間はないだろう。けれど、それでも弾き終えたとき、スタンが桂人を思い出してくれるのなら嬉しかった。

スタンの音楽の世界は、スタンとヴァイオリンだけのものだが、聴いている間は聴く人すべてのものになる。

そんなふうに多くの人の世界に繋がり、関われる力を持っている恋人が、誇らしいと思う。

「僕はオックスフォードに受かったんだよ。……言ってなかったね」

伝えると、スタンはびっくりしたように桂人を振り向いた。

「そうか。試験があったんだよな。おめでとう、受かるとは思ってた」

この様子では、スタンはオックスフォードに、出願すらしなかったのだろう。だとしてももう、それを嘆くことはなかった。いずれスタンはプロの演奏家になるだろう。スタンがどう思っていても、きっと世界はスタンを放っておかない気がする。

いずれは、国内にいないことも増えるかもしれない。それでも、どうしてかずっと一緒にいられる気がしている。オックスフォードに一緒に進み、一緒に暮らそうと約束していたときよりもずっと強く、今は互いの絆《きずな》が結ばれているように感じる。

きっと互いに、みっともなくすがりつけたからかもしれない。

「僕はひとまず大学にいる間に、なんの仕事に就くか考えるけど……スタンは進路、どうするの？」

一応訊くと、「音楽学校を受けようかと……」と、少し迷ったのちに教えてくれた。

「スキナー先生に相談しようと思ってる……、自分に向いてるのがどこで、どう進んでいくべきか。もしかしたら一年、進学を遅らせるかもしれない……」

いいと思うよ、と頷いていると、スタンはふと思い出したように言った。

「俺は三歳のころ、スキナー先生の膝の上に乗せてもらって、ヴァイオリンを覚えた。先生が俺を抱いて、いろんな曲を弾いてくれたんだ。自分が弓を動かしてる気になって、魔法みたいに音が出るのが楽しくて……それが俺の、ヴァイオリンを好きになったきっかけだった」

うん、と桂人は頷いた。

「……俺は、母親から逃げてたから、先生からも逃げてたんだな」

ぽつりと、スタンが言う。

どんな悲しいことも、嫌なことも、ヴァイオリンを弾いたら忘れられたとスタンは続けた。

「初めてバッハを聴いたとき、魂が震えたよ。……これは神の国の音楽だと。どうしたら、この素晴らしい音色を伝えられる？　そう思った。モーツァルトを聴いたときも、パガニーニを聴いたときもそうだ。複雑な楽譜、重音、トゥリル、伝えたい、この音楽を……」

話し出したスタンの眼が生き生きと輝く。頰に血の気が広がり、声が弾んでいる。

スタンがどんなにヴァイオリンを愛しているか。音楽を愛しているか。

その愛の源になにがあり、なにがスタンを支えているか。

桂人は今になって、感じ取ることができる。スタンの優しさ、弱さ、柔らかな感受性がヴァイオリンにまつわる思い出の中に潜んでいる。

(それがスタンの音楽。僕はきみの中にある音楽と一緒に……きみを愛したんだね)

そう思うともう、音楽とヴァイオリンはスタンそのものであって、桂人にとってもただ愛すべきもので、競うものではないと感じた。一緒くたで一つのスタンなのだ。それは出会ったときからそうだったのだと、今なら分かる。

「でも、どの進路に進んでも……俺はお前ともう、別れる気はないから」

　思い出したように、必死に言い始めたスタンへ、桂人は小さく笑い、スタンの大きな手の中に自分の手を滑り込ませた。

「大丈夫だよ、スタン。ちゃんと待ってる。待ってるだけじゃなく、淋《さび》しくなったら、勝手に会いにいく」

　どれだけ切り離されても、桂人はスタンを愛している限り、スタンに手を伸ばし続けようと思う。スタンが一人になっても、閉じこもっても、勝手に関わって、そばにいる。ステージを下りた場所にいつだっている。桂人は桂人の世界で、きちんと生きながら。

　スタンの指をそっと撫でると、その指の腹はいつの間にか硬くなり、すっかりヴァイオリニストの指になっていた。

「二月の休暇がもうすぐだ。アルビーがきっとまた、お前を呼ぶ。それでボート小屋に監禁するはずだ」

　俺はレッスンがあるから、どうせまたお前たちだけで遊ぶんだろうなと拗《す》ねた顔をするスタンに、桂人は笑いながら「じゃあ消灯したら、スタンの部屋に行ってもいい？」と訊ねた。

「……そうしてほしいが、退屈させるかもしれない。練習してるか、疲れて寝てるかで……」

「スタンの練習、見てるの好きだよ。疲れて眠ってるのを見るのも、悪くない」

　言うと、スタンはホッとしたような顔になり、じゃあそうしようと言った。

「真夜中に急に襲うのを許してくれるなら」

窓の向こう、靄の中では小鳥のさえずりが聞こえていた。もうすぐ階下は騒がしくなり、生徒たちがざわめきながら食堂へ向かうだろう。

そのとき桂人はいつもどおり制服を着こなし、笑みを浮かべて、愛する寮生たちを迎え入れるのだ。

寄せられた口づけに眼を閉じながら、スタンの左胸に手を当てると、そこからは鼓動が伝わってくる。鼓動の向こうからヴァイオリンの旋律が聞こえないかと桂人は耳を澄まし――、次にスタンの演奏を聴けるのはいつだろうと心待ちにしている自分がいることに気がついた。それが嬉しくて、そっと笑う。

(僕らの祝福の鐘は、きみの鳴らすヴァイオリンだったんだね……)

永遠の約束がなくても、幸せを信じられる。どんな苦しみを抱えていても、一筋の希望の光を信じて進んでいける。それは今までが、そうだったから。ちゃんと報われたから。

そう思えることが、本当は一番幸福なことだと、桂人はもう知っていた。

一昨年のクリスマスの夜、待ちわびた祝福の鐘はきっと、スタンの魂の中に、そして桂人の魂の中にあるのだ。

愛してるよ、とスタンがもう一度囁いてくれる。惜しみなく注がれる愛の言葉に酔いしれながら、桂人は今このとき、感じられる幸福を、一人じっと味わっていた。

# あとがき

初めましてのかたは初めまして。お久しぶりのかたはお久しぶりです。そしてこないだも会ったよ！　というかたはこんにちは。樋口美沙緒《ひぐちみさお》です。

このたびは、「パブリックスクール―ツバメと監督生たち―」をお手にとっていただき、ありがとうございます！　このお話は、パブリックスクールシリーズの六冊めで、四冊めの「パブリックスクール―ツバメと殉教者―」の続編となっています。もしまだ、ツバメと殉教者のほうをお読みになってないかたは、ぜひそちらを読んでからお読みいただけると、さらに楽しめるかな？　と思いますので、よろしくお願いいたします。

いやー今回も分厚いよね。分厚い。もはや鈍器です。

実はパブリックスクールシリーズのくくりでいうと、ほんの四ヶ月前にシリーズの五冊めが出てまして、まさかこんな短期間で自分がシリーズ六冊めを書いて出してるなんて、あとがきを書いている今も信じられません……。

これもひとえに、読んでくださる皆さま、イラストレーターさま、編集さまその他多くの人の支えがあってこそです。

前回はイギリスアートシーンを扱うという無謀な挑戦をしましたが、今回も造詣《ぞうけい》もなにもない音楽という分野が出てきます。海外のコンペティションってどんな感じなのか？　そもそも日本のものも知らないし、ヴァイオリンってなにがどうなのかも分からない。とはいえ、桂人もそのへんは造詣がない状態なので、私と一緒ですから、心強かった（？）です。

ラヴェルの『亡き王女のためのパヴァーヌ』は、夢見がちだったというスタンのお母さまが好きな曲としてはぴったりかなと前作選んだわけですが、スタンは桂人にどんな音楽を重ねるかな？　と考えていたら、バッハかなあ……と思いました。どんな音楽も重ねてそうではあるんですが。ぜひ、作中に出てきた曲も機会があればお聴きください。執筆中にこんなに音楽を聴いていたのは初めてです。

そして実はこの二人のその後を、先日発売されたばかりの雑誌、「小説Ｃｈａｒａ《キャラ》」に掲載いただいてますので、あわせて楽しんでいただければ幸いです。この文庫の発売が一ヶ月遅れてしまい、皆さまにはご心配おかけしてすみませんでした。なんとか出せてよかった！

いつも素晴らしい挿絵で作品を彩ってくださるｙｏｃｏ先生。今回もこのような分量の小説を読んでいただき、本当にありがとうございます。ｙｏｃｏ先生あってのシリーズと思ってますから、今から挿絵やカバーがとても楽しみです！

またまたご迷惑ばかりかけてしまった担当さん。私から泣き言メールがくるのももはや慣れっこでしょうか。本当に本当にすみません。ありがとうございます！　一生恩に着ます。

支えてくれた家族、友人、読者の皆さまにも、感謝でいっぱいです。

樋口美沙緒

この本を読んでのご意見、ご感想を編集部までお寄せください。
《あて先》〒141-8202　東京都品川区上大崎3-1-1　徳間書店　キャラ編集部気付
「パブリックスクール―ツバメと監督生たち―」係

【読者アンケートフォーム】
QRコードより作品の感想・アンケートをお送り頂けます。
Chara公式サイト http://www.chara-info.net/

■初出一覧
パブリックスクール―ツバメと監督生たち―……書き下ろし

Chara

パブリックスクール―ツバメと監督生たち―……【キャラ文庫】

2020年5月31日　初刷

著者　樋口美沙緒
発行者　松下俊也
発行所　株式会社徳間書店
〒141-8202　東京都品川区上大崎3-1-1
電話　049-293-5521（販売部）
03-5403-4348（編集部）
振替　00140-0-44392

印刷・製本　図書印刷株式会社
カバー・口絵　近代美術株式会社
デザイン　カナイデザイン室


ISBN978-4-19-900989-1

# 樋口美沙緒の本

好評発売中

【パブリックスクールーロンドンの蜜月ー】

シリーズ1〜5　以下続刊

イラスト✦yoco

二年間の遠距離恋愛が終わり、ついに恋人の待つイギリスへ——。名門貴族の御曹司で巨大海運会社 CEO のエドと暮らし始めた礼《れい》。まずは自分の仕事を探そうと、美術系の面接を受けるものの、結果は全て不採用!!　日本での経験が全く役に立たない厳しい現実に向き合うことに…!?　エドの名前には頼りたくない、けれど恋人の家名と影響力は大きすぎる——甘い蜜月と挫折が交錯する同居編!!

# 樋口美沙緒の本

好評発売中

**［王を統べる運命の子②］**

イラスト✦麻々原絵里依

『王の鞘』として七使徒に選定され、煌びやかな王宮へ——。魔術師ユリウスに会えるかも、と期待と不安に揺れるリオ。けれど、登城初日に出会ったのは、身分の低いリオを蔑み、使徒など不要と公言する貴族たち。七使徒排斥の空気が漂う中、ついに国王との謁見の日が訪れて!?　魔女がリオを狙う理由や、ユリヤの呪いの謎、第二王子の行方——全ての鍵を握る、失われた記憶に迫る、緊迫の王宮編!!